JOSEF ZWEIMÜLLER

GRÜN

KULTUR LAND OBERÖSTERREICH

MIX
Papier aus verantwortungsvollen Quellen
FSC® C004378

Grafische Gestaltung: Dorothea Löcker, Wien
Umschlagabbildung:
© Maria Antonia Graff & © mauritius images / Andreas Vitting
Druck und Verarbeitung:
EuroPB, s.r.o., Tschechische Republik
ISBN 978-3-7117-2092-4

Informationen über das aktuelle Programm
des Picus Verlags und Veranstaltungen unter
www.picus.at

JOSEF ZWEIMÜLLER

GRÜN

ROMAN

PICUS VERLAG WIEN

JONA

Jona trug schwer an seinem Rucksack. Die ledernen Riemen gruben sich in seine Schultern, die Haut glänzte im Sonnenlicht, ein prachtvoller Anblick für Stechmücken und Fliegen. Er griff nach hinten, betastete den feuchten Stoff und spürte der Rundung nach. Ähnliche Steine fand er immer wieder, aber dieser glich einer Kugel wie kein anderer. Noch vor einer halben Stunde war er im Fluss gelegen. Sein eisiges Wasser entsprang den schneebedeckten Berggipfeln und teilte den Wald in ein Hüben und ein Drüben. Seit Jahrhunderten hatte er ihn mit sich geführt, immer wieder gewälzt, gedreht und geschliffen, als wäre genau dieser ihm der liebste unter Millionen Felsbrocken gewesen. Und heute, nach all der Arbeit, die der Fluss mit ihm gehabt hatte, hatte er ihn Jona zum Geschenk auf eine Kiesbank gerollt. Jona genoss die Schinderei und lächelte, als trüge er den Vollmond nach Hause. Seine Freude schien den Wald anzustecken, der um ihn herum zirpte, surrte und flirrte. Ein Specht morste die frohe Kunde durch das Gehölz.

Mitunter drückte Jona sein Ohr an ein Astloch, als lauschte er einem Flüstern. Doch das Erzählen lag den Bäumen nicht. Lieber knarrten und knacksten sie dumpf im wogenden Miteinander und ab und zu stimmte Jona die Zähne malmend mit ein. Besser eine schweigsam knirschende Familie als keine.

Das Häuschen, das er früher mit seiner Mutter bewohnt hatte und jetzt allein bewohnte, stand einsam auf einer Lichtung. Gerufen hatte er sie immer nur beim Vornamen: Finja. Vor gut einem Jahr war Finja der Liebe wegen in die Stadt gegangen und dann in den Tod. Jona schüttelte verächtlich den Kopf. Die Stadt hing sich ein wenig Ziergrün an die Balkone und hielt sich Bäume wie Sklaven. Was hätte er dort tun sollen, außer alles kurz und klein zu schlagen? Wald, Fluss, Häuschen, keine Finja, das war sein Zuhause.

Jona rollte den Stein neben den Schlehenstrauch. Von der Veranda aus hatte er ihn hier gut im Blick. Im Herbst, wenn die Schlehe ihre murmelgroßen Früchte bekam, würde der Stein wie eine vom Strauch gefallene Riesenbeere aussehen. Jona tätschelte seinen neuen Freund. Die glatte, von weißlichen Quarzadern durchzogene Oberfläche fühlte sich warm an, wie Haut. Dass sich darunter kein Fleisch befand, in dem ein Herz pochte, verblüffte ihn. Pietro gab sich ebenfalls skeptisch und bedachte den steinernen Mitbewohner mit einem lauten *Schäär, schäär*. Den Namen verdankte der sandfarbene Wiedehopf Finja. Er hatte sie an einen italienischen Kellner erinnert. Vielleicht weil er die elegant gestreiften Flügel vornehm anlegte und sein schräg hochstehendes Kopfgefieder wirkte, als hätte er sich Gel in die Federn geschmiert. Zudem verdrehte und senkte Pietro ständig das Köpfchen, als sagte er *no, no* oder *si, si*. Mehrmals täglich kam er über die Lichtung geflattert, um sich auf dem Schornstein niederzulassen. Ihm fehlte das linke Auge, aber das tat seiner Neugier keinen Abbruch.

In der Nacht hatte es wie aus Eimern geschüttet. Noch vor dem Frühstück spazierte Jona nach draußen und kletterte in das volle Regenfass. Wasser gluckste und schwappte über den Rand. Die Kälte kroch ihm unter die Haut, seine Nackenhärchen stellten sich borstig auf, doch Jona lächelte, zog die Beine an und ließ sich auf den Fassboden sinken. Wie Seegras stiegen seine blonden Haare empor. Finja hatte gerne und oft im Fluss gebadet. Das eisige Wasser hatte ihre bebenden Lippen blau gefärbt und ihren ohnehin zierlichen Körper zusammengezogen. Dabei hatte aus ihren Augen die Lebenslust geleuchtet, als versteckten sich Glühwürmchen hinter den Netzhäuten.

Jona legte sich zum Trocknen auf die Veranda und dachte an den Traum, mit dem er heute aufgewacht war. Er war noch ein Junge gewesen, und Finja war ihm kaum älter vorgekommen. Den geschrumpften Altersunterschied erklärte sich der nunmehr wache Jona mit ihrem Lachen. Sie waren mit den Rädern zum See gefahren und Finja hatte sich immer wieder zu ihm umgedreht und lauthals gelacht. Lachen verjüngt die Menschen. Bis ihn ein merkwürdiges Kribbeln am Bauch aus den Gedanken riss, überlegte Jona, ob diese Radtour jemals stattgefunden hatte. Den See gab es. Gemeinsam mit seinem Vater waren sie oft dort gewesen. An einen Ausflug mit Finja allein konnte er sich aber nicht erinnern.

Die grelle Sonne über sich, öffnete Jona die Augen einen schmalen Spalt und sah an sich hinunter. In seiner Nabelmulde saß eine Heuschrecke, die sich das rechte Vorderbein leckte und ihre Fühler gegengleich auf und ab bewegte. Eine Weile sah er ihr aufmerksam zu und war fasziniert von dem zartgliedrigen Wesen. Als sie auf seinen Hodensack sprang, hob er dann doch die Hand. Verfing sie sich erst in den Haaren, war sie kaum zu entwirren, ohne ihr Gliedmaßen ausreißen zu müssen. Zum Glück witterte die Heuschrecke die Gefahr und verschwand im hohen Bogen zwischen Schafgarben, Sauerampfer und Gänseblümchen. Über die Wiese wehte ein süßherbes Pollengemisch. Es war ein herrlicher Tag.

Jonas Magen, der noch immer kein Frühstück bekommen hatte, knurrte. Wieder im Häuschen schlüpfte er in die kurze Jeans, die er stets trug, wenn sie nicht gerade auf der Wäscheleine hing. Essen ohne Hose kam ihm falsch vor. Irgendwie musste sich der Mensch doch vom Tier unterscheiden. Dunkel erinnerte er sich an eine Illustration in einem Schulbuch.

Darauf waren Steinzeitmenschen in Lendenschurzen zu sehen gewesen, die einen Hasen oder eine Urzeitratte über dem gerade entdeckten Feuer grillten.

Wir kennen Jona gut. Ameisen tragen uns seine Geschichten zu, Pilze sind schweigsame Zeugen, Bienen summen Lieder, die von ihm erzählen. Dass er ein Kind der Stadt ist, haben wir ihm längst verziehen. Die Stadt hat die Menschen vergessen lassen, dass wir länger ihr Zuhause waren, als sie es je gewesen ist und sein wird. Sie wird einstürzen und das Grün wird über sie wuchern. Am liebsten ist uns Jona, wenn er aus dem Fluss steigt und den Kopf wie ein Wolf wirft, der das kalte Nass aus dem Fell schüttelt.

Armer Jona. In ihm flackern Erinnerungen wie kleine Feuer. Wir verfluchen die Flammen seit jeher. Sie verzehren alles und jeden. Selbst das Geschehen der Zeit, das wir furchig an unsere Stämme schreiben, wäre in Gefahr, würden wir es nicht im schwarzen Grund unserer Wurzeln horten.

Die Füchsin hat Junge bekommen. Sieben. Sie kauern blind im Bau und saugen gierig an den Mutterzitzen. Dunkelheit und Fressen ist ihre Welt. Das Fressen wird bleiben, doch bald wird ihr rötliches Fell zwischen Farnbüschen hervorschimmern und ihre blauen Äugelchen werden das Grün sehen. Tag für Tag erstrahlt unser Kronendach prächtiger. Haselnussbüsche wedeln den heimkehrenden Störchen mit ihren weißen Schwänzen zu. Goldene Pollenwolken schweben durch die Luft. Das Lebermoos reckt seine Sporenköpfchen in die Höhe. Der Kampf um das Licht ist in vollem Gange.

Drei Monate nachdem Jona das Gymnasium hinter sich gebracht hatte, waren sie in das Waldhäuschen gezogen. Anfangs hatte er Finja begleitet, wenn sie in der Stadt etwas zu erledigen hatte. Doch mit der Zeit wurde das Gefühl stärker, zwischen den Stahl- und Betonklötzen keine Luft zu bekommen. Die Gier nach Geld und Konsum müllte die Stadt zu. Vor allem ertrug er die vielen leeren Gesichter nicht. Das war hier anders. Wanderer verirrten sich selten in seine Gegend und es gab Wochen, in denen er mit Ausnahme von Siegfried keinem Menschen begegnete. Das Waldhäuschen hatte früher ihm gehört. Jona wusste nicht, wie viel Finja dafür bezahlt hatte, aber Siegfried war alles andere als geldgierig. Seine Stirn war hoch, aufrichtig, und die Haare braun, wie die Erde, in der er sein Gemüse anbaute. Von ihm hatte er die Imkerei gelernt und zudem die Bienenstöcke und die Schleuder bekommen. Sein Großvater habe ihm die Sachen hinterlassen und er sei froh, wenn diese nicht sinnlos in der Scheune herumstünden, hatte er gesagt. Für Jona stellten die verwitterten Holzkästen die einzige Einnahmequelle dar. Siegfried verkaufte seinen Honig und die Bienenwachskerzen auf dem Wochenmarkt und besorgte Jona, was er brauchte: Salz, Mehl, Zahnpasta, Seife, Öl zum Kochen, Petroleum für die Lampe und ab und zu etwas zum Anziehen.

Jona hatte Appetit auf Kaninchen. Das getrocknete Fleisch hing auf einer Leine, die er in der Abstellkammer gespannt hatte. Die Karotten und Pastinaken für die Beilage lagerten im Erdkeller. Siegfried und er hatten ihn erbaut, nachdem der alte Luftschutzbunker, der sich unweit seines Bauernhofs in einen Hügel grub, vor Jahren eingestürzt war. Warum wusste niemand so genau. Vielleicht war er müde geworden, sich an die angsterfüllten Menschen zu erinnern, die einmal in seinem Bauch gehockt waren. Dem entgegen befand sich seine imposante Eisentür nun an einem Ort, der nicht friedlicher hätte sein können. Der Erdkeller half Jona vor allem über den Winter. Dieses Jahr gab es noch einiges zu tun. Äpfel und Säfte hatte er reichlich eingelagert. Es fehlte an Kartoffeln, Marmeladen und eingelegtem Gemüse. Jona öffnete die Eisentür. Bevor er eintrat, hielt er kurz inne und sog den dumpfen, feuchtschweren Lehmgeruch in seine Lungen. Er hätte die Tür offen lassen können, doch er zog sie hinter sich zu. Sogleich erloschen alle Farben und die Geräusche verstummten. Der Erdkeller war für ihn ein Schlupfloch, in das die Welt nicht blicken konnte. Und nirgendwo sonst spürte er die Nähe seines Vaters deutlicher. Alles wäre anders gekommen, hätte sein Herz Finja und ihn nicht im Stich gelassen. Im Wohnzimmerschrank stand ein Fotoalbum. Die Seiten waren vom vielen Umblättern längst rissig. Augenscheinlich hatte Jona seine stattliche Figur geerbt, und natürlich die blonden Haare. Niemand hätte gedacht, dass diesen Mann etwas aus der Bahn werfen könnte. Auf jedem Foto, das ihn mit Finja zeigte, lächelte er ihr zu.

Stille und Dunkelheit schnürten sich eng um Jonas Brustkorb. Jona bekam kaum Luft. Wie damals, als ein Polizist ihm gesagt hatte, dass sein Vater nicht heimkommen werde. Jetzt war er zum Greifen nahe, das spürte Jona. Etwas, das die Erde aus den Angeln hob, würde geschehen. Er müsste nur die Stille und die Dunkelheit lange genug ertragen, besiegen. Doch jede weitere ereignislose Sekunde wog schwerer auf seiner Brust. Sein Vater entschwand. Halb ohnmächtig stürmte er aus dem Erdkeller. Die Wut über seine Schwäche presste Jona einen Schrei aus der trockenen Kehle. Zurückgeworfen von der plötzlichen Helligkeit, riss er die Arme hoch und vergrub die Stirn in der Armbeuge. Normalerweise zertrümmerte er, was ihm in den Weg kam, bevor es ihn von innen heraus zerriss. Den Gartenzaun hatte er mehrfach umgetreten und wieder aufgestellt. Die Schublade von Finjas Kommode war zum Glück zu leimen gewesen. Nur das zersplitterte Ziffernblatt der Wanduhr hatte er gar nicht erst repariert und sie den Spatzen zur Freude in den Apfelbaum gehängt. Den Spatzen war die Zeit egal. Wenn, dann träumten sie von prallen Körnern oder dunkelroten Beeren, aber nie von einer besseren Zukunft.

Jona kam die Steinkugel in den Sinn, die er gestern nach Hause geschleppt hatte. Die Natur hatte sich hinreißen lassen und etwas Ungehöriges hervorgebracht. Dieses vollendet anmutende Ding hatte in einer Welt, die auf sinnloses Sterben aus war, nichts verloren. Er war getäuscht und verführt worden. Wie die Vollendung war sie ihm erschienen, doch genau das Gegenteil war sie. Jona hob die Kugel hoch, wankte zur Feuerstelle und hievte sie ächzend über den Kopf. Gleich würde er das Unding an den scharfkantigen Granitfelsen zerschmettern. Zorn trat adrig aus seiner Haut. Zittern erfasste die Knie und kurz darauf Ellenbogen und Hände. Jona verlor das Gleichgewicht, taumelte einen Schritt zurück und wäre gestürzt, wäre ihm der Stein nicht rücklings über die Fingerknöchel entglitten. Der Aufprall klang wie ein satter, dumpfer Schlag in die Magengrube. Als hätte er sich jemandem ergeben, der längst das Weite gesucht hatte, verharrte Jona mit erhobenen Händen. Doch da war niemand, der diesem lächerlichen Anblick beigewohnt hätte. Kein Huschen durch die Wiese, kein Flattern in den Bäumen, keine Rehaugen. Er war so allein, wie man nur sein konnte, und wusste genau, wer schuld daran war. Jona ging zurück ins Haus, durch das Wohnzimmer, den Flur entlang in den kleinen Wintergarten.

Blütenstaub hatte die Scheiben milchig gelb gefärbt. Vieles war noch an seinem Platz, wie Finja es verlassen hatte. Unzählige Bilder hatte sie hier gemalt, nur wenige davon verschenkt oder verkauft. Überall standen und lagen sie herum. Sie hatte ihre Werke zurückgelassen, wie sie ihn im Stich gelassen hatte. Welche wahre Künstlerin oder Mutter wäre dazu fähig? Jona kramte hastig ein Aquarell aus einem Blätterstapel. Zu sehen war ein kitschiger Sonnenuntergang, augenscheinlich ein Frühwerk. Mit einem Schraubenzieher als Hebel öffnete er die Dose mit der schwarzen Lackfarbe. Selbstsicher, wie es nur Wiederholungstäter sind, griff Jona nach dem breiten Flächenpinsel. Mit ungestümen Strichen ging er auf die zarten Aquarellstrukturen los. Gräser, Bäume, Wolken und das Blau verschwanden hinter einem schwarzen Vorhang, Schwarz füllte den glitzernden Teich, ließ die Seerosen welken. Nur die Sonne sparte Jona aus, kreisrund, ein gelber Fleck, umgeben von luftleerer Finsternis. Allmählich wurde Jona leichter um die Brust. Mit hängenden Schultern legte er das Bild in die Ecke zu den anderen Schandwerken: schwarzes Bild mit blauen Augen; schwarzes Bild mit Sonnenblume; schwarzes Bild mit Schaukelstuhl; schwarzes Bild mit Schornstein; schwarzes Bild mit blonden Haaren … Irgendwann würde er alle Bilder übermalt haben. Verzeihen würde er ihr nie.

Jona pflückte Brennnesseln, zupfte die Blätter und zermahlte sie im Mörser zusammen mit etwas Salz und Distelöl zu einer grün-breiigen Soße. Dann schnitt er Zwiebeln und das Kaninchenfleisch in schmale Streifen. So war es besser zu kauen. Den kleinen Nager hatte er im Frühjahr nahe der Bienenstöcke geschossen und das Fell zum Trocknen über einen Holzrahmen gespannt. Im Holzofen begann es zu zischeln und zu knacksen. Als Jona mit dem Schürhaken die runde Eisenplatte anhob, züngelten die Flammen heraus. Wenig später brutzelten Fleisch und Gemüse in der Pfanne, Essensdüfte stiegen bis unter die Dachbalken empor. Sein bescheidenes Kochwissen hatte sich Jona von Finja abgeschaut. Meist rührte er zusammen, was ihm passend schien. Sein Anspruch war das Überleben. Gegessen wurde, was er fand, anbaute oder tötete. Mit einem Grinsen erinnerte er sich an Finjas Grimassen, wenn er Getier anschleppte, das normale Menschen niemals anrühren, geschweige denn essen würden. Sie hatte sich so herrlich geekelt, ihm zuliebe aber sogar die Eichhörnchensuppe probiert.

Eine dichte Wolkendecke schob sich langsam über den Nachmittag, aufkommender Wind rüttelte sacht am Häuschen. Jona fand das eine gute Gelegenheit durchzulüften und öffnete rundum die Fenster. Dann setzte er sich ins Wohnzimmer auf die Ledercouch. An der Wand ihm gegenüber hatte Finja seine Kinderfotos aufgehängt. Nach ihrem Tod hatte er sich immer wieder vorgenommen, sie abzunehmen, es aber nie getan. Sich die eigene Kindheit allein anzusehen, fühlte sich seltsam an. Allen voran störte ihn das Bild mit der Schultüte. Das Lernen war ihm stets leicht gefallen, doch der Stoff hatte ihn zumeist gelangweilt. Zudem waren ihm seine Schulkameraden durch die Bank unreif und wie Heuschrecken vorgekommen, die über alles und jeden hergefallen waren. Hätte ihm sein Vater nicht Größe und Kraft vererbt, wäre es ihm schlecht ergangen. Finja hatte immer gesagt, sie seien in dieses Häuschen gezogen, weil sie sich eine Stadtwohnung nicht leisten könne, aber das hatte ihr Jona nie geglaubt. Sie war gerne in Cafés gesessen, durch Fußgängerzonen geschlendert oder mit Nachbarinnen zu einem Plausch zusammengestanden. Er war der Grund gewesen, er allein, weil Finja verstanden hatte, wie wichtig ein freies Leben für ihn war. Und jetzt war sie fort und die Freiheit war keine wirkliche Freiheit mehr. Irgendwo hatte er einmal gelesen, dass der Alleingelassene sein Herz in einem

Käfig mit sich herumträgt. Jona starrte an der Vase vorbei auf den geleimten Riss in Finjas Kommode. Er war kaum zu erkennen, aber er war da.

Begleitet von einem donnergleichen Krach schlug das Verandafenster zu und Glasscherben flogen durch das Zimmer. Zum Glück saß Jona weit genug weg, aber der Schreck fuhr ihm durch den Beckenboden bis in die Fersen. Ohne sich weiter um die Scherben zu kümmern, sprang er auf und eilte barfuß zur Unglücksstelle, als wäre irgendetwas zu retten. Der Wind zerrte an den Vorhängen und wirbelte ihm die Haare durcheinander. Wie oft war er hier gestanden, und doch kam es ihm vor, als blickte er zum ersten Mal durch dieses Fenster. Ein Igel, der sich vor dem Sturm in Sicherheit brachte, trippelte über die Veranda und sah kurz zu Jona hoch.

Die ersten Streifzüge der Fuchswelpen erinnern uns an den kleinen Jona. Sie werden immer mutiger, aus ihren Augen flackert die Neugierde. Fallen sie hin und stoßen sich die Nasen, lassen sie sich dadurch nicht entmutigen. Doch anders als Jona haben sie eine Mutter, die sie am Nacken packt und nach Hause trägt, wenn sie es übertreiben.

Jona ist nicht zum Überleben geboren. Seine Haare leuchten im Sonnenlicht wie die keines anderen Tieres. Zudem ist seine helle Haut weich und durchlässig. Dornen hinterlassen blutige Botschaften darauf, Stacheln dringen mühelos in sie ein. Manchmal zittert er vor Kälte, derart dünn ist sie. Dennoch ist er hier, trotz Haut und Haaren, als wollte er uns das Gegenteil beweisen. Sein wahres Fell ist unsichtbar und wächst nach innen, weil er dort am verletzlichsten ist. Sein Feind ist auch der unsere.

Einst waren wir Riesen und unsere Stämme schulterten das grüne Dach der Welt. Wir waren Heimat gigantischer Herden. Darunter mächtige Tiere mit Rüsseln und Säbelzähnen und stammlangen Hälsen. Ihr Hunger war groß, aber wir sorgten gut für sie. Die Herden fraßen und schliefen und wanderten und schliefen und fraßen. Ihr sorgloses Dasein bescherte uns sonnengeflutete Lichtungen und einen unermesslichen Reichtum an Leben. Die Feenkrebse wissen um diese Zeit. Verborgen im dunklen Wasser der Auentümpel haben sie überdauert. Weggefährten wie sie sind rar geworden.

Das Zeitalter des Denkens brach an. Aus dem Denken geboren, eine Gier, die die der Herden aufs Unermessliche übertraf. Armer Jona. Die Bürde deines Geschlechts ist beschwerlich. Ihr Menschen seid die Wirte dieses Denkens. Oder des Zerfalls, denn alles

Denken zerfällt irgendwann. Irgendwann wird der Winter bleiben und alles Schöne unter seiner eisigen Decke ersticken. Aber so ist es. Gedanken sind wie Fliegeneier, die im Fleisch schlummern und nur darauf warten, es von innen heraus zu verzehren. Noch beschützen wir Jona, noch ist er gut bei uns aufgehoben. Besser als unter seinesgleichen. Wir sind die Hüter der Stille. Nur sie vermag das Denken zu zähmen.

Es war der letzte Abend einer harten und entbehrungsreichen Woche. Jona hatte den Teilnehmern des Überlebenstrainings alles abverlangt. Nun saßen sie mit hängenden Köpfen im Kreis und stierten in das Lagerfeuer. Das Knistern und Knacken der trockenen Fichtenäste ersetzte weitgehend ein Gespräch. Sagte jemand etwas, erhielt er eine kurze Antwort oder lediglich zustimmendes Murren. Für mehr fehlte die Kraft oder die Lust oder beides. Einzig Hikaru blickte den Funken nach, wie sie in den Nachthimmel ausschwärmten und verglühten.

Die letzten Tage hatte sich die Truppe von Blättern, Pilzen, Rinden und Insekten ernährt. Heute gab es erstmals richtiges Fleisch, doch nicht einmal das vermochte die Stimmung zu heben. Anderseits war in Siegfrieds Anzeige nichts von einem Erholungsurlaub gestanden. Dank seiner Idee mit dem Überlebenstraining hatte Jona sich die Fensterreparatur leisten können. Obendrein war das Ofenrohr beinahe durchgerostet und er benötigte dringend neue Stiefel, Schneeschuhe, eine Regenjacke und Bettwäsche. All das konnte er jetzt bezahlen und sogar noch ein wenig zur Seite legen.

Vier Männer und eine Frau hatten sich auf das Inserat gemeldet. Jona gegenüber saß Ruben. Gestern beim Fischen war er ausgerutscht und hatte sich das Schienbein verstaucht. Im Ernstfall würde er allein keine Woche im Wald überleben. Wenigstens war seine Tollpatschigkeit dazu gut, dass Jona anschaulich hatte zeigen können, wie man aus Heilkräutern und Farnen Umschläge anfertigt. Doch den gut gebauten Ruben ins Lager zu tragen, hatte der Truppe den Rest gegeben. Links von ihm hockten Sven und Armin, zwei Freunde, die glaubten, der nächste Weltkrieg stehe unmittelbar bevor. Soll er verrecken, hatten sie gemault. Jona belächelte ihr Tarn-Outfit, versuchte aber, sich nichts anmerken zu lassen. Ganz geheuer waren ihm die beiden jedoch nicht. Ließ er sie kurz aus den Augen, sonderten sie sich von der Gruppe ab. Vorsichtshalber hatte Jona heimlich ihr Gepäck nach Waffen durchsucht. Wenigstens für heute schien ihnen die Lust am Krieg vergangen zu sein. Holger hatte drei Achttausender bestiegen, doch das war lang her. Mit seinen zweiundsiebzig Jahren war er mit Abstand der Älteste in der Gruppe. Jonas Angebot, ihn zu schonen, hatte er mehrfach abgelehnt. Offensichtlich bereute er das im Nachhinein, aber Stolz und Ehrgeiz hatten ihn durchhalten lassen. Er und Hikaru passten als Einzige nicht recht ins Bild der niedergeschlagenen Gestalten. Dabei hatte sich Jona um sie die größten Sorgen gemacht. Womit Hikaru ihr Geld verdiente, war ihm nicht vollkommen klar. Sie war wohl journalistisch tätig. Die ganze Woche über hatte sie Notizen in ein kleines Buch gekritzelt. Ihre schwarzen glatten Haare trug sie stets zu einer beeindruckenden Kugel hochgesteckt. Müsste Hikaru eine Nacht in den Bäumen zubringen, wäre es vermutlich lang genug, um sich damit am Stamm festbinden zu können. Diese Vorstellung entlockte Jona ein Schmunzeln, was sie bemerkte. Weil er nicht wollte, dass sie dachte, er mache sich lustig über sie, presste er die Lippen aufeinander. Nun lächelte Hikaru, als amüsierten sie seine Gedanken. Dass es Fleisch zu essen gab, verdankte die Gruppe ihr. Die Art und Weise, wie sie das Wildkaninchen zur Strecke gebracht hatte, war höchst bemerkenswert. Obwohl … ungewöhnlich traf es eher.

Am Vormittag hatten die Teilnehmer unter Jonas Anleitung Pfeil und Bogen gebastelt und Schießübungen abgehalten. Das Mittagessen hatte er bewusst ausfallen lassen, weil hungrige Jäger die besseren Jäger waren. Nur Ruben war im Lager zurückgeblieben und hielt das Feuer in Gang. Die Vorstellung, dass darüber bald ein Braten brutzeln würde, sollte sie anspornen. Doch Jona traute ihnen die Jagd nicht wirklich zu. Mit einem Gewehr ja, aber mit Pfeil und Bogen war es ungleich schwieriger. Allein das Anpirschen bis auf wenige Meter war eine höchst sensible Angelegenheit, die Geduld voraussetzte und keinen Fehltritt erlaubte. Offenbar schätzte der Wald die Jagdgesellschaft ähnlich ein und gab sich unaufgeregt, ja sogar gut gelaunt. Buchfinken, Baumläufer und Singdrosseln konzertierten ohne Unterlass. Am lautesten tirilierte ein Eichelhäher, der mit den Stadtmenschen seinen Spaß zu haben schien. Entweder Holger hustete oder Armin stolperte, und Sven trat grundsätzlich auf alles, das knackste oder knirschte. Es hätte schon ein gehörloses Tier gebraucht, vielleicht noch eines mit drei Beinen, das dieser Geräuschwalze nicht ausgewichen wäre. Nach mehreren erfolglosen Stunden begann sich Resignation breitzumachen. Armin und Sven ließen ihrem Unmut freien Lauf und forderten vehement, dass die Gruppe sich trennen solle. Tatsächlich glaubten sie, jeweils allein erfolgreich sein zu können. Irgendwann hatte Jona ihr dummes Gerede satt und stimmte zu. Die beiden Tarnanzugträger schlugen sich in Richtung Norden durch das Gehölz, Holger marschierte nach Westen und Hikaru entschied sich für Süden. Jona bestand darauf, dass sich niemand zu weit entfernte, und wollte am Ausgangspunkt warten. Dann blickte er Hikaru hinterher und beschloss, ihr nachzuschleichen. Sie nicht aus den Augen zu verlieren war schwierig. Sie kroch durchs Dickicht, duckte sich in Mulden, huschte über den mit Nadelteppichen ausgelegten Waldboden. Gestern hatte sie beim Dammbau mindestens ebenso viele Steine herangeschleppt wie die Männer. Armin und Sven hatten sie eine gute Sklavin genannt und dumm gelacht. Dass sie ihr ständig zweideutige Blicke zuwarfen und die Köpfe tuschelnd zusammensteckten, war Jona nicht entgangen. Nur gut, dass die Woche bald ihr Ende fand. Sollten sie in ihren Krieg ziehen, wo immer dieser stattfand, in seinem Wald war dafür kein Platz.

Finja war nie mit ihm auf die Jagd gegangen. Töten, häuten, die Gedärme entnehmen – für derlei grobe Dinge war sie nicht gemacht. Manchmal war sie ihm inmitten der Natur wie ein Fremdkörper vorgekommen. Finja las Bücher, hielt nachmittags ein kurzes Schläfchen, cremte ihren Körper mit Hautlotion ein und beschäftigte sich mit Kunst. Jona hatte nie verstanden warum. Rinden, Moose und Flechten waren ihrem gleichmäßig gerippten Malerleinen doch weit überlegen. Für ihn war der Wald der eigentliche Künstler, eine lebende Leinwand, ein Sphärengebilde aus Licht und Schatten. Die Vorstellung, Finja wische alten Menschen Sabber aus den Mundwinkeln, schiebe ihnen die Bettpfanne unter den Hintern oder erneuere Wundverbände, war grotesk gewesen. Das Pflegeheim, in dem sie gearbeitet hatte, lag fast zwei Autostunden entfernt. Dreimal die Woche war sie in die Stadt gependelt. Jona überlegte, ob er sie öfter nach ihrer Arbeit hätte fragen sollen. Im Häuschen war es zuletzt stiller geworden, bis Finja angefangen hatte, von diesem Yorick und seinem Penthouse zu erzählen. Ihr Gesichtsausdruck hatte sich dann aufgehellt, als würde sie durchsichtig. Finja war schon lange weg gewesen, bevor sie ihre Koffer gepackt hatte.

Hikaru war etwa eine halbe Stunde im Wald umhergestreift, als sie auf einen Hohlweg traf. Dieser führte auf eine Lichtung, die ein Mischwald mit wunderschönen herbstlichen Rot- und Gelbtöne einsäumte. Eine steinalte Linde, womöglich der älteste Baum des Waldes, schlug hier ihre Wurzeln. Aus ihrem Schatten heraus hatte sich lehmig karger Boden in üppiges Grün verwandelt. Hikaru stakste langsam und bedächtig durch das kniehohe Gras, als suchte sie etwas. Viele der Bienen, die die Lichtung mit Summen erfüllten, hatten wohl in einem von Jonas Bienenstöcken ihr Zuhause und würden mit prallen Beinchen heimkehren. Doch daran dachte Jona nicht. Er überlegte, wie er Hikarus Tun einschätzen solle. Nach einer Weile schien sie den richtigen Platz gefunden zu haben und ließ sich auf den Boden nieder. Um sie besser zu sehen, kletterte Jona auf eine Fichte. Es mochten fünf oder mehr Minuten vergangen sein, in denen Hikaru wie geschnitzt da saß. Vielleicht spielte ihm bloß der Wind einen Streich, doch ihm kam es vor, als mengte sich in das Bienensummen eine einfache Melodie aus drei, vier Tönen.

Jona wurde auf eine Bewegung aufmerksam. Grasbüschel teilten sich und schwangen wieder zusammen. Der dadurch entstehende Schatten bewegte sich eindeutig vorwärts. Offensichtlich ein kleines Tier, das sich seinen Weg über die Lichtung bahnte. Jona kletterte ein paar Astreihen höher. Welches Tier es auch war, es hatte den Waldrand fast erreicht, als es kehrtmachte und nun direkt auf Hikaru zukam. Ein Wildschwein hätte Jona gesehen, dafür war das Gras nicht hoch genug. Eine Schlange hätte ein anderes Schattenmuster hervorgerufen. Er hatte den Impuls, vom Baum zu klettern, sein Jagdmesser zu ziehen und geradewegs auf das Tier zuzustürmen. Doch damit hätte er sich Hikaru zu erkennen gegeben. Womöglich würde sie denken, er gehe auf sie los. Was schließlich zwischen den Halmen hervorkroch, als sie der kleine Schatten erreichte, war alles andere als eine Bedrohung. Jona ärgerte sich, weil er seinem Instinkt misstraut und eine Gefahr herbeigedichtet hatte. Das flauschige Wildkaninchen hätte jedes Kinderherz im Sturm erobert. Aus der Entfernung war nicht eindeutig zu entscheiden, ob es die rechte Hinterpfote nachzog. Hikaru hob das Tierchen hoch, setzte es sich auf den Schoß und streichelte über seinen Rücken. In all den Jahren im Wald war Jona nie ein Tier in die Arme gehoppelt. Anstatt sich zu wehren, ließ sich das Kaninchen die Zärtlichkeiten gefallen und beschnupperte neugierig Hikarus Arm. Diese Form der Zutraulichkeit war sonst nur Haustieren vorbehalten oder korrumpierten Eichhörnchen in Stadtparks. Erneut schwebte die kleine Melodie über der Lichtung. Jetzt war sich Jona sicher, dass nicht die Bienen summten. Hikarus Streicheln endete abrupt. Dem Abbruch der Zärtlichkeit war eine kurze, ruckartige Bewegung aus dem Handgelenk vorausgegangen. Von seinem Beobachtungsposten aus hätte er meinen können, das Kaninchen schmiege sich inniger an ihre Hand. Doch der Hitzeschub, der Jona in die Glieder fuhr, kam nicht von ungefähr. Warum glaubte er nicht, was er gesehen hatte? Vor Wochen hatte er selbst einem Frettchen den Hals umgedreht. Das arme Wesen hatte sich unglücklich in einem Dornengestrüpp verfangen und war schlimm zugerichtet gewesen. Vermutlich hatte es seit Stunden versucht, sich zu befreien. Ein Beinchen war am blanken Knochen gehangen. Da war nichts mehr zu retten gewesen, doch Jona war das Jagdmesser zu groß und unangemessen erschienen. Also hatte er zugepackt und ruckzuck am Hälschen gedreht. Ein schneller und gnädiger Tod, so flüchtig wie ein Blinzeln, wenn das Knacken nicht gewesen wäre.

Jona wandte sich ab und blickte den Stamm entlang nach unten. Bis zum Boden waren es fünf oder sechs Meter. Vielleicht hätte er sich den Fuß verstaucht oder eine Rippe geprellt, aber er hätte den Sprung überlebt. Wie unbegreiflich hoch und hoffnungslos waren dagegen fünfzehn Stockwerke. Einundzwanzig, zweiundzwanzig, dreiundzwanzig … Hatte Finja auf dem langen Weg nach unten an ihn gedacht?

Jona hob den Kopf und wandte sich wieder der Lichtung zu. Der auffrischende Wind trieb breite Wellen über die Wiese, ein Bussard stellte sich stolz in den Himmel. Hikaru war aufgestanden und marschierte Richtung Waldrand. Gleich würde sie im schattigen Eingang des Hohlwegs verschwinden. Das Kaninchen trug sie wie eine Puppe im Arm.

Die Wärme stieg dampfig aus dem Boden. Noch döste der Tag vor sich hin. Holger schlief selten eine Nacht durch. Vielleicht weckten ihn die Waldgeräusche, vielleicht war das so, wenn man die siebzig überschritten hatte. Jedenfalls war er morgens immer als Erster wach, entfachte ein kleines Feuer und stellte einen Topf mit Tee auf. Heute duftete es süßlich nach Kamille und Lindenblüten. Vom Eingang seiner Laubhütte aus sah Jona, wie Hikaru sich zu ihm gesellte. Als ließe sich ein Greifvogel auf die Falkner-Faust nieder, hockt sie sich ihm gegenüber auf einen Baumstumpf. Die Arme schlang sie fest um die Knie. Jona verstand nicht, worüber sie sprachen, aber es wirkte, als erzählte ihr Holger seine Lebensgeschichte. Fragte ihn Hikaru etwas, bejahte er das mit heftigem Kopfnicken. Ja, so ist das gewesen, genau so. Umgekehrt schmunzelte Holger, wenn sie ihm etwas von sich erzählte. Ihre Vertrautheit überraschte Jona. Sie mussten sich öfter unterhalten haben, als ihm aufgefallen war. Überhaupt kam ihm Hikaru verändert vor. Einmal steckte sie den kleinen Finger in den Mund und kaute am Nagelbett. Dergleichen hatte er die letzten Tage kein einziges Mal bei ihr bemerkt. Alle anderen hatten die üblichen Benimmregeln längst hinter sich gelassen. Armin schien das Waschen überhaupt eingestellt zu haben. Natürlich war auch Hikaru von den Strapazen gezeichnet, doch ihr Bemühen, sich nicht gehen zu lassen, war beeindruckend. Die ganze Woche hatte sich keine wirkliche Gelegenheit ergeben, mit ihr allein zu sprechen. Er hätte auch nicht gewusst worüber. Siegfried hatte es längst aufgegeben, ihm das Weltgeschehen nachzuerzählen. Weder interessierten ihn Modeerscheinungen, welche Parteien sich gerade die Taschen vollstopften oder welche Filme und Serien die Menschen ruhigstellten. Hikaru würde ihn für einen Sonderling halten. Also wozu reden? Trotzdem neidete er Holger die ungezwungene Plauderei. Hikaru begegnete ihm mit einem offenen Lächeln. Wenigstens zuhören, dachte Jona, verwarf die Idee, sich anzuschleichen, aber gleich wieder. Es gab kein einziges gutes Versteck, das er zum Anpirschen hätte nutzen können. Jona drehte sich auf den Rücken und blickte durch die Baumwipfel in den grauen Morgenhimmel. Gestern hatte es Wald-Sushi gegeben. Das einfache, aber nahrhafte Rezept hatte er sich selbst ausgedacht. Man musste reichlich Larven sammeln, die es überall zuhauf gab. Dann zerdrückte man sie, gab ein paar Kräuter dazu und rollte den Brei in vorab gedämpfte Buchenblätter. Ruben hatte elendiglich gekotzt. Dabei hätte er das Eiweiß dringend nötig gehabt. Nur Hikaru hatte ihr Sushi aufgegessen. Bis dahin war Jona ihr Gesicht nahezu ebenmäßig erschienen. Kein Nasenloch war größer oder kleiner, kein einseitiges Muttermal, links und rechts die gleichen drei Fältchen, wenn sie lachte. Im Zustand des Ekels hatte Hikaru den rechten Mundwinkel aber eindeutig weiter nach oben gezogen. Seither fragte sich Jona, ob jeder Mensch eine echte Hälfte und eine Kopie davon besaß. Warum sprach man überhaupt von Hälften? War ein Gesicht kein Ganzes, sondern lediglich ein zusammengewachsenes Etwas?

An diesem letzten Morgen wollte Jona den Teilnehmern zeigen, wie man aus gerösteten Eicheln ein kaffeeähnliches Heißgetränk fabrizierte. Die Aussicht auf frisch gebrühten Kaffee sollte sie anspornen, das Wassersammeln ernst zu nehmen. Sie hätten ja nur zum Fluss gehen müssen. Wie erwartet schlugen Sven und Armin das sofort vor. Sie seien nicht so dumm, sagten sie. Doch genau das war der Fall und Jona würgte diese nüchterne Feststellung hinunter. Wasser war mit Abstand das wichtigste Gut. Den Luxus eines nahen Flusses gab es andernorts nicht. In trockenen Gebieten würde von der erfolgreichen Wassersuche ihr Leben abhängen. Murrend trotteten die beiden dann doch hinterher, als Jona mit einem Kochtopf im Arm die Teilnehmer zu einer Wiese führte. Um zu demonstrieren, was er vorhatte, kniete er sich hin und ließ die flache Hand wie eine Sense durch das Gras gleiten. Dann hob er den Arm und die um ihn versammelte Truppe sah die tropfnassen Finger. Ob sie diese ablecken sollten, fragte der noch immer mürrisch dreinblickende Sven. Armin grinste, aber das Grinsen verging ihm sofort. Jona stand auf und zog sein T-Shirt aus. Sichtlich beeindruckt von seiner physischen Präsenz nahmen die beiden eine geduckte Abwehrhaltung ein. Sie hatten sich längst eine Abreibung verdient und das schienen sie zu ahnen. Doch so plump lockten sie Jona nicht aus der Reserve. Er sah die beiden nicht einmal an, zog die Schuhe aus und steckte den rechten Fuß durch einen Armausschnitt. Dann marschiert er los und schleifte das T-Shirt hinter sich her durch die feuchte Wiese. Selbst Armin und Sven leuchtete ein, wie genial simpel diese Art des Wassereinsammelns war. Als Jona schließlich sein T-Shirt über dem Topf auswrang und reichlich Morgentau auf den Blechboden niederprasselte, nickten sie zustimmend. Wenn das Ding voll sei, gebe es Kaffee, sagte Jona. Schweißkaffee, erwiderte Holger und brachte die Runde zum Lachen. Denn keiner von ihnen besaß ein Kleidungsstück, in dem nicht der Schweiß und Dreck der letzten Tage steckte. Aber das tat der Vorfreude auf ein Getränk, das man für gewöhnlich in Cafés, Bars oder Restaurants bekam, keinen Abbruch. Holger zog sich als Erster das Shirt über den Kopf, dann Sven und Armin. Hikaru, hatte sich Jona überlegt, sollte währenddessen auf Eichelsuche gehen. Diese würden sie schälen, rösten und zwischen zwei flachen Steinen zu Pulver zerreiben. Hikaru stand links hinter ihm und noch bevor er sich zu ihr umdrehte, sah er Armins Augen aufblitzen. Hikaru hielt ihr olivgrünes Oberteil in der Hand und hob das Kinn etwas weiter an als gewöhnlich. Die durchgestreckte Haltung ließ sie ein wenig größer wirken. Nach und nach verstummten die Geräusche der anderen und Jona spürte, wie sich alle Augen auf ihre Brüste richteten. Kleine feste Brüste, keine größer, keine kleiner, Warzenhöfe rund wie Goldmünzen. Armin machte gar einen Schritt zur Seite, weil er zu klein war, um über Holgers Schulter zu blicken. Hikaru hingegen fixierte allein Jona, als wollte sie ergründen, was in seinem Kopf vorging. Doch der wusste selber nicht, was er denken sollte. Finja hatte häufig ein Sonnenbad genommen, aber sie war nie nackt vor ihm gestanden und hatte ihm dabei in die Augen gesehen. Nur auf dem einen Babyfoto, auf dem sie ihn stillte, sah sie ähnlich direkt in die Kameralinse, wie Hikaru ihn jetzt ansah. Doch das zählte nicht. Fotos zählten nicht.

Er wolle endlich seinen Kaffee, sagte Holger und das gerade noch rechtzeitig. Armin drückte es die Augäpfel wie Golfbälle aus dem Schädel und Jona nutzte die Gelegenheit, um sich abzuwenden. Während sich der Topf allmählich mit Wasser füllte, behielt er die Gruppe ständig im Blickfeld. Einmal beobachtete er, wie Sven und Armin sich Hikaru von zwei Seiten näherten. Er verstand nicht, was sie zu ihr sagten, aber ihre dreckig grinsenden Gesichter sprachen für sich. Hikaru sah erst Armin an, dann Sven, sagte etwas zu ihnen und legte dabei die rechte Hand auf ihr im Gürtelhalfter steckendes Jagdmesser. Jona wollte schon dazwischengehen, dann ging sie weiter und ließ die beiden verdutzt zurück. Noch ein Tag, dachte Jona, und irgendjemand würde durchdrehen. Vielleicht sogar er selbst. In all den Jahren war nur einmal ein Polizist hier im

Wald aufgetaucht, um sich umzusehen. Jona sah sein feistes Gesicht vor sich und wie er hämisch grinsend gemeint hatte, er habe früher auch mit Pfeil und Bogen gespielt. Irgendwie hatte Finja es geschafft, ihn von einer Anzeige wegen Wilderei abzubringen.

Sven nahm einen Schluck, verzog das Gesicht und schleuderte den Kaffeebecher gegen einen Baum. Er lasse sich nicht vergiften, schrie er. Armin, der bereits eifrig getrunken hatte, bezeichnete den Eichelkaffee nun beipflichtend als warme Pisse und stellte seinen Becher auf einen flachen Stein. Von den anderen, einschließlich Jona, kam keine Reaktion auf Svens Ausbruch. Ebenso gleichgültig verhielt sich der Wald, der erste Sonnenstrahlen durch sein Blätterdach ließ, schräg einfallende Lichtschlieren, wie mit einem Pinsel gezogen. Nach dem Frühstück schüttete Jona die Feuerstelle mit Erde zu und Hikaru half ihm dabei. Bückte sie sich, öffnete sich am Rücken, zwischen Hose und T-Shirt, ein augenförmiger Spalt. In seiner Mitte traten zwei, drei Wirbelhöcker hervor, die sich unter dem Stoff als Kletterranke fortsetzten. Der Rest der Gruppe begann mit dem Lagerabbau und Jona achtete akribisch darauf, dass kein Müll zurückblieb. In einem Moment, in dem sich Armin unbeobachtet fühlte, sah er ihn den Kaffeebecher in einem Zug leeren. Nachdem alle ihre Rucksäcke gepackt hatten, brachen sie auf. Für die Teilnehmer ging es zurück in die Zivilisation und Jona freute sich unsagbar auf sein Häuschen.

Zuvor hatte die Gruppe eine allerletzte Herausforderung zu meistern. Was genau, war Jonas Geheimnis. Gleich am ersten Tag hatte er sich zu Andeutungen hinreißen lassen. Mittlerweile bereute er das. Sven hatte jeden Tag davon angefangen, weil er auf ein Abenteuer hoffte, mit dem er später würde angeben können. Der Weg zur finalen Aufgabe führte stetig nach oben.

Allmählich lichtet sich der Wald. Jona ging voraus. Das ständige Gequatsche von Sven und Armin ärgerte ihn. Einmal waren die Rucksäcke zu schwer, dann war es ihnen zu warm oder sie faselten endlos über Schweinebraten und Bier. Nach einer Weile gesellte sich Hikaru zu Jona, der es ähnlich zu ergehen schien. Nachdem sie ein gutes Stück Weg kaum gesprochen hatten, trafen sie auf ein Rudel Rehe, das sie mit großen Augen musterte und dann Reißaus nahm. Wohl eher wegen der lärmenden Truppe hinter ihnen als wegen der beiden. Für Jona unerwartet entwickelte sich ein längeres Gespräch. Dass sie einander nicht starr gegenübersaßen, sondern nebeneinander hergingen, machte es ihm leichter. Hikarus Fragen öffneten nach und nach eine Art Schleuse. Er hatte nicht geahnt, wie viele Worte sich in ihm aufgestaut hatten. Vermutlich lag auch im baldigen Auseinandergehen eine Ursache für Jonas plötzlichen Redeschwall. In wenigen Stunden würden die Teilnehmer in ihre Autos steigen und in Richtung Stadt aufbrechen. Hikaru etwas von sich zu erzählen, war wie eine Flaschenpost in den Fluss zu werfen. Das erste Mal überhaupt nach ihrem Selbstmord sprach Jona über Finja.

Mmmmmmmmhmhhhmmmmmmhhhmmmmhhhh …

Pst!

Was ist los?

Da!

Ich sehe sie auch. Wie elegant sie sich bewegen. Wie Tänzer.

Das Kitz sieht dich an.

Es hat wunderschöne Augen.

Seltsam.

Was?

Dass sie nicht weglaufen.

Denkst du, wir können näher gehen?

Nein.

Stille.

Diese Idioten führen sich wie eine Touristenherde auf. Den hohlen Lacher kenn ich, das war Armin. Lass uns weitergehen.

Gute Idee.

Wie weit ist es noch bis zur letzten Aufgabe?

Hm … Zwei Stunden, wenn wir nicht langsamer werden.

Müssen wir auf einen besonders hohen Baum klettern oder über eine Schlucht springen?

Das wirst du in zwei Stunden wissen.

Das war eine schöne Woche.

Wirklich?

Ja! Für mich schon. Früher war ich mit meiner Zwillingsschwester viel in den Bergen unterwegs. Aber da hatten wir immer unsere Ausrüstung und Proviant dabei. Jetzt weiß ich, dass es auch ohne geht und dass ich das schaffe. Ich mag den Wald. Man fühlt sich hier nie allein. Hey Jona, lachst du mich aus?

Nein, nein. Es ist nur genau so, wie du sagst.

Wie lange lebst du schon hier?

Schon lange. Mein Häuschen liegt auf der anderen Flussseite.

Lebst du dort allein?

Ja.

Immer schon?

Nein.

Stille.

Finja ist letztes Jahr in die Stadt gezogen.

Ist Finja deine Freundin?

Kurze Stille.

Entschuldige, das geht mich nichts an.

Kurze Stille.

Finja ist meine Mutter.

Aha … Seht ihr euch viel? Melde dich doch, wenn du mal in der Stadt bist.

Ich gehe nicht in die Stadt. Nie wieder. Finja ist tot.

Das wusste ich nicht, tut mir leid.

Braucht es nicht. Es war ihre Entscheidung.

Du meinst, sie …

Kurze Stille.

Sie ist gesprungen.

Entschuldige. Du musst mir das nicht erzählen.

Stille.

Schon gut.

Kurze Stille.

Es war Finjas Geburtstag. Aber ich glaube, die Party war Yoricks Idee.

Yorick?

Wegen ihm ist sie überhaupt erst weg. Er hat ein Penthouse im fünfzehnten Stock. Ich hätte gar nicht hinfahren sollen.

Und warum warst du dann doch dort?

Ich weiß nicht. Mein Großvater war auch da. Der lässt sich sonst nie blicken. Die einzige Freundin, die Finja eingeladen hat, war ihre Arbeitskollegin Mailin. Alle anderen Partygäste waren Yoricks Kunden und Geschäftspartner. Er ist Anwalt. Ich konnte nur kurz mit Finja sprechen, dann ist Mailin in die Küche gekommen.

Kurze Stille.

Eine halbe Stunde später ist sie von der Dachterrasse gesprungen.

Stille.

Hat sie dir einen Brief hinterlassen?

Jona schüttelt den Kopf.

Meine Schwester Matumo hatte Krebs. Auch wenn man sich verabschieden kann, die Zeit zum Reden ist immer zu kurz. Ich träume oft von ihr.

Jona nickt.

Letzte Woche habe ich geträumt, dass wir mit dem Rad zum See gefahren sind.

Du und Finja?

Ja. Früher waren wir dort oft mit meinem Vater, aber der war nicht dabei. Finja hat so unglaublich jung gewirkt. Als wäre sie meine große Schwester. Das ist verrückt, ich sollte …

Nein, das ist nicht verrückt.

Ich weiß nicht.

Kurze Stille.

War es ein schöner Ausflug?

Ja. Finja hat viel gelacht. Ständig hat sie sich zu mir umgedreht und gerufen, ich solle schneller treten. Dass ich sie nicht einholen konnte, hat mich richtig geärgert. Aufpassen!

Was?

Da, die Sträucher. Siehst du die Dornen?

Okay, ich pass auf. Und seid ihr zu dem See gekommen?

Ja. Die Stelle zwischen dem Schilf existiert tatsächlich, die hat mein Vater entdeckt. Es gibt einen kleinen Steg und Birken, die einen guten Schatten werfen. Das Schilf rauschte im Wind und manchmal wehte er von der anderen Uferseite Kindergeschrei zu uns herüber.

Hört sich schön an. Eine Runde schwimmen wäre jetzt gerade recht.

Finja sprang ins Wasser.

Und du?

Ich wartete, bis sie wieder rauskam und sich zum Trocknen auf die Holzdielen legte.

Und dir war nicht heiß?

Doch, aber in dem Traum wollte ich nur unter den Birken sitzen und ihr zusehen. Ich weiß auch nicht warum. Ihr Bikini war weiß. So einen hatte sie gar nicht.

Kurze Stille.

Irgendwann kam sie mir wie ein Stück Treibholz vor, das der See angespült hatte. Alles bewegte sich, Wellen, Wolken, Schilfhalme, nur sie lag völlig reglos da. Als hätte Finja von diesem Sommertag geträumt und ich hätte sehen können, was sie träumt.

Ein Traum im Traum?

Schon wieder verrückt, oder? Keine Ahnung, warum ich dir das erzähle. Entschuldige.

Ich höre gerne zu.

Kurze Stille.

Bleib mal kurz stehen.

Warum?

Horch.

Was?

Kurze Stille.

Gefällt dir das Rauschen? Ich mag die Übergänge.

Welche Übergänge?

Die, die man nicht hört. Jetzt gerade passiert es überall. Ein Leben geht, ein anderes kommt.

Und das Rauschen bleibt immer gleich.

Jona nickt.

Willst du eine Pause machen? Ich kann deinen Rucksack tragen.

Alles gut, Jona. Bleiben wir lieber in Bewegung, bevor uns die anderen einholen. Wie ging euer Badetag am See denn weiter?

Kurze Stille.

Viel passierte nicht mehr. Sie legte sich auf den Bauch und knotete am Rücken die Bänder auseinander. Mit den angewinkelten Armen sah sie wie ein Krebs aus, der die Scherenhände hebt. Irgendwann lag ich neben Finja auf dem Steg. Ihr Rücken fühlte sich kalt an. Ich fragte sie, ob sie friert. Aber Finja lachte nur und sagte, dass ich einmal so ein stattlicher Mann sein würde wie mein Vater. Dann schüttelte sie den Kopf und klatschte mir ihre nassen Haare ins Gesicht.

Lass mich raten: Und dann bis du aufgewacht.

Kurze Stille.

Gemeinsam mit meinem Vater hatten wir immer viel Spaß. Er konnte richtig witzig sein. Wenn ich zu ihnen ins Bett wollte, hat er Finja ganz fest an sich gedrückt und behauptet, dass sie siamesische Zwillinge sind. Das habe ich mir natürlich nicht gefallen lassen. Er hat mich dann ein feindliches Flugobjekt genannt, hochgehoben und eine Weile zappeln lassen. Aufgegeben habe ich trotzdem nicht und gekämpft, bis sich zwischen ihnen ein Spalt aufgetan hat, in den ich mich hineinzwängen konnte. Vorher habe ich keine Ruhe gegeben.

Wo ist dein Vater jetzt?

Herzinfarkt.

Hm …

Kurze Stille.

Er war oft im Wald mit mir. Mit Pilzen kannte er sich gut aus und das Fischen habe ich auch von ihm gelernt. Einmal haben wir zusammen ein Baumhaus gebaut.

Mein Vater und sein Bauch wären nie einen Baum hochgekommen.

Dein Vater ist dick? Kann ich mir gar nicht vorstellen.

Haha …

Entschuldige, ich wollte nicht …

Alles gut. Mein Vater hätte jetzt auch gelacht.

Kurze Stille.

Ich wünschte, er hätte mehr mit uns unternommen. Den Garten hat er geliebt. Wenn er auf seiner Bank saß, sah er irgendwie glücklicher aus. Leider war er viel zu selten im Garten und viel zu lange in seinem Arbeitszimmer. Für Matumo und mich war der Dachboden der tollste Spielplatz, den wir uns vorstellen konnten.

Mein Lieblingsort im Haus war der Kleiderschrank in meinem Kinderzimmer. Das war mein eigener kleiner Weltraum und das Schlüsselloch war ein Stern. Ich hatte sogar einen Raumanzug. Vaters Sturzhelm und Finjas Daunenjacke.

Stelle ich mir ziemlich heiß vor.

Und wie. Wenn die echten Astronauten auch so schwitzen, müssen die Gucklöcher der Raumstation ständig beschlagen.

Haha, du hast deine Kindheit also im Kleiderkasten zugebracht. Ehrlich gesagt, stelle ich mir die unendlichen Weiten ein wenig anders vor. Haha …

Es ist ein Riesenunterschied, ob man nur einfach die Augen schließt oder direkt in das Schwarz blickt. Das ist schwer zu erklären. Das ist wie wenn es zwischen innen und außen keinen Unterschied mehr gibt.

Kurze Stille.

Diese Woche habe ich mehr Sterne gesehen als in der Stadt das ganze letzte Jahr.

Hast du schon mal in die Sonne gesehen? Direkt hinein?

Du weißt, dass das nicht geht.

Ja, aber findest du das nicht seltsam?

Was?

Dass unsere Augen die absolute Dunkelheit ertragen, aber das Licht sie zerstört. Ohne die Sonne wäre die Erde eine Steinwüste. Das ist, als ob du deiner Mutter nicht in die Augen sehen dürftest.

Gegen Mittag erreichten sie den Waldrand. Die Baumreihen endeten vor einem Abhang, der fünfzehn bis zwanzig Meter senkrecht nach unten führte. Von dort war es etwa eine halbe Stunde Gehzeit zum Parkplatz. Allen voran Holger und Sven zeigten sich von der letzten Aufgabe begeistert. Um zu Schaumbädern, Milchschokolade und Fernsehserien zurückzugelangen, galt es, diesen Abgrund zu überwinden. Das Abseilen war eher Spaß als Mutprobe, und Jona freute sich, dass die Woche vielleicht doch noch ein versöhnliches Ende nehmen könnte.

Was er an diesem Ort so liebte, war weniger die gefährlich anmutende Schlucht als der riesige Felsen, der mehrere Meter darüber hinausragte. Woher Finja gewusst hatte, dass dieser gewaltige Stein den indianischen Namen Kowi trug, hatte Jona vergessen, vielleicht hatte sie sich das auch nur ausgedacht. Er war ein Kind gewesen und hätte ihr alles geglaubt. Mit ein wenig Fantasie sah Kowi wie eine offene Hand aus. Als hätte sie ein Berg ausgestreckt, und weil Berge so unendlich viel Geduld besaßen, lag sie immer noch da und wartete, dass jemand sie drückte oder etwas in sie hineinlegte. Jona hatte hier schon viele Sonnenuntergänge erlebt und mitverfolgt, wenn der Himmel sich mit warmen Orangetönen vollsog. Nördlich, auf einer Anhöhe, ragte dann ein Wipfel spitz und zackig als schwarze Silhouette hervor. In Jonas Vorstellung ein Stachel. Würde ihn jemand herausziehen, liefe der Himmel wie ein pralles Eigelb aus. Oft verbrachte er nach solchen Sonnenuntergängen die Nacht auf Kowi. Hier kam ihm der Mond deutlich größer vor und es zeigten sich mehr Sterne als irgendwo sonst. Woran das lag, war ihm ein Rätsel. Im Wald gab es keine Lichtverschmutzung wie in den Städten und der Höhenunterschied, egal ob unten im Flussbett oder wie jetzt auf einem Hügel, war im Vergleich zur Distanz zwischen Erde und dem Rest des Weltalls bedeutungslos.

Links von Kowi, verdeckt durch einen Hagebuttenstrauch, war die beste Stelle, um sich abzuseilen. Die Kante zu überwinden, sich selbst zu überwinden, war der schwierigste Teil des Abstiegs. Auf den ersten Metern wanden sich Wurzeln aus dem lehmig felsigen Boden, an denen man sich festhalten konnte. Auf halbem Weg querte die Schlucht eine ellenbogenbreite Trasse. Mit etwas Geschick ein guter Standplatz, bevor der schwierigste Abschnitt mit lockerem Geröll und glatten Felsen folgte. Jona prüfte das Sicherungsseil, wickelte ein Ende zweimal um eine Birke und erklärte Ruben, wie er damit umzugehen habe. Wegen seiner Verletzung, die noch nicht vollends verheilt war, würde er ihn als Letzten abseilen. Hikaru machte den Anfang. Ihr bereitete der Abstieg ebenso wenig Probleme wie dem Achttausender-Bezwinger Holger, dem diese angebliche Mutprobe ein breites Grinsen entlockte. Ruben kam kaum mit dem Seil nach, da war er auch schon unten. Blieben Sven und Armin. Jona war Armins Anspannung aufgefallen und dass er sich als Einziger nicht zum Abhang vorgewagt hatte. Er blinzelte in einem fort und sein Hals war gerötet. Sven schien das ebenfalls bemerkt zu haben und schnauzte seinen Freund an, er solle sich nicht so anstellen. Worauf Armin beide Hände in die Hosentaschen steckte und den Kopf einzog. Jona ging zwischen die beiden und erklärte Armin nochmals in aller Ruhe den Knoten, während er ihm das Sicherungsseil anlegte. Dabei suchte er Augenkontakt und scherzte, dass Eichelkaffee gegen Verstopfung helfe. Nach einer Weile merkte Jona, dass Armin ruhiger atmete. Bald würde er ihn so weit haben, dass er sich rücklings zur Kante hinkniete. Doch Sven ging das zu langsam, er war sichtlich verärgert, dass sich sein Freund wie ein ängstliches Kind aufführte. Wütend packte er Armin am Oberarm und zerrte ihn unwirsch zur Abstiegsstelle. Er mache sich lächerlich, fuhr er ihn an und dass er immer schon ein Feigling gewesen sei. Im Krieg könne er sich so etwas nicht erlauben, da würde man Angsthasen an die Wand stellen. Jetzt erst reagierte Armin und versetzte Sven einen kräftigen Stoß gegen die Brust. Der war von der Gegenwehr völlig überrascht und wäre beinahe hingefallen. Als müsste er sich versichern, dass es Augenzeugen gab, sah Sven zuerst Jona an und drehte sich dann zu Ruben um, der ihm grinsend zunickte. Instinktiv spürte Jona die Gefahr. Er musste energisch einschreiten und das sofort. Sven hatte sich indes wieder gefangen und verpasste Armin einen wuchtigen Faustschlag ins Gesicht. Worauf dieser rückwärts taumelte und die Arme fuchtelnd nach vorne riss. Auf dem unebenen Boden gelang es ihm nicht, das Gleichgewicht wiederzuerlangen. Jona stieß Sven weg und sprang in Tormannmanier auf Armin zu. Wenige Zentimeter bevor seine vorgestreckte rechte Hand Armins Fingerspitzen erreichte, setzte dessen linker Fuß ins Leere. Sein Körper knickte ein, und als zerrten unsichtbare Fäden an ihm, zog es ihn über die Kante. Der Ruck riss Ruben das Sicherungsseil aus der Hand. Surrend wickelte es sich vom Birkenstamm ab. Ähnlich klingt es, wenn Kinder beim Drachensteigen Leine geben, um einen Aufwind zu nutzen. Geistesgegenwärtig griff Jona nach dem sich neben ihm pfeilschnell vorbeischlängelnden Seil. Die Reibungshitze verwandelte es augenblicklich in einen glühenden Draht, und auch wenn die Fingerknöchel schneeweiß leuchteten, dachte Jona, seine Faust würde verbrennen. Los ließ er dennoch nicht. Er wälzte sich einmal um die eigene Achse und bekam das Seil mit der zweiten Hand zu fassen. Der Sog, der Armin in die Tiefe riss, erfasste nun auch ihn und schleifte ihn mit unbändiger Wucht über den Boden. Jona machte sich breit, grätschte die Beine und setzte Knie und Ellenbogen wie Pflüge in die Erde. Ein letzter Ruck, dann lag er still und rang ächzend nach Luft. Von unten drang dumpf Hikarus und Holgers Rufen. Ruben, der sich endlich aus der Schockstarre befreit hatte, humpelte Jona zu Hilfe. Der Wald wippte indes gelangweilt mit den Ästen und sandte eine trillernde Rotkehlchenfamilie aus. Vermutlich der erste gemeinsame Ausflug, weil die Kinder sich schwertaten, mit den Eltern mitzuhalten.

Abgesehen von ein paar Blessuren und einem gehörigen Schock hatte Armin nichts abbekommen. Ein Wunder, das er Jona zu verdanken hatte. Der blaue Striemen um seinen Brustkorb würde ihn allerdings eine Zeit lang an diesen Tag erinnern. Auf dem Weg zum Parkplatz versuchte Sven, die Sache ins Lächerliche zu ziehen und sagte, Armin tauge nicht einmal als Kamikazepilot. Trotz der brennenden Schmerzen ballte Jona die Fäuste und bereute, ihn nicht über die Kante geworfen zu haben. Er machte sich schwere Vorwürfe, weil er Sven und Armin von Anfang an als gefährliche Vollidioten eingestuft, sie aber nicht vorzeitig nach Hause geschickt hatte. War es wegen des Geldes, das sie ziemlich sicher zurückgefordert hätten? Vielleicht redete er sich ja nur ein, dass er nicht käuflich sei. Vielleicht war sein ganzes Leben ein fortgesetzter Selbstbetrug. Darüber würde er noch nachdenken müssen, doch für den Moment wollte er nur, dass alle schnellstmöglich in ihre Autos stiegen und aus seinem Wald verschwanden. Zu Hause würde er seine Wunden mit einem Brei aus Schafgarbe und Huflattich versorgen und mit kalten Umschlägen kühlen.

Wenige Minuten später hatte sich sein Wunsch großteils erfüllt. Nur ein kleiner hellblauer Toyota stand nach wie vor auf dem Parkplatz. Offensichtlich verstaute Hikaru ihre Sachen nicht im Kofferraum, sondern nahm andere Dinge heraus, die sie sorgfältig in ihren Rucksack packte. Während des Überlebenstrainings waren elektronische Geräte aller Art untersagt gewesen. Hikaru jetzt mit einem Smartphone am Ohr zu sehen, fühlte sich für Jona ungewohnt an. Mit wem auch immer sie telefonierte, dieser oder jene schien vom Gehörten wenig begeistert. Sie schüttelte mehrmals den Kopf, als wollte sie zeigen, dass ihr Gegenüber etwas falsch verstanden habe. Kurz überlegte Jona, sich einfach umzudrehen und durch das nahe Dickicht zu verschwinden. Es war längst Zeit, sich auf den Heimweg zu begeben. Die Sonne stand tief und es würde bald dämmern. Dann steckte Hikaru ihr Smartphone in die Gesäßtasche, drehte sich um und kam auf ihn zu. Jona blickte zu Boden. Eine peinliche Geste, aber er konnte nicht anders. Was immer sie auf dem Marsch zu Kowi gesprochen hatten, hatte Bedeutung und Wert verloren. Er hatte versagt. Armin hätte tot sein können. Es wäre seine Schuld gewesen. Wieder einmal wäre es seine Schuld gewesen. In seine Gedanken hinein hob Hikaru ihr Kinn und sah zu ihm auf. Winzige dunkle Monde sahen ihn freudig an. Während sie lächelnd von ihren Absichten sprach, wurde ihm schwindelig, als drehte sich in seinem Kopf ein Windrad. Was Hikaru vorhatte, war absurd. Das konnte sie unmöglich ernst meinen, das würde er nicht zulassen. Doch wie sollte er es verhindern? Der Wald gehörte ihm nicht, der Wald gehört nur sich selbst. Ohne wirklich daran zu glauben, sagte sich Jona, dass sie nicht durchhalten werde und dass morgen oder spätestens übermorgen der kleine Toyota vom Parkplatz verschwunden sein würde. Vorerst blieb ihm aber nichts anderes übrig, als mit anzusehen, wie ein Rucksack auf zwei zierlichen Beinen zwischen den Bäumen verschwand. Über dem oberen Rucksackrand pendelte Hikarus Haarkugel hin und her. Sie hatte lange auf ihn eingeredet, doch in Jonas

Kopf hallten nur wenige Phrasen nach: Sie werde hierbleiben; er solle sich nicht sorgen; sie könne auf sich aufpassen.

Jona entdeckte den gebrochenen Zweig von Weitem. Entgegen der Wuchsrichtung aller anderen, die nach oben, dem Licht zustrebten, zeigte dieser schlaff nach unten. Wenige Fasern und ein wenig Rinde hielten ihn am Baum. Jona betrachtete die Bruchstelle gründlich und rieb ein paar Blätter behutsam zwischen Zeigefinger und Daumen. Es konnte keine zwei Tage her sein, dass jemand oder etwas diesen Zweig geknickt hatte. Mit einem entschlossenen Ruck entriss er dem Stamm das Aststück, steckte es wie eine Lakritzstange in den Mund, schloss die Augen und nuckelte daran. Verschwommen sah er Hikaru vor sich, aber zu undeutlich, um zu entscheiden, ob er es war, der an sie dachte, oder ob das schiefrige Holzstück sich an sie erinnerte. Jona spuckte den Zweig aus, zog den Handrücken über die Lippen und lächelte. Sie spielte ein Spielchen mit ihm, doch er würde ihr auf die Schliche kommen. Eine knappe Woche war vergangen, seit sie sich auf dem Parkplatz von ihm verabschiedet hatte. Offensichtlich war sie seither permanent in Bewegung, wechselte täglich den Standort und kletterte zum Schlafen in Baumkronen. Wie sonst war es möglich, dass sie ihm nie über den Weg gelaufen war? Die leere Chipspackung, die er unter einer Brombeerhecke gefunden hatte, hätte seit Jahrzehnten dort liegen können. Und er glaubte nicht, dass Hikaru so etwas essen, geschweige denn die Verpackung wegwerfen würde. Als Armin seinen Müll in einem hohlen Baumstumpf entsorgen wollte, hatte sie ihn energisch zurechtgewiesen. Vorgestern hatte er gedacht, er sei ihr auf den Fersen. Doch Spuren und Geräusche hatten Jona nur zu zwei Wanderern geführt, die seit Tagen niemandem begegnet waren. Blieb die Möglichkeit eines Verbrechens. Doch sein Gefühl sagte ihm, dass Hikaru es darauf anlegte, unsichtbar zu sein. Jona ging in die Knie und hob den weggeworfenen Zweig wieder auf. Mit der flachen Hand fegte er Blätter, Steinchen und Rindenstücke zur Seite, bis die dunkle Erde zum Vorschein kam. Er würde sich nicht länger an der Nase herumführen lassen. Mit wenigen Strichen furchte er Fluss, Parkplatz, Kowi, die Forststraße, sein Häuschen und ein paar weitere Anhaltspunkte in den Waldboden. Die schroffen Berge im Norden deutete er mit einer zackig lang gezogenen Linie an. Ohne Kletterausrüstung kam man hier nicht weit. Nach kurzer Überlegung beschloss Jona, die Suche dort zu beginnen, wo der Fluss den Wald verließ. Das Flussbett war seicht und es gab viele Sand- und Kiesbänke. Würde das Wasser eine Leiche mit sich führen, würde sie spätestens hier zu liegen kommen. Anschließend würde er sich den Fluss entlang bis zum Wasserfall hocharbeiten. Wenn es sein musste, würde er dann den gesamten Wald durchkämmen. Mit zwei waag- und zwei senkrechten Kerben teilte Jona die Karte in neun gleich große Flächen. Das entstandene Muster erinnerte ihn an das Spiel Tic-Tac-Toe. Wenn es das war, wenn Hikaru herausfinden wollte, wer schlauer war, dann sollte sie das bekommen.

Der letzte Winter hatte die Berggipfel mit einer meterdicken Schneeschicht überzogen. Daher führte der Fluss gegen Ende des Sommers noch immer reichlich Wasser, unterspülte Uferböschungen, gönnte sich neue, schmale Seitenarme und schuf kleine Inseln. Sein Gefühl sagte Jona, dass Hikaru jeden Moment hinter einem Gebüsch hervortreten und ihm lächelnd zuwinken werde. Dennoch hielt er Ausschau nach einem Haarschopf oder einer aus den Fluten ragenden Hand. Am späteren Nachmittag glaubte er, eingeklemmt zwischen zwei Felsen, etwas Menschliches zu erspähen. Das Olivgrün stimmte mit dem

Shirt überein, das Hikaru beim Wassersammeln ausgezogen hatte. Der Fluss war an dieser Stelle teils hüfttief und Jona hatte Mühe, den Stromschnellen standzuhalten. Während er sich zu den Felsen vorkämpfte, drängten sich ihm grausige Bilder und Fragen in den Sinn. Würde ihr wunderschönes Gesicht wegen des kalten Wassers blau sein oder weißlich, aufgedunsen oder von scharfkantigem Gestein zerschnitten, zerschmettert vielleicht? So oder so erwartete ihn ein schrecklicher Anblick, den er ein Leben lang mit sich herumtragen würde.

Jona hatte im ersten Schock auch Finja noch einmal sehen wollen. Heute war er froh, dass die Polizistin ihn an der Absperrung zurückgehalten hatte. Fünfzehn Stockwerke freier Fall hatten Haut, Knochen, Fleisch und Blut hinterlassen, aber keine Finja.

Jetzt hielt ihn niemand zurück und Jona hoffte inständig, dass wenigstens Hikarus Gesicht unversehrt geblieben war. Warum nur hatte sie nicht auf ihn gehört? Er hatte ihr doch eindringlich geraten, die Heimreise anzutreten. So sehr er den Wald liebte, so sicher war, dass er jeden Fehltritt erbarmungslos bestrafte. Die Natur war süchtig nach dem Kreislauf der Dinge, nach Gebären und Wachsen ebenso wie nach Tod und Verwesung.

Bis kurz bevor er das, was er für Hikaru hielt, mit den Fingerspitzen erreichte, dachte Jona, sie gefunden zu haben. Dann war es bloß ein olivgrüner Schlafsack, der ihn an seinen Augen zweifeln ließ. Ob verloren oder absichtlich entsorgt, der frühere Besitzer hatte ihn dem Fluss überlassen. Dieser warf den Schlafsack hin und her, als wollte er ihm Leben einhauchen. Zurück am Ufer zog Jona die nassen Sachen aus und hing sie zum Trocknen in die Sonne. Bevor er sich hinlegte, drehte er sich um die eigene Achse und horchte in den Wald.

Die Suche am Fluss entlang brachte nichts ein und seine Sorge um Hikaru wuchs weiter. Nach einer unruhigen Nacht, die er am Fuße der Berge verbracht hatte, kletterte er ein Stück das scharfkantige Gestein hoch. Weit kam er nicht und kehrte mit aufgeschürftem Schienbein zurück. Sollte sie die unwirtlichen Felsen tatsächlich bezwungen haben, hatte er sie wieder einmal unterschätzt. Vermutlich war die ganze Suchaktion ein unnötiges und absurdes Unterfangen. Jona fragte sich, was Hikaru wohl von ihm dachte. Er traute ihr durchaus zu, hinter seine Fassade geblickt und das unsichere Kind entdeckt zu haben. Irgendetwas in ihm wollte einfach nicht erwachsen werden. Wäre es nach Finja gegangen, hätte er studiert und hinterher einen gut bezahlten Job angenommen. Aber wozu? Damit er seinen Beitrag zum Wirtschaftswachstum leistete, das in Wahrheit nur den Superreichen diente und der kaufwilligen Masse gerade genug Geld überließ, um sich ein wenig Luxus und sinnloses Spielzeug zu leisten? Sah er den Tatsachen ins Auge, war es eine Frage der Zeit, bis die Holzindustrie mit ihrem militärähnlichen Gerät auch in seinen Wald vordringen würde.

Jona stürmte auf den kleinen Toyota zu. Zwar stand er noch immer unter der alten Ulme, die sich ausladend über ihn beugte, doch vor drei Tagen war er rechts von ihr gestanden. Hikaru musste hier gewesen sein, wer sonst hätte ihn umgestellt. Und dann kam ihm der Gedanke, dass sie die Nächte womöglich im Wagen verbrachte. Darum hatte er auch nie ein Lager oder dergleichen entdeckt. Während er also jedes Schlupfloch im Wald abgesucht und jedes größere Rindenstück umgedreht hatte, war sie seelenruhig in ihrem kuscheligen Kleinwagen gelegen. Hikaru hatte ihn vorgeführt. Obwohl das Auto leer war, trommelte Jona auf Dach und Scheiben. Wo immer sie gerade war, sie sollte hören, dass ihr Versteckspiel aufgeflogen war. Als weiter nichts geschah und er um den Wagen herumging, machten ihn die hochgestellten Sitze stutzig. Um darin zu schlafen, hätten diese umgelegt sein müssen. Es herrschte auch keinerlei Unordnung, die vermutlich entstünde, wenn man den Innenraum als Bett gebrauchte. Offensichtlich hatte sie mit seinem Auftauchen gerechnet und achtete penibel auf jedes verräterische Detail. Schließlich bemerkte er zwei, drei Schritte links der Fahrertür eine großflächige Mulde im Schotterboden. Jona erinnerte sich, dass Holger zu Hikaru gesagt hatte, sie müsse zu ihrem Wagen schwimmen. War diese ausgetrocknete Vertiefung die ehemalige Wasserlacke? Andererseits war der Parkplatz voller Schlaglöcher. Es konnte sich durchaus um einen Zufall handeln. Erste Zweifel regten sich. Vertauschte er links mit rechts, hatte sich der kleine Toyota kein Stück vom Fleck bewegt? Früher hätte er seinem Verstand blind vertraut und noch mehr seinem Instinkt. Doch offenbar existierte dieser Jona nicht mehr. Dieser frühere Jona hätte sein Leben dagegen gewettet, dass Finja eine Selbstmörderin war. Und hatte er nicht bereits alles verloren; war das nicht genug, musste nun auch Hikaru verschwinden? Jona spürte die aufkeimende Wut und überlegte angestrengt, wie er sich Luft machen sollte, bevor er dem kleinen Toyota mit Faustschlägen die Karosserie verbeulte. Aus der Not wurde eine Frage, die unsinnig war, weil Tote nicht zurückkehren. Dennoch klammerte sie sich wie ein angezählter Boxer an Jona: Müsste er wählen, wen würde er retten wollen, Finja oder Hikaru, die er gerade mal ein paar Tage kannte? Die Antwort, die ihm als Erstes in den Sinn kam, traf Jona wie ein Schlag in die Magengrube. Hätte er sich nicht auf den Wagen gestützt, er wäre in die Knie gegangen. Er erinnerte sich an die Unterhaltung, die sie am letzten Tag des Trainings geführt hatten. Sie waren nebeneinander her spaziert, ihr Shirt hatte sanft auf und ab gewippt und flüchtige Wellen geworfen, als plätscherte der Fluss an einer ruhigen Stelle vor sich hin. Erneut schwor er sich darauf ein, Hikaru zu finden. Sie war am Leben, das spürte er.

Weil er seit Tagen nichts Anständiges gegessen und wenig geschlafen hatte, beschloss Jona, die Suche zu unterbrechen. Ein frisches Shirt würde ebenfalls nicht schaden. Als er Stunden später zu Hause eintraf, fühlte es sich an, als wühlten sich Regenwürmer durch sein Gehirn. Um den Kopf freizubekommen, steckte er ihn lange in die Regentonne. Erst als er nach Luft schnappend emporschnellte, dass seine Haare einen Wasserschweif an die Hausmauer klatschten, verspürte Jona etwas Erleichterung.

Die Tage vergingen zäh. Ihm fehlte die Lust, irgendetwas anzupacken. Im Gemüsebeet hätte das Unkraut gejätet und hinterher gedüngt werden müssen. Es wurde Zeit, Karotten und Kohlrabis zu ernten, Chutneys und Marmeladen einzukochen oder Kräuter zu trocknen, solange die Energie des Sommers in ihnen steckte. Auch die Fleischvorräte neigten sich dem Ende zu. Das letzte Wildschwein hatte Jona im Frühjahr erlegt. Wenigstens das Haus, in dem der Staub wie Raureif auf den Möbeln lag, hätte er putzen müssen. Zu alldem fehlte ihm aber der Antrieb. Einmal saß er auf der Veranda und stellte sich vor, der Wald würde gemächlich über sein Häuschen wuchern. Dicke Moospolster würden das Dach bedecken, Insekten sich im morschen Holz einnisten, Pilze aus der Ledercouch wachsen, Frösche in der Spüle planschen. Und er würde einfach sitzen bleiben und irgendwann würde ein Fuchs auf die Armlehne hüpfen und der Schaukelstuhl, in dem nunmehr ein menschliches Gerippe saß, würde lustig vor und zurück wippen. Vermutlich würde der Fuchs erschrocken Reißaus nehmen, aber er würde wiederkommen, sich Schienbein oder Ellenbogen schnappen und es in seinen Bau schleppen.

Jona sah in den Spiegel und rieb sich mit den Fingerrücken

das stoppelige Kinn. Seinen ursprünglichen Plan, den Wald systematisch zu durchsuchen, hatte er aufgegeben. Das ergab nur Sinn, wenn sich Hikaru an einem fixen Ort aufhielt, doch daran glaubte er nicht mehr. Gegen Mittag kam Siegfried vorbei, um frischen Honig für den Wochenmarkt zu holen. Jona gab ihm neunzehn von den zwanzig Gläsern, die noch im Regal standen. Auf sein Drängen hin hatte Siegfried die letzten Tage versucht, Hikaru zu erreichen. Wie die anderen auch hatte sie sich für das Überlebenstraining telefonisch angemeldet. Als er meinte, dass die Leitung tot sei, zuckte Jona innerlich zusammen.

Tags darauf erhielt Jona erneut Besuch. Der »leitende Beamte«, wie sich der knorrig dreinblickende Mann mit buschigem Schnauzer vorstellte, sagte, dass eine Freundin Hikaru als abgängig gemeldet habe. Zwei Tage lang versetzte ein Polizeitrupp mit Suchhunden den Wald in Aufruhr. Ohne es auszusprechen, gingen sie von einem Gewaltverbrechen aus. Wieder und wieder, in der Hoffnung, er würde sich in Ungereimtheiten verstricken, musste Jona erzählen, wie das Überlebenstraining abgelaufen war. Die abschätzigen Blicke, die die Polizisten einander zuwarfen, offenbarten, was sie von ihm und seiner Art zu leben hielten. Einmal hörte er sie über einen Holzwilden sprechen, dann von einem Freak. Nur ein kleiner, dicklicher Beamter schien den Einsatz mit Humor zu nehmen, legte Jona den Arm um die Schulter und nötigte ihm ein Selfie ab. Seine Tochter würde ihm sonst nicht glauben, dass es ihn wirklich gebe. Gegen Ende des zweiten Tages rückten Armin und Sven ins Visier des Schnauzbärtigen. Auf die beiden war Jona noch gar nicht gekommen. Waren sie umgekehrt und hatten ihr aufgelauert? Andeutungsweise erfuhr er von Vorstrafen und von rechtsradikalen Kreisen, in denen sie sich bewegten. Behielt der Polizist recht und sie hatten Hikaru etwas angetan, würde er sie vor ihm finden und zur Strecke bringen. Natürlich sprach Jona das nicht laut aus, doch Schnauzbart schien sein Vorhaben zu ahnen. Er solle sich das abschminken, sagte dieser forsch. Nachdem er mit seinen Beamten ergebnislos abgezogen war, kehrte die Ruhe rasch in den Wald zurück, aber nicht in Jona. Schloss er die Augen, sah er Hikaru den schweren Rucksack schultern und wie sie zwischen den Bäumen verschwand. Immer öfter verfluchte er sein Gedächtnis, das ihm die letzte Unterhaltung nur bruchstückhaft wiedergab. Er war derart schockiert gewesen, dass ihm jemand seinen Wald streitig machte, dass er ihr gar nicht richtig zugehört hatte. Letztlich wusste er nur, dass er Hikarus Gegenwart zu fühlen glaubte, wenn er dem Windspiel der Äste zusah, dem surrenden Gewirr der Insekten lauschte oder in der Wiese lag und seine Finger durch das kräftige Gras strichen.

Auf Siegfrieds Drängen hin sah Jona nach den Bienenstöcken, um die Ernte einzubringen. Längst würden die Arbeiter die Waben verdeckelt und den Nektar zu Honig verarbeitet haben. Er lud leere Wabengitter in den Leiterwagen, legte ein Kaninchenfell und ein Gläschen Wildschweinfett dazu und machte sich auf den Weg. Die Bienen verhielten sich unruhig und aggressiv, als wären sie ihm böse, dass er seinen Teil der Abmachung nicht zeitgerecht eingehalten hatte. Bevor er das Dach des ersten Stockes anhob, blieb er eine Weile ruhig stehen und bewegte sich auch dann bedächtiger als gewöhnlich. Seit Siegfried ihm das Imkern beigebracht hatte, hatten ihn unzählige Bienen angestachelt, wie er es nannte. Herausfordern oder reizen wollte er sie dennoch nicht. Als er die volle Honigwabe aus dem Stock zog, bedeckte eine pulsierende Kruste aus schwarz-gelb gestreiften Bienenleibern seinen Arm bis zur Schulter hinauf. Wabe für Wabe holte er so hervor und tauschte sie gegen leere aus. Zwischendurch kostete Jona vom herabtropfenden Honig. Seine Farbe war außergewöhnlich dunkel und der Geschmack süß, ja beinahe bitter.

Der Rückweg führte an einer hochgewachsenen Douglasie vorbei. Jona hatte ihr schon viele Besuche abgestattet, doch das letzte Mal war er Wochen vor dem Überlebenstraining hier gewesen. Ihre Rinde war stark zerklüftet und stand die Sonne tief, so wie jetzt, überzog ihren Stamm ein rötlich brauner Schmelz. Die kleine, verlassene Spechthöhle befand sich unterhalb der ersten Astreihe. Der Baum hatte versucht, das Loch mit seinen harzigen Säften zu schließen, doch der Durchmesser war zu groß gewesen, weshalb es nun ein geschwulstartiger Rahmen umgab. Um diese Höhle zu erreichen, musste Jona einige Meter hochklettern oder vielmehr hochrutschen. Zuvor aber schloss er die Augen und horchte. An einem nahen Tümpel quakten Kröten, Buchfinken flatterten auf, dann kehrte geradezu andächtige Stille ein. Er war allein, keine Finja, keine Hikaru, schon lange kein Vater mehr, nur sein eigenes, leises Atmen. Jona zog sich aus, rieb das Kaninchenfell mit reichlich Schweinefett ein und legte es sich wie ein Toupet auf das Haupt. Anschließend trat er an die Douglasie heran und umfasste sie, was von Weitem aussah, als klammerte sich ein Kleinkind an den Fuß eines Erwachsenen. Die raue Borke kratzte an seiner Haut und übertrug ihm ihr furchiges Muster ins Fleisch. Aber das machte Jona nichts, schon lange nicht mehr. Stück für Stück, die Schenkel fest an den Stamm gepresst, arbeitete er sich nach oben, bis er die Baumhöhle ungefähr auf Nabelhöhe vor sich hatte. Jetzt nahm er den Baum mit den Füßen derart kraftvoll in die Zange, dass er eine Hand lösen und nach dem Fell greifen konnte. Geübt rollte er es zusammen, steckte es ein Stück in das Baumloch und drapierte das herausstehende Ende rund um die Höhle.

Wie er auf die Idee gekommen war, das zu tun, was er nun

tat, hätte Jona nicht erklären können. Zum Glück musste er das auch nicht, denn niemand, nicht einmal Finja hatte davon gewusst. Im Moment der Eingebung hatte er einen Pfeil aus einem erlegten Kaninchen gezogen und dabei an diese Douglasie gedacht, die ihm Tage zuvor wegen der kleinen Spechthöhle aufgefallen war. Dann hatte eins das andere ergeben und schließlich war der erste Versuch erfolgt. Am Anfang noch ohne Schweinefett.

Jona rutschte ein kurzes Stück weiter den Stamm hinauf und bugsierte mit ein paar helfenden Handgriffen sein Geschlecht in die ausdrapierte Baumöffnung. Heftig wölbte sich sein Gesäß nach außen und schnellte wieder zurück. Erste Schweißperlen vereinten sich zwischen den Schulterblättern zu einem Rinnsal. Kurz darauf begannen die Oberschenkel zu zittern und die Lunge flehte keuchend nach Luft. Ab jetzt brauchte es einen unbändigen Willen, um durchzuhalten, und den hatte Jona. Er lächelte sogar. Ein Aufgeben oder Nachlassen kam nicht infrage. Völlig erschöpft umarmte er schließlich die Douglasie, so fest es seine bebenden Hände zuließen, und presste die Stirn an ihre Rindenhaut. Nach und nach entwich die Anspannung. Auf seinem schweißgebadeten Rücken spürte er die Wärme der letzten Sonnenstrahlen. Jona atmete tief, lachte leise und berauschte sich am herben, aber schönen Gefühl der Erschöpfung.

Jona hatte den Leiterwagen zwei, drei Schritte gezogen, da hörte er hinter sich ein fiependes Schimpfen. Vor der Baumhöhle saß ein Eichhörnchen. Es kletterte rund um den Wulst, steckte kurz den Kopf in das Loch, hüpfte auf einen anderen Baum, sprang wieder zurück, worauf die Aufregung von Neuem begann. Er ärgerte sich maßlos, nicht nachgesehen zu haben. Moos, Blätter und kleine Zweige hätten den Hauseigentümer verraten. Er war sich einfach zu sicher gewesen, zumal die Höhle seit jeher unbewohnt gewesen war. Reumütig versprach Jona mit einem Sack voller Nüsse wiederzukommen. Doch dieses Versprechen galt bloß der Erleichterung seines Gewissens. Für das Eichhörnchen war die Höhle für immer verseucht. Keine Pfote würde es je wieder hineinsetzen.

Jona hatte mit diesem Tag abgeschlossen, wollte nur mehr ins Bett und sich die Decke über den Kopf ziehen. Er ging auf sein Häuschen zu, das malerisch im Dämmerlicht lag und ein gutes Postkartenmotiv abgegeben hätte. Dieses versöhnliche Bild blieb ungetrübt, bis er an der Feuerstelle vorbeikam. Jona spürte die Abweichung, bevor er sie sah. Der schöne, nahezu makellos runde Stein, den ihm der Fluss geschenkt hatte, lag ein Stück vor der Veranda. Doch er erinnerte sich gut daran, dass er vor der Feuerstelle gestanden war, um die Kugel am Granitfelsen zu zerschmettern. Zum Glück war sie ihm aus den Händen geglitten und hinter ihm zu Boden gefallen. Zu der Stelle, wo der Stein nun lag, führte eine im Lehmboden deutlich sichtbare Rille. Jona hob den Kopf und musterte sein Häuschen erneut. Es täuschte die Idylle nur vor.

Die Sonne kommt in ihre Kraft. Tag für Tag ein wenig stärker. Ameisentrupps tragen ihre junge Glut ins Erdreich oder nisten ihre Eier unter Morchelkappen. Schließlich will die Ameisenbrut gewärmt werden.

Die Fuchsmutter hat ihren Kleinen zum ersten Mal Mäusefleisch gebracht. Blut und Milch vermischen sich in ihren Mägen. Bald werden sie selbst dem Blut hinterherjagen.

Buschwindröschen und Pfaffenhütchen verteilen ihren Nektar unter das summende Volk. In den Blütenduft hinein mischt sich Jonas Angst. Wir erinnern uns. Sie war da, als er ohne Vater zu uns kam, als seine Mutter ging ebenso, und nun hat sie ihn erneut eingeholt. Armer Jona. Wir wünschen ihm Wurzeln, um sich festzukrallen. Denn die Erde wird des Kreiselns nicht müde werden. Im Drehen liegt ihre Bestimmung, im Drehen ist sie mit Sonne, Mond und allem verbunden. Selbst die Eizelle, der Jona entstammt, war rund wie ein winziger Planet. Das ist kein Zufall, das ist das eigentliche Wunder. Aus dem Kreiselspiel heraus entsteht alles Leben und alles Leben verliert sich darin. Und niemand entkommt den Wirbelstürmen, die es entfacht. Auch die Menschen nicht. Ihre Städte werden einstürzen oder als Mahnmale in den Himmel ragen. Fällt einer von uns, fällt er in einen belebenden Schlaf. Moose und Flechten decken unsere gefallenen Stämme zu und in ihren Träumen fällt Regen, scheint die Sonne, rauschen Blättermeere. Doch die Ruhe nach dem Sturm täuscht. Die kleinsten aller Wesen bringen den Kreisel wieder in Schwung. Nie steht irgendetwas still, nie ist ein Ende ein Ende. Das Morsche gewinnt immer. Allerorts hört man surrend und brummend das sich im Kreis drehende Leben. Die Auerhähne schnalzen und klappern den Takt. Was war, was ist, was wird sein? Der Wald ist im Rausch. Wir schwanken, wir fallen, wir stehen wieder auf.

Jona überlegte, zur Hütte zu laufen, um sich Pfeil und Bogen zu holen. Doch der Weg dorthin führte ein Stück über die offene Wiese, und selbst wenn er sich durch das Gras schlängelte, vom Schlafzimmer aus würde man ihn entdecken. Mit gezogenem Jagdmesser schlich er zum Haus und kauerte sich vor der Veranda auf den Boden. Zwischen den Holzlatten des Geländers hindurch behielt er die Fenster im Auge. Links das Wohnzimmerfenster und rechts außen das Küchenfenster. In der Sorge, ihm könnte eine Bewegung oder ein Schatten entgehen, wechselte sein Blick hastig hin und her. Sein vor Wut pochendes Herz wollte ins Haus stürmen, aber ihn lockte man nicht so leicht in eine Falle. Jemand war hier, das wusste er, als stünde es in Großbuchstaben auf der Hausmauer. Ähnlich ahnungsvolle Gewissheit verspürte Jona, wenn er Äpfel aussortierte, bevor er sie im Erdkeller einlagerte. Er wusste immer schon, ob sie wurmig waren, noch bevor er das Loch entdeckt hatte.

Zwischen den Wipfeln färbte sich der Himmel allmählich dunkelviolett, letzte Hummeln brummten nach Hause, Eulen verdrehten blinzelnd die Köpfe. Das war gestern so gewesen zur selben Stunde, die Tage zuvor, und auch morgen würde es wieder so sein, wenn das Licht um den Erdball weiterzog. War es dem Wald egal, wer in dem Häuschen hauste? Warum sandte er keine Krieger aus, um ihm beizustehen? Wildschweine könnten ihre feisten Leiber gegen die Hauswände werfen und ein Brüllen und Quieken veranstalten, dass dem Eindringling der Schreck in die Eingeweide fuhr. Geduckt kroch Jona um das Häuschen herum bis zur Besenkammer. Finja hatte ihn mehrfach gebeten, das kleine Fenster zu reparieren, weil es sich nicht mehr verriegeln ließ. Ihre Angst vor Einbrechern hatte er immer belächelt. Sorgsam darauf bedacht, nur ja kein Geräusch zu verursachen, zwängte sich Jona ins Haus, stolperte dann aber beinahe über den Wischeimer, der mitten in der Kammer stand. Sein angestammter Platz war in der Ecke neben dem Regal. Weder konnte er sich entsinnen, wann er ihn das letzte Mal benutzt, noch dass er ihn hierhergestellt hatte. Als er ihn vorsichtig zur Seite hob, fühlte er sich am oberen Rand feucht an. Die Tür stand einen Spalt offen. Durch die fingerbreite Öffnung wirkte das Haus ruhig und verlassen. Mehr als den Flur und ein paar Treppenstufen hatte Jona aber nicht im Blickfeld. Bevor er die Tür weiter aufdrückte, durchdachte er verschiedene Szenarien. Einen unbewaffneten Eindringling würde er mit den Fäusten niederstrecken, andernfalls müsste er ihn überraschen und schnell handeln. Obwohl sein Jagdmesser nicht als Wurfmesser taugte, würde er es ihm entgegenschleudern, wenn auch nur zur Ablenkung, um ihm so seine Waffe zu entreißen. Jona bereute, sich nicht doch Pfeil und Bogen geholt zu haben. An ein Zurück war jetzt aber nicht mehr zu denken. Seltsamerweise kamen ihm Armin und Sven in den Sinn. Ein Hinterhalt entsprach ihrem Charakter. Jona sog Luft durch die Nase ein. Armin stank nach Sauerkraut. Das war ihm aufgefallen, als er ihn nach dem Absturz auf Verletzungen untersucht hatte. Doch Jona roch nur ein Gemisch aus Honig und Schweinefett, das intensiver wurde, je näher er seine Finger an die Nase hielt. Ob nun Armin und Sven oder zwei andere, einer könnte ihm in den Rücken fallen. Er würde doppelt aufpassen und sich an der Wand entlang vorarbeiten. Als er die Schuhkommode erreichte, hallte vom ersten Stock ein Rumpeln durch das Haus, das kurze Pausen einlegte, dann aber wieder einsetzte. Jemand war also tatsächlich hier, war in sein Zuhause eingebrochen und durchsuchte die Zimmer. Viel würde er nicht finden. Dem Lärm nach, den er verursachte, rechnete er nicht damit, überrascht zu werden. Ein schwerer Fehler. Weil nichts weiter geschah, huschte Jona quer über den Flur und riskierte einen schnellen Blick in die Küche. Alles war an seinem Platz: Töpfe und Pfannen hingen in Reih und Glied an der schmiedeeisernen Stange hinter dem Holzofen; im Regal daneben stapelten sich säuberlich getrennt Teller, Tassen und Schüsseln; der Boden glänzte wie frisch poliert; und auf dem Tisch lag Finjas Tischdecke. Jona hatte ihr zugesehen, wie sie Gräser und Blätter in Farbe getaucht und auf das hellbeige Leinen gedruckt hatte. Darauf stand eine Vase mit lila Blumen, die Jona nicht benennen konnte. Finjas Lieblingsbluse hatte denselben Farbton. Eilends zog er den Kopf zurück, obwohl es keinen Grund gab. Niemand hielt sich in der Küche auf. Oder doch? Als er heute Morgen aufgebrochen war, hatte er Teetasse und Brotlaib auf dem Tisch stehen gelassen. Die Spüle war voller Geschirr gewesen, der Boden mit Bröseln und Flecken übersät, der Herd verdreckt, der Vorhang zugezogen. So, wie die Küche jetzt aussah, fehlte nur Finja. Deshalb hatte Jona sich überhastet abgewandt. Er hatte Angst, sie zu sehen, wo sie nicht mehr zu sehen war. Seine Arme sanken nach unten und um ein Haar wäre ihm das Jagdmesser entglitten. Im ersten Stock, genau über ihm, ging die Tür von Finjas Schlafzimmer auf. Jemand schritt die Galerie entlang, hielt vor seinem Zimmer und trat ein. Wenig später setzten sich ähnliche Geräusche wie vorhin in Gang, nur dass er sie jetzt lauter hörte. Sein Zimmer lag der Treppe genau gegenüber. Bis zur ersten Stufe waren es drei Schritte oder ein weiter Satz. Jona wollte durchatmen, aber die Lunge war bereits mit etwas gefüllt, das deutlich schwerer wog als Luft, Lehm vielleicht. Ein ähnlich beklemmendes Gefühl hatte er zuletzt auf Yoricks Dachterrasse verspürt. Damals waren fünfzehn Stockwerke zwischen ihm und dem roten Fleck gewesen. Hätte er sich nur wenige Zentimeter weiter über das Geländer gebeugt, die Schwere in der Lunge hätte ihn zu Finja hinabgezogen. Jona ließ die Stufen aus, von denen er wusste, dass sie knarrten, und krümmte den Rücken zu einem Buckel, um nicht vorzeitig entdeckt zu werden. Schließlich stützte er sich mit den Handballen auf die vorletzte Stufe und blickte behutsam über die Bodenkante. Wie erwartet stand die Tür zu seinem Zimmer offen. Im Hintergrund sah er durch das Fenster den rötlich violetten Abendhimmel. Auf Höhe des Fensterkreuzes war weiterhin niemand zu sehen, obwohl Jona den Eindringling keine fünf Schritte vor sich wähnte. Warum auch immer klopfte dieser mehrfach auf das Bett, den satten Schwingungen nach mit der flachen Hand. Erst als Jonas Nase den ersten Stock erreichte, schob sich etwas in sein Blickfeld, mit dem er nicht gerechnet hatte. Die eng anliegende Jeans formte zwei zierliche Backen, keine kleiner, keine größer. Wie oft hatte er in Gedanken diese Beine gesehen. Es fehlten nur der riesige Rucksack und die darüber hin- und herpendelnde Haarkugel. Hikaru machte Jonas Bett und als sie fertig war, drehte sie sich um.

Über die Lichtung zog feuchtkalter Bodendunst, Regen trommelte leise auf das Verandadach. Pietro hockte stumm auf seinem Schornsteinplatz und legte Flügel und Federnhaube an. Hikaru hatte sich die Hüfte abwärts in eine Decke gewickelt und saß Jona gegenüber. Wie die Tage zuvor frühstückten sie draußen. Auf ihre Bitte hin reichte er ihr den Honig und sie bedankte sich mit einem Lächeln. Gestern hatte er gesehen, wie sie im Wintergarten stand. Sie hatte eines der schwarzen Bilder in Händen gehalten und es lange und eindringlich betrachtet. Seither überlegte er, was er Hikaru erzählen sollte, wenn sie ihn darauf ansprach. Sollte er sie anlügen und die schändlichen Übermalungen auf Finja schieben? Jona schämte sich für diesen Gedanken, aber war die Wahrheit nicht um vieles erbärmlicher? Glücklicherweise vermittelte Hikaru nicht den Eindruck, dass sie die heikle Frage beschäftigte, und irgendwie war es, als mengte sich das leise Tröpfeln auf angenehme Weise in ihr Gespräch. Sie wusste viel zu erzählen und Jona mochte die Ernsthaftigkeit, aber auch den Humor, mit dem sie ihre Geschichten vortrug. Gerade sprach sie über Tibet, das sie mit ihrer Zwillingsschwester Matumo besucht hatte. Die Erwähnung dieser Reise ließ Jona an ihre Rückkehr denken, nachdem sie wie vom Erdboden verschluckt gewesen war. Doch die Erde hatte sie nicht verschlungen, Hikaru hatte ihre felsige Kruste erklommen. Darum war auch ihr Wagen auf einem anderen Platz gestanden. Sie hatte einen geeigneten Aufstieg ausgeforscht und war zurückgekehrt, um sich Vorräte zu besorgen und ihre Kletterausrüstung samt Biwakzelt mitzubringen. Die meiste Zeit hatte sie auf einer Hochebene verbracht, mit Blumen, Kräutern und einem kleinen See. Die Sache mit der Polizei tat Hikaru unendlich leid. Das habe sie nicht gewollt, hatte sie gesagt, der Akku ihres Smartphones sei leer gewesen. Zudem habe sie gedacht, weil sie ihm am Parkplatz gesagt habe, sie wolle später in die Berge, wisse er Bescheid und würde sich keine Sorgen machen. Zusammen mit Siegfried war Hikaru am selben Tag zur nächsten Polizeistation gefahren und hatte sich gesund zurückgemeldet. Jona hatte sich maßlos über seine Dummheit geärgert und die Freude erst nach und nach zugelassen. Aber Hikaru war am Leben und das allein zählte. Etwas war allerdings dort oben mit ihr geschehen, das er nicht benennen konnte. Ihr Lächeln wirkte weicher. Vielleicht hatte er deshalb genickt, als sie ihn bat, eine Weile bleiben zu dürfen.

Hikaru schlürfte ihren Brennnesseltee. Das tat sie immer, weil sie nicht warten wollte, bis er abkühlte. Jona glaubte am Gesichtsausdruck zu erkennen, dass sie an ihre Schwester dachte. Hikarus Iris waren in einer Weise dunkel und schattig, dass man genau hinsehen musste, um die Farbe zu deuten. Grün, braun, gräulich, eine Mischung aus allem? Es war keine Entscheidung zu treffen, dafür war der Morgen zu diesig. In diesem Licht wirkte es, als blickte Hikaru mit neugierig geweiteten Pupillen in die Ferne. Als Pietro vom Dach flatterte und sich ebenfalls auf der Veranda niederließ, warf sie ihm ein Stück Brotrinde zu, das er gekonnt mit seinem langen Schnabel auffing. Er musste das Köpfchen weit in den Nacken legen, damit es in seinen Hals kullerte. Lachend wandte sich Hikaru ihm zu. Haarsträhnen schwangen über die Schulter und pendelten sich vor ihrer Brust ein. An ihre neue Frisur musste sich Jona noch gewöhnen. Zu markant und einprägsam war der riesige, hochgesteckte Haarknödel gewesen.

Der Regen tut dem Wald gut.

Ja, wurde Zeit, es war lange trocken. Gibst du mir bitte das Messer?

Willst du noch Brot? Ich kann welches holen.

Danke, ich habe alles. Ist dir nicht kalt? Die Decke ist groß genug für uns beide.

Die Kälte macht mir nichts.

Die Bäume am Ende der Lichtung sind kaum zu sehen.

Der Bodennebel wird sich rasch lichten.

Stille.

Ich kann mir eine Kindheit ohne Matumo gar nicht vorstellen. Hättest du gerne einen Bruder oder eine Schwester gehabt?

Hm ... Damals, als wir noch zu dritt waren, hätte ich sicher Nein gesagt. Es war perfekt, so wie es war.

Und heute?

Ich weiß nicht.

Kurze Stille.

Sich allein zu erinnern ist manchmal schwierig.

Hast du Angst, etwas zu vergessen?

Kurze Stille.

Wie war deine Mutter?

Finja? Wie soll sie gewesen sein? Sie war meine Mutter.

Ich habe ein Foto gesehen. Im Wohnzimmer auf der Kommode. Sie war eine schöne Frau.

Kurze Stille.

Einmal ist einer wegen ihr gegen eine Mülltonne gelaufen. Sie hat mich von der Schule abgeholt und wir sind noch kurz in die Stadt gefahren, um etwas zu besorgen. Ich war stolz wie ein Pfauenkind, dass sie meine Hand gehalten hat. Manchmal konnte ich in ihrem Gesicht unser Glück sehen. Eine Schwester hätte das vielleicht auch gesehen.

Oder ein Bruder.

Kurze Stille.

Ich finde das Moos auf deinem Häuschen schön.

Ich sollte mal wieder aufs Dach klettern und es entfernen.

Nein, tu das bloß nicht.

Kurze Stille.

Das Haus, in dem ich aufgewachsen bin, war dottergelb.

Du Armer.

Das kannst du laut sagen. Wir waren umzingelt von Kinderwagen, hochglanzpolierten Autos und Thujenhecken.

Klingt nach Stadtrand.

Du kannst ruhig sagen spießig. Ich würde da freiwillig keinen Fuß mehr reinsetzen. Ich habe damals das Wort Spießer ja noch nicht mal gekannt. Ich weiß noch, dass mir mein Vater einen Lederfußball gekauft hat. Kennst du den Geruch von frischem Leder? Ich musste ihn immer einfetten, damit er keine Risse bekam. So habe ich damals dieses Leben empfunden: Prall und rund und es gab keinen Tag, an dem Finja nicht gelacht hätte. Oft ist ihr Lachen übergeschwappt, als wäre sie in die Badewanne gesprungen.

Kurze Stille.

Denkst du, ich male mir diese Zeit schöner aus, als sie gewesen ist?

Und wenn. Matumo und ich hatten Fantasie ohne Ende. Teilweise kann ich gar nicht mehr entscheiden, ob wir dies oder jenes wirklich erlebt oder es uns nur auf dem Dachboden zusammengedichtet haben. Mach dir deswegen nicht zu viele Gedanken, Jona.

Vielleicht hast du recht. Sollen wir hineingehen? Der Wind frischt auf.

Nein, bitte bleiben wir auf der Veranda. Es tröpfelt gerade so schön.

Stille.

Jona?

Ja.

Woran denkst du?

An die Mon-Chéri-Schachtel, die ich unter meinem Kleiderschrank versteckt habe.

Wieso versteckst du eine Pralinenschachtel?

War so eine Art Schatztruhe. Und jetzt willst du wissen, was drinnen war.

Bin ich tatsächlich so neugierig?

Ja.

Haha …

Traubenzuckertabletten.

Durftest du keine Süßigkeiten essen?

Doch, aber für mich waren das Wunderpillen. Wenn ich vom Küchenfenster in den Garten gesprungen bin, habe ich so getan, als könnte ich fliegen. Dann gab es noch eine bläulich schimmernde Muschel. Die haben mein Vater und Finja von einem Italienurlaub mitgenommen, aber da war ich noch nicht auf der Welt. Oma hat mir Opas Manschettenknöpfe geschenkt. Die sollte ich mir aufheben und damit irgendwann auf einen Ball gehen.

War deine Oma auch auf Finjas Geburtstagsparty?

Nein. Von meinen Großeltern lebt nur noch Jacob, Finjas Vater. Oma hat immer gesagt, dass der Krieg ihren Ehemann gefressen hat. Deshalb habe ich mir den Krieg lange wie einen schwarz-weißen Tiger vorgestellt, bei dem Rauch aus den Nüstern qualmt.

Jona überlegt.

Und das Foto, auf dem Finja mich stillt. Das war alles.

Ganz schön viel für eine Mon-Chéri-Schachtel. Hast du das Foto noch?

Ja.

Kurze Stille.

Ich werde mal das Geschirr abräumen. Willst du Tee?

Danke, Jona. Was ist das eigentlich für einer?

Brennnessel.

Kurze Stille.

Meine Mutter konnte mich nicht stillen.

Kurze Stille.

Auf dem Foto sieht Finja direkt in die Kamera. Als würde sich in ihrem Blick eine Botschaft verbergen.

An wen? An dich?

Ist verrückt, ich weiß.

Finde ich nicht.

Wirklich? Ich habe das noch nie jemandem erzählt.

Fotos können Zeitschranken überwinden. Dazu sind sie da. Und welche Botschaft hatte deine Mutter für dich?

Das weiß ich eben nicht und ich habe es mir sicher schon tausendmal angesehen. Mein Vater hat es geschossen. Sie hat wohl ihn angesehen. Trotzdem spüre ich, dass sie mich meint.

Vielleicht ist das ja die Botschaft.

Was meinst du?

Ich sehe dich.

Tut mir leid, aber ich verstehe immer noch nicht.

Stell dir die Linse als einen Zeittunnel vor. Finja sieht darin nicht nur das Baby, das gerade an ihrer Brust saugt, sondern auch ihren erwachsenen Sohn und vielleicht sogar die Kinder, die er einmal haben wird. Ich sehe dich. Ich sehe dein Leben. Lächelt sie auf den Foto?

Ja.

Dann muss ihr das, was sie gesehen hat, gefallen haben.

Und warum hat sie sich dann das Leben genommen, wenn ihr das so gefallen hat? Sie hat mir nicht einmal einen Brief dagelassen. Verstehst du Hikaru? Als wäre ich ihr völlig gleichgültig.

Ich kannte deine Mutter nicht, aber das kann ich mir nicht vorstellen.

Stille.

Ich habe mich nie bei Finja entschuldigt.

Wofür?

Ist eine lange Geschichte.

Ich liebe Geschichten.

Kurze Stille.

Entschuldige. Du musst mir das natürlich nicht erzählen.

Kurze Stille.

Egal. Mein Vater hat noch gelebt. Es war der erste warme Sonntag im Frühling. Finja hat auf der Terrasse ein prächtiges Frühstück veranstaltet. Trotzdem habe ich kaum was gegessen. In unserer Siedlung summte es wie in einem Stock hungriger Bienen bevor sie ausschwärmen. Von allen Seiten Kinderstimmen und zuschlagende Autotüren. Ich war total überdreht und konnte es nicht abwarten, dass wir endlich losfahren. Wir wollten in den Tierpark und Papa hatte versprochen, dass ich auf einem Elefanten reiten darf. Heute wird mir übel, wenn ich an diese arme Kreatur denke, die ihr Leben lang im Kreis gelaufen ist. Ständig sind mir neue Fragen eingefallen. Irgendwann hat Papa angehalten und Finja hat sich zu mir auf die Rückbank gesetzt. Darf man sich an den Elefantenohren festhalten oder tut ihm das weh? Fahren wir gleich wieder nach Hause, wenn er mich mit Wasser vollspritzt? Wenn es einen Babyelefanten gibt, darf ich dann auf dem allein reiten? Hat schon mal einer einen Menschen totgetrampelt? Die Idee mit dem Tierpark hatten natürlich auch unzählige andere Familien. Der Andrang war selbst den leidgeprüften Tieren zu heftig. Die meisten haben sich in ihre Höhlen und Unterschlüpfe verkrochen, andere haben wild um das Körnerfutter geeifert, dass wie Hagelschauer über und durch die Zäune geflogen ist. Im Ohr sind mir immer noch die Paviane. Die haben gebrüllt, als ginge es ihnen an den Kragen. Aus Angst, ich gehe im Gedränge verloren, wollte mich Finja ständig an die Hand nehmen und ich musste mich immer wieder losreißen. Für Händchenhalten war ich eindeutig zu alt und das Risiko, auf Mitschüler oder Nachbarkinder zu treffen, einfach zu groß. Normalerweise hätten wir den Weg zum Elefantengehege in zehn Minuten zurückgelegt, an diesem Tag dauerte es ewig. Die Wut hat mich dann beim Anblick der Warteschlange gepackt. Erstens weil sie mir hundert Meter lang schien, und zweitens habe ich Schulkameraden entdeckt, die sich mit ihren Eltern bereits viel weiter vorne eingereiht hatten. Schuld gegeben habe ich Finja und ihrem blöden Frühstück. Papa hat sich wirklich alle Mühe gegeben, dass die Stimmung nicht kippt. Hat mir ein Eis geholt und von einem Spiel der Fußballnationalmannschaft gesprochen, das wir uns ansehen würden. Eskaliert ist die Sache, als er den Ersatzelefanten gespielt hat. Du weißt schon, mit der einen Hand die Nase halten und den anderen Arm durch die Beuge stecken.

So?

Ja. Und dann hat er mich vor den Augen meiner Schulkollegen hochgehoben und auf die Schultern gesetzt. Vermutlich bin ich tiefrot angelaufen. Zu Hause haben wir uns ständig gebalgt, aber doch nicht, wenn die ganze Welt zusieht! Ich wollte nur noch weg und bin allein in Richtung Ausgang abgehauen. Gekommen bin ich vielleicht zwanzig Meter. Finja ist mir sofort hinterher, hat mich festgehalten und wollte mich beruhigen. Keine Chance. Als sie dann vor mir in die Knie gegangen ist, als wäre ich noch im Kindergarten, war es endgültig vorbei. Sie dachte wohl, auf Augenhöhe spricht es sich leichter, aber ich bin mir wie ein Zwerg vorgekommen. Alle habe uns angestarrt und gegrinst. Und dann habe ich Finja mit einem Schlag gegen das Schlüsselbein umgestoßen, dass sie auf dem Hinterteil gelandet ist. Lass mich los, du Schlampe, habe ich geschrien. In der Schule war das gerade das angesagteste Wort und ich wusste, dass man damit jemanden verletzen kann. Darum habe ich es in diesem Momente benutzt, als Waffe, ohne zu ahnen, was es tatsächlich bedeutet. Ich dachte, es hat etwas mit Schlamm zu tun. Eine Frau, die sich im Schlamm wälzt, eine Schlammpe. Und sie ist ja tatsächlich im Dreck gelegen.

Kurze Stille.

Finja liegt also da, ich schreie sie an und ein Riss geht durch ihre Augen. Als hätte ich eine Handgranate geworfen. Nein, das wäre noch besser gewesen. Bei einer Handgranate bleibt keine Zeit für Entsetzen. Es reißt dich in Stücke und das war's. Wenn du aber so ein Wort in die Menge wirfst, wie ich es getan habe, dann bleibt die Zeit stehen und das Entsetzen kann sich breitmachen. Im Wald habe ich das Töten gelernt und mich daran gewöhnt. Ohne es zu wollen oder zu wissen, habe ich mit diesem Wort das erste Mal getötet. Meine Mutter.

Du warst ein Kind, Jona. Ein Kind.

Wir sind nicht im Guten auseinander.

Meinst du ihre Geburtstagsfeier?

Ja. Wir haben gestritten, bevor …

Du denkst oft an sie. Nicht wahr?

Immer.

Kurze Stille.

Erzähl mir noch mal von dieser Party. Wie war das?

Was soll das bringen? Lass uns Pilze suchen. Wir könnten uns zu Mittag ein Ragout kochen. Mit den Kartoffeln, die du so gerne magst, und ganz vielen Kräutern.

Bitte.

Kurze Stille.

Party. Ich hasse allein schon dieses Wort.

Kurze Stille.

Also gut. Finja trug ein rotes Kleid. Vermutlich hat Yorick ihr das gekauft. Sie hat darin noch dünner gewirkt. Als ich aufgekreuzt bin, hat sie sich gerade mit Jacob unterhalten.

Deinem Großvater.

Ja. Der ist extra fünf Stunden mit dem Zug angereist, weil sie unbedingt wollte, dass er kommt. Haben sich Jahre nicht gesehen oder miteinander gesprochen. Er ist ihr immer aus dem Weg gegangen. Warum hat mir Finja nie erzählt.

Wie viele Leute waren auf dieser …

Schätze mal dreißig oder vierzig. Abgesehen von Yorick und meinem Großvater habe ich nur ihre Freundin Mailin gekannt. Mit ihr hat sie früher im Pflegeheim zusammengearbeitet.

Kurze Stille.

Was überlegst du?

Da war auch noch ein Einarmiger, ein ehemaliger Patient von ihr. Mailin hat seinen Namen erwähnt. Ich weiß nicht mehr. Manuel oder so ähnlich.

Warum hat sie diesen Pflegejob eigentlich aufgeben?

Verstehe ich auch nicht. Vermutlich Yorick zuliebe. Der wollte sie ganz für sich, so wie eines seiner Designermöbel.

Was macht Yorick beruflich? So eine Penthouse-Wohnung ist doch ganz schön teuer.

Yorick ist ein selbstverliebter Rechtsverdreher, der sich für schlauer als der Rest hält. Fünfzehn verfluchte Stockwerke hat dieser Betonphallus. Und ganz oben Yorick. Alles stinkreiche

Kleiderständer. Mit ihr hat sich von denen niemand länger unterhalten. Habe ich jedenfalls nicht gesehen. Ich konnte gar nicht richtig reden mit ihr.

Aber es gab einen Streit.

Ja, wir waren in der Küche. Sie wollte unbedingt, dass ich mir ein Bild ansehe, das sie gemalt hat. Aber dazu hatte ich einfach keine Nerven. Und dann hat sie wieder damit angefangen, dass ich doch studieren soll. Das war immer ihr Thema, weil ich doch so intelligent sei. Ich sollte »etwas mit meinem Leben anfangen«. Über etwas anderes haben wir eigentlich nie gestritten. Dann ist Mailin in der Küche aufgetaucht und ich bin raus. Finja hat mir kurz die Hand auf die Schulter gelegt und mich mit diesem Blick angesehen, der nur uns gehörte.

So wie auf dem Foto?

So ähnlich. In diesem Blick liegt alles: meine Kindheit, Papas Tod, wie wir umgezogen sind in unser Waldhäuschen und ganz von vorn angefangen haben, die endlose Zeit, die nur uns gehört hat. Ich weiß nicht, wie ich das besser beschreiben soll. Das ist, als ob sie durch meine Augen in mich hineinginge und ich durch ihre in sie.

Matumo …

Was?

Entschuldige. Erzähl bitte weiter.

Jedenfalls wollte ich mich von ihr wegdrehen, weil ich doch sauer auf sie war. Ich hatte ihr schon so oft klargemacht, dass ich mich in keine Schule setze. Die Menschen glauben, sie wüssten so viel, aber sie reimen sich ihr Wissen nur zusammen. Trotzdem hat sie mich so angesehen, gelächelt wie früher, und ich habe ihren Blick erwidert. Für eine Sekunde vielleicht. Geh doch wieder in die Schule und später studierst du Sozialwissenschaften, hat sie gesagt, und dann bin ich endgültig raus und hätte Mailin beinahe umgerannt. Später haben wir nur mehr aus der Distanz, zwischen den Gästen hindurch, Blicke gewechselt. Sie hat den ganzen Abend über traurig gewirkt, gar nicht wie ein Geburtstagskind. Mit Jacob hat sie lange gesprochen. Ist auch keine gute Unterhaltung gewesen, glaube ich. Mich hat er auch nur das Nötigste gefragt: Wie's mir so geht, ob ich immer noch im Wald lebe; der Honig, den ich ihm zu Weihnachten geschickt hätte, sei essbar gewesen, blablabla … War mir nur recht. Und dann muss sie irgendwann auf die Dachterrasse raus sein. Vermutlich als ich auf der Toilette war und mir vorgestellt habe, ich würde Yorick irgendwo im Wald aussetzen.

Lieber nicht. Der würde diese herrliche Stille nur kaputtmachen.

Das stimmt. In seinem Penthouse ist es dann plötzlich laut geworden. Erst dachte ich, die Sesselsitzer veranstalten Partyspiele. Als ich raus bin, um nachzusehen, hat sich eine Frau die Hand vor den Mund gehalten und geheult. Die meisten sind auf die Dachterrasse, also bin ich hinterher. Ich wollte Finja suchen und sie fragen, was los ist. Warum sich die alle über das Geländer beugen und den Kopf schütteln, hat mich erst gar nicht interessiert. Vielleicht ist jemandem eine Rolex runtergefallen, also was geht mich das an. Bis ich irgendwann bemerkt habe, wie seltsam die mich ansehen, als hätte ich mit der ganzen Aufregung etwas zu tun. Irgendwann bin ich dann doch vor zum Geländer. Vom fünfzehnten Stock aus sind die Menschen unten käfergroß. Den roten Punkt habe ich aber sofort gesehen.

Kurze Stille.

In diesem Moment wollte ich Finja erneut schlagen. Das zweite Mal in meinem Leben. Verstehst du? Das war wie im Tierpark. Ich hatte so eine Wut, dass ich beinahe explodiert wäre. Und das wollte ich auch, die dummen Gesichter um mich herum auslöschen, das Penthouse in die Luft jagen und mich gleich mit. Sonst habe ich gar nichts gefühlt. Nur diese Wut. Ihr Kopf, wenn das helle Pünktchen überhaupt noch ein Kopf war, war stecknadelgroß. Viel zu weit weg, um ihr jemals wieder in die Augen sehen zu können. Ich habe einen roten Fleck angestarrt und nicht gewusst, wo das Kleid aufhört und das Blut anfängt. Ich habe sogar mal einen Fliegenpilz zertrampelt, weil ich kein Rot mehr sehen kann.

Ich verstehe es einfach nicht. Verdammt! Ich war doch nur kurz auf der Toilette. Vielleicht hat sie mich ja gesucht und gedacht, ich sei von der Party abgehaut. Ich hätte mir dieses Bild schon noch angesehen, wenn ihr das so wichtig war. Finja hätte mir einfach sagen müssen, was los ist. Sie brauchte diesen Yorick nicht. Wir hätten neu anfangen können. Das haben wir schon mal geschafft.

Kurze Stille.

Denkst du, das wäre gut gegangen?

Stille.

Wollen wir reingehen? Langsam werden meine Zehen kalt.

Jona setzte sich an den Küchentisch und sah zu, wie Hikaru ihre Ausrüstung aus dem Kletterrucksack nahm und inspizierte. Das zusammengerollte Biwakzelt war in etwa so dick wie sein Oberarm, der Schlafsack dunkelblau, das blecherne Kochgeschirr schepperte, das Glas der Taschenlampe war gesprungen. Dann zog Hikaru eine kokosnussgroße Holzkugel aus einer der Seitentaschen und legte sie zusammen mit einem kleinen Schlüssel auf dem Küchentisch ab. Ihre Oberfläche war filigran gemasert, wie Jona es von Wurzelholz kannte. Ohne zu fragen nahm er sie in die Hand. Sie war leichter als gedacht. Mittig verlief eine dünne Fuge. Vermutlich war sie hohl und ließ sich durch Verdrehen oder Ziehen öffnen. Das Schlüsselloch entdeckte Jona, nachdem er die Kugel mehrmals um ihre Achse gedreht hatte. Es war kaum sichtbar in einer dunklen Astmaserung versteckt. Nach einem leisen Knacksen öffnete sie sich. Sie war tatsächlich hohl, das Holz vielleicht zwei, drei Millimeter dick, eine meisterliche Handwerkskunst. Dem entgegen wirkte die grauschwarze Innenseite alles andere als wertvoll, eher stumpf und staubig.

Bitte nicht.

Was ist das? Hast du darin etwas verbrannt?

Kurze Stille.

Du wirst mich für verrückt halten.

Ich habe dir meine Elefantengeschichte erzählt.

Kurze Stille.

Matumo war nie richtig krank oder im Spital. Deshalb hat sie auch so lange gedacht, dass die Armschmerzen wieder weggehen. Sind sie aber nicht. Als sie irgendwann dann doch zum Arzt ging, war es bereits zu spät. Viel zu spät.

Kurze Stille.

Der Krebs hatte bereits gestreut. Es war von Anfang an klar, dass …

Kurze Stille.

Es war von Anfang an klar, dass da nichts mehr zu machen war. Die letzten Monate ist Matumo nicht mehr aus dem Bett gekommen. Ihr Körper ist irgendwie immer durchsichtiger geworden.

Wann ist sie gestorben?

Vor ungefähr einem Jahr. Sie wollte den Frühlingsbeginn noch miterleben, aber …

Stille.

War das in der Kugel ihre …?

Ja, das war ihre Asche. Vorher war sie in so einem Metallding, das sie mir in die Hand gedrückt haben. Die Holzkugel haben wir als Kinder auf dem Dachboden gefunden. Ein Erbstück meiner Urgroßmutter.

Sind in Japan die Urnen aus Holz?

Nein, das heißt, ich weiß das gar nicht so genau. Ich glaube, früher haben sie darin ihren Schmuck aufbewahrt oder versteckt. So wie du in deiner Mon-Chéri-Schachtel.

Kurze Stille.

Ich konnte sie einfach nicht in der Stadt zurücklassen. Und dann ist mir die Sache mit der Kugel eingefallen. So hatte ich sie immer in meiner Nähe. Matumo und ich haben uns oft gegenseitig die Haare geflochten.

Diese Kugel war in deine Haare einge…?

Ja.

War das nicht schwer, die den ganzen Tag auf dem Kopf zu tragen?

Kurze Stille.

Habe ich nicht gesagt, dass du mich für verrückt halten wirst?

Kurze Stille.

Das tu ich nicht. Ich bin der Verrückte. Ich habe zugelassen, dass sie Finja auf dem Stadtfriedhof verscharren. Bis jetzt bin ich nicht einmal auf den Gedanken gekommen, sie zurückzuholen.

Stille.

Ich habe immer gewusst, dass es einen Ort gibt, an dem ich Matumo loslassen kann. Dass ich ihn hier in den Bergen finde, habe ich nicht geahnt. Ich habe dir ja von dieser Hochebene erzählt. Mit jeder Stunde dort oben habe ich ihre Gegenwart deutlicher gespürt.

Kurze Stille.

An einem klaren Morgen habe ich mich vor das Biwak gesetzt und auf die Sonne gewartet. Die Farben, das Licht, es war wunderschön. Mit der Sonne ist warmer Wind aufgekommen. Ich dachte wirklich, dass Matumo neben mir sitzt.

Hast du ihre Asche verstreut?

Ja. Ich habe die Kugel geöffnet und zugesehen, wie der Wind meine Schwester fortgetragen hat. In diesem Augenblick fühlte sich alles richtig an.

Es gab Momente, in denen sich Jona wunderte, wie rasch er sich an Hikarus Gesellschaft gewöhnt hatte. Ihr Rhythmus, sich durch die Tage zu bewegen, kam ihm entgegen. Wie er fühlte sie sich unter freiem Himmel am wohlsten. Sie fischten, jagten oder streiften ziellos durch den Wald. Selten, dass Jona auf sie warten musste oder sie ihm nicht hinterherkam. Wind und Regen trotzte sie ebenso wie Schlamm und Fäulnis, die man allerorts antraf. Was das Häuschen anging, traf das Gegenteil zu. Einmal die Woche putzte und wischte sie es von oben bis unten durch und brachte selbst das Plumpsklo auf Vordermann. Dafür reparierte Jona undichte Fenster und fegte zum ersten Mal seit Jahren den Schornstein. Eine Aktion, die ihm Pietro übel nahm. Es dauerte Tage, bis er sich wieder auf seinem Lieblingsplatz niederließ. Allmählich begriff Jona, wie sehr er sein Zuhause hatte verlottern lassen. Das galt auch für ihn selbst. Gemeinsam ernteten sie die letzten Äpfel für dieses Jahr, sammelten Haselnüsse und holten faustgroße Spätkartoffeln aus der Erde. Ganz besonders mochte Hikaru die Honigschleuder, von außen ein Fass wie eine Mülltonne. Sie drehte lachend an der Kurbel, bis ihr der Schweiß auf der Stirn stand. Waren die Waben leer geschleudert, hockte sie sich hin, öffnete den Hahn und schaute dem zähflüssigen Honig zu, wie er sich in das Glas schlängelte.

Und dann gab es die andere, die stille und in sich gekehrte Hikaru. War nichts zu tun, saß sie gerne auf der Veranda und blickte in die Gegend, als bewachte sie ein Nest. An sonnigen Nachmittagen legte sie sich in die Wiese, oft eine Stunde und länger, ohne sich einmal zu rühren. Dennoch war Jona sicher, dass sie nicht schlief, so wie ein Baum nicht schläft, sondern in sich ruht. Sich auszumalen, woran sie dachte, fiel ihm schwer. Er traute Hikaru zu, an gar nichts zu denken. Eine Kunst, die er gerne beherrscht hätte. Einmal streckte er sich auf dem Küchenboden aus, während sie draußen in der Wiese lag, und schloss die Augen. So fühlt er sich Hikaru näher, als wenn er sie durch das Fenster beobachtete. Bald juckte ihn die Nase, dann der Unterarm, aber Jona blieb standhaft. Die kleinste Regung würde die Verbindung zu ihr durchtrennen. Lange lagen sie so da, jeder für sich und doch gemeinsam. Irgendwann glaubte er einen kaum merklichen Druck zu spüren, als legte Hikaru ihren zierlichen Kopf auf seine linke Brusthälfte. Hatte sie sich bewegt, um ihn auf die Probe zu stellen? Jona kannte die Wärme der Sonne auf der Haut und jene, wenn er am Lagerfeuer saß oder im Winter den Ofen einheizte. Was er nun entlang seiner linken Seite, vom Oberarm abwärts bis zum Knie spürte, erinnerte ihn an eine dritte Wärme. Finja und er hatten viele Abende auf der Couch zugebracht. An seine Schulter gelehnt hatte sie in ihren Büchern gelesen, bis ihr die Augen zugefallen waren. Dann hatte Jona sie hinauf ins Bett getragen und weil sie manchmal im Halbschlaf murmelte, sie wolle nicht allein sein, hatte er sich zu ihr gelegt. Mit der Wärme und der Erinnerung wurde Jonas Puls schneller und schneller, bis er letztlich hochschreckte und die Augen aufriss. Der Platz neben ihm war leer, der Fußboden kalt. Jona stürmte hinaus. Als er bei der Hütte vorbeilief, drückte sein Herz gegen den Kehlkopf, dass er kaum schlucken konnte. Als er die Stelle erreichte, an der er Hikaru vermutete, war das Gras noch zu Boden gedrückt und erste Halme richteten sich wieder auf.

Im Wald war jeder Tag gut genug, um ein Sonntag zu sein, und ganz besonders, wenn ein Braten im Herd brutzelte. Jona hatte die schwer verletzte Dachsdame gestern in Flussnähe gefunden. Ihr Fell war blutig gewesen, ein Ohr und der rechte Vorderlauf hatten gefehlt. Offensichtlich hatte sie einen heftigen Kampf ausgetragen und verloren. Siegfried war vorbeigekommen, um den fertigen Honig abzuholen. Es war naheliegend, ihn zum Essen einzuladen. Heute sei doch Sonntag, sagte Jona. Ob er nicht bleiben wolle, es gebe Braten. Siegfried verstand den Scherz lange nicht und bestand auf Dienstag. Jedenfalls sei heute Morgen auf seiner Zeitung Dienstag gestanden. So ging das ein paar Mal hin und her, bis sich Hikaru einmengte und Jona beipflichtete. Heute sei gewiss ein Sonntag. Später bei Tisch fiel Siegfried der fehlende Vorderlauf des Bratens auf. Grinsend wollte er wissen, wer da genascht habe. Doch beide Gastgeber schüttelten synchron die Köpfe und er fragte nicht weiter. Seiner redseligen Laune tat das keinen Abbruch. Wie aufgezogen erzählte er von Vulkanausbrüchen, Terroranschlägen und einer Castingshow. Jona beobachtete Hikaru, er hatte nicht den Eindruck, dass sie ihm aufmerksam zuhörte. Ihre Mundwinkel bogen sich wie kleine Antennen nach oben, die, allen Katastrophen und Castingshows zum Trotz, heil gebliebene Signale empfingen. Sie schien zufrieden, vielleicht sogar glücklich. Bevor sich Siegfried auf den Heimweg machte, fragte er sie, ob er ihr beim nächsten Besuch etwas aus der Stadt mitbringen solle: Shampoo, Taschentücher, Tampons, Zahnseide, Limonade, Schokolade, Zeitschriften, Strumpfhosen, Fertigpizza, Nagellack, Kopfschmerztabletten, Hämorrhoidensalbe … Er könne alles besorgen, sagte er. Doch Hikaru lachte nur und schüttelte beharrlich den Kopf. Als Siegfried den Honig in seinen Wagen lud, entdeckte er auf dem Etikett rechts unten japanische Schriftzeichen. Er hob ein Glas aus der Kiste, schaute sich die sonderbaren Formen genauer an und blickte dann fragend in Richtung Hikaru. Dort stehe, dass der Honig von Hand geschleudert sei, sagte sie und lächelte stolz.

Um zu verhindern, dass sich im Erdkeller Fäulnisbakterien bildeten, sortierte Jona von Zeit zu Zeit schlechtes Obst und Gemüse aus. Dieses Mal half ihm Hikaru. Sie besah sich die im Regal aneinandergereihten Kürbisse von allen Seiten und kontrollierte dann die in der Sandgrube eingebuddelten Karotten, Roten Rüben und Pastinaken. Hinter ihr kniete Jona vor der Holzkommode. In jeder Schublade befand sich eine andere Apfelsorte. Um Druckstellen zu vermeiden, hob er die einzelnen Äpfel hoch, als handelte es sich um teures Porzellan, und legte sie ebenso vorsichtig zurück. Jene mit braunen Flecken warf er in einen Eimer. Später würde er das Faulige herausschneiden und den Rest zu Mus oder Kompott verarbeiten. Die getrocknete Schale war eine köstliche Knabberei für den Winter. Wie immer ging das gemeinsame Arbeiten ruhig und konzentriert vonstatten. Hikaru summte leise vor sich hin, keine richtige Melodie oder eine, die Jona fremd war, vielleicht ein japanisches Volkslied. Das Summen verwob sich zwischen Wänden und Gewölbe zu einem watteähnlichen Knäuel, das den Raum ausfüllte. Jona überlegte, was daran ihn irritierte. War es, weil sich der Erdkeller mit einem Mal nicht mehr kalt anfühlte? Wurde ihm gerade bewusst, wirklich bewusst, dass er nicht länger allein war, dass es jemanden gab, der es mit ihm aushielt?

Jona wandte sich zu Hikaru um. Auf ihren Fersen sitzend kauerte sie auf dem Boden. Die schmutzigen, unter ihrem Gesäß hervorschauenden Zehenballen ließen ihn an eine Reihe fauliger Zähne denken. Durch die offen stehende Tür leuchtete ein blauer Spätsommertag. Das einfallende Licht tauchte ihren Hinterkopf und Nacken in warmes Gelb. Gänzlich vertieft in ihr Tun zog sie eine Karotte heraus und rieb sie zwischen Daumen und Zeigefinger hin und her. Die Sandkörner rieselten zu Boden und gaben ein grell leuchtendes Orange frei. Jona überlegt, ob vielleicht jetzt der rechte Moment war, die schwarzen Bilder anzusprechen. Seit sie bei ihm wohnte, war kein einziges hinzugekommen. Vermutlich war der Pinsel bereits eingetrocknet und unbrauchbar. Sicher ahnte Hikaru ohnehin, wer der Kunstschänder gewesen war. Jona öffnete den Mund und schloss ihn wieder. Hätte er etwas gesagt, hätte das Summen aufgehört und das wollte er nicht. Von heute an würde er sich immer an dieses Summen erinnern. Es würde da sein und ihm gegen Finsternis und Stille beistehen. Ohne darüber nachgedacht zu haben, stand Jona auf und schloss die Eisentür. Das Schloss schnappte ein, ein kurzer metallische Nachhall, dann war es still. Kein Summen. Erneut öffnete sich sein Mund, aber auch jetzt presste er wieder wortlos die Lippen aufeinander. Vielleicht weil er sich fragte, warum Hikaru nichts sagte, erschrak oder aufsprang. Das hätte er im Dunklen zwar nicht gesehen, aber vermutlich gehört. Jona hielt die Luft an, doch entweder Hikaru tat es ihm gleich oder sie atmete derart flach, dass sie nicht zu orten war. Sekunden verstrichen in völliger Leere, nur in Jonas Ohren hämmerte das Blut gegen die Stille an. Das leiseste Rascheln, Knacksen oder Schlurfen hätte das Pochen beendet, doch das erlösende Geräusch blieb lange aus. Zuerst spürte Jona einen Luftzug. Dann vernahm er endlich ein zweites Atmen, so nahe und deutlich, dass er danach hätte greifen können. Hikaru stand direkt vor ihm und machte keine Anstalten, der plötzlichen Dunkelheit entfliehen zu wollen. Jona war sich nun sicher, dass sie die dunkle Erhabenheit dieses Ortes erfasste. Sie spürte Matumos Nähe. Außerhalb des Erdkellers war der Tod ein Gejagter des Lichts. Nur hier fühlte er sich in Sicherheit und gab preis, was er draußen vor der Sonne verstecken musste. Jona empfand eine unsagbare Freude, dass Hikaru und er dieses Geheimnis von nun an teilten. Finger berührten seine linke Schulter, dann die rechte. Sie machte einen letzten kleinen Schritt auf ihn zu und schmiegte sich an ihn. Sie wirkte größer als erwartet, vermutlich stand sie auf den Zehenspitzen. Erst fiel Jona nichts anderes ein, als mit angelegten Armen auszuharren, dann schloss er aber doch die Arme um sie. Gemeinsam würden sie die schwarze Stille besiegen, sie würden alles und jeden besiegen. Eine Weile geschah nichts weiter. Inmitten der feuchten Kühle im Raum spannte sich zwischen ihnen eine Wärmebrücke. Diese reichte weit in Jona hinein, ohne dass er hätte sagen können, wo sie begann oder endete. Als Kind war er einmal einem Regenbogen nachgelaufen, daran dachte er kurz. Dann löste Hikaru die Wange und küsste die Stelle seiner Brust, auf der sie zuvor gelegen war. Am Rücken huschten Finger unter sein T-Shirt.

Wenn er bis spät abends draußen herumgetobt und dreckig nach Hause gekommen war, hatte ihn Finja in die Badewanne gesteckt. Hände hoch, hatte sie gesagt, ihm das Shirt über den Kopf gezogen, die Hose hinunter, und er war tollkühn ins Wasser zu den Seeigeln gehüpft. Jona war so stolz auf diese besondere Badewanne gewesen, weil es Seeigel doch sonst nur im Meer gab. Dabei war einzig Emaille abgesplittert gewesen und Finja hatte kein Geld für eine neue Wanne gehabt. Das Schönste jedoch war das Haarewaschen gewesen. Dann hatte er seinen Hinterkopf in ihre rechte Hand gelegt und mit der linken hatte sie ihm Schaum ins Haar gestreichelt.

Allmählich entschwanden die Bilder in die Dunkelheit und der Badezimmerdunst wich der klammen Kellerluft. Dem Auf und Ab der Geräusche zufolge entledigt sich Hikaru ihrer Kleidung. Jona erinnerte sich an das Wassersammeln und sah sie mit nacktem Oberkörper in der Wiese stehen. Mit durchgestrecktem Rücken und erhobenem Kinn war sie ihm gegenüber gestanden und hatte ihm direkt in die Augen geblickt. Die gierigen Fratzen der anderen waren ihr völlig egal gewesen.

Jetzt waren sie allein und nur die Schwärze stand zwischen ihnen. Diese erschien Jona als undurchdringliche Mauer, aber das war sie nicht. Hikaru stieß sachte gegen seinen rechten Ellenbogen und tastete sich weiter zur Hand vor. Ihre Finger waren sandig von der Karotte, die irgendwo hinter ihr auf dem Boden lag. Sie durften nicht vergessen, sie wieder einzugraben, sonst dauerte es keine zwei Tage, bis ihr Orange ausbleichte und ins Bräunliche kippte.

Als sich Hikaru niederließ und sanft an seiner Hand zog, folgte er ihr und legte sich neben sie auf den Boden. Der Lehm entzog ihm kurz die Luft. Er war glatt wie Leder und kalt wie ein totes Tier. Unschlüssig, was sie als Nächstes vorhatte, stierte Jona in Richtung Hikarus Augen, die er knapp über sich vermutete. Natürlich hatte er sich die letzten Wochen vorgestellt, wie es wäre, mit ihr im Fluss zu baden oder die eingeschlafene Hikaru in sein Bett zu tragen. Doch nie wäre ihm der Erdkeller in den Sinn gekommen. Irgendetwas hier drinnen fühlte sich falsch an.

Hikaru begann mit ihren Händen sein Gesicht zu erkunden, wie Blinde es tun, um sich von jemandem eine Vorstellung zu machen. Dann küsste sie ihn auf die Schulter, auf den Mund und schob ihren zierlichen Körper allmählich auf den seinen. Ihr Bauch war warm, und bewegte sie ihren Kopf, kitzelten ihn ihre Haare. Schließlich richtete sie sich auf und verharrte eine Weile sitzend. Jona erschrak heftig, als mit einem Mal Sand auf ihn herabrieselte. Hikaru musste diesen unbemerkt aus der Grube gefischt haben. Der brüchige Strahl wanderte in Schlangenlinien seine Brust abwärts bis über den Nabel. Unwillkürlich spannten sich seine Muskeln bis in die Zehenspitzen, doch das stete Fallen der Sandkörner löste in Jona Bilder aus, die stärker waren als alle Reize auf seiner Haut.

Jona sah sich auf dem Gehsteig unter Yoricks Penthouse liegen. Er starrte nach oben in die Nacht. Auf ihn zu raste ein roter Punkt, der rasch anwuchs und zusehends Finjas Gestalt annahm. Ihr Kleid flatterte heftig, sie fuchtelte wild mit Armen und Beinen und rief ihm etwas zu, das er weder verstand noch zu deuten wusste. Je länger ihr Fall andauerte, desto gewisser wurde ihm, dass ihr Tod und womöglich auch der seine unausweichlich waren. Von links und rechts drängten sich Gesichter ins Blickfeld, die zu Jona herabschauten, als kümmere sie die herabstürzende Finja nicht. Jeden Moment würde sie zwischen ihnen hindurchfallen, am Boden zerschmettern und ihn unter sich begraben.

Mit ungeheurer Wucht riss sich Jona los und sprang hoch. Unmittelbar danach schlug neben ihm etwas dumpf auf. Das körperliche Geräusch zerrte seine Gedanken augenblicklich zurück in den Erdkeller. Benommen suchte er die Eisentür, stieß gegen die Apfelkommode, trat auf etwas Weiches und fand endlich die Klinke. Das Licht fiel erbarmungslos grell in den zu einem winzigen Raum geschrumpften Keller. Hikaru lag nackt in der Sandgrube und fasste sich an die Schulter. Um die Helligkeit zu ertragen, presste Jona die Stirn in die rechte Armbeuge und senkte den Kopf. Planlos drehte er sich um die eigene Achse. Dann stürmte er auf das Häuschen zu, lief aber nicht hinein, sondern an der Veranda vorbei. Dieses Mal genügte es nicht, ein Möbelstück zu zertrümmern oder eines von Finjas Bildern zu übermalen. Als kurz darauf Hikaru das Häuschen erreichte, stand Jona neben der Feuerstelle und hielt die Steinkugel kopfüber. Jeder einzelne Muskelstrang zeigte sich auf seinem Körper. Weshalb hatte der Fluss ihm dieses Geschenk gemacht? War es ihm nur darum gegangen, dass er seine wahre Natur erkannte? Jona hörte Hikarus Rufen, doch seine Arme fuhren unerbittlich nieder und schmetterten die Kugel gegen einen der scharfkantigen Granitfelsen. Das Knacken war unscheinbar und dauerte nicht länger als ein Wimpernschlag. Kein Nachhall dehnte die Zeit, um die Tragödie auch nur irgendwie zu begreifen. Dafür war die Folge umso ernüchternder. Reglos starrte Jona auf die erbärmlichen Trümmer seiner Wut. Der Stein hatte sich widerstandslos gefügt. Die Bruchstelle, die entlang einer weißlichen Quarzader verlief, teilte ihn von nun an für immer in zwei ungleiche Hälften. Die zu spät herbeigeeilte Hikaru schlug auf Jonas Rücken ein, bis sie schließlich kraftlos neben ihm auf die Knie sank. Sie berührte das kleinere Bruchstück mit den Fingerspitzen, zog die Hand aber sogleich zurück. Dann begann sie zu weinen, so sehr, dass es sie schüttelte und sie sich krümmte, als hätte sie ein Kind verloren.

Der grellbleiche Vollmond hatte dem Wald eine unruhige Nacht beschert. Jona hatte kaum ein Auge zugetan und erwachte schlaftrunken in einem Birkenwald. Soweit er sich erinnerte, war Hikaru rechts von ihm eingeschlafen, aber da lag sie nicht. Hastig blickte er um sich. Teils standen die Birkenstämme so eng, dass sie aus der Entfernung eine weiße Fläche bildeten, auf der die grauschwarz aufgeplatzten Rinden wie Schriftzeichen wirkten. Dann erhob sich direkt neben Jona, genau da, wo eigentlich Hikaru liegen sollte, der Waldboden. Und weil er das Wunder mit eigenen Augen sah, eilten seine Gedanken voraus und er glaubte, der Wald habe Hikaru verschluckt und nun sei er an der Reihe. Dennoch sprang er nicht auf oder zog sein Messer. Er würde es geschehen und sich unter die Erde ziehen lassen, in die Dunkelheit, in der Hikaru bereits auf ihn wartete.

Seit nunmehr drei Tagen beobachteten sie die Rotte. Die Leitbache hatte elf Tiere um sich geschart, zwei weitere Bachen, vier Keiler und fünf Frischlinge. Der Kessel, in dem sie hausten, glich einem riesigen Vogelnest, groß genug für einen Drachen. Immer am frühen Nachmittag drang die Sonne durch das Dickicht und versammelte alle Wildschweine im Nest zu einer gemeinsamen Siesta. Einige suhlten sich vorher in einer nahen Senke, andere rieben sich an Bäumen, denen man die tägliche Tortur ansah. Ihre kluftigen Rinden waren glatt gewetzt oder abgesplittert. Eng an eng kuschelten sie dann ihre Leiber aneinander, es wurde gegrunzt und geschoben, bis alle mit ihrem Platz zufrieden waren oder sich dem Stärkeren gefügt hatten. Die restliche Zeit über streiften sie durch den Wald, unermüdlich auf der Suche nach Eicheln, Würmern, Pilzen und Schnecken, um ihre Fettreserven für den Winter aufzufüllen. Gestern waren ihnen Hikaru und Jona gefolgt und wären um ein Haar entdeckt worden. Für dieses Risiko bestand heute keine Notwendigkeit. Hikaru und Jona hatten sich auf einen Keiler festgelegt und seine Gewohnheiten herausgefunden. Bei dem bulligen Tier handelte es sich um einen Überläufer, der von der Rotte lediglich geduldet war. Spätestens im Frühling würden sie ihn abschlagen und dann musste er sehen, wie er allein zurechtkam. Eine neue Rotte zu finden war nicht einfach, und auch diese würde ihn nur eine Zeit lang bei sich aufnehmen. Dieses heimatlose Schicksal teilte er mit vielen seiner männlichen Artgenossen. Sie wurden von einer Rotte zur anderen weitergereicht, sorgten für Nachwuchs, mussten dann aber wieder weiterziehen. Dieser Keiler hatte bereits begonnen, sich von den anderen abzusondern, und schlug oft eigene Wege ein.

Drei Wildschweine hatte Jona bislang erlegt. Siegfried, der früher Hausschweine gehabt und diese eigenhändig geschlachtet hatte, hatte ihm geholfen, sie fachgerecht zu zerlegen und zu verarbeiten. Zu verwerten gab eine Menge. Er ließ Schmalz aus, das er für Salben und zum Braten benötigte, er pökelte verschiedenen Fleischstücke ein, dörrte oder räucherte sie, ließ die gesalzenen Hachsen am Dachboden zu Schinken reifen und bereitete aus Knochen und Fleischresten zusammen mit Wurzelgemüse einen kräftigen Fond zu. Die Leber aß Siegfried am liebsten roh, aber Jona zog es vor, sie kurz anzubraten.

Am späteren Vormittag bereiteten sich Hikaru und Jona auf die Pirsch vor, indem sie sich mit einem Gemisch aus Schlamm, Wachs und Harz einrieben. Das diente vor allem der Tarnung. Den feinen Geruchssinn der Tiere hätten sie so nicht getäuscht. Und genau deshalb war heute der richtige Tag, um zuzuschlagen. Ein kräftiger Föhnwind kämmte den Wald von Süden nach Norden, viel zu warm für den Herbst, aber nur gegen den Wind waren Wildschweine zu überlisten. Immer wieder leckte Jona seinen rechten Zeigefinger und hielt ihn in die Höhe. Einmal meinte Hikaru, die Windrichtung könne man auch leichter bestimmen und warf eine Handvoll Blätter in die Luft. Jona nickte, sah dann aber ihr neckisches Grinsen und wusste sofort, dass sie an heute Morgen dachte. Er selbst hatte ihr beigebracht, wie man sich gegen die nächtliche Kälte schützte und sie hatte sich tief ins Laub eingegraben. Jona senkte den Blick, um zu verbergen, dass es seine Mundwinkel ebenfalls nach oben bog. Mit jemand anderem über sich selbst zu lachen musste er noch üben. Umgekehrt funktionierte es bereits sehr gut. Hikaru hatte die Tarnfarbe im gesamten Gesicht verteilt und selbst die Haare damit eingerieben. Um Wildschweine zu fangen, musste man selbst zum Wildschwein werden. Und das waren sie, zwei freie, glückliche Wildschweine. Als Hikaru in die Hocke ging, um einen auf dem Rücken liegenden Hirschkäfer umzudrehen und ihm auf allen vieren nachkrabbelte, fielen Jona die Herr-der-Ringe-Filme ein, die er als Kind gesehen hatte. Mit ihren großen Augen erinnerte sie ihn an Sméagol. Wir wollen ihn! Wir brauchen ihn! Wir müssen ihn haben, den Schatz! Mein Schatz! Hikaru blickte auf, lachte und fragte, wen er denn meine, den Hirschkäfer oder sie.

Auf einer kleinen Anhöhe, versteckt hinter eine Eiche, bezogen sie ihren Beobachtungsposten. Genauer gesagt war es Jona, der den Wildschweinkessel im Auge behielt, während Hikaru in ihr Notizbuch schrieb. Die Sätze rollten in gleichmäßigen Schwüngen und Schlaufen über das weiße Papier, jede Zeile eine kleine blaue Welle. Das Büchlein war beinahe ausgeschrieben, die verbliebenen leeren Blätter kaum dicker als ein Fingernagel. Jona fragte sich, was Hikaru tun würde. Würde sie Siegfried bitten, ihr ein neues zu kaufen, oder selbst in die Stadt fahren? In die Stadt …

Jona schluckte und wandte sich wieder den Wildschweinen zu. Wenig später brach die Rotte zu einer ihrer Fresstouren auf. Als er sicher war, dass die Tiere sich weit genug entfernt hatten, begannen sie mit den Vorbereitungen. Siegfried hatte einen eisernen Käfig benutzt, die Tiere damit fixiert und dann den Bolzenschussapparat angesetzt. Beides hätte er Jona geliehen, aber der hatte das Angebot ausgeschlagen. Nie würde er etwas verwenden, das auch die Fleischindustrie einsetzte. Jona holte den Leiterwagen, den er ein gutes Stück entfernt auf einer Lichtung abgestellt hatte. Anders war der Zwinger aus massiven Eichenästen nicht zu transportieren. Sein selbst gebasteltes Tötungswerkzeug glich einem Baseballschläger, aus dessen klobigem Ende ein Stemmeisen ragte. Hätte er den Keiler erst einmal in den Holzverschlag gelockt, würde er ihm mit einem gezielten Schlag das Eisen zwischen die Augen hämmern. Im Idealfall reichte ein einziger, entschlossener Versuch und das Tier brach auf der Stelle zusammen. Auf Wildschwein zwei hatte Jona dreimal einschlagen müssen. Der erste Hieb hatte dem Tier das linke Auge ausgestochen, der zweite das rechte Ohr abgerissen. Genau deshalb hatte sich Jona lange gegen

Hikarus Wunsch gesträubt, ihn zu begleiten. Einem Hasen den Hals umzudrehen war das eine, aber die Wildschweinjagd konnte zu einer grausigen Angelegenheit ausarten. Und vielleicht wäre sie zu Hause geblieben, hätte er nicht ihrem Vorschlag nachgegeben, dieses Mal etwas weniger Brachiales auszuprobieren. Für Jona war klar, dass es sich bei ihrer Idee um eine Schnapsidee handelte und dass er mit seinem Schläger würde eingreifen müssen. Dennoch: Seit der Sache im Erdkeller, seit er den Stein zerschlagen hatte, begleitete ihn die Angst, Hikaru könnte einfach in ihren kleinen Toyota steigen und auf und davon fahren. Es gab Tage, an denen er sich am liebsten selbst verlassen hätte. Bis spät in den Abend hinein hatte er ihr Weinen und Schluchzen gehört, aber keine knarrenden Treppenstufen. Dann war es still geworden und obwohl er geglaubt hatte, nie wieder schlafen zu können, war er irgendwann eingenickt. Am nächsten Morgen war Hikaru eingerollt neben ihm gelegen.

In den letzten Tagen hatte Jona den hinter einem Haselnussstrauch versteckten Kotplatz des Keilers ausgeforscht. Nie würde eines der Wildschweine im oder auch nur in der Nähe des Kessels koten. Dafür waren es viel zu reinliche Tiere. Für gewöhnlich suchte er sein Örtchen auf, nachdem die Rotte von ihrem morgendlichen Streifzug zurückgekehrt war und sich jedes Schwein auf die nachmittägliche Siesta vorbereitete. Im Grunde funktionierte Jonas Käfig wie eine Mausefalle, nur dass er naturgemäß größer war. Davon abgesehen war die Gefahr eine ungleich andere. Ein kleiner Nager zwickte einen in den Finger, ein Wildschwein biss dir den Arm ab. Doch so weit würde es nicht kommen. Jona fühlte sich stark und entschlossen genug, um das durchzuziehen. War der Keiler erst im Verschlag und labte sich an der Fressgabe, würde er über ein Seil die Falle zuschnappen lassen und dann ginge alles sehr schnell.

Bevor er überhaupt begriff, was los war, würde Jona auf den Käfig gesprungen sein, und wenn der Keiler den Kopf hochriss, um nach ihm zu schnappen, würde das Stemmeisen bereits auf seine Stirn niedersausen. So hatte er es dreimal gehalten und dreimal war es mehr oder weniger gut gegangen. Dem entgegen war Hikarus Vorhaben, das Wildschwein betrunken zu machen, eine geradezu absurde Idee. Sie würde scheitern und er würde die Sache anders zu Ende bringen. Sollte der Keiler vorher seine Artgenossen alarmieren, könnte es brenzlig werden. Aber das hielt Jona für unwahrscheinlich. Die Leitbache würde kein unnötiges Risiko eingehen und sich bei Gefahr mit den Frischlingen ins Unterholz zurückziehen. Andererseits konnte vieles passieren, wenn Alkohol im Spiel war. Als mahnendes Beispiel reichte ihm Finjas Vater Jacob. Nüchtern war er kaum auszuhalten, aber im Rausch verwandelte er sich in etwas Abscheuliches. Wie würde es da erst einem Keiler ergehen? Jona selbst war noch nie betrunken gewesen. Nur einmal hatte er nach einem Pilzgulasch geglaubt, die Bäume tuschelten hinter seinem Rücken und tauschten heimlich die Plätze.

Hikaru kroch auf allen vieren in den Käfig und zog den Kartoffelsack hinter sich her, den sie mitgenommen hatte. Daraus kramte sie trockene Brotscheiben hervor, die sie am hinteren Ende auf dem Boden verstreute. So ähnlich hätte es auch Jona gemacht. Doch im Sack befand sich noch etwas Schweres, das Hikaru nun mit beiden Händen vorsichtig herauszog. Sie hatte eingelegte Kirschen mit reichlich Rotwein und Zucker in einem großen Einmachglas angesetzt. Diese Bowle kippte sie über das Brot, das die hochprozentige Flüssigkeit gierig aufsog. Ein bissig betörender Geruch stieg empor. Währenddessen tat Jona, als horchte er in den Wald und halte Ausschau. Doch in Wahrheit beobachtete er Hikaru aus den Augenwinkeln. Ihr Rücken bog sich nach oben, die Schulterblätter schoben sich in die Höhe, die mit der Tarnpaste eingeriebenen Haare legten sich fellartig über Nacken und Hals. Nach einer Weile schien Hikaru zufrieden, senkte den Kopf und beschnüffelte ihr Werk. Jona entkam ein Lachen, das er schnell mit der rechten Hand erstickte. Dabei hätte er ruhig lachen können, so lange und laut er wollte. Bis der Keiler auftauchte, sollten noch Stunden vergehen. Sie waren auf den Baum geklettert, zu dem er das Seil für die Falltür gespannt hatte. In Griffweite, falls es schnell gehen musste, hing in einer Astgabel der Schlägel mit dem Stemmeisen. Jona hoffte, dass die Rotte auf ihrem Rückweg nicht zufällig hier vorbeikam und die Fruchtbowle witterte. Ein Saufgelage, wie es der Wald noch nicht gesehen hatte, wäre vermutlich die Folge. Für sie beide wäre das weniger lustig. Sie würden weitere Stunden auf diesem Baum zubringen müssen, vielleicht sogar die Nacht. Wie um dafür zu proben, hielt Hikaru zwischendurch ein Nickerchen und Jona legte seinen Arm um sie. Irgendwann schlief ihm die linke Gesäßhälfte ein, doch eine Gewichtsverlagerung hätte sie womöglich aufgeweckt. Letztlich kribbelte sein Fuß von der Ferse bis zur Hüfte, als stünde er unter Strom.

Der Keiler strich eng am Haselnussstrauch vorbei, obwohl daneben genügend Platz gewesen wäre. Vermutlich juckte es ihn an der Seite und er verschaffte sich so Erleichterung. Dass Wildschweine hochsahen, geschaht selten. Sie interessierten sich weniger für Vögel als für das, was vor ihren Schnauzen auf dem Boden krabbelte und schlurfte. Dennoch verharrten Hikaru und Jona wie versteinert. Jetzt eine unbedachte Bewegung, ein Niesen, ein knackender Fingerknöchel und alles wäre dahin. Der Keiler bemerkte sofort, dass etwas an seinem Kotplatz anders war. Er blieb stehen und blickte lange um sich. Den Käfig ignorierte er zunächst. Immer wieder senkte er den Rüssel und roch am Boden. Er witterte etwas, aber ob von diesem Geruch Gefahr ausging, das schien er noch zu überlegen. In Jona regten sich erneut Zweifel, dass Hikarus Plan gelingen würde. Er hatte gehört, dass Schweine vergorene Äpfel fraßen, doch das machte sie nicht zu Rotweintrinkern. Sie hätten das vorab testen müssen und Jona ärgerte sich, dass ihm das erst jetzt einfiel. Schließlich wandte sich der Keiler dem Käfig zu und rempelte ihn mit der Schulter an, als wollte er herausfinden, ob er sich umwerfen ließ. Offenbar beruhigte es ihn, dass er wackelte. Kurz darauf steckte er den Kopf hinein, hob die Schnauze und quiekte mehrmals lautstark. Jona spürte, wie Hikaru zusammenzuckte. Doch die Rotte erwiderte die Laute nicht und auch nach mehreren Minuten tauchte kein anderes Wildschwein auf. Als führte er Selbstgespräche, grunzte der Keiler nunmehr leise vor sich hin. Dann trottete er in den Käfig, steckte den Rüssel in den gärenden Haufen aus Kirschen und zu Brei aufgeweichtem Brot und zog ihn sofort wieder heraus. Dieses Mal überlegte er nur kurz, wippte mit der Schnauze, als sagte er jaja, soso, jaja, soso …, und gab sich schließlich dem Genuss dieser wunderlichen Gabe hin. Süffiges Schmatzen erfüllte den Wald und Jona schluckte, weil sich sein Hals plötzlich trocken anfühlte. Als er nach dem Seil griff, um die Käfigtür zufallen zu lassen, schüttelte Hikaru den Kopf und zog ihn am Arm zurück. Der Keiler sollte nicht in Panik geraten, sondern in Ruhe auffressen. Zwischendurch rülpste das Tier und wedelte entspannt mit dem Schwanz. Doch schon bald wurden seine Bewegungen konfuser. Er schlenkerte zur Seite, warf den Kopf krachend gegen die Eichenstäbe, ein Hinterbein knickte ein. Trotzdem fraß er gierig weiter. Der Haufen war längst weggeputzt, da wühlte er noch in der Erde. Das Grunzen wurde übermütiger und stellenweise gar melodiös. War das möglich, konnten Wildschweine singen?

Wenig später sackten ihm die restlichen drei Beine weg und immer noch saugte er die letzten Reste aus dem Waldboden. Erst als Hikaru und Jona lautes Schnarchen vernahmen, waren sie sicher, dass die Völlerei zu Ende war. Jona durfte die Falltür nun langsam herunterlassen. Sie kletterten vom Baum und näherten sich vorsichtig dem Käfig. In das Schnarchen hinein grunzte der Keiler leise, als redete er im Schlaf, blieb aber entspannt liegen. Einzig sein Bauch hob und senkte sich rhythmisch und sein Schwänzchen zuckte ein paarmal in die Höhe. Hikaru hockte sich neben den Käfig und musterte das Tier eingehend. Jona verfolgte, wie ihr Blick langsam von der erdverdreckten Schnauze bis zum Pinsel wanderte und zurück zum Kopf schwenkte. Er selbst verspürte keine Lust, sich den Keiler näher anzusehen. Dazu war später Zeit genug. Ein schnelles Ende wäre das Beste, bevor etwas Unvorhersehbares geschah oder die Wirkung des Alkohols nachließ. In der Hand hielt er bereits den Schläger und überlegte, wie er den Wildschweinkopf anpacken sollte. Der Keiler hatte ihn zur Seite gedreht und schlief auf der Wange. So würde er den Schlag nicht anbringen können. Den Kopf hochzuheben erschien ihm aber zu gefährlich, weshalb er den Boden nach etwas absuchte, das als Hebel taugte. Weil er im nahen Umkreis nichts Geeignetes entdeckte, deutete er Hikaru hierzubleiben und schlich sich rückwärts davon. Als er kurz darauf mit einem dicken Ast zurückkehrte, war Hikaru näher an den Käfig gerückt. Ihre linke Hand streichelte den borstigen Nacken, während die rechte auf dem Bauch des Keilers ruhte. Jonas Mund artikulierte stumm die Frage, ob sie denn verrückt geworden sei. Was, wenn er plötzlich aus dem Schlaf hochschreckte? Gar nicht in böser Absicht, vielleicht aus einem schlechten Traum heraus. Seine Hauer könnten ihr mir nichts, dir nichts den Arm aufschlitzen. Doch Hikaru ließ sich nicht abbringen, schüttelte bestimmt den Kopf und deutete auf Jonas Gürtelschnalle. Unschlüssig sah er an sich hinunter. Hatte sie vor, den Keiler zu fesseln, zu erdrosseln oder stand nur sein Hosenstall offen? Hikaru zeigte mit dem Kinn in Richtung seiner rechten Hüfte und nun verstand er. Sie wollte nicht den Gürtel, sie verlangte nach seinem Jagdmesser. Jona ahnte ihr Vorhaben, doch wie sollte er es ihr ausreden? Für Diskussionen war jetzt keine Zeit und Hikaru würde ohnehin nicht nachgeben. Das unterschied sie von Finja. Finja war die Harmonie stets wichtiger gewesen, als ihre Meinung durchzusetzen. Aber damit kam man im Wald nicht weit. Und auch nicht in der Stadt, die sich so schön, urban und zivilisiert gab, dass sich die Wahrheiten dahinter wie Märchen anhörten. Woher kamen denn der ganze Luxus und das viele Essen? Vielleicht schüttelte sich der eine oder andere kurz, wenn er von geblähten Hungerbäuchen, Waffenlieferungen, Folterungen, Kinderarbeit, Massentierhaltung und Kriegen hörte. Aber es waren eben nur Märchen, und Märchen waren nun mal grausam.

Jona zog das Messer vorsichtig aus dem Halfter und reichte es Hikaru mit dem Griff voran. Es war scharf genug, um damit chirurgische Eingriffe vorzunehmen. Demzufolge erschrak Jona, als sie die flache Seite der Stahlklinge an ihre Stirn drückte und die Augen schloss. Die Messerspitze zeigte auf den Ursprung ihres Mittelscheitels, die Klinge führte weiter über den Nasenrücken abwärts und endete auf Höhe ihrer Lippen. In dieser Pose verharrte sie für einige Sekunden, in denen Jona sich fragte, was in ihrem Kopf vorging. Betete sie oder bat für das, was sie gleich tun würde, um Vergebung? Die Symmetrie ihrer Gesichtszüge hatte ihn von Beginn an irritiert und tat es jetzt umso mehr. Bei jeder sich bietenden Gelegenheit hatte er sie studierte und nicht die kleinste Abweichung entdeckt. Das Wort Gleichgewicht kam ihm in den Sinn, aber Leben war nie im Gleichgewicht und der Tod schon gar nicht. Der Stich in die Halsschlagader des Keilers geschah ohne einen sichtlichen Ruck oder dass Jona in Hikarus Miene eine Überwindung bemerkt hätte. Aus dem Schweinehals quoll und spritzte eine Unmenge an Blut. Nach einer Weile schritt Jona auf Hikaru zu, griff ihr von hinten unter die Achseln und zog sie vom Käfig weg. Sie kniete bereits in einer tiefen Lache und ihre rechte Hand lag immer noch auf dem pelzigen Bauch.

Die jungen Füchse tollen unbekümmert umher. Sie spielen Verstecken, fangen sich gegenseitig und alles andere, das kleiner ist als sie. Die Jagd gehört zum Spielen. Das erste erbeutete Fleisch schmeckt immer am besten.

Wir spüren ein zweites Herz in Jonas Nähe. Sein Klang ist zart, aber bestimmt, sein Schlag fest und dazu angetan, sich auf die Melodien des Waldes einzustimmen. Die Singvögel jubilieren am lautesten, die Erdhummeln brummen den Bass, dazwischen kreucht und fleucht das Orchestergetier. Wir lauschen und freuen uns für Jona. Ein alleingelassenes Menschenherz verliert leicht den Takt. Höher und inniger strecken wir uns im allgemeinen Überschwang der Sonne entgegen. Windspiele laden zu Tänzchen ein. Wir schwenken die Äste, wir rauschen und knarren im Hintergrund. Hefepilze vergären unseren Eichensaft zu einem Getränk, das Hirschkäfer ins Schwanken bringt. Einer, der zum Trinken hoch hinaufkletterte, fiel tief herab und brach sich sein Hirschgenick. In seinem Schädel liegen nun Ameisenlarven, die sich an der gefallenen Hirnnahrung sattfressen. Sie werden zu starken Soldaten heranwachsen, die die Königin bewachen. Der Symphonie tut der Käfersturz keinen Abbruch. Im Gegenteil. Leben und Tod sind Töne einer Partitur, der schon die Bernsteinwälder folgten. Wenn Jonas Herz das erkennt, wird es ruhiger schlagen. Vielleicht ist die Stadt deshalb kein Ort für ihn. Abertausende Herzen finden kein gemeinsames Maß. Aus Holpern, Lärmen und Rasen wird kein Lied. Wir hingegen stehen zusammen, haben uns dem Chor verschworen und alles Waldleben stimmt mit ein. Allein die Weißstörche stehen wie Geister um den Nestrand und ihr Klappern gerät Tag für Tag mehr aus dem Rhythmus. Ihre Gedanken sind bereits nach Süden gezogen, bald fliegen ihnen ihre hageren Körper hinterher.

In einer sternenklaren Vollmondnacht raschelte, knackte und flatterte es im Wald lauter als gewöhnlich. Geräusche, die sich in Jonas Traum zu einem Rauschen, Glucksen, und Gurgeln wandelten. Er selbst war ein kleiner, silbrig glänzender Fisch, wie es sie im Fluss zu Hunderten gab, doch seltsamerweise schwamm er allein durch die Fluten. Wie Jona vermutete, weil seine Artgenossen ihm nicht hatten folgen wollen. Schließlich war das, was er vorhatte, mehr als waghalsig und eigentlich nicht zu schaffen. Zudem war der Wunsch, der ihn antrieb, für einen kleinen Fisch höchst ungewöhnlich, um nicht zu sagen widersinnig. Der Fisch Jona sehnte sich nach den Bergen. Und was gedachte er zu tun, wenn er sie tatsächlich erreichte? Er würde sie kaum besteigen oder die mächtigen Wasserfälle bergauf hüpfen können. Dennoch kämpfte er sich wie besessen flussaufwärts, überwand Stromschnellen, querte Strudel oder wich Treibholz aus. Alles im Glauben, den Ursprung des Flusses erreichen zu können. Es musste eine Quelle geben, vermutlich ein unscheinbares Loch im Felsen, und in dieses hinein, hinein in den Berg, würde er mit letzter Kraft schlüpfen. Fisch Jona kam zu einer Stelle, an der der Fluss die krakenähnlichen Wurzeln eines mächtigen Baumriesens unterspült hatte. Durch das Geflecht hindurch drangen flirrend Lichtstrahlen. Den kleinen Krebs entdeckte er, als dieser beide Scheren zum Gruß hob. Seine Fühler waren stattlich, sein Rückenpanzer grünlich, wie die algenbewachsenen Steine im Flussbett. Zudem blickte er ihn mit seinen dunklen Knopfaugen an, als würde man sich kennen. Jona wollte die Begrüßung erwidern, wusste aber nicht wie. Die Flossen brauchte er, um sich gegen den Fluss zu stemmen, der ihn sonst mit sich gerissen hätte. Letztlich fiel ihm nur ein, sein Maul zu einem »Hallo« aufzureißen. Hallo, ich bin Jona. Augenblicklich füllte eiskaltes Flusswasser seinen Rachen und drang bis in die Eingeweide vor. Das schreckliche Gefühl, nicht atmen zu können, ergriff mit ungeheurer Wucht Besitz von ihm. Für einen richtigen Fisch eine unbekannte Angst, doch Jona spürte unzweifelhaft, dass er ertrinken würde. Mitten im Todeskampf zwickte und grub sich etwas in seinen weißlichen Bauch. Und ohne dass er ihn hätte heranschwimmen gesehen, war er sicher, dass der Krebs mit seinen Scherenhänden zu Werke ging. Dieser war direkt unter ihm und begann ihn mit seinen weichen Fühlern zu streicheln, während er etwas Hartes und Schweres aus ihm herauszog. Als wäre es ihm nur um diese Beute gegangen, ließ der Krebs von ihm ab, sank zu Boden und verschwand im Schatten der Wurzeln. Im Hintergrund säuselte leise der Fluss. In seinen Flossen war keine Kraft mehr, um sich gegen ihn zu stemmen. Jonas Todesangst entwich, langsam und zäh, wie sich ein Honigtopf entleert. Ein Gefühl der Leichtigkeit trieb ihn allmählich empor. Gleich würde er die glitzernde Oberfläche erreichen. In der Ferne, zu einem schmalen Zackenbändchen geschrumpft, schimmerten die Berge silbern am Horizont.

Jona erwachte mit der unbestimmten Angst, allein zu sein. Ein Gedanke wie dumpfes Knirschen, das erst verstummte, als seine Finger Hikarus warme Schulter ertasteten. Erleichtert blinzelte er durch das offene Fenster. Blaues Flimmern versprach einen schönen Tag. Die Natur regte sich und mit ihr die Geräusche. Immer war er davon ausgegangen, dass der Wald alles und jeden gleich behandelte, um nicht zu sagen gleichgültig. Unerklärlicherweise schien das bei Hikaru anders zu sein. Ihretwegen hatte er seine Tonlage gewechselt. Oder kam es ihm nur so vor, dass die Vögel ihre Gesänge höher anstimmten, die Wipfel rhythmischer wogten und sich seidige Frequenzen in das allgegenwärtige Summen und Surren gemischt hatten?

Hikaru putzte sich die Zähne mit einer Präzision und Geduld, als würde ein Uhrmacher Zahnrädchen für Zahnrädchen reinigen. Langsam gewöhnte sie sich an das kalte Brunnenwasser. Als sie Jonas Blicke bemerkte, schaute sie ihn fragend an. Ihre Zahnbürste war klein, wie für ein Kind, und grün, der Stiel grün und auch die Borsten. Jona lachte, weil sie die Bürste im Mund behielt. Ihr Gesicht sah wie ein Apfel mit Stängel aus.

Später setzte sich Hikaru auf die Veranda und sortierte faulige Beeren aus. Die guten wollte sie zu Marmelade verkochen. Jona arbeitete währenddessen im Gemüsebeet. Der Winter kam oft schneller, als man dachte. Die Tomatenstauden und Bohnenranken hatten dieses Jahr ihren Dienst getan. Jetzt gehörten sie abgeschnitten, ihre Wurzeln herausgezogen und die Erde umgegraben. Aus der Distanz wirkte das Häuschen wie eines von Finjas Stillleben und Hikaru wie in dieses Bild hineingemalt. Ab und zu hupte Pietro vom Dach herunter, wenn er des allzu idyllischen Nachmittags überdrüssig war. Um nur ja nichts zu übersehen, verdrehte er ständig den Hals, weil er mit einem Auge sonst leicht die Übersicht verlor. Einmal hob Hikaru den Kopf und blickte stoisch in die Landschaft, als wäre sie Jahrzehnte älter. Jona wollte schon hingehen, um nachzufragen, ob alles in Ordnung sei. Dann beugte sie sich vor und schien etwas Winziges zu betrachten, das über den Handlauf des Geländers krabbelte.

Tags darauf zog von Norden her eine Kaltfront über die Berge. Am Frühstückstisch sitzend meinte Hikaru, sie wolle später einen Spaziergang unternehmen. Jona sah in ihrem Gesicht die Überraschung, als er sagte, er bleibe lieber zu Hause. Sie fragte aber nicht nach, streifte einen Pullover über und nahm den

Weidenkorb mit. Vielleicht würde sie ja Kräuter finden. Kaum war sie außer Sichtweite, trug Jona Brennholz ins Haus, heizte den Küchenofen ein und setzte den großen Kessel auf. Bisher hatte sich Hikaru immer nur gewaschen oder unter die Eimerdusche gestellt. Eine Wanne besaß er nicht, dafür aber eine Regentonne. Fünf Wasserkessel später hatte er darin ein wunderbar warmes Bad angerichtet und sogar getrocknete Kamillen- und Lavendelblüten hineingestreut. Als Hikaru zurückkehrte, ging sie gleich dem Duft nach um das Häuschen herum. Jona stand mit einem breiten Grinsen im Gesicht neben der Tonne. Ob er einen Riesen zum Tee erwarte, fragte sie ernst, lächelte dann aber ebenfalls. Doch Jonas Freude, dass ihm die Überraschung gelungen war, währte nur kurz. Nachdem er Hikaru erklärt hatte, dass das Bad für sie sei, schüttelte sie den Kopf. Es tue ihr sehr leid, aber das gehe nicht. Jona schluckte und trotz der großen Enttäuschung nickte er verständnisvoll. In der Schule waren die Mädchen ständig vom Schwimmen befreit gewesen. Daran hätte er vorher denken sollen. Seit sie bei ihm war, musste Hikaru ihre Tage schon mehrmals bekommen haben. Offensichtlich war sie gut darin, das zu verbergen. Bei Finja hatte er immer Bescheid gewusst. Sie hatte diesen milchigen Schleier im Blick gehabt und manchmal kleine Pusteln auf der Stirn. Weil es ewig schade um die viele Mühe und das warme Wasser sei, redete Hikaru so lange auf Jona ein, bis er nachgab und unwillig selbst in das Fass stieg. Doch kaum war er eingetaucht, zeigte sich in ihrem Gesicht erneut ein breites Grinsen. Sie bade nie ohne Quietschente, sagte sie und kletterte samt Pullover zu ihm in die Regentonne. Am Abend, sie saßen auf der Ledercouch und tranken Holundersekt, planten sie, einen wöchentlichen Badetag einzuführen und eine Art Wanne zu zimmern.

Wochen später arbeitete er heimlich an einer anderen Überraschung. Der Schweiß, den er dafür vergoss, hätte die Tonne zum Überlaufen gebracht. Schritt für Schritt, die Augen verbunden, führte er Hikaru über steinigen Boden. In seiner Hand wirkte ihre wie die eines Kindes. Eine noch viel größere hatten die Berge in einer zeitlosen Geste ausgestreckt. Die letzten Tage war Jona jeden Morgen zu Kowi gepilgert und erst am Abend zurückgekehrt. Nun war er endlich fertig und konnte es kaum erwarten, Hikaru sein Werk zu zeigen. Die Idee war ihm beim Zwetschkenentkernen gekommen. Die Früchte waren weich und das Fleisch gelblich und saftig gewesen. Eine der aufgeschnittenen Zwetschken hatte wurmig ausgesehen. Jona hatte sie hochgehoben und inmitten der rotbläulichen Stelle die dunklen Gänge und Rillen entdeckt. In diesem Moment war es ihm eingefallen und die Idee war in ihn hineingekrochen wie die Larve in die unreife Frucht. Nur dass sich sein Gedanke ganz und gar nicht faulig anfühlte und etwas Gutes daraus erwachsen würde.

Jona nahm Hikaru die Augenbinde ab. Kurz presste sie die Lippen aufeinander und blinzelte wegen des grellen Sonnenlichts. Dann hellte sich ihre Miene prompt auf und sie selbst strahlte wie eine kleine Sonne. Als hätte er das Geschenk, das ihm der Fluss gemacht hatte, gar nicht zerschmettert, fügten sich die beiden Bruchstücke wieder zu einer Kugel zusammen. Die Vertiefung, die Jona in Kowi gestemmt hatte, passte sich exakt an ihre Rundung an. Und Kowi wirkte dadurch noch mehr wie eine Hand, weil es aussah, als sänke die Steinkugel ein wenig in weiches Fleisch ein. Um die Bruchlinie auszumachen, musste man wissen, an welcher Quarzader entlang diese verlief, und mit den Fingerkuppen darüberstreichen. Anderenfalls erschien die Kugel heil und Kowi verfügte über genügend Kraft und Ausdauer, um sie die nächsten tausend Jahre festzuhalten. So ähnlich hatte Jona es formuliert. Die Angst, zu hören, dass etwas Zerbrochenes für immer zerbrochen bliebe, ließ ihn reden, ohne Luft zu holen. Doch Hikaru sagte nichts dergleichen und stand ihm lange mit feucht glänzenden Augen gegenüber. Als sie ihn irgendwann auf den Mund küsste, klang seine Stimme leicht heiser.

Auf dem Nachhauseweg versuchte sich Jona als Sherpa und trug Hikaru huckepack. Dabei war sie keineswegs verletzt oder müde. Es war reiner Übermut. Hikaru wollte wissen, ob sie schwerer oder leichter als die Steinkugel war. Ein Vergleich, der von vornherein hinkte, weil diese keine Arme besaß, die sie um Jonas Schultern hätte legen und keine Kniekehlen, die er als Haltegriffe hätte benutzen können. Und anders als sie verfügte der Stein über kein Gehör. Jona spürte das an seinen Rücken gepresste Ohr. Was gab es da zu erlauschen? Vernahm Hikaru windspielähnliche Geräusche oder rumpelte und knirschte es in seinem Inneren?

Nur dieses intensive Grübeln konnte erklären, dass ihn seine Instinkte völlig im Stich ließen. Weder bemerkte er, dass jemand durch das Gemüsebeet getrampelt war, noch dass ein Stuhl umgekippt auf der Veranda lag. Entsprechend groß war der Schreck, als er mit Hikaru auf dem Rücken die Küche betrat. Breitbeinig, jeder eine Bierdose vor sich, saßen Armin und Sven am Tisch. Darunter stand ein blauer Rucksack. Ihr dümmliches Grinsen, weil sie Jona die Verwunderung ansahen, füllte den Raum bis unter die Deckenbalken. Ob sie zu Hause seien, fragte Hikaru verschlafen, die die beiden hinter Jonas Rücken nicht sehen konnte. Offenbar war sie eingenickt, und nicht einmal das hatte er mitbekommen. Nachdem sie keine Antwort erhielt, ließ sie von Jona ab und stellte sich auf die eigenen Füße. »Da bist du ja«, sagte Armin und sein Grinsen geriet noch breiter. Sie trugen wieder dieses lächerliche Tarnoutfit, wie man es von amerikanischen Kriegsfilmen kennt. Vermutlich besaßen sie auch Pyjamas im Military-Look. Sven hatte sich einen extremen Kurzhaarschnitt verpasst, was Jona an ein Reibeisen denken ließ. Armin nahm einen langen Zug aus der Bierdose und drückte sie krachend zusammen. Jona, der sich gefangen hatte, erkundigte sich betont höflich, was sie hier suchten. Sie würden gar nichts suchen, erwiderte Sven. Nur mal nachsehen, sie hätten sich Sorgen gemacht, Hikaru sei doch angeblich verschwunden. Aber nun sei sie ja wieder da. Auf die Frage, ob die Sturzverletzungen gut verheilt seien, bekam Jona von Armin lediglich einen bösen Blick zurück. Dann schien für eine spannungsgeladene Weile alles gesagt zu sein. Schließlich wollte Hikaru wissen, ob die beiden so nett wären, ein Paket bei der Post abzugeben. Sie habe eine Freundin in der Stadt, der sie gerne ein Gläschen Honig senden würde. Natürlich wären sie so nett, sagte Sven, zwinkerte ihr zu und fragte, ob die Hausherrin ihnen denn nichts zu trinken anbieten wolle. Allein schon wegen der Wiedersehensfreude. Auf seine Nachfrage, ob es Bier im Haus gebe, bot Hikaru ihm Pfefferminztee an. Ich schaue nach dem Honig, sagte Jona schnell. Insgeheim dachte er an das sichelförmige Messer, mit dem er den Hasen das Fell abzog. Er würde es sich aus dem Schuppen holen, am Rücken unter den Gürtel schieben und das Shirt darüberziehen. Sven und Armin waren Maulhelden, doch wenn sie hier übernachten wollten, würde er sie damit erschrecken.

Als Jona in die Küche zurückkehrte, befand sich Hikaru neben dem Herd und Sven hinter ihr. Sie stand röchelnd auf Zehenspitzen. Er hatte sie am Hals gepackt und hochgezogen. In der anderen Hand hielt er einen Revolver und drückte die Mündung gegen ihre Schläfe. Sven war gut einen Kopf größer als Hikaru und beinahe doppelt so breit. Jona solle jetzt keinen Fehler machen, sagte er. Armin stand leicht gebückt mit geballten Fäusten neben Finjas Kommode und schielte immer wieder zu seinem Kumpan hinüber. Der Einsatzbefehl ließ nicht lange auf sich warten. Nachdem Jona auf Svens Drängen sein Jagdmesser auf den Tisch gelegt hatte, nahm er es an sich und hielt es sich wie ein Mikrofon vors Gesicht. Die Pose sollte einschüchtern, wirkte aber lächerlich. Für den Fall, dass er hinfiel, würde er sich bestenfalls die Nase aufschlitzen oder ein Auge ausstechen. Sven dachte, nun alles unter Kontrolle zu haben, lockerte seinen Griff und Hikaru bekam endlich wieder Luft. Ob die beiden nicht ein süßes Pärchen seien, meinte er an seinen Freund gerichtet, der nickend zustimmte. Wahrscheinlich würden sie es wie die Karnickel treiben, fuhr er fort und Armin wiederholte kichernd die Worte. Ja, wie die Karnickel. In dieser Tonart puschten sich die beiden weiter. Er könne sich noch gut an das Wassersammeln erinnern. Erst ziehe sie sich das Shirt über den Kopf und mache dann einen Rückzieher. Von einer Schlampe dürfe man doch erwarten, dass sie wisse, wann sie die Beine breitzumachen habe. Und überhaupt sei dieses Überlebenstraining eine abgefahrene Scheiße für Pfadfinder gewesen. Nur vollkommene Idioten würden mit Pfeil und Bogen herumrennen. Als er das sagte, drückte Sven den Revolverlauf wieder fester gegen Hikarus Kopf. Mit einer richtigen Waffe wäre dieser Scheiß jedenfalls anders abgelaufen. Völlig in Rage schnauzte er Jona an, er solle die Hosen runterlassen. Er wolle jetzt sehen, wie sie es trieben und ob er es ihr auch richtig besorge. Nun mach schon, schrie er, oder ich puste ein Loch in ihren schönen Schädel. Mit dieser Entwicklung hatte Jona nicht gerechnet und es blieb kein Spielraum für weitere Überlegungen. Er hatte alle Möglichkeiten durchgedacht, wie er die beiden überwältigen und Hikaru retten könnte. Doch Sven stand einfach zu weit weg. Es brauchte zwei Schritte und einen Hechtsprung, um ihn zu erreichen. Genug Zeit für jeden Idioten, um einen Abzug zu drücken. Der zweite Plan war, einen Angriffsschrei loszulassen wie damals, als er einen Wolf in die Flucht geschlagen hatte. Es war ein harter Winter gewesen, in dem das hungrige Tier sein Revier in den Bergen verlassen hatte und in der Ebene umhergestreunt war. Im Fall von Sven war aber nicht auszuschließen, dass er versehentlich losballerte. Für einen Sekundenbruchteil drängte sich ihm die lange Suche nach Hikaru in den Sinn und wie er gedacht hatte, sie liege im Fluss. Sollte es jetzt so enden? Finja hatte ihre Entscheidung getroffen und das würde er auch tun. Er würde nicht noch einmal zu spät kommen und danebenstehen, wenn nichts mehr zu versuchen oder zu retten war. Im Moment, als er die Hand nach hinten führte, um das Sichelmesser zu ziehen und auf Sven loszustürmen, ergriff Hikaru das Wort. Ob er denn selbst keinen hochbekomme, stichelte sie ihn an. Und als dieser spontan keine Erwiderung parat hatte, richtete sie sich an Armin und fragte, ob er seinem Freund nicht aushelfen wolle. Kurz darauf brachen die Angesprochenen in Gelächter aus und Sven schob seine Hand in Hikarus Ausschnitt. Die Fummelei dauert nicht lange. Sven rückte mit Hikaru an die Fotowand und Armin bekam den Auftrag, Jona an den Herd zu ketten. Spätestens jetzt, als dieser Handschellen aus dem Rucksack zog, war klar, dass alles, was sie getan hatten und tun würden, von ihnen geplant war. Faktisch als Vorspiel schlugen sie den wehrlosen Jona halb tot. Erst mit den Fäusten, und als die Sichel aus seiner Hose rutschte und klirrend zu Boden fiel, traten sie ihn mit Füßen. Nach und nach rückten sie damit heraus, warum sie tatsächlich zurückgekehrt waren. Hikaru war nicht der einzige Grund gewesen. Sie wollten sich an Jona rächen, der ihnen ihrer Meinung nach die Polizei auf den Hals gehetzt habe. Armin habe deshalb sogar seinen Job im Supermarkt verloren, weil die Polizeitussi ihn vor seinem Boss bloßgestellt hätte. Sven prügelte seine ganze Kindheit in

Jona hinein. Wer nicht hören will, muss fühlen; eine ordentliche Abreibung hat noch niemandem geschadet; du bist der letzte Dreck; ein Indianer kennt keinen Schmerz. Solange es ging, bis ihm das Blut in die Augen rann, hielt Jona mit Hikaru Blickkontakt. Nur einmal senkte sie den Kopf, als Sven sie fragte, ob er nachts immer noch von seiner Finja erzähle. Sie wären wegen ihm in dieser Scheiß-Überlebenswoche ja kaum zum Schlafen gekommen. Ein Muttersöhnchen sei er, ein Bettnässer wahrscheinlich. Nur schade, dass es hier keine Hochhäuser gebe, sagte Armin. Dann kam ihnen Kowi in den Sinn und sie freuten sich wie Kinder, denen ein genialer Lausbubenstreich eingefallen war. Vielleicht sei Jona ja ein besserer Flieger als seine Mutter. In ihr Gelächter hinein mischte sich Hikarus Stimme. Was sie sagte, konnte Jona nicht verstehen, sah aber, wie sie ihr Shirt über den Bauchnabel hochzog und Sven ihr mit dem Revolver in der Hand einen Stoß versetzte, der sie gegen die Spüle schleuderte. Vielleicht hatte er gedacht, sie ziehe ein Messer. Doch Hikaru rappelte sich hoch und setzte fort, wo sie unterbrochen worden war. Erst zog sie ihr Shirt aus und dann alles andere. Die Szene erinnerte daran, wie sie beim Wassersammeln mit durchgestrecktem Rücken vor Jona gestanden war. Nur dieses Mal war sie völlig nackt und hatte es mit Sven zu tun, dem sie auf den Kopf zusagte, dass sie nun wisse, wann sie die Beine breitzumachen habe. Gewissermaßen als Einladung und um zu zeigen, dass sie es ernst meinte, schob sie das neben der Spüle stehende Geschirr zur Seite, rutschte mit dem bloßen Hinterteil auf die Arbeitsplatte und winkelte die Beine an. Sven schien zu überlegen, was er davon halten sollte, und wirkte beinahe verärgert, als hätte sie ihn um den Spaß betrogen. Wahrscheinlich hatte er sich diesen Moment mehrfach vorgestellt und immer hatte Hikaru geheult und gefleht, sie zu verschonen. Du zuerst, sagte Sven schließlich an seinen Kumpanen gerichtet und zielte mit dem Revolverlauf auf die rötlich schimmernden Schamlippen. Perplex über diese Aufforderung, die wie ein Befehl geklungen hatte, blieb Armin reglos stehen. Doch sein Freund ließ nicht locker und nannte ihn einen Idioten und Schlappschwanz. Endlich hatten sie ihren Krieg. Der Feind war besiegt, nun galt es, die Frauen zu vergewaltigen. So gehörte sich das nun mal, das erwartete man von Soldaten im Blutrausch. Die Vorstellung, was gleich geschehen werde, setzte Jona heftiger zu als die eingesteckten Schläge. Er zerrte an seinen Handschellen und wand sich am Boden wie ein Tier, das in einem Fangeisen feststeckt. Das Frettchen, das er von seinem Leiden erlöst hatte, hatte sich das Beinchen abgenagt oder ausgerissen, um sich zu befreien. Wenn so ein kleines Tierchen das schaffte, warum nicht auch er? Irgendetwas würde nachgeben müssen, seine Glieder, die Handschellen oder der schmiedeeiserne Herd. Ein Schuss, der durch das Häuschen schmetterte, beendete Jonas wütendes Gezerre augenblicklich. Er warf den Kopf herum und suchte Hikaru. Die saß unverändert mit gespreizten Beinen neben der Spüle und blickte ihn ähnlich erschrocken an. Sven hingegen, der einem Deckenbalken ein neues Wurmloch verpasst hatte, grinste unverhohlen. Endlich schien die Sache nach seinem Geschmack zu laufen. Umso mehr als sich wenig später Armin mit heruntergelassener Hose vor Hikaru eingefunden hatte. Gleich würde sie schreien oder stöhnen oder beides. Sven selbst stand hinter ihm und tat, als gäbe er seinem Freund Rückendeckung. Für den Fall, dass Jona ausrastete, wie er sagte, und weil er ihm in die Augen sehen wollte, wenn es zur Sache ging. Nachdem lange nichts zu hören war außer Armins klimpernder Gürtelschnalle und seinem wichsenden Bemühen um Stabilität, trübte sich seine freudige Erwartung zunehmend ein. Wieder und wieder drangsalierte er Armin, er solle endlich loslegen.

Jona befürchtete, dass Sven diesem erbärmlichen Schauspiel nicht lange zusehen würde. Fast schon mitleidig klang Hikarus Stimme, die Armin schließlich Hilfe anbot. Jona konnte nicht sehen, was sie tat, aber er mutmaßte, dass sie sein Problem selbst in die Hand nahm. Das Bild in seinem Kopf ekelte ihn an und doch erinnerte er sich an die Dunkelheit des Erdkellers zurück. Er wusste, wie es sich anfühlte, von Hikaru berührt zu werden. Dann dachte er an den Hasen, dem sie den Hals umgedreht hatte, und wünschte Armins Schwanz dasselbe Schicksal. Und mit einem Mal glaubte er, den Plan hinter Hikarus Handeln zu erkennen. Mit derselben Taktik hatte sie den Keiler zur Strecke gebracht. Nur dass sie Armin und Sven keinen Alkohol vorsetzte, sondern sich selbst. Jona überlegte noch, wann und wie sie zuschlagen würde und wie er ihr helfen könnte, da tönte ein Schrei durch die Küche, dass das Geschirr im Regal klirrte. Unmittelbar darauf flog Armin rücklings durch das Zimmer und riss seinen hinter ihm stehend Freund mit zu Boden. Hikaru musste ihn mit einer Wucht getreten haben, als hätte ein Pferd ausgeschlagen. Der Revolver, der Sven im Fallen aus der Hand rutschte, schlitterte über die Dielen und kam neben Jonas rechten Knie zu liegen. Zwar konnte er ihn nicht aufheben, aber mithilfe der Ferse bugsierte er ihn unter sein Gesäß. Leider war das Sven nicht entgangen, der seinen immer noch schreienden Freund von sich herunterwälzte und sich auf Jona stürzte. Vermutlich hatte er gedacht, dass es ein Leichtes wäre, ihm den Revolver wieder zu entreißen. Was er dann tun würde, stand zweifellos fest. Als ihn Sven zur Seite drängen wollte, um sich die Waffe zu greifen, wehrte sich Jona mit den Füßen und versetzte ihm mit dem Knie einen Kinnhaken, der ihn kurz zurücktaumeln ließ. Zu einem weiteren Angriff kam es nicht. Einem dumpfen Schlag nachfolgend, verdrehte Sven die Augen und kippte seitlich um. Hinter ihm zum Vorschein kamen Hikarus Augen, die Jona besorgt anblickten. Ihre Hände umklammerten den Stiel seiner Lieblingsbratpfanne. Keine andere brachte intensivere Röstaromen hervor. Hikaru strich ihm das blutverklebte Haar aus der Stirn und half ihm, sich aufzusetzen. Jede kleinste Bewegung löste an allen erdenklichen Stellen höllische Schmerzen aus. Am schlimmsten war das Stechen und Brennen in seiner Brust, wenn er ausatmete. Dennoch rang er sich ein Lächeln ab. Hikaru war nichts geschehen und seine Wunden würden heilen. Und vielleicht käme sogar sein Leben in Ordnung, solange sie nur bei ihm bliebe.

Hikaru stand auf und ging zu Armin. Jetzt erst bemerkte Jona, dass dieser längst aufgehört hatte zu schreien und wie tot auf dem Küchenboden lag. Er habe nur das Bewusstsein verloren, beruhigte Hikaru. Womit sie ihn niedergestreckt hatte, sah Jona nun mit eigenen Augen. Sie musste sich eine Gabel gegriffen haben, als Armin mit sich selbst beschäftigt gewesen war. Der im einfallenden Licht silbrig glänzende Griff ragte schief in die Höhe. Als sie das Besteck langsam aus seinem Gemächt herausziehen wollte, zuckte Armin und Hikaru ließ es erschrocken los. Drei-, viermal schlenkerte die Gabel hin und her, bis sie wieder wie eine kleine Radioantenne stillstand. Beim nächsten Versuch hielt sie mit der linken Hand dagegen und zog die Zinken mit einem Ruck heraus. Sogleich quoll Blut aus den drei Einstichlöchern, das die Hüfte hinabrann und auf den Boden tropfte. Erschrocken wich Hikaru zurück und blickte sich hektisch in der Küche um. Offenbar suchte sie etwas, um die Blutung zu stillen. Dort, röchelte Jona und deutete mit dem Kinn auf die Schublade, in der er die Einweckgummis aufbewahrte.

Alles scheint aus dem Gleichgewicht geraten, doch nun wird endlich Ruhe einkehren. Nach der Zeit der sommerlichen Glut sind die ersten kühlen Nächte eine willkommene Wohltat. Der Winter naht und nichts und niemand stellt sich ihm entgegen. Das letzte Laute ist das Röhren der Hirsche und das Klirren ihrer Geweihe. Es gehört zum Lauf der Dinge und wird verstummen, wie das meiste Leben sich in Löcher, Höhlen und Mulden verkriechen wird. Wölfe und Schnee-Eulen werden Wache halten, wenn der Frost uns in den Schlaf geleitet.

Menschen tun nur so, als ob sie schliefen. Ihre Angst vor dem Tod kennt keine Ruhe und fürchtet die Kälte. Sie wälzen sich von einer Seite auf die andere, erzählen undeutlichen Wirrwarr, geben merkwürdige Laute von sich, schreien oder schrecken auf. Der Winter bringt beides: Schlaf und eisige Kälte. Für Jona haben wir dürre Zweige ausgestreut. In ihnen schlummert die Sonne, die sein Häuschen warm halten wird. Das wird ihm helfen durchzuhalten, und die Wärme wird ihm ein wenig Frieden schenken. Sein Schmerz vermengt sich mit dem der Füchsin. Der Fluss entriss ihr ein Junges, weil er Übermut und Leichtsinn bestrafen muss. Darüber gibt es kein Verhandeln. Die Füchsin trauert, fragt aber nicht nach dem Warum. In der Stadt hingegen regieren Willkür und Hochmut. Weil Jona ihren Reizen trotzt, lockte sie seine Mutter in den Tod. Ein maßloser Preis für sein Vergehen. Doch die Maßlosigkeit ist ihr eigentlicher Charakter und ihre Schergen tun alles, um ihr zu gefallen. Die Stadt ist längst erfroren und weiß es nicht. Nur gut, dass Jona nicht mehr allein ist. Zwei Menschen halten dem Frost länger stand als einer. Nach dem Winter, wenn die Säfte wieder zu fließen beginnen, werden wir aus unserem Schlaf erwachen. Es wird sein wie früher. Jona wird umherlaufen und uns freudig in die Arme schließen. Er wird im Fluss baden und sich zum Trocknen ins hohe Gras der Lichtungen legen. Er wird hoch hinauf bis in unser leuchtend grünes Blätterdach klettern und wir werden stark genug sein, um ihn zu tragen.

Ahaaahha … mmmhhh …

Warte, Jona, ich komme zu dir rüber. Stütz dich auf mich. Geht es?

Ja, ja. Mir ist nur kurz die Luft weggeblieben.

Wieder die Rippen?

Mhm.

Soll ich nach dem Frühstück den Armverband wechseln?

Ja.

Kurze Stille.

Willst du Erdbeermarmelade oder Honig?

Erdbeermarmelade.

Nach sechs Tagen Honig eine mutige Entscheidung. Haha …

Willst du mich zum Lachen bringen?

Und wie weh tut Grinsen?

Hm …

Siehst du. Geht doch.

Kurze Stille.

Der Wind ist heute stärker.

Ja, ich glaube, es zieht eine Kaltfront auf.

Kommen wir mit dem Brennholz über den Winter?

Ich denke schon. Aber man weiß nie, wie lange er dauert.

Ich könnte noch welches sammeln.

Ist dir das nicht zu schwer? In ein paar Wochen geht es mir sicher besser, dann kann …

Du bleibst schön liegen. Ich mag die Rückentrage. Ist wie ein Rucksack und den bin ich gewöhnt.

Finja war die Rückentrage immer zu schwer und zu kantig.

Deine Mutter hätte mir sicher gute Tipps geben können.

Wofür?

Wie man es schafft, dich im Bett zu halten.

Du meinst, wie man einen Behinderten pflegt.

Einen Verletzten.

Ich glaube, ihr hätte das sogar gefallen.

Was? Dich zu pflegen? Das ist nicht dein Ernst.

So meine ich das nicht. Sie wollte immer, dass ich weniger Zeit im Wald verbringe.

Vielleicht war sie einfach nur einsam.

Du denkst also, dass es gut war, dass sie in die Stadt gezogen ist? Die Stadt hat sie umgebracht. Du hast dich doch auch für den Wald entschieden.

Bitte vergleich mich nicht mit deiner Mutter.

Stille.

Ich muss immer wieder an Sven und Armin denken.

Ich auch, Jona. Ich auch. Du hättest dir beinahe den Arm ausgerissen, um vom Herd loszukommen.

Ich wollte dich retten.

Ich weiß.

Kurze Stille.

Wäre ich ins Krankenhaus gegangen, müsstest du mich jetzt nicht pflegen.

Wir kommen zurecht. Ich bin gerne bei dir.

Wirklich?

Ja.

In der Stadt hättest du Strom. Du könntest dir jederzeit ein warmes Bad einlaufen lassen oder in ein Restaurant gehen. Bist du gerne ins Kino gegangen oder in Konzerte?

Hör auf, hör auf. Haha … Würde ich das alles unbedingt wollen, dann wäre ich vermutlich nicht hier. Aber es stimmt. Wenn ich daran denke, wie viel Zeit ich früher allein mit meinem Smartphone zugebracht habe. In den Bergen ist es mir extrem abgegangen. So allein habe ich mich noch nie gefühlt. Aber ich glaube, da musste ich durch. Irgendwann wurde es leichter und jetzt, jetzt fehlt es mir gar nicht mehr.

Wir könnten Siegfried bitten, es aufzuladen. Ich glaube, oben bei Kowi hättest du Empfang.

Nein, bloß nicht. Wir beide gehören dem kleinen Kreis der Unsichtbaren auf diesem Planeten an und das soll so bleiben. Und der Empfang hier im Häuschen ist gut. Letztes Mal, als Siegfried zum Essen da war, hat er mir kurz sein Handy geliehen und ich habe meine Freundin Loni angerufen. Mit ihr habe ich in einer WG gewohnt. Es geht ihr gut, es ist alles in Ordnung. Sollte etwas sein, ruft sie Siegfried an. Du hast mal gesagt, der Wald sei eine Familie für die Ewigkeit. Langsam verstehe ich, was du damit gemeint hast.

Kurze Stille.

Der Wald hat sein eigenes Internet.

Wie?

Die Pilze. Unter der Oberfläche kommunizieren die Pilze über ein riesiges Geflecht mit allen Bäumen und Pflanzen.

Wirklich?

Ja. Über ihr Netzwerk verteilen sie Informationen. Wenn Blattläuse auftauchen oder wenn ein Baum Hilfe braucht.

Und warum tun sie das?

Die Pilze bekommen von den Bäumen dafür Kohlenhydrate, also Zucker.

Wow.

Kurze Stille.

Brauchst du etwas? Ich gehe hinunter. In der Küche gehört dringend der Boden gewischt und ich möchte ein Brot backen.

Bleib noch ein wenig!

Aber nur, wenn ich mich zu dir legen darf. Rück mal ein Stück zur Seite.

Aahhmmmhh …

Halt! Das war nur ein Scherz. Ich habe Platz genug. Aber streck den Arm aus. Ich möchte mich auf deine Schulter legen. Geht es so? Tut es dir auch nicht weh?

Nein.

Kurze Stille.

Ich könnte dir den Bart abrasieren, wenn du willst.

Stört er dich?

Du hast ein schönes Gesicht.

Kurze Stille.

Erzähl mir was, Jona.

Was?

Ganz egal. Ich höre dir gerne zu.

Kurze Stille.

Wie war das damals, als dein Vater gestorben ist?

Kurze Stille.

Finja war die ersten Monate nach seinem Tod in einer Klinik und mich haben sie zu Jacob gesteckt.

Zu deinem Großvater?

Ja. Der hat überhaupt nicht gewusst, was er mit mir anfangen soll, und getrunken hat er schon zum Frühstück.

Kurze Stille.

In unserem alten Haus hat sie alles an meinen Vater erinnert. Ich glaube, sie hat es dort nur so lange ausgehalten, weil sie wollte, dass ich die Schule fertig mache.

Kurze Stille.

Wenn es ihr schlecht gegangen ist, musste ich ihr manchmal die Haare bürsten. Im Wald hat sich das dann allmählich gebessert. Aber du hättest das Häuschen sehen sollen. Dagegen ist es jetzt ein Schmuckkästchen. Siegfried hat uns viel geholfen.

Hat deine Mutter damals auch schon als Pflegerin gearbeitet?

Nein, das kam später. Sie hat früher in einer Boutique gearbeitet und dann war sie zu Hause, als sie mich bekommen hat.

Kurze Stille.

Finja hat viel gelesen.

Hat ihr das einfache Leben nichts ausgemacht?

Ich weiß nicht.

Kurze Stille.

Doch, es hat ihr etwas ausgemacht. Aber verstanden habe ich das erst später.

Wenigstens hatte sie dich.

Ich glaube, ich habe sie zu sehr an meinen Vater erinnert. Sie konnte mir lange nicht richtig in die Augen sehen und gelacht hat sie gar nicht mehr. Das war so, als ob jemand nach einem Schlaganfall das Reden wieder lernen muss.

Kurze Stille.

Das muss schwer gewesen sein für dich.

Ich wollte das unbedingt schaffen. Sie wieder glücklich machen. Nie mehr zu Jacob müssen. Wieder eine Familie sein.

Wie alt warst du, als dein Vater gestorben ist?

Dreizehn.

Wie weit erinnerst du dich zurück?

Weiß nicht genau.

Ich erinnere mich an Dinge, da muss ich drei oder vier Jahre gewesen sein. Meist sind es nur Bilder oder kurze Szenen. Einmal habe ich Matumos Puppe die Haare abgeschnitten. Warum ich so wütend auf sie gewesen bin, weiß ich gar nicht mehr. Danach hatte ich zum ersten Mal dieses schreckliche Gefühl, etwas angestellt zu haben, das nicht mehr rückgängig zu machen ist. Das war schlimm.

Vielleicht ist die Idee, dass du mir den Bart abrasierst, doch nicht so gut.

Haha …

Kurze Stille.

Ich kann mich nicht mehr daran erinnern, wie die Stimme meines Vaters geklungen hat.

Kurze Stille.

Damals wollte ich unbedingt wissen, wie das mit dem Sterben ist.

Was wolltest du wissen?

Was da passiert. Wie das mit dem Denken funktioniert, wenn der Körper sich nicht mehr rührt und tot ist. Natürlich konnte mir das niemand erklären. Alle haben gesagt, was für ein tapferer Junge ich sei und mir den Kopf getätschelt. Dabei habe ich gar nichts getan, was einen Helden ausmacht. Und Finja ist weinend im Bett gelegen und hat die Zimmerdecke angestarrt. Angestarrt, als müsste sie Schicht für Schicht abtragen, um etwas freizulegen, das dort oben einbetoniert ist. Glaubst du, dass das Leben in den letzten Sekunden an einem vorbeizieht? Ich wollte damals unbedingt herausfinden, was Papa gesehen hat. Ob es ein schöner Film gewesen ist.

Wie soll man das herausfinden? Das geht doch nicht.

Ich habe es trotzdem versucht. Als ich Wochen später ein Album mit alten Fotos gefunden habe, ist mir die Idee gekommen. Ich habe alle Aufnahmen von meinem Vater, die ich finden konnte, zusammengetragen und an eine Schnur geklebt. Von den Babyfotos bis zum letzten gemeinsamen Weihnachtsfest. Alles schön der Reihe nach, wie bei einem Drachenschwanz die bunten Maschen. Ich weiß noch, dass mir der zusammengefaltete Fotostapel viel zu niedrig vorkam. Vermutlich hatte ich gedacht, er würde auf Papas Größe anwachsen. Den Stapel habe ich oben auf meinen Kleiderschrank gelegt, die Schnur hing herunter und dann bin ich hineingeklettert. Keine Ahnung wie lange ich in der Dunkelheit ausgehalten habe. Damals kam es mir wie eine Ewigkeit vor. Und das wollte ich ja auch, die Ewigkeit fühlen. Ein Weltall ohne Sterne, so habe ich mir den Tod vorgestellt.

Und dann?

Dann habe ich die Kastentür irgendwann geöffnet, an der Schnur gezogen und die Fotoschlange ist an mir vorbeigerauscht.

Und das hat funktioniert?

Nein. Es ging zu schnell. Gesehen habe ich nur farbige Schlieren. Einige Fotos haben Risse abbekommen, andere haben sich verheddert oder verklebt. Dann hat Finja nach mir gerufen und ich habe in meiner Panik das Fotoknäuel in den Kleiderschrank gestopft.

Stille.

Denkst du, Armin und Sven hätten uns getötet?

Ich weiß nicht, Hikaru. Wenn sie dir etwas angetan hätten, hätten sie mich töten müssen.

Kurze Stille.

Wünschst du dir einmal einen schnellen Tod?

Hm ... Nein. Ein wenig Zeit möchte ich schon, um mich zurückzuerinnern.

Woran?

Daran, wie wir hier liegen. Mein Kopf auf deiner Schulter. An das kleine Muttermal hier. Wie ernst du schaust, wenn du ernst schaust. Und an deine Zehen, die sich immer ein wenig bewegen, wenn du sprichst, an die würde ich vor meinem Tod auch noch gerne denken.

Eh ... du nimmst mich nicht ernst.

Doch!

Lange Stille.

Mmh ... jetzt wäre ich beinahe eingeschlafen.

Mein Arm ist eingeschlafen.

Haha … Gut, dann wische ich jetzt den Küchenboden. Sonst alles gut bei dir? Brauchst du etwas?

Nein.

Gut, dann bis später. Stell nichts an, während ich weg bin. Ich könnte uns später Pilzragout kochen mit Pastinaken und Lauch. Was hältst du davon? Im Schrank neben der Spüle, das sind doch getrocknete Pilze?

Ja.

Der erste Schnee fiel über Nacht. Jona roch die kalte Frische, noch bevor er die Augen öffnete und die weiß gewandeten Bäume sah. Letztes Jahr war er hinausgerannt und hatte sich eine Eisdusche gegönnt. So nannte er es, wenn er sich von oben bis unten mit Schnee einrieb. Daran war heute nicht zu denken. Die Verletzungen im Gesicht und die vielen Schürfwunden und Prellungen heilten gut. Dafür machten Jona nach wie vor die Rippen zu schaffen. Der rechte Unterschenkel war in der Nacht, nachdem sie Armin und Sven abgeholt hatten, angeschwollen. Vermutlich war er angeknackst. Zwar war die Schwellung mittlerweile abgeklungen, aber er konnte immer noch nicht auftreten. Ähnliches galt für den linken Arm und die Schulter. So gut es ging, versuchte er vor Hikaru zu verbergen, wie schwer es ihm fiel, eine Tasse zu halten. Und wer wusste, was Armin und Sven ihm noch alles kaputtgeschlagen hatten. Dennoch hatte Hikaru kein einziges Mal gesagt, dass es klüger gewesen wäre, er hätte auf die Rettungssanitäter gehört, die ihn in ein Krankenhaus hatten bringen wollen. Nicht einmal Siegfried, zu dem sie gelaufen war, um Hilfe zu holen, hatte ihn umstimmen können. Wieder einmal war sein Stolz stärker als die Vernunft gewesen. Jona erinnerte sich an die vielen Male, die er Finjas Fürsorge schroff und unbedacht zurückgewiesen hatte. Als hätte er ihr keine Gelegenheiten zugestanden, sich als Mutter zu beweisen. Dieser Gedanke, der ihm zum ersten Mal in den Sinn kam, fühlte sich ein wenig wie die Schneedecke an, die sich über den Wald gelegt hatte. Weiß und unberührt, aber eisig kalt. Unwillkürlich sog er einen Schwall Luft ein und ein stechender Schmerz bohrte sich in seine Brust. Jonas Stöhnen drang bis zur schlafenden Hikaru durch. Diese seufzte, zog die Decke bis zum Kinn hoch und winkelte die Füße an. Sie wirkte so zufrieden und friedvoll. Wenn sie ausatmete, tupfte sie kleine, flüchtige Wölkchen in die Luft.

Hikaru hatte sich in die Decke eingewickelt, was aussah, als reckte sie den Kopf aus einem Indianerzelt. Auf dem Bett lag das zum Frühstückstisch umfunktionierte Schneidebrett. Aus irgendeinem Grund, vielleicht aus Freude über den ersten Schnee, war sie heute besonders gut gelaunt, ja regelrecht übermütig. Sie nahm einen großen Schluck Lindenblütentee in den Mund und versuchte, das Wort *Winter* zu artikulieren. Das sei eine sehr gute Sprachübung. Der Erfolg war mäßig. Weder W noch R noch die Buchstaben dazwischen ließen sich mit geschlossenen Lippen aussprechen. Immer wieder rann ihr der Lindenblütentee über das Kinn, was sie erst recht zum Lachen brachte. Später malte sie mit Kirschmarmelade einen großen roten Punkt auf ihr Butterbrot, hob es stolz in die Höhe und sang erhobenen Hauptes die japanische Nationalhymne.

In den folgenden Tagen und Wochen scheiterte Hikaru immer öfter in ihrem Bemühen, Jona aufzuheitern. Schwer wogen die Stunden, die er allein zubrachte. Hinzu kam das ständige Liegen und Auf-Hilfe-angewiesen-Sein. Manchmal ergriff ihn ein dumpfer Schwindel, als drehte sich das Häuschen wie ein Karussell. Früher war es umgekehrt gewesen. Finja war zu Hause geblieben und er war im Wald umhergestreift. Ihr diese Einsamkeit zugemutet und sie nie danach gefragt zu haben, schnürte Jona den Hals zu. Vielleicht hatte sie ihm deshalb keinen Abschiedsbrief geschrieben.

Hikaru kam mit einem Flusskrebs nach Hause. Sein dunkles Gehäuse schimmerte grünlich. Sie hielt ihn am Rückenpanzer fest, sechs Beinchen zappelten in der Luft. Auf einer Kiesbank sei er gesessen, sagte sie, und habe sich ohne Gegenwehr hochheben lassen. Jona schüttelte ungläubig den Kopf. Um diese Jahreszeit war das mehr als ungewöhnlich. Irgendetwas musste ihn in seiner Winterruhe gestört haben. Hikaru lachte, als er mit wippenden Fühlern durch das Wohnzimmer krabbelte und an der vom Sofa hängenden Decke zupfte. Dann verschwand er kurz unter Finjas Kommode und zerrte einen Bleistift ins Licht, der irgendwann daruntergerollt sein musste. Ihr Gerede über ein leckeres Krebssüppchen mit Knoblauch und Weißbrot schien das Krustentierchen wenig zu beeindrucken. Alles sei besser als ewig Wildschwein, scherzte Hikaru. Jona mühte sich redlich, ihre Freude zu teilen, scheiterte aber an einem einfachen Lächeln. Dieses alienartige Tier hatte hier nichts zu suchen. Seine Gegenwart raubte dem Häuschen die Vertrautheit und verwandelte es in etwas Bizarres. Jona wurde schrecklich kalt. Verwundert blickte er zur Tür, weil er dachte, Hikaru habe sie offen stehen lassen. Aus Angst, sie bemerke sein bebendes Kinn, zog er die Decke bis zur Nasenspitze hoch. Grund genug für sie, um den Spaß weiterzutreiben. Jetzt habe der Krebs einen großen Bruder, sagte sie und hielt die Hände vor den kichernden Mund.

Brrrrr … ich glaube, meine Zehen sind abgefroren.

Schneit es wieder?

Ist Schneien nicht das mit den Schneeflocken? Heute stürzt der ganze Himmel auf die Erde. Ich habe im Schuppen das Regal zerlegt. Für die Nacht wird es reichen.

Komm unter die Decke.

Gleich, ich hänge nur rasch die nasse Jacke zum Trocknen auf.

Kurze Stille.

Mmh … bist du schön warm.

Ich habe ja nichts anders zu tun, als vor dem Herd zu liegen.

Fang nicht damit an, Jona. Bitte.

Ich fange gar nichts an.

Wenn sich der Schneesturm legt, schaufle ich die Veranda frei. Wir könnten ein paar Schritte draußen gehen.

Ich muss hier raus.

Ich weiß.

Kurze Stille.

Matumo und ich sind oft um die Wette gelaufen. Meistens hat sie gewonnen. Trotzdem habe ich sie immer wieder herausgefordert. Wer als Erste beim Spielplatz ist, wer als Erste in der Küche den Kühlschrank berührt, wer nach der Schule als Erste durch unser Gartentor läuft.

Warum hast du das gemacht, wenn du immer verloren hast?

Meistens habe ich gesagt. Meistens!

Kurze Stille.

Gegen mich hättest du keine Chance. Eh … das tut weh.

Den kleinen Boxer hast du dir verdient. Lern erst mal wieder richtig laufen, bevor du große Töne spuckst.

Sind deine Zehen schon wieder aufgetaut?

Du meinst die Eiswürfel, die an meinem Fuß hängen? Nein, da müsste schon ein Wunder passieren oder jemand erbarmt sich und massiert sie ein wenig.

Gib schon her.

Warte, ich lege ein wenig Holz nach.

Öffne den Schieber ein Stück, dann bekommt das Feuer mehr Luft.

Kurze Stille.

Ah … ja, das ist gut. Bitte nicht aufhören.

Ich höre nicht auf.

Soll ich deine auch massieren, Jona, oder den Fuß, oder …

Nein.

Kurze Stille.

Was machst du, das kitzelt?

Ich untersuche deine Kniescheibe. Wusstest du, dass du da kein einziges Härchen hast? Fühlt sich wie ein Flussstein an.

Deine Zehen fühlen sich wie Zwetschken an.

Haha … das hast du schön gesagt. Willst du eine essen?

Stille.

Ich glaube, ich habe alles in der Küche schon tausendmal angeschaut.

Willst du lieber oben schlafen? Wir könnten einen Ziegelstein auf den Herd legen und in ein Tuch einwickeln.

Einen Bettwärmer basteln? Nein, da bleibe ich lieber bei dir. Und ich habe das anders gemeint. Mir sind die Dinge so vertraut geworden, als ob sie zu mir gehörten.

Ich auch?

Du bist kein Ding.

Vielleicht bin ich ja ein Roboter.

Ein Roboter, der Zehen massiert?

Ja.

Nein, das glaube ich nicht. Roboter denken bei Zehen nicht an Zwetschken.

Kurze Stille.

Zum Beispiel die grüne Vase. Die habe ich sicher schon tausendmal angesehen. Wenn in der Früh die Sonne durch das Fenster scheint, bekommt sie an den Rändern einen orangen Schimmer. Aber nur in der Früh. Abends verliert sie das Grün beinahe gänzlich und wirkt eher graubraun. Irgendwie wird sie mit der Zeit immer samtiger. Als könnte ich sie mit meinen Blicken berühren. Du weißt schon, wie bei einer Tischplatte. Die wird über die Jahre auch weicher. Der ganze Raum ist weicher geworden.

Vielleicht dringen unsere Blicke sogar in die Dinge ein. Bei den Sonnenstrahlen ist das so, das habe ich mal gelesen.

Kurze Stille.

Gefallen dir Finjas Bilder?

Warum fragst du?

Du sprichst nie darüber.

Ich weiß nicht. Ich will die Welt nicht anders, ich will sie so sehen, wie sie ist.

Ist sie nicht auch ein wenig so, wie wir sie sehen? Oder vielleicht sogar so, wie wir sie durch jemand anderen sehen? Ich habe fast immer gewusst, was Matumo denkt und als Nächstes tun wird. Das hat nicht aufgehört, obwohl sie jetzt bald zwei Jahre nicht mehr da ist. Sie lebt in mir weiter. Verstehst du?

Ja.

Solange sie bei mir war, war mir das nicht bewusst. Wir waren so, wie wir uns gegenseitig gesehen haben. Heute glaube ich, immer noch Matumo zu kennen, aber bei mir selbst tue ich mir schwer.

Ich habe gedacht, ich kenne Finja.

Meine Zehen sind warm.

Soll ich aufhören?

Ja.

Kurze Stille.

Hörst du das Klirren?

Der Wind hat gedreht. Hoffentlich hält das Fenster.

Kurze Stille.

Du hast schöne Hände. Große und schöne Hände.

Aber nicht so groß wie die von Siegfried.

Siegfried hat Schaufeln.

Stille.

Möchtest du für immer hierbleiben, im Wald, in deinem Häuschen?

Wo soll ich sonst leben? In der Wüste, auf einer Insel, am Nordpol?

Du weißt, was ich meine. Es muss ja nicht mitten in der Stadt sein. Es gibt auch kleine Ortschaften, ruhige Gegenden mit viel Natur.

Die Stadt ist überall, wo Menschen sind.

Bin ich kein Mensch?

Du bist Hikaru.

Kurze Stille.

Soll ich Holz nachlegen?

Nimm lieber ein paar von den Ästen, die du gestern gefunden hast.

Was soll ich als Nächstes zersägen?

In der Abstellkammer steht eine Holztruhe.

Gut.

Kurze Stille.

Was hast du eigentlich mit den Kleidern deiner Mutter gemacht?

Die habe ich in ein Leintuch gewickelt und auf den Boden gelegt.

Willst du die verbrennen?

Nein. Nein, nein. Du kannst dir welche nehmen, wenn du willst. Natürlich nur, wenn sie dir gefallen.

Darum geht es nicht. Ich denke, das ist keine gute Idee.

Kurze Stille.

Du hast mir mal von dem dottergelben Haus erzählt, in dem du aufgewachsen bist. Glaubst du nicht, dass es in der Stadt, oder sagen wir in Stadtnähe, Orte gibt, an denen man gut leben kann?

Wenn sich die Menschen selbst ausgerottet haben, dann sicher.

Du kannst ziemlich zynisch sein. Mir ist kalt. Drückst du mich bitte ein wenig fester?

So?

Fester.

Ich finde mich gar nicht zynisch. Die Stadt ist eine Maschine, die den Untergang der Menschheit vorantreibt. Habe ich dir auch erzählt, dass Papa in der Arbeit gestorben ist? Wie sehr er sich abgerackert hat, damit wir uns das eidottergelbe Haus leisten konnten, hat mir Finja erst Jahre später erzählt. Und wäre Finja nicht zurück in die Stadt, würde sie auch noch leben. Das lasse ich mir nicht ausreden.

Das will ich doch gar nicht, Jona. Aber ist diese Rechnung so einfach?

Das ist keine Rechnung. Ohne Wälder wäre unser Planet ein eisiger Gesteinsbrocken. Das ist wie mit den Blicken, über die wir gesprochen haben. Das Leben blickt auf die Erde und die Wälder legen sich als grüner Samtteppich über sie. Städte tun das genaue Gegenteil. Städte holen das Kalte und Harte wieder hervor und türmen es auf.

Du wärst ein guter Umweltaktivist.

Ja, wäre längst an der Zeit, dass jemand der Stadt ihre Grenzen aufzeigt.

Das war ein Scherz, Jona.

Die Menschheit ist ein Scherz.

Kurze Stille.

Menschen sind wie Hunde.

Hunde?

Hunde sind Wölfe. Manchmal haben sie das vergessen, ein anderes Mal erinnern sie sich daran. Ich weiß noch, dass in einer Nachbarklasse ein Kind von einem angeblich lieben Hund in den Kopf gebissen worden ist. Niemand konnte sich erklären warum. Dann wurde er eingeschläfert. Bei Yorick habe ich von Anfang an gespürt, dass er sich nur verstellt, aber Finja hat mir das natürlich nicht geglaubt. Sie wollte ein neues Leben und ist in die Stadt. Das war ein Fehler.

Nicht jeder ist zum einsamen Wolf geboren.

Wölfe sind nicht einsam. Denk an die Nacht, die wir auf Kowi verbracht haben.

Haha … ich weiß, worauf du hinauswillst.

Und? Haben wir da den Mond angeheult, weil wir so einsam waren?

Kannst du dein Gesicht bitte ein kleines Stück zu mir drehen.

Warum?

Diese Frage verdient einen Kuss.

Stille mit Kuss.

Kannst du mir nachher bitte die Zehennägel schneiden? Ich habe es vorhin versucht, aber wenn ich mich hinunterbeuge, sticht es mich hier seitlich. Aua. Warum boxt du mich schon wieder?

Dafür, dass du jetzt an deine Zehennägel denkst. Oder sagen wir lieber Wolfsklauen.

Über mehrere Tage hinweg wütete ein Sturm, der immer neue Wolken heranschaffte. Schnee fiel in dicken, bauschigen Flocken und wuchs zu einer meterhohen Kristallschicht heran. Letztes Jahr um diese Zeit hatten die ersten Glockenblumen bereits ihre Köpfchen aus der Erde gereckt. In einer besonders kalten Nacht war an Schlaf nicht zu denken. Jona klapperte mit den Zähnen, als hätte er eine Kastagnette im Mund. Letztlich sah Hikaru keine andere Möglichkeit, als in die Küche zu übersiedeln. Sie schleppte die Matratze nach unten und legte sie zwischen Herd und Tisch auf den Küchenboden. Dann half sie Jona die Treppe hinunter und legte drei Holzscheite nach. Drei waren verschwenderisch, wenn man bedachte, wie niedrig die Holzstapel geworden waren. Knapp einen Monat war es her, dass Siegfried Vorräte gebracht hatte. Sicher machte er sich Sorgen. Käme er mit seinem Traktor zu ihnen durch, wäre er längst aufgekreuzt. Sie waren auf sich gestellt und es sah nicht danach aus, als würde sich in nächster Zeit an dieser Situation etwas ändern. Der Herd wurde zum Mittelpunkt allen Geschehens. Hikaru bewegte sich aus seinem wärmenden Radius nur fort, wenn sie den beschwerlichen Gang zum Plumpsklo antrat.

An einem Morgen, an dem der Sturm eine kurze Pause einlegte, grub sie sich durch das dicke Schneebrett, das die Nordwinde vor die Eisentür des Erdkellers geschoben hatten. Die Untätigkeit setzte Jona gewaltig zu. Um sich abzulenken, zog er sich am Tisch hoch, hantelte sich zur Spüle, weiter zur Kommode und stützte sich erschöpft ächzend auf das Fensterbrett. Von dort horchte er hinaus, auf die Geräusche, die die schuftende Hikaru von sich gab. Wurde ihm das Stehen zu anstrengend, humpelte er wieder zur Matratze. Diese Runde vollführte er mehrere Male, bis sie endlich zurückkehrte. Ihre Ausbeute war mager. Etwas eingelegtes Gemüse, Brombeermarmelade und ein Kürbis. Bevor sie ihn aufschnitt und daraus einen Eintopf zubereitete, tätschelte sie ihn liebevoll, als streichelte eine Mutter den Hinterkopf ihres Kindes.

Als Hikaru tags darauf vorschlug, Finjas Bett zu verheizen, erschrak Jona heftig. Dabei war es eine nüchterne Schlussfolgerung. Das Brennholz war aufgebraucht, die Kälte hielt an. Wollten sie nicht erfrieren, stellte sich die Frage, was sie als Nächstes den rettenden Flammen opferten. Und Finjas Bett verstaubte sinnlos und unberührt. Weil ihm keine Gegenargumente einfielen, senkte Jona nickend den Kopf. Hikaru begann mit dem Kopfteil, dann zerteilte sie die Seitenteile, den Lattenrost und so weiter. Immer sägte sie gerade so viel ab, wie sie benötigte, um das Feuer bei Laune zu halten. Jona hatte ihr zur Bogensäge geraten und gemeint, es wäre besser, das Bett auf einmal zu zerlegen, doch sie sagte, der handlichere Fuchsschwanz sei ihr lieber. Das nicht enden wollende Knarzen und Ziehen, als schnarchte ein Asthmatiker um sein Leben, nervte ihn unsagbar. Sich die Ohren zuzuhalten half gar nichts, er hätte sie sich abreißen müssen. Knapp davor war er. Dennoch beschwerte sich Jona nicht. Das stand ihm als Pflegefall nicht zu. Nach dem Bett ging es dem Nachtkästchen an den Kragen, dem Schrank, dann dem kleinen Schreibtisch. Zuletzt hatte Hikaru sogar die Vorhänge abgenommen und die Sägespäne zusammengekehrt und verheizt. Jona legte etliche Pausen ein, schaffte es letztlich aber allein die Treppe hinauf. Leider währte die Freude über diesen Gipfelsieg nur kurz. Er hatte die Säge im Ohr, hatte die zahllosen Holzstücke gesehen, die Hikaru in die Küche getragen hatte, und ihr Knacksen im Feuer gehört.

Doch als er die Tür zu Finjas Zimmer aufstieß, überraschte ihn die Leere mit einer Wucht, dass er zurücktaumelte. Hikaru, die ebenfalls die Treppe hinaufgelaufen war und sich an ihm vorbeigezwängt hatte, drehte sich mit ausgebreiteten Armen durch den kahlen Raum. Sie war sichtlich stolz auf ihr Werk. Doch Jona wartete nicht ab, bis sie ihren Derwisch-Tanz beendete, er wandte sich um und schlurfte zurück zur Treppe.

Das Dunkelgrau hinter den Fenstern hätte ein Morgen, genauso gut aber ein Abend sein können. Das zu entscheiden war Jona zu mühsam. Dafür fühlte er sich nicht wach genug. Im eintönigen Reigen von Essen, Schlafen und Feuer spielte die Grenze zwischen Tag und Nacht keine Rolle mehr. Jona sah lächelnd nach unten. Hikarus Kopf lag auf seiner Schulter. Vor dem Einschlafen hatte sie sein Herz mit dem von Matumo verglichen. Das ihrer Schwester habe wie ein in Watte gehüllter Gong geklungen, während seine Herzkammer eine Schmiede sei. Dumpfes Hämmern dringe durch eine dicke Tür. In Anbetracht der zeltähnlichen Erhebung unter der Wolldecke glaubte er, dieses Pochen nun zu hören. Jona überlegte fieberhaft, was er mit oder gegen die Erektion unternehmen sollte. Sollte er sie zwischen die Oberschenkel klemmen, um die Blutzufuhr zu unterbinden, oder sich einfach wegdrehen? Dabei verging kaum eine Stunde, in der ihm der Vorfall im Erdkeller nicht in den Sinn kam. Hikaru hatte sich an ihn geschmiegt, ihn gestreichelt, geküsst und was hatte er getan? Sein Kopf führte ein Eigenleben, dem nicht zu trauen war. Als müsste er ihn bestrafen, wenn er einmal nicht an Finja dachte. Jona atmete flach. Die Chancen einer unabsichtlichen Berührung standen gut. Hikarus rechte Hand lag auf seinem Bauch, ihr Knie berührte sein Knie. Eine unbedachte Bewegung würde genügen. Hikaru würde ihre Hand von seinem Bauch heben, würde anstreifen, und im selben Augenblick würden ihre Finger den wippenden Widerstand zu deuten wissen. In diesem magischen Moment, in dem all das hätte passieren können, klopfte es. Unmittelbar darauf öffnete sich die Tür und Siegfried steckte den Kopf ins Häuschen. Oh mein Gott, sagte er, und dass es stinke wie in einem Stall. In einem Stall sei es wenigstens warm, brummte Hikaru, die sich aufgesetzt hatte und sich die Augen rieb. Freudig grinsend drehte sie sich zu Jona um. Sie hatten immer wieder von Siegfried gesprochen und dass er kommen werde, sobald die Schneelage es zuließ. Und nun war er endlich hier. Doch Jona war zu keinem Freudenausbruch in der Lage. Als Hikaru ihren Blick senkte und sich die Erleichterung in ihren Augen in Verwunderung wandelte, winkelte Jona die Füße an und zog die Decke hoch.

Tags darauf kehrte Siegfried mit einer Wagenladung Brennholz und Vorräten zurück. Jona glaubte durch das Fenster zu beobachten, dass Hikaru ihm Geld zusteckte. Jedenfalls kam er von da an jede Woche und brachte Nachschub. Brot, Nudeln, Kartoffeln, Milch, Bohnen, ja sogar Schokolade. Für Jona fühlte sich der plötzliche Luxus falsch an. Er hatte nichts dazu beigetragen, er war ein Möchtegernaussteiger und ebensolcher Liebhaber. Hikaru gegenüber behielt er diese Gedanken für sich. Sie hätte jederzeit mit Siegfried mitfahren und in die Stadt zurückkehren können. So gesehen war es lächerlich, dass sie hier mit ihm im Wald einen Überlebenskampf führte. Dennoch blieb Hikaru bei Jona, ohne diese Möglichkeiten auch nur einmal zu erwähnen. Sie wusste, dass er sie nicht begleiten würde.

An einem sonnigen Morgen ging Jona nach draußen. Als wäre er mit seinem Werk endlich zufrieden, zeigte sich der Winter von seiner glitzernden Seite. Rehe staksten über die Lichtung, Vogelgezwitscher vermengte sich mit frischkalter Luft. Hikaru bewarf ihn mit Schneebällen und Jona hatte Mühe, dagegenzuhalten. Andererseits war es wie eine Befreiung, mit ihr herumzualbern. Tage später hatte eine Warmfront die weiße Pracht auf Kniehöhe schmelzen lassen. Hikaru und Jona unternahmen einen Spaziergang zum Fluss. Die schattige Stelle, an der sie den Krebs gefunden hatte, war teils noch zugefroren. Ein Eichhörnchen huschte über das dünne Eis.

Die Rückkehr des Grüns war ein Wunder, das Jona jeden Frühling aufs Neue bestaunte. Wie alle Naturwunder ging auch dieses langsam und unmerklich vor sich. Dennoch gab es diesen Moment, in dem man die saftgrünen Grashalme und Blätter erstmals wahrnahm. Vielleicht weil die Sonne sie in ein warmes Licht tauchte und man sich bewusst wurde, wie schnell es doch wieder Frühling geworden war. Hikaru und Jona verbrachten so viel Zeit wie möglich im Freien. Der harte Winter hatte dem Wald zugesetzt. Bäume waren umgestürzt, Hänge abgerutscht, Tiere hatten ihre Höhlen verlegt, kleinere Sümpfe hatten sich gebildet. Einmal führte sie ihr Weg quer durch den Wald bis zu den Bergen, wo der Fluss seinen Ursprung nahm. Aus der Entfernung meinte Hikaru, die herabstürzenden Wasserfälle seien eingefroren, doch als sie vor ihnen standen, hörten sie wegen des rauschenden Donners ihr eigenes Wort nicht. Jona hielt sich die Ohren zu, um Hikaru zu zeigen, dass er nicht verstand, was sie ihm zu erklären versuchte. Von ihren Lippen las er nichts ab, das Sinn ergab: ebigen Eislauf, weniger Greismauf, elender Reisauflauf. Was immer es war, es hatte mit einem großen Kreis zu tun, den sie in die Luft zeichnete. Dass Jona ahnungslos die Augenbrauen zusammen und die Schultern hochzog, brachte sie zum Lachen. Ein paar Schritte weiter weg, hätte er sie sicher verstanden und dort wären sie auch weniger nass geworden. Dennoch blieb Hikaru auf dem flachen Felsen stehen und malte Kreis um Kreis, als drehte sie an der Kurbel der Honigschleuder.

An einem anderen Tag hockte Hikaru hinter dem Schlehenstrauch und grub mit einer kleinen Schaufel die Erde um. Sie hatte Siegfried gebeten, ihr Basilikum, Thymian und Koriander zu besorgen, und neben dem Strauch war ein guter Platz, um Kräuter einzusetzen. Hier bekamen sie reichlich Sonne und der Boden war sandig. Immer nur Wildkräuter seien keine Lösung, hatte sie zu ihm gesagt und gelacht. Vom Gemüsebeet aus sah Jona immer wieder zu ihr hinüber. Er mochte es, wenn sie derart konzentriert und in sich ruhend bei der Arbeit war. Diese Ruhe durchdrang ihn wie Sonnenlicht. Nach einer Weile, in der Hikaru still dasaß, noch viel stiller als sonst, ging Jona zu ihr, weil er sich um sie sorgte. Sie schien ihn nicht zu bemerken und drehte sich nicht um, als er hinter ihr stand. Sie hatte ihre rechte Hand zu einer Schale geformt und sie in die Mulde gelegt, die die Steinkugel hinterlassen hatte. Damals hatte Jona gedacht, dies sei der perfekte Ort für sie, weil die Früchte der Schlehe, die hier wuchs, ähnlich rund waren. Jona überlegte, was ihm Hikarus Geste sagte. Dachte sie an die Steinkugel, die er im Zorn zertrümmert hatte? Aber er hatte seine Schandtat doch wiedergutgemacht. Im Nachhinein hatte er sich zusammengereimt, dass alles genau so hatte passieren müssen, damit Kowi und die Kugel zueinanderfanden. Vielleicht dachte Hikaru an Matumo. Das hätte erklärt, warum sie so traurig wirkte. Es war die Art, wie sie den Kopf hängen ließ und die Schultern nach unten zeigten. Die größte Sorge aber bereitete ihm ihr sichelförmig gebeugter Rücken, den sie doch sonst immer durchstreckte. Einzig ihre glänzend schwarzen Haare, die sie zu einem Pferdeschwanz zusammengebunden hatte, passten nicht ins Bild. Menschen mit Pferdeschwanz waren fröhlich oder wenigstens gut gelaunt.

Mit einem Mal war sich Jona sicher, dass sie gehen würde. Sie würde ihn zurücklassen, wie Finja es getan hatte. Wie einfältig er doch gewesen war, wie unglaublich einfältig. Hatte er ernsthaft gedacht, sie würde ihr Leben, das sie vor dem Wald geführt hatte und von dem er so wenig wusste, für ihn aufgeben? Und ihren Beruf als Journalistin? Vielleicht war das Ganze ja nur eine lang angelegte Recherche und nun war ihr Notizbuch voll und sie wusste nicht, wie sie es ihm sagen sollte.

Als Hikaru aufstand und sich zu Jona umdrehte, blickte er sie an, als hätte sie ihm stundenlang erklärt, warum sie ihn verlassen werde. Teilnahmslos ließ er geschehen, dass sie ihn umarmte. Eine unbestimmte Zeit standen sie nur so da, dann spürte er ein Flattern hinter den Rippenbögen, als würden Fledermäuse zur nächtlichen Jagd aufbrechen. Sicher hörte Hikaru, die ihr Ohr an seine Brust gelegt hatte, das wirre Schlagen der zahllosen Flügel. Schließlich befreiten sich die Fledermäuse aus der immer größer werdenden Enge und bahnten sich ihren Weg durch den Hals bis unter Jonas Gaumensegel. Er müsste nur den Mund öffnen und sie würden mit stummem Geschrei ausschwärmen. Jonas Kinn begann zu zittern. Ohne seine starre Haltung zu lockern, senkte er den Blick. Jedes einzelne von Hikarus schwarzen Haaren war eine gerade Linie, die vom Scheitel wegführte, exakt gezeichnet, wie mit einer Tuschefeder. Doch das grafische Schauspiel währte nur kurz. Die Fledermäuse hatten einen anderen Ausgang gefunden. Mit jedem Blinzeln, jedem flüchtigen Auf und Ab der Augenlider entflohen sie in die Freiheit. Aus Linien wurden Schlieren und Schlieren verwässerten sich zu einem schwarzen Fluss. Das letzte Mal geweint hatte Jona, als ihm gesagt worden war, dass sein Vater nicht mehr nach Hause kommen werde. Auch damals waren die Fledermäuse in ihrer Höhle erwacht. Aber wo waren sie nach Finjas Sprung gewesen? Er hatte auf ihr Ausschwärmen gewartet und sich geschämt, weil er keine einzige Träne hervorgebracht hatte. Dass die Höhle leer stehe, hatte er sich eingeredet. Dass die Fledermäuse nach ihrem ersten Ausflug nie zurückgekehrt seien.

Die Pracht nimmt ihren Anfang. Sonnenwärme lässt die Säfte in uns emporsteigen. Sie schieben und drücken das neue Grün aus unseren Poren. Fauna und Flora tummeln sich in frischen Gewändern. Über und unter der Erde herrscht freudige Erregung. Summen und Zwitschern erfüllen den Äther. Glockenblumen bimmeln die blühende Zeit herbei. Erste Zugvögelschwärme kehren mit Geschichten aus der Fremde zurück. Der frische Nektar der Lärchensporne verströmt seinen süßlichen Duft. Wir streifen die Erstarrung ab und recken und strecken uns, dass es knarzt und knackt. Es gibt kein schöneres Erwachen.

Die Füchsin hat gut für ihre Welpen gesorgt. Ihre Kinder sind groß, die Höhle ist zu klein geworden. Sie wittern das Fleisch und wollen dem Rascheln hinterher. Die Jagd ist eine Gespielin, die sie zu locken weiß. Immer weiter fort von zu Hause huschen ihre roten Rücken, immer stärker geraten die Mutterzitzen in Vergessenheit. Bald gehen sie ihre eigenen Wege. Ohne es zu wissen, spürt die Füchsin, dass es immer so war und immer so sein wird. Wir wünschten, Jona könne seine Erinnerungen wie ein Winterfell abstreifen, weil dieses ungleich schwerer zu tragen ist. Seine Mutter ist fortgegangen und er weiß, dass es nie wieder so sein wird wie es war. Arme Menschen. Der erlösende Winterschlaf ist ihnen nicht geschenkt. Nie währen ihre Nächte lang genug, damit die bösen Träume zur Ruhe kommen. Jeder Verlust wird zum Albtraum. Noch einer und Jona wird nie wieder wirklich einschlafen. Obwohl die Säfte fließen, kommt er nur langsam in seine Kraft. Wir erkennen ihn kaum wieder. Als hätte ein Wintersturm ihn geknickt. Allein, ohne das zweite Herz an seiner Seite, wäre er verloren. Noch schlägt es ruhig und hält das Geschehen im Takt.

Hikarus Schmollmund sollte Jona zum Lachen bringen. Dann umarmte sie ihn und gab ihm zum Abschied einen Kuss auf die Wange. Das Bild, wie sie mit dem Rucksack über die Lichtung marschierte, erinnerte ihn daran, wie sie damals vom Parkplatz aus aufgebrochen war. Jona sah ihr nach, bis sie zwischen den Bäumen verschwunden war, und blieb noch eine Weile auf der Veranda sitzen. Die Wolken zogen in hohen Türmen über den Himmel. Unten schimmerten sie gräulich, oben leuchteten sie hellweiß. Bevor Siegfried ihn überredet hatte, dieses Überlebenstraining zu veranstalten, war er oft hier gesessen und war froh gewesen, sich nicht mit anderen Menschen herumschlagen zu müssen. Hikaru war die Ausnahme von der Regel und mehr als eine Ausnahme brauchte es nicht. Die kommenden Tage nutzte Jona, um undichte Fenster zu reparieren. An der Südseite des Häuschens legte er ein Beet für Paprika und Tomaten an und baute ihnen ein Gerüst aus Stöcken, an denen sie sich hochhangeln konnten. Jona sah auch nach den Bienen. Die hatten mehrere Brutwaben errichtet, in die die Königinnen fleißig ihre Eier ablegten. Von den Honiggläsern lagerten nur mehr zwei Kartons im Schuppen. Er würde Siegfried bitten, ihm neue zu bringen. Vielleicht zehn oder besser fünfzehn Kartons. Der warme Frühling verhieß ein gutes Bienenjahr.

Als Siegfried ihnen im Winter das Brennholz geliefert hatte, war auch ein alter Schreibtisch dabei gewesen. Er hätte diesen zerschlagen und verbrennen sollen, doch Jona war Besseres eingefallen. Seither lagerte er versteckt unter einer Decke im Schuppen. Der Schreibtisch war weit weniger schäbig und morsch, als Siegfried behauptet hatte. Im Gegenteil. An Stellen, an denen der schwarze Lack abgeplatzt war, entdeckte Jona herrliche Eichenholzmaserungen. Es würde Zeit und Geduld brauchen, die alte Farbe abzuschleifen und zu erneuern, aber die Mühe würde sich lohnen. Finjas Zimmer sollte zu Hikarus Zimmer werden. Ein Arbeitszimmer, in dem sie schreiben und in das sie sich zurückziehen konnte. Jona sah hoch. Die Luft war klar und die Fernsicht gut. Irgendwo dort in den Bergen, deren Gipfel als bläulich graue Zacken über die Baumwipfel ragten, musste Hikaru jetzt sein. Sie wolle ihre Schwester besuchen, hatte sie gesagt, und dass sie längstens eine Woche fort sein werde.

Wenige Stunden nachdem Jona sich an die Arbeit am Schreibtisch gemacht hatte, war klar, dass sein Schleifpapier nicht reichen würde. Um sich Papier für den späteren Feinschliff aufzuheben, schabte er den Lack an schwer zugänglichen Stellen mit der scharfen Klinge des Stanzmessers ab und nahm den Hobel für die größeren Flächen. So hatte es ihm sein Vater damals in der Garage gezeigt. Wie er schaute Jona bei der Arbeit mürrisch drein, obwohl er insgeheim die Schinderei liebte. Noch mehr, wenn er an die kalten Wintertage zurückdachte, die er als Kaminvorleger vor dem Herd zugebracht hatte. Zudem empfand er das Hobeln und Schleifen entspannend wie Schaukeln. Vor, zurück, vor, zurück, vor, zurück … Bei dieser Arbeit ließ sich gut nachdenken. Vielleicht weil sich Vor und Zurück abwechselten und Jona sich für keine Richtung entscheiden musste. Ein Stück in die Vergangenheit, ein Stück in die Zukunft, ein wenig Schleifstaub und das Hier und Jetzt war die Holzmaserung, die unter dem schwarzen Lack zum Vorschein kam. Jona konnte gut verstehen, dass Hikaru ihrer Schwester nahe sein wollte. Was ihn besorgte, waren die Berge. Sie waren Einflüsterer, die von der

Ferne erzählten, Zauberer, die Wälder in Moosflechten, Flüsse in Rinnsale, Menschen in Ameisen verwandelten. Und je höher man hinaufstieg, desto klarer glaubte man, sich selbst zu erkennen. Dabei wurde nur die Luft dünner. Jona bekam Durst und legte eine Pause ein. Als er den Hobel auf den Tisch stellte, kam ihm der Gedanke, dass Hikaru im selben Moment irgendetwas irgendwohin gestellt haben könnte. Vielleicht die Wasserflasche auf einen Stein oder den Rucksack in die Wiese. Auf dem Weg zum Brunnen dachte er weiter darüber nach, und während er trank, und auch noch, als er den Kopf unter den Wasserstrahl hielt. Jona erinnerte sich, dass Hikaru ihm von ihrer besonderen Verbindung mit Matumo erzählt hatte. Einmal war ihre Schwester mit dem Rad in einen Graben gestürzt und bewusstlos liegen geblieben. Zur selben Zeit war Hikaru, die zu Hause im Garten gespielt hatte, aus einem unerfindlichen Grund zusammengebrochen. Ihr Hausarzt hatte das später als vorübergehende Kreislaufschwäche abgetan, weil ihm keine andere Erklärung eingefallen war. Jona sah zu den Bergen hoch und schloss die Augen. Leuchtpunkte flirrten über einen orangen Hintergrund, der mal dunkel wummerte, mal hell schimmerte. Eine besondere Verbindung war weder zu sehen noch zu fühlen. In der Stadt hätte er Hikaru eine SMS geschickt: Ich denke an dich. Und sie hätte geantwortet: Ja, ich auch. Dann lieber Leuchtpunkte, dachte Jona.

Jona riss die Augen auf. Hikaru hatte sich nie über das primitive Waldleben beschwert und doch konnte er sich nicht der Angst erwehren, dass das nicht für immer so bleiben würde. Warum sollte es ihr anderes ergehen als Finja? Ganz sicher hätte sich Hikaru hervorragend mit ihr verstanden. Jona sah die beiden kaffeetrinkend auf der Veranda sitzen und plaudern. Ein schönes Bild. Einauge Pietro würde mit dem Spähen nicht nachkommen, so viel Leben wäre plötzlich in dem Häuschen.

Doch es gelang Jona nicht, sich die gemeinsamen Abende im Schein der Petroleumlampe vorzustellen. Wie er es auch drehte und wendete, die Couch war für drei nicht groß genug. Und das wäre noch das kleinste Problem. Finja hatte es geliebt, an seine Schulter gelehnt in ihren Büchern zu lesen. Sollte er Hikaru die andere Schulter anbieten?

Der Lack war in der Mitte der Tischplatte tief ins Holz eingedrungen. Jona ließ nicht nach, bis jegliches Schwarz ausgemerzt war. Die Delle bemerkte er erst hinterher. Normalerweise hätte ihn die kleine Unebenheit maßlos geärgert. Um sie verschwinden zu lassen, müsste er die gesamte Oberfläche nochmals bearbeiten. Doch dieses Vorhaben schob er rasch beiseite. Während des Schleifens waren ihm andere Gedanken zugefallen. Finja war tot, aber nicht in seinem Kopf. Vielleicht hätte er darauf bestehen sollen, sich ihre Überreste zeigen zu lassen. So blieb ihr Sprung irgendwie irreal. Bei Schlechtwetter war sie lieber im Häuschen geblieben, barfuß war sie nur über glatte Flusssteine gelaufen, bei jedem Bienenstich hatte sie Angst gehabt, die Schwellung werde nicht mehr zurückgehen. So jemand sprang nicht freiwillig aus dem fünfzehnten Stockwerk. Jona haderte mit sich. Raus aus der Stadt, nur das hatte er gewollt und die Möglichkeit eines Unfalls oder gar eines Verbrechens ebenso wenig verfolgt wie die Polizei das hätte tun müssen. Und wenn es doch an dem Streit in der Küche gelegen war? Seit Finjas Fortgehen aus dem Wald hatte er sie für diese Entscheidung bestrafen wollen und sie das bei jeder Gelegenheit spüren lassen.

Jona bemerkte, dass es gerade wieder geschah. Er wollte an Hikaru denken und doch kreisten seine Gedanken um Finja. Genau deshalb musste sie raus aus seinem Kopf. Zumindest wenn er und Hikaru sich in einer Weise näher kommen sollten wie damals im Erdkeller. Er dachte an das Kribbeln zurück, als der Sand auf seine Haut herabgerieselt war. Sogleich pochte sein Herz lauter und schneller. Hätte er doch nur diesem Gefühl nachgegeben. Stattdessen hatte er Hikaru von sich gestoßen. Jona schlug sich mehrmals mit dem rechten Handballen auf die Stirn, als könnte dadurch Finja heraus und vor ihm auf den Boden fallen. Was war er nur für ein Mensch, was stimmte nicht mit ihm?

Das Kaninchenfell, das er sich für die Douglasie zurechtgeschnitten hatte, roch ranzig. Jona wusch und bürstete es, bis es sich wieder weich anfühlte. Anschließend packte er es mit einem frischen Gläschen Wildschweinfett und einer Wasserflasche in den Rucksack und machte sich auf den Weg. Hikaru war den vierten Tag fort. Hielt sie Wort, würde sie bald zurückkehren. Nur daran dachte Jona, und an Haut, und an Sand, und dass er alles in Ordnung bringen werde.

Zuallererst inspizierte Jona die Baumhöhle. Wie erwartet war das Eichhörnchen ausgezogen. Einsam und verlassen stierte das schwarze pupillenähnliche Loch in den Wald. Das föhnige Wetter setzte Jona zu. Doch deshalb war er nicht drauf und dran, aufzugeben. An Hikaru zu denken war einfach, aber nicht an Finja zu denken, erschien ihm als ein Ding der Unmöglichkeit. Wie konnte man sich vornehmen, sich jemanden aus dem Kopf zu schlagen, ohne dass er einem in den Sinn kam? Nach drei misslungenen Versuchen ließ er schließlich von der Douglasie ab und trottete niedergeschlagen heim. Sein Vorhaben drohte zu scheitern und seine Eichel brannte wie ein Streichholzkopf. Ohne die Kamillenwickel hätten sich die Rötungen womöglich entzündet.

Tags darauf versuchte es Jona mit einer neuen Strategie, um sich besser auf das Wesentliche konzentrieren zu können. Er begann, sich Hikarus Namen bei jedem Stoß, jedem Seufzer, jedem Stöhnen laut vorzusagen. Hikaru, Hikaru, Hikaru, Hikaru,

Hikaru … Der überraschende Effekt war, dass sich die Hikaru-Laute mit dem Rhythmus des Eindringens in die Spechthöhle immer mehr zu einer Einheit verwoben. Gemeinsam bildeten sie eine Art Zaun, der Finja zusehends aussperrte. Wenig später kletterte Jona erschöpft, aber zufrieden lächelnd von der Douglasie herab. Seine Knie zitterten vor Überanstrengung, seine Lunge rang um Sauerstoff. Doch das war egal. Er hatte nur an Hikaru gedacht und selbst der Höhepunkt war perfekt gewesen. Bei »HI« hatte er gespürt, dass es jeden Augenblick passierte, bei »KA« war es Gewissheit gewesen und bei »RU« war er gekommen.

HIKARU

Auf der Hochebene hatte ein forscher Wind geblasen. Mit dem Abstieg kehrte nun die Wärme zurück. Hikaru packte die Jacke in den Rucksack und krempelte die Ärmel hoch. Am Wasserfall, wo der Fluss seinen Anfang nahm, wusch sie sich Gesicht und Nacken. Sie genoss die harzige Luft und die Gegenwärtigkeit von Leben, das sie allerorts hörte und sah. Eine Vogelschar mit hellgrünem Bauchgefieder begrüßte sie mit lustigem Gepiepse, eine Dachsfamilie badete ein Stück flussabwärts. Einen Dachs schien es ungemein zu jucken, weil er sich mit dem Hinterfuß ständig an der Seite kratzte. Vermutlich das Männchen, es war das größte und dickste Tier.

Hikaru konnte es kaum erwarten, Jona wiederzusehen. Nach jeder längeren Trennung von Matumo war das genauso gewesen. Hatten sie nachts im Bett die Köpfe zusammengesteckt, hatte die eine immer schon im Vorhinein gewusst, was die andere Schwester ihr hatte zuflüstern wollen und war ihr zuvorgekommen. Oder sie hatten sich nur angesehen und als hätten sich ihre inneren Stimmen bereits alles erzählt, gleichzeitig zu kichern oder zu weinen begonnen. Mit Jona verhielt sich das ähnlich. Hikaru glaubte zu spüren, wenn er an die Jagd dachte, an das Häuschen, den Wald, an etwas Schönes, das er erlebt hatte. Kam ihm Finja in den Sinn, wurde sein Gesicht hart und ausdruckslos. Das passierte jeden Tag mehrmals, dann war er wie in einer anderen Zeit gefangen. Hikaru war aber auch aufgefallen, wie er, ganz und gar in der Gegenwart, sie manchmal ansah. In Jonas Blick lag viel Wärme, wenn er darauf vergaß, der Starke und Unnahbare zu sein. Während des Winters, den sie zusammengekuschelt vor dem Herd zugebracht hatten, war etwas vor sich gegangen, das schwer zu erklären war. Die Nähe zwischen ihnen war selbstverständlich geworden. Vor allem deshalb war sie in die Berge gegangen. Sie musste wissen, wie es um sie stand, ob sie das Alleinsein schon wieder verlernt hatte. Mit Jona fühlte sich das Leben wunderbar satt an. Bald würde sie in seinen Armen liegen und ihm durchs blonde Haar streicheln. Seine Lippen waren viel weicher, als es die klar definierten Rillen vermuten ließen. Von sich aus würde er sie aber nicht küssen, das ahnte Hikaru und nahm sich vor, ihn nicht zu drängen. Sie würde geduldig warten, bis er die wichtigsten Gedanken lange genug hin und her gewälzt hätte. Den richtigen Zeitpunkt würde sie an seiner nachlassenden Muskelanspannung spüren. Erst dann würde sie ihn auf die Schläfe, die Wange und schließlich auf den Mund küssen.

Hikaru schlug einen kleinen Umweg ein, der sie zu Jonas Bienenstöcken führte. Vor ihrem Aufbruch hatte er davon gesprochen, neue Rahmenwaben einzusetzen. Es war also durchaus möglich, dass sie ihn dort antraf. Nach der Ausgesetztheit auf den Bergen war das Wandern durch den schattigen Wald eine Wohltat. Durch milchige Wolkenschleier dringende Sonnenstrahlen tauchten ihn in diffuses Licht. Die Luft war angenehm kühl. Bei den Stöcken angekommen, stimmte Hikaru in den Dauerton Tausender summender Bienen ein. Ihre Großmutter war eine Summerin gewesen. Ihrer Überzeugung nach war das Summen den guten Menschen vorbehalten. Diese Weisheit hätte sie Jona gerne mitgeteilt, doch leider war er nirgends zu entdecken. Bis zu seinem Häuschen lag noch eine Stunde Gehzeit vor ihr. Hikarus Füßen hätte eine kurze Rast gutgetan, doch die Vorfreude auf frisches Brunnenwasser, vielleicht ein Stück Schokolade und natürlich auf Jona spornten sie an.

Irgendwo zwischen Häuschen und Bienenstöcken vernahm Hikaru merkwürdige Geräusche. Diese hatten weder mit

Summen zu tun noch mit Piepsen, Zirpen, Brüllen oder sonst einem Waldgeräusch. Diese Laute waren eindeutig menschlichen Ursprungs. Instinktiv ging Hikaru in die Hocke und suchte hinter einem Himbeerstrauch Deckung. Den Rucksack zog sie vom Rücken und legte ihn auf den Boden. Sollte sie wegrennen müssen, würde er sie nur behindern. Kurz musste sie sich orientieren, bevor sie wusste, aus welcher Richtung die Geräusche kamen. Zwischen den Bäumen hüpften die Echos gerne hin und her. Doch in diesem Fall war sie sich ganz sicher. Das lautlose Robben hatte ihr Jona auf der Wildschweinjagd gezeigt. Hikaru hielt genau auf das Ächzen und Stöhnen zu und je näher sie ihm kam, desto sicherer war sie, dass sich dieser Mensch nicht auf dem Boden, sondern irgendwo weiter oben befand. In den Sinn kam ihr ein Fallschirmspringer, dessen Schirm sich in den Wipfeln verheddert hatte. Doch solange sie nicht sicher war, galt es, vorsichtig zu sein. Hikaru zuckte zusammen. Ihr Name hallte durch den Wald. Diese Stimme kannte sie. Im ersten Impuls wollte sie aufspringen und Jona etwas zurufen. Womöglich war er verletzt oder in eine Falle geraten. Dann hörte sie ihren Namen erneut und noch einmal und wieder und wieder und … Nach wenigen Metern hob Hikaru den Blick und traute ihren Augen nicht. Diesen Ort und vor allem diesen Baum hatte er ihr nie gezeigt. Seine mächtigen Wurzeln ragten aus dem Boden und den fahnenstangengeraden Stamm vermochte Jona mit seinen Beinen gerade noch zu umschlingen. Was er in luftiger Höhe anstellte, war so eindeutig wie absurd. Sie konnte keinen klaren Gedanken fassen. Sollte sie überhaupt etwas unternehmen? Noch schien Jona sie nicht bemerkt zu haben. Sein Stoßen und Hecheln wurde langsamer, dafür aber entschiedener. »HI-KA-RU, HI-KA-RU, HI-KA …«

Vorsichtig, Schritt für Schritt, bewegte sich Hikaru rückwärts. Ihr Blick blieb gebannt auf Jonas Kehrseite haften. Je länger sie hinsah, desto unwirklicher erschien ihr der urwüchsige Kraftakt. Noch hatte er sich nicht umgewandt und sie entdeckt, noch bestand die Möglichkeit, es später als Traum oder Halluzination abzutun. Hikaru überlegte, wann sie zuletzt Pilze gegessen hatte. Just in diesem Moment trat sie auf ein trockenes Aststück. Das dürre Knacken löste keinen Widerhall aus, war nur ein unsäglicher Bruch. Augenblicklich fuhr Jona herum. Blass und erschrocken schaute er auf Hikaru herab. Schweiß rann ihm über das Gesicht, sein Brustkorb pumpte Luft in den zitternden Körper. Sie bekam Angst, er könnte fallen. Doch flink wie ein Tier kletterte Jona vom Baum. Das letzte Stück sprang er. Dann lief er auch schon los und sein nacktes Hinterteil verschwand zwischen den Büschen.

Hikaru rannte Jona hinterher, aber ihn einzuholen war unmöglich. Als sie sicher war, dass er auf das Häuschen zuhielt, war sie erleichtert. Sie hatte befürchtet, sein Ziel wäre Kowi, oder vielmehr die Schlucht, über die er hinausragte. Zu Hause angekommen suchte sie erfolglos alle Zimmer ab, bevor ihr der Erdkeller einfiel. Tatsächlich war die Eisentür verschlossen und der Schlüssel, der normalerweise außen steckte, war nicht zu sehen. Völlig erschöpft sank Hikaru zu Boden. Es sei gut, sagte sie keuchend, es sei alles in Ordnung, sie sei wieder zu Hause. Als sie keine Antwort erhielt, zog sie sich am Türgriff hoch und flüsterte in das Schlüsselloch, dass Jona doch bitte herauskommen solle. Sie hörte ihn weinen. Vermutlich lag er zusammengekauert auf dem kalten Lehmboden. Er solle sich Zeit lassen, sagte Hikaru schließlich, denn sie wusste nicht, was sie sonst sagen sollte. An die Tür hämmern und schreien wollte sie nicht. Die Situation war schrecklich genug. Eine Stunde oder auch zwei saß sie wortlos vor dem Erdkeller. Zwischendurch summte sie vor sich hin. Jona sollte spüren, dass es keinen Grund zur Sorge gab. Einmal ging sie kurz zum Brunnen, trank und kehrte mit einer vollen Wasserflasche zurück. Auf ihre Frage, ob er Durst habe, erhielt sie keine Antwort. So einfach würde sie ihn nicht herauslocken. Vielleicht wäre es ohnehin besser, ihn allein zu lassen, doch dazu konnte sich Hikaru nicht durchringen. Sie wusste, wie dunkel es im Erdkeller war. Würde die Tür sich endlich öffnen, würde sie Jona einfach nur in die Arme nehmen.

Hikaru begann, von ihrem Beruf zu erzählen. Meist hatte sie Reiseberichte oder Reportagen verfasst. Jona hatte sie mehrmals darauf angesprochen. Doch über ihr Schreiben zu reden, fiel ihr schwer. Warum, wusste sie selbst nicht. Sie hatte immer gerne und viel gearbeitet. Nach Matumos Tod hatte sie gehofft, dass ihr noch mehr Arbeit helfen würde. Ein fataler Irrglaube. Jedes Medikament büßt seine Wirkung irgendwann ein. Hätte sie sich nicht derart leer und ausgebrannt gefühlt, wäre ihr Siegfrieds Anzeige vermutlich nie aufgefallen. Sie hätte sich nicht auf das Überlebenstraining eingelassen und hätte Jona niemals kennengelernt.

Nicht einmal im Winter habe sie sich in ihre beheizte Stadtwohnung zurückgewünscht, sagte Hikaru. Dass ihr unmittelbar darauf das warme Keilerblut in den Sinn kam, verheimlichte sie Jona. Ihre Großmutter war auf einem Bauernhof aufgewachsen und hatte bis zuletzt Tiere gehalten und geschlachtet. Damals hatte sie von ihr wissen wollen, wie das ist, das Töten. Aber wie hätte sie das einem Kind erklären sollen. Weil ihre Großmutter dabei summte, hatte Hikaru es jedenfalls als etwas Gutes empfunden.

Als die Sonne hinter den Baumwipfeln verschwand, hatte Jona noch immer nichts gesagt. Nicht einmal, dass sie gehen solle. In der Wiese zirpten Grillen, ein Uhu begrüßte die bevorstehende Nacht, ein Flugzeug kreuzte den Himmel und doch kam es Hikaru vor, als wäre die Stille im Erdkeller das lauteste Element. Zumindest ein Gutes hatte die hereinbrechende Dunkelheit. Sie gab ihr das Gefühl, Jona näher zu sein. Am Nachthimmel zeigte sich der Mond als prächtige Sichel. An seinem dunklen Rand leuchtete stecknadelgroß die riesenhafte Venus. Sein sanftes Licht und die leisen Nachtgeräusche vermittelten eine friedvolle Stimmung. Allmählich verebbten Hikarus Geschichten, Mund und Kopf wurden müde. Durch die dicke Eisentür hindurch war nicht zu entscheiden, ob Jona eingeschlafen war. Er schnarchte selten. Vielleicht musste er einfach eine Nacht darüber schlafen, um zu erkennen, dass nichts Schlimmes passiert war. Er hatte niemandem etwas angetan. Sie gehe jetzt ins Bett, sagte Hikaru, und dass morgen ein neuer Tag sei.

Ihre Hoffnung, Jona würde irgendwann in der Nacht ins Haus schleichen und sich zu ihr legen, erfüllte sich nicht. Im Morgengrauen wickelte sie sich in die Decke und tapste wieder hinaus. Die Wiese war feucht, es war empfindlich kalt geworden. Hikaru drückte ihr Ohr an die Kellertür. Vielleicht hörte sie ja wenigsten ein Zähneklappern. Guten Morgen, sagte sie verschlafen, als hätte sie sich gerade im Bett liegend zu ihm umgedreht. Später drangen vereinzelt diffuse Laute aus dem Erdkeller. Vermutlich machte sich Jona an den Vorräten zu schaffen. Einmal kam ein Rehkitz nahe an das Häuschen heran, ein paar neugierige Krähen hockten sich zu Pietro auf das Dach, erste Löwenzahnköpfe reckten sich aus dem Grün. Gegen Mittag kitzelte die Sonne aus der Patina der Eisentür wunderschöne Orangetöne hervor. Der Tag war merklich heißer als der Vortag und schwüler. Hikarus Geduld neigte sich dem Ende zu. Jona hatte sich an einem Baum selbst befriedigt und dabei an sie gedacht. Na und? Glaubte er ernsthaft, sie sei die ganze Zeit über keusch gewesen? Sie habe es im hohen Gras getan, sagte Hikaru auf das Schlüsselloch zu. Unter der

Decke und auf der Veranda, während er im Garten geschuftet habe. Und an wen sonst, fragte sie so laut, dass Jona es hören musste, an wen sonst als an ihn hätte sie dabei denken sollen? Aus Ärger über die ausbleibende Reaktion sprang Hikaru auf und hämmerte mit den Fäusten auf die Tür ein. Die Untätigkeit war nicht länger auszuhalten. Im Schuppen fand sie Werkzeug und entschied sich für das Stemmeisen und einen schweren Eisenhammer. Damit würde sie die Scharniere zertrümmern oder, wenn es sein musste, den gesamten Türrahmen herausstemmen. Die klirrende Wucht des Rückschlags und der helle, lang nachschwingende Ton fuhren Hikaru in die Glieder. Trotz aller Kraft hatte das Eisenscharnier lediglich einen Kratzer abbekommen. Nach genaueren Hinsehen glaubte sie nicht einmal das. Sie werde Siegfried holen, rief sie. Siegfried werde mit seinem Traktor kommen und dieses eiserne Monster herausreißen.

»Bitte lass mich!«

Jonas Stimme klang ruhig und endgültig, als hätte er lange nachgedacht. Er musste unmittelbar hinter der Tür stehen.

»Geh zurück in die Stadt!«

Hikarus Gefühle schwankten zwischen Wut, Mitleid und Fassungslosigkeit. Die vielen Sätze in ihrem Kopf ließen sich nicht entwirren. Mehrmals setzte sie an, etwas zu erwidern, ließ es letztlich aber sein. Keinesfalls wollte sie ihn anflehen. Dadurch geriete alles in Gefahr, was ihr Halt gab. Tief betrübt ging sie zurück ins Häuschen, setzte sich lange an den Küchentisch, weinte, legte sich auf die Couch, weinte noch mehr, zerbrach sich die ganze Nacht über den Kopf, was sie noch tun konnte oder wollte, um Jona umzustimmen. Noch vor Sonnenaufgang startete sie einen allerletzten Versuch. Hikaru hielt ihren Mund nahe ans Schlüsselloch der Eisentür und sprach aus, dass sie gehen werde. Die aus dem Erdkeller dringende

Stille bohrte sich ihr als Messer in die Brust. Warum tat er ihr das an? Sie wussten doch beide, wie sich ein Ende anfühlte.

Nachdem sie ihre Sachen zusammengesucht und in den Rucksack gestopft hatte, wischte und kehrte Hikaru das Häuschen von oben bis unten. Das hatte sie letztes Jahr getan, als sie gekommen war, und so würde sie es auch verlassen. Zudem war Putzen und Weinen schon immer eine gute Kombination gewesen. Dann schrieb sie einen Brief in ihr Notizbuch, riss die Seite heraus und legte sie vor den Herd auf den Boden. Auf der Veranda ließ sie den Blick ein letztes Mal über die Lichtung schweifen, stupste den Schaukelstuhl an und ging. Auf den ersten Metern streckte sie den Rücken durch. Dann beugte Hikaru die Schultern vor und schulterte den Rucksack.

Der kleine Toyota wirkte auf eine traurige Weise lächerlich. Er war ein seelenloser Blechhaufen, und dennoch schien er nur darauf zu warten, dass jemand seinen Schlüssel umdrehte. Nach kurzem Würgen stieß er donnernd ein dunkles Rauchwölkchen aus. Dann rührte er sich nicht mehr, als wäre ihm die Vorfreude auf die bevorstehende Ausfahrt zu viel geworden. Gedankenlos schob Hikaru ihre Hand in die leere Hosentasche und erschrak über diesen sinnlosen Reflex. Sie habe Angst, ihr Smartphone aufzuladen, hatte sie in ihrem Abschiedsbrief geschrieben. Und jetzt, sie hatte den Wald noch nicht einmal verlassen, suchte sie wie selbstverständlich Hilfe bei dieser Zivilisationskrücke. Glücklicherweise verlief der Forstweg ab der Parkplatzausfahrt leicht abschüssig. Beim zweiten Versuch, den Motor mit Schwung anlaufen zu lassen, kehrte das Leben in den kleinen Toyota zurück.

Lieber Jona,

ich hätte Dir diese Worte gerne gesagt. Doch ich wollte sie nicht durch die Eisentür hindurch in den Erdkeller hineinsprechen. Die Zeit mit Dir hat mir etwas zurückgebracht, von dem ich gedacht hatte, es sei mit Matumos Tod für immer verloren. Dieses Gefühl werde ich immer mit mir tragen.

Nach dem Fortgehen Deiner Mutter warst Du auf Dich allein gestellt. Das schaffen nicht viele. Ich war da weniger mutig und habe mich hinter meiner Arbeit versteckt. Eigentlich kann ich mir gar nicht mehr vorstellen, in meinen alten Beruf zurückzukehren, aber vielleicht schreibe ich ja über den Wald. Hier habe ich so viel gelernt und erfahren, dass ich ein Leben lang davon erzählen möchte. Ich werde die Bäume vermissen, den Fluss, Kowi, das Knistern des Herds, die Stille und Dich. Dich ganz besonders, Jona. Was Armin und Sven uns angetan haben, war schrecklich. Doch wir haben es gemeinsam durchgestanden und das verbindet uns.

Habe ich Dir schon gesagt, dass die Stelle unterhalb Deines Schlüsselbeins besser ist als jedes Kissen? Als wäre mein Kopf für diese kleine Mulde gemacht worden. Ich hoffe, ich kann ohne sie einschlafen.

Von den Etiketten für die Honiggläser habe ich einen dicken Stapel vorgeschrieben und in die Kommode gelegt. Siegfried meint, seine Kunden hätten sich an meine Kritzelei gewöhnt.

Vielleicht hätte ich nicht wieder in die Berge gehen sollen. Doch irgendwie war es, als würde die Erinnerung an Matumo verblassen und ich hoffte, sie dort oben wiederzufinden.

Bitte nimm Dir so viel Zeit, wie Du brauchst, Jona, aber

melde Dich. Siegfried weiß, wie er mich erreichen kann. Mein Smartphone hat schon lange keine Steckdose mehr gesehen. Der Gedanke, es anzustecken und das Piepsen zu hören, wenn der Akku geladen ist, fühlt sich seltsam an. Ich glaube fast, ich habe ein wenig Angst vor der Stadt.

Ich küsse Deine Stirn, Deine Wangen, Deinen Mund!

Hikaru

Die Langeweile ist ein Krebsgeschwür, doch so einfach lassen wir uns nicht einschläfern. Wir sind Fischer, schon immer gewesen, und fischen nach allem, das Ablenkung und Unterhaltung verspricht. Hier ein süßes Kätzchen, das eine Männerglatze leckt, da eine Schlampe, die sich von ihrem Schäferhund ficken lässt, dort ein Guru, der den Weltfrieden verspricht. Lachen tut gut, sich aufgeilen und aufregen bringt Erleichterung. Zerstreuung ist das neue Blut, Shoppen und Lästern das Fleisch zwischen unseren Zähnen. Fischer, die wir sind, ist das Netz unser ein und alles. Jeder Knoten ist einer von uns und alle halten die Fäden fest zusammen. Wir sind da und dort und überall, versperren die Zimmer, wenn unsere Mütter nerven, rauchen im Hinterhof bei den Mülltonnen, stopfen Designermode in Plastiktüten, trinken Kaffee im Büro oder schieben eine Fußspitze über die Kante am U-Bahn-Steig.

Und wo ist Hikaru? Böses, unsichtbares Mädchen. Viel zu lange warten wir auf ein Zeichen oder wenigstens ein Selfie. Es geschieht selten, dass jemand einfach so verschwindet. Da müsste er schon einsam sterben, dement werden oder ins Koma fallen.

Falls wir dir das noch nicht gesagt haben: Komm nach Hause, Hikaru. Schluss und aus mit dem Versteckspiel. Zieh und reiß an den Fäden, sei unser bester Fang. Neulich ist ein Parkplatzstreit vor laufenden Handykameras eskaliert. Ein Toter, zwei Schwerverletzte, Tausende Likes und Followers. So mögen wir das.

Das schmatzende Spiel der Zungen war nicht zu überhören. Dünne Mädchenfüße schauten unter einem wuchtigen Männerrücken hervor. An der umtriebigen rechten Hand des Mannes glänzten mehrere Silberringe. Streichelnd zeichnete er ihr damit Laufmaschen auf den Oberschenkel. Hikaru wandte sich ab und ging weiter um den Teich herum. Auf der nächsten Bank hockte ein Mann in einem gestreiften grauen Anzug. Die Ellenbogen auf die Knie gestützt hatte er sich vorgebeugt und aß ein Sandwich. Neben ihm, in einer Plastikbox, lag ein zweites helles Dreieck. Sein Kauen wirkte lustlos. Den Krawattenknoten hatte er etwas gelockert. Einmal ziehen und er saß wieder fest. Put-put-put, rief ein Mädchen, als fütterte es Hühner, warf aber Knabbergebäck in den Teich. Hinter ihr saß eine alte Frau, vermutlich ihre Großmutter. Ihrem verschmitzten Lächeln nach hatte sie der Kleinen erzählt, die Fische würden auf das Pup-put-put hören. Eine Bank weiter ging es weniger friedlich zu. Ein Vater zerrte sein brüllendes Kind weg. Währenddessen zischte die Mutter in ihr Handy, sie verstehe das nicht, sie werde sich beschweren, und lief ihnen sichtlich genervt hinterher. Hikaru hatte nicht vor, lange sitzen zu bleiben. Zurück in die Wohnung wollte sie aber auch nicht. Eine Weile sah sie den Joggern und Radfahrern zu, die am Teich eine Pause einlegten, um auf ihren Fitnessuhren und Smartphones herumzudrücken.

Dann stand mit einem Mal ein kleines japanisches Mädchen vor Hikaru und blickte sie mit großen dunklen Augen an. In einer Hand hielt sie eine rote Sandspielzeugschaufel. Mit ihren langen schwarzen Haaren, der weißen Bluse und dem kurzen

Rock erinnerte sie an eine Figur aus einem Anime-Film. Hikaru beugte sich vor und fragte sie nach ihrem Namen. Chika, antwortete die Kleine, lächelte und trat einen Schritt näher. Der Spielplatz, von dem sie herübergelaufen sein musste, befand sich am anderen Teichufer. Hikaru sah sich um, entdeckte aber nirgends eine Mutter, die nach ihrem Kind suchte. Chika hob einen Fuß, als wäre sie in eine Pfütze getreten. Das Meer sei voller Sand, sagte sie, und dass auch ihre Schuhe voller Sand seien. Sogar in der Badewanne sei immer welcher. Sand sei wie Staub, nur größer, und sie verstehe nicht, warum man mit Staub nicht spielen dürfe. Lachend stimmte ihr Hikaru zu, ja, Staub sei wirklich toll. Es war ein befreites, offenes Lachen wie lange nicht. Chika lächelte verlegen, doch offenbar beschäftigte sie noch eine andere Frage. Die vielen Taxis seien doch wie Bienen, nur größer, meinte sie, und wollte wissen, ob es so etwas wie einen Bienenstock gebe, in dem sie wohnten. Gerade als sie ihr von der Honigschleuder erzählen wollte, schrie sie eine erregte, hohe Stimme an. Hikaru blickte auf und sah sich einer molligen Frau auf High Heels gegenüber. Dem Emotionsausbruch nach handelte es sich um die Mutter, doch sie hatte rein gar nichts Japanisches an sich. Hikarus Bitte, sie solle sich beruhigen, stachelte sie noch mehr an. Sie werde die Polizei rufen, kreischte sie und dass Hikaru ihr nicht das Kind wegnehmen dürfe. Irgendwie schien es, als wollte sie es vermeiden, ihre Tochter anzufassen. Wild fuchtelnd gab sie ihr zu verstehen, dass sie von Hikaru weggehen solle. Stattdessen setzte sich Chika nun ebenfalls auf die Bank. Erste Schaulustige blieben stehen, tuschelten, grinsten oder blickten betroffen. Hikaru erhob sich und überragte die Frau trotz flacher Sandalen deutlich. Auf sie herabzusehen fühlte sich unangenehm an. Sich wieder hinzusetzen wäre aber peinlicher gewesen. Es sei alles in Ordnung, sie hätten sich nur ein wenig unterhalten, sagte sie ruhig. Als

Antwort, wenn man das Keifen so nennen konnte, bekam sie in Aussicht gestellt, vom einflussreichen Ehemann verklagt zu werden. Es war sinnlos. Diese Frau wollte die Eskalation. Ohne Zuschauer hätte Hikaru sie in den Teich geschubst, damit sich ihr erhitztes Gemüt abkühlte. Chika schien zu ahnen, was sie vorhatte, und nickte zum Abschied. Hikaru blickte in ihre glasigen Augen, mühte sich ein Lächeln ab und nickte ebenfalls. Zum Glück rief ihr die Frau lediglich weitere Drohungen nach und zog keinen Revolver aus der Handtasche.

Stöckelschuhe tänzelten in den Vorraum. Dem satten Geräusch nach landete eine volle Handtasche dumpf in der Garderobenecke. Unmittelbar darauf knallte die Eingangstür zu. Beim Frühstück hatte Loni gemeint, sie gehe nach der Arbeit mit Kollegen essen. Es gebe da einen neuen Iraner in der Himmelpfortallee, von dem alle sprechen würden. Aber es wäre nicht Loni, hätte sie nicht irgendjemanden getroffen, der sie danach in eine der Bars und oder eines der Lokale der Innenstadt mitgenommen hätte. Hikaru lag im Dunklen auf der Couch und betrachtete das Farbenspiel, das die Lampen und Scheinwerfer der Stadt an die Decke warfen. Hinter ihr im Flur ging das Licht an, dann im Wohnzimmer und schon stand Loni mitten im Raum. Sie schien wenig überrascht, ihre Mitbewohnerin in einer finsteren Wohnung vorzufinden. Jetzt war sie ja da und ihre Strahlkraft würde das rasch wettmachen. Als sie heute Morgen das Haus verlassen hatte, hatte sie blonde, mittellange Haare getragen, nun waren sie hellgrau, seitlich kurz geschoren, oben ein wuscheliger Schopf mit bläulich schimmernden Strähnchen. Tadaaaa, sang sie, winkelte die erhobenen Arme an und erwartete sich Beifall für ihr neues Styling. Hikaru blinzelte gegen die Helligkeit an und setzte sich auf. Wow, sagte sie. Sich permanent für Lonis Selbsterfindungstrieb zu begeistern, fiel ihr zurzeit besonders schwer. Andererseits war sie ihre einzige wirkliche Freundin. Umgekehrt gehörte sie vermutlich zu den wenigen, die wussten, dass sich hinter Lonis wandelbarer Fassade ein mitunter feinfühliger Mensch verbarg. Während Hikarus Abwesenheit hatte sie deren Zimmer an Touristen vermietet. Die Abwicklung über ein Buchungsportal war unkompliziert gewesen. Loni hatte lediglich die Reservierungen zu bestätigen, die Schlüsselübergabe zu organisieren und die Wohnung halbwegs sauber zu halten. Von den Einnahmen hatte sie Hikarus Mietanteil bezahlt und dabei sogar noch etwas verdient. Die Hälfte davon behielt sie für sich, die andere legte sie für ihre Freundin zur Seite. Geld, das Hikaru jetzt gut gebrauchen konnte.

Darum ließ sie es trotz Müdigkeit geschehen, dass Loni sie an den Händen hochzog und hinaus auf den Balkon schob. Heute sei keine Nacht zum Schlafen, meinte sie. Die Stadt roch süßlich herb, ein wenig von allem, ein sattes Gemisch. Die Straßen waren voller Menschen. Seit Tagen blies kein anständiger Wind, der die schale Luft aus den Häuserschluchten gekehrt hätte. Loni ging in die Küche und kam mit einer Flasche Rioja und zwei Weingläsern zurück. Ihr schwarzes Kleid hatte sie ausgezogen und war in das lappige weiße Shirt mit dem pfannengroßen Smileyaufdruck geschlüpft. Das trug sie zu Hause fast immer. Die Füße legte sie über Kreuz auf das Geländer, ließ sich in den Sessel sinken und zündete sich eine Zigarette an. Ist das nicht herrlich, sagte sie und hob das Glas. Hikaru nickte, nippte am Wein und blickte über das Geländer nach unten. Der kleine Bioladen an der Ecke, in dem sie regelmäßig einkaufte, hatte als einziges Geschäft geschlossen. Der Besitzer hieß Frank. Alle nannten ihn so, als hätte er seinen Nachnamen irgendwann verloren oder verkauft. Er war nie um einen Scherz verlegen. Letzte Woche hatte er Hikaru einen

Pfirsich geschenkt und dabei die Augenbrauen hochgezogen. Er war sicher an die sechzig oder älter, aber immer noch ein kleiner Junge.

Auf dem Gehsteig vor Mesuts Dönerbude steckte eine Gruppe kahl geschorener Mönche in erdfarbenen Roben die Köpfe zusammen. Unter der grellen Neonreklame »*Döner macht schöner*« schimmerten ihre Glatzen in allen möglichen Farben. Einer besaß eine hohe, helle Stimme, die durch das Stadtgetöse hindurch bis zum Balkon hinauf zu hören war. Sein morseartiges Lachen erinnerte Hikaru an Pietros hupendes Gezwitscher. Auf der anderen Straßenseite nahm ein hell erleuchteter Diskont-Modestore fünf Stockwerke für sich ein. In den Auslagen saßen Schaufensterpuppen breitbeinig auf Plüschhockern und starten seelenlos in die vorbeiziehende Menge. Hikaru war in diesem Kaufhaus erst einmal gewesen und das war Jahre her. Die gekaufte Billigbluse war längst im Müll gelandet. In dem kleinen Saftladen neben dem Modestore kostete ein Smoothie in etwa doppelt so viel. Hikaru wandte sich ihrer Freundin zu und lächelte. Was?, fragte Loni, bekam aber nur ein breites Grinsen zurück. Das beste Geschäft an diesem schwülen Abend machte eindeutig Leonardi. Die Menschentraube vor dem Eissalon reichte bis zur U-Bahn-Station. Aus allen Teilen der Stadt pilgerten die Eishungrigen hierher, weil bei Leonardi das Gelato auf Gurkenlänge hochgespachtelt wurde. Ab und zu weinte ein Kind, wenn eine Eisgurke auf den Gehsteig klatschte. Hikaru blickte nach oben in den rötlich glimmenden Nachthimmel. Später wollte Loni wissen, woran sie denke, doch sie schüttelte den Kopf. Vermutlich ahnte ihre Freundin es ohnehin. Hikaru verspürte keine Lust, erneut mit ihr über Jona zu reden. Für Loni war er so eine Art Tarzan.

Auf den Iran!

Haben sie endlich aufgehört, an einer Atombombe zu basteln?

Weiß ich nicht. Ich weiß nur, dass die eine verdammt gute Küche haben.

Ach ja, du warst ja heute essen.

Stößt du nun mit mir an oder nicht?

Du gibst ja doch keinen Frieden. Also auf den Iran!

Ich habe noch nie so gute Auberginen gegessen. Ich glaube, die waren mit Tofu gefüllt.

Essen sie Tofu im Iran?

Keine Ahnung, dann war es eben irgendein Fleisch. Jedenfalls war es richtig lecker.

Wart ihr bis jetzt essen?

Du bist ja schlimmer als meine Mutter. Natürlich waren wir nicht bis jetzt essen. Der Rioja ist gut, oder? Nicht zu süß.

Beide nippen an ihrem Rotweinglas.

Warum sitzt du eigentlich immer im Dunklen, wenn ich nicht zu Hause bin?

In der Stadt ist es nie dunkel.

Ach ja, im Wald ist es so schön dunkel. Das hatte ich vergessen. Huhu, huhu.

Wenn das eine Eule gewesen sein soll, musst du noch üben.

Eule, Geier, Kanarienvogel. Ist doch egal. Ich finde den Wald gruselig. Aber vielleicht macht dich das ja an. Denkst du im Dunklen an Jona und fingerst ein wenig herum?

Eh … das geht dich nun wirklich nichts an.

Entschuldigung.

Kurze Stille.

Aber du hast an Jona gedacht.

Ich denke über vieles nach.

Beispiel.

Vor ein paar Tagen habe ich im Park ein japanisches Mädchen kennengelernt. Chika. Ist vom Spielplatz zu mir herübergelaufen und plötzlich dagestanden. Sehr süß!

Kinder sind nicht süß.

Doch. Und im Gegensatz zu dir hatte ich bei ihr das Gefühl, sie nimmt mich ernst.

Puh … ich dachte schon, du sagst, ich sei nicht süß.

Haha … Genau das meine ich. Und jetzt lass mich weitererzählen oder willst du gar nicht wissen, was passiert ist?

Huhu, huhu …

Ich unterhalte mich also mit Chika und wie aus dem Nichts baut sich ihre Mutter vor mir auf und schreit mich an. Gut, das ist vielleicht ein wenig übertrieben, weil sie so klein war. Aber sie hat sich aufgeplustert wie ein Pfau.

Womit wir wieder in der Natur wären.

Sie hat mich regelrecht beschimpft und mir mit dem Anwalt gedroht, als hätte ich ihr Kind entführen wollen. Dabei habe ich rein gar nichts gemacht.

Kurze Stille.

War da nicht vor Kurzem so eine Sache mit einem Kinderpornoring? Die haben doch Prostituierte angeheuert, weil heute kein Kind mehr auf den Mann mit den Süßigkeiten hereinfällt.

Willst du damit sagen, ich sehe wie eine Prostituierte aus?

Wäre ich ein Mann, würde ich dich jedenfalls nicht von der Bettkante stoßen. Aber nein, du hast recht, dafür siehst du zu süß aus.

Kurze Stille.

Wie war Jona eigentlich so im Bett?

Hast du echt nichts anderes im Kopf?

Entschuldigung, die zweite. Man wird doch noch fragen dürfen. Ich meine, da lebt so ein blonder, gut gebauter Jüngling seit Jahren allein im Wald, schwingt sich von einer Liane zur nächsten und dann tauchst du auf.

Zum tausendsten Mal: In Jonas Wald gibt es keine Lianen und ich habe dich auch nicht gefragt, wie es mit den Touristen gelaufen ist, an die du mein Zimmer vermietet hast.

Danke der Nachfrage, da ist so einiges gelaufen. Witzig, dass du mich das gerade heute fragst. Vorhin in der Bar hatte ein Typ so ein Jesus-Shirt an. Du weißt schon, wo er mit seinen Jungs um einen Tisch sitzt. Ungefähr so viele wie auf dem Shirt haben bei mir all-inclusive gebucht. Seit die Männer alle Bärte tragen, sehen sie irgendwie gleich aus. Findest du nicht?

Kurze Stille.

Ich vermisse Jona wirklich.

Weiß ich doch. Ich rede nur Unsinn. Lass uns auf den Wald und die Dunkelheit anstoßen.

Jona hatte es echt schwer. Zuerst verliert er den Vater und dann mussten sie auch noch das Haus verkaufen.

Aber warum sind sie überhaupt in den Wald gezogen? Findest du das nicht merkwürdig?

Vielleicht. Ich weiß auch nicht. Jona war ein paar Monate bei seinem Großvater, weil seine Mutter einen Nervenzusammenbruch hatte. Anfangs ist er immer zurückgewichen, wenn ich ihm zu nahe gekommen bin.

Also doch.

Nichts also doch. Bei der ersten harmlosen Umarmung, die er zugelassen hat, hatte ich Tränen in den Augen. Für einen Moment hat er seine Mutter losgelassen und ich war der Grund.

Sieht er seinem Vater ähnlich?

Ja, sehr sogar. Ich habe ein Foto gesehen. Aber du kannst den

Gedanken, dass er etwas mit seiner Mutter gehabt hat, sofort wieder vergessen.

Bist du dir da sicher? Die ganzen Jahre. Allein im Wald. Du hast mir doch von dieser Kälte und dem Schnee erzählt. Wie ihr vor dem Kamin oder Ofen gelegen seid. Wer sagt dir denn, dass er nicht auch mit seiner Mutter gekuschelt hat?

Das war doch etwas völlig anderes. Hätte Jona nicht diese Verletzungen gehabt, wir hätten genug Holz gesammelt, um gut über den Winter zu kommen.

Kurze Stille.

Ich glaube ja, dass ein Teil von ihm mit seiner Mutter vom Dach gesprungen ist.

Hast du keine Angst, dass er dich mit runterzieht?

Kurze Stille.

Du hättest dich melden müssen, bevor du in den Wald gegangen bist.

Du weißt, dass mir das leidtut. Ich habe ja vorher nicht geplant, dass ich so lange da oben bleibe.

Ich habe mir solche Sorgen gemacht. Sonst hätte ich doch nie die Polizei gerufen. Mensch, Hikaru. Ganz allein ohne Smartphone. Und ich dachte immer, ich bin die Verrückte.

Kurze Stille.

Denkst du, Jona sitzt immer noch in diesem Kellerloch?

Nein.

Wenn mich ein Typ so behandeln würde, würde ich ihm eine Szene machen, die sich gewaschen hat.

Ich glaube nicht, dass du einen Typen wie Jona kennst.

Kurze Stille.

Leonardi macht ein gutes Geschäft heute.

Ja, Wahnsinn. Was denkst du, wie viel Eis heute geleckt wird?

In der ganzen Stadt? Ein paar Tonnen vielleicht.

Und weltweit?

Keine Ahnung. Vermutlich könnte man Skifahren auf dem Berg.

Die haben so ein blaues Schlumpfeis. Denkst du, im Iran haben sie auch ein Schlumpfeis?

Du solltest ins Bett gehen, Loni.

Ich will aber nicht. Lass uns ausgehen, Hikaru. Zieh dir einen geilen Fummel an und dann ziehen wir richtig los. Warst du überhaupt schon mal aus, seit du zurück bist?

Nein, und ich habe auch keine Lust dazu.

Du musst aber hier raus, oder willst du den Rest deines Lebens im Dunkeln auf der Couch verbringen?

Du übertreibst. Es ist gut, wie es ist.

Gar nichts ist gut. Du musst mir jetzt versprechen, mit mir auszugehen, oder ich stürze mich vom Balkon.

Guten Flug.

Eh, ich mache es wirklich.

Komm schon Loni, das ist doch peinlich oder willst du, dass dein Hinterteil morgen in der Zeitung ist? Vor Mesuts Kebab zielt einer bereits mit seinem Handy auf dich.

Wo?

Passt auf. Du fällst noch über das Geländer.

Versprich es. Wir gehen ins Kino, okay?

Ist ja gut, dann gehen wir ins Kino. Aber nicht heute.

Stille.

Hikaru?

Ja.

Hast du schon mal an Selbstmord gedacht?

Nein, noch nie.

Ich auch nicht. Muss schlimm sein, wenn einem das ständig durch den Kopf geht. Und Jona weiß wirklich nicht, ob …?

Nein. Alle sagen, sie wäre aus freien Stücken gesprungen, sie war angeblich allein auf der Terrasse.

Dann solltest du die Wahrheit herausfinden. Du bist gut im Recherchieren.

Ich weiß nicht. Ich glaube, das wäre ihm nicht recht.

Dann hätte sich der gute Junge nicht in seinen Erdkeller verkriechen sollen.

Kurze Stille.

Weißt du, was ich dich schon lange fragen wollte?

Nein.

Der Honig, den du mir mitgebracht hast, der schmeckt ganz anders als der vom Supermarkt. Was ist da drinnen?

Honig.

Und?

Nichts und.

Gegen halb vier Uhr morgens stierte Loni in die zweite leere Riojaflasche wie in ein Fernrohr und kicherte. Sie suche sich jetzt auch jemanden zum Kuscheln, lallte sie. Nach einem wackeligen Schwenk über die Stadt richtete sie den Flaschenboden auf Hikaru, die den Kopf schüttelte. Doch so schnell gab Loni nicht auf. Bitte, bitte kuscheln, bitte, bitte kuscheln, bitte, bitte … Als das nichts half, wollte sie Hikaru um den Hals fallen und rutschte vom Sessel. Nicht so stürmisch, sagte sie und kringelte sich vor Lachen ein. Loni ins Bett zu bugsieren, war keine leichte Aufgabe. Zwar hatte Hikaru von den beiden Flaschen höchstens eine halbe getrunken, dennoch spürte sie ein zähes Sausen im Kopf. Während sie Loni das Smiley-Shirt auszog, hatte sie Mühe, sich ihrer Kuss- und Grapschversuche zu erwehren. Doch kaum lag sie auf der Matratze, streckte ihre Freundin alle viere von sich und schnarchte los. Schlafend sah sie tatsächlich süß aus. Seit ihrer Rückkehr schlief sie manchmal auf dem Balkon, aber das verheimlichte sie ihr. Es gab so vieles, das sie ihrer Freundin später irgendwann erzählen wollte. Im Augenblick war sie froh, ihr nichts erklären zu müssen. Hikaru gähnte und bedachte Lonis Schulter mit kritischen Blicken. Diese hatte mit Jonas Schulter so viel gemein wie ein Klappstuhl mit einem Polstersessel.

Hikaru dachte an das gemeinsame Bad in der Regentonne. Die Planscherei war herrlich gewesen. Sie hatten ohne Ende gelacht und das wogende und überschwappende Nass hatte sie hin und her geschaukelt. Die Fahrgäste in der U-Bahn schlingerten ebenfalls von einer Seite zur anderen. Doch weder schien ihnen das Spaß zu bereiten, noch verbreitete der Geruch von Kebab, Schweiß und süßlichem Parfüm ein angenehmes Ambiente. Loni schrieb eine SMS nach der anderen und hob kaum ihren Kopf. Im tiefen Ausschnitt ihres grellgrünen Sommerkleides war das Schlenkern der Waggons besonders gut erkennbar. Man hätte glauben können, ihre Brüste seien das Epizentrum des Schwankens. Ein Rentner mit schwarzem Fedora-Hut wandte sich demonstrativ dem Fenster zu, obwohl es dort nichts zu sehen gab. Er tat das wegen seiner Frau, die neben ihm saß und ihre Handtasche mit beiden Händen festhielt. Ab und zu drehte er sich zu ihr und nickte, wie um ihr zu versichern, dass er noch da war. Auf dem Schwenk zurück blieben seine Augen an Lonis Ausschnitt hängen. Hikaru merkte seiner Frau an, dass ihr das sehr wohl auffiel, und seinem verschmitzten Lächeln, dass er glaubte, sie überlistet zu haben. Er sah auch nicht aus dem Fenster, wie sie zuerst gedacht hatte, sondern schloss die Augen. Weniger unauffällig benahmen sich ein paar Burschen. Eine Station zuvor waren sie grölend zugestiegen oder besser gesagt zugesprungen. Einer von ihnen, ein schlaksiger Typ mit Skater-Shorts und weißen Socken, schoss ein Handyfoto von Loni und zeigte es lachend in die Runde. Loni war das egal oder sie hatte es nicht mitbekommen. Vielleicht war sie es auch gewohnt. Stellvertretend warf Hikaru dem Jungen einen ernsten Blick zu. Als dieser unverhohlen grinste, deutete sie ihm, er solle herkommen. So viel Mut brachte er aber dann doch nicht auf. Einer der anderen schubste ihn und er schubste zurück. Hikaru wandte sich ab. Jede weitere Aufmerksamkeit würde sie nur übermütiger werden lassen. Insgeheim war sie froh, dass Loni sie ins Kino schleppte. Vielleicht würde sie den Kopf ja etwas freibekommen. Voller konnte er nicht werden. Ständig beschäftigte sie die Frage, was sie davon abhielt, in ihren Toyota zu steigen und zu Jona in den Wald zu fahren. War es allein ihr Stolz? Jona fehlte ihr. Das Gefühl von feuchter Erde zwischen den Fingern fehlte ihr. Der Versuch, auf dem Balkon eine Tomatenstaude hochzuziehen, war misslungen. Sie hätte das dürre Gestrüpp längst in den Biomülleimer stopfen sollen. In Jonas Gemüsebeet gedieh alles prächtig. Siegfrieds Hühnermist wirkte Wunder. Zurzeit hatte er sicher viel zu tun. Der Erdkeller musste voll sein, bevor der Winter anklopfte. Hikaru erinnerte sich, wie nachdenklich Jona bei der gemeinsamen Gartenarbeit gewirkt hatte. Damals hatte ihr das stille nebeneinander Graben und Jäten gefallen. Nicht reden zu müssen, zeugte von Vertrautheit. Jetzt zweifelte sie immer öfter daran, dass tatsächlich sie gemeint gewesen war. Die schaurige Vorstellung von Finja als unsichtbarer Dritter ließ sie näher an ihre Freundin heranrutschen. Ein U-Bahn-Schlenker drückte Lonis Oberschenkel kurz an ihren. Vorgestern hatte sie im Internet zu Finjas Tod recherchiert und zwei Artikel gefunden. *Die Partycrasherin* und *Geburtstag mit Todesfolge* lauteten die geschmacklosen Überschriften. Von polizeilichen Ermittlungen war nichts zu lesen gewesen. Das ärgerte Hikaru am meisten. Nicht einmal Jona schien an ihrem Selbstmord zu zweifeln. Wie konnte er da so sicher sein? Vielleicht war es ein Unfall oder sie war gar nicht allein auf der Dachterrasse gewesen. Er hätte doch wenigstens versuchen müssen, die Wahrheit herauszufinden. Warum sprach er nicht mit seinem Großvater oder stellte diesen Yorick zur Rede? War ihm die Ungewissheit lieber?

Hikaru holte ihr Notizbuch aus der Tasche und schrieb die Worte Wahrheit und Ungewissheit hinein. Sie hatte wieder zu schreiben begonnen. Nichts Konkretes, keine Auftragsarbeit. Vorerst hielt sie alles fest, was ihr über die Zeit im Wald in den Sinn kam. Was davon zu verwenden war, würde sie später entscheiden. Die Notizen zu Jona sicher nicht. Aber es fühlte sich gut an, die Gedanken an ihn festzuhalten. Vage im Blick hatte sie einen Bericht über das Leben in und mit der Natur. So wie es wirklich war, ohne Wohlstandsbrille und Wellnesskitsch. Sobald sie etwas Herzeigbares verfasst hatte, würde sie ihre Kontakte wiederbeleben. Die Redaktionen waren immer auf der Suche nach frischen Geschichten und ihre würde so taufrisch sein wie ein Morgen im Wald.

Vor dem Kino herrschte lebhafter Betrieb. Iron Man grinste von einer riesigen Videowall auf die Besucher herab. Das heißt, zuerst stierte er sie mit glühenden Augen an und grinste hernach, als wäre die Todesdrohung in seinem Blick nur ein Scherz gewesen. Lachend hob Loni den Zeigefinger und war damit nicht allein. Die grinsende Eisenmaske schien alle zu entzücken. Das Kinorestaurant war heillos überfüllt. Die auffallend schlanken Kellnerinnen trugen eifrig Burger, Steaks und Pommes zu den Tischen. Hinter ihr herlaufend unternahm Hikaru mehrfach Versuche, ihrer Freundin zu sagen, dass sie keinen Hunger habe und lieber zu den Kinokassen wolle. Doch Loni stakste auf ihren High Heels voran und verdrehte den Kopf, als suchte sie jemanden. Wohin es sie zog, war klar, als sie zwei Typen entdeckte und ihnen zuwinkte. Der rechte deutete lässig zurück. Sicher war er es gewesen, mit dem Loni so regen SMS-Verkehr gehabt hatte. Der Figur nach verbrachte der andere ziemlich viel Zeit im Fitnessstudio. Markant waren seine langen blonden Haare, sein Kinn zierte ein kleines Grübchen. Lonis Plan war so durchschaubar. Am liebsten hätte Hikaru sie stehen gelassen und auf der Stelle kehrtgemacht. Mit keinem Wort hatte Loni ein Date angedeutet. Natürlich hatte sie dieses Treffen hinterrücks im Wissen eingefädelt, dass Hikaru sonst zu Hause geblieben wäre, aber das entschuldigte ihr Verhalten kein bisschen. Mehr als das ungute Gefühl, in eine Falle zu tappen, schmerzte Hikaru, wie oberflächlich Loni sie einschätzte. Um Kindern die Trauer zu nehmen, kauften Eltern ihnen für den toten einen neuen Hamster. Mit drei bis fünf Tierchen pro Kindheit war zu rechnen. Wie konnte sie annehmen, ein schlechtes Jona-Double würde sie aufmuntern? Der vermeintliche SMS-Schreiber begrüßte Loni mit Küsschen links und rechts. Als er sich Hikaru zuwandte, streckte diese ihm ruckartig die Hand entgegen. Seinem Grinsen nach hatte er eine Reaktion dieser Art erwartet. Ich Lennard, du Jane, sagte er. Loni zog entschuldigend die Augenbrauen hoch. Für sie war alles immer nur ein Spaß, aber dieses Mal hatte sie es übertrieben. Der Name des Jona-Doubles war Björn. Zumindest gab er dieses Wort als einziges von sich. Björn. Lennard und Loni waren Profis darin, keine Stille aufkommen zu lassen. Sie lachten und scherzten über gemeinsame Freunde. Hikaru beteiligte sich am Small Talk lediglich, wenn sie etwas gefragt wurde. Ja, sie arbeite als freiberufliche Journalistin; ja, sie habe im Wald gelebt; nein, sie habe die Stadt nicht vermisst; und nein, die Karnickel würden es nicht den ganzen Tag treiben.

Björn schien sich mehr für die blonde Kellnerin zu interessieren als für Hikarus Antworten. Vermutlich trank er deshalb ein Corona nach dem anderen und schenkte ihr bei jeder Bestellung ein breites Lächeln. Sollte Loni gedacht hatte, dieser Abend würde Hikaru auf andere Gedanken bringen, hatte sie sich gründlich geirrt. Selbst Jonas Schweigen hatte mehr Substanz als dieses seichte Geplapper. Und wenn er etwas sagte, dann meinte er das so. Bei Lennard wusste man nie, ob es ihm ernst war oder ob er nur ein Spielchen im Sinn hatte. Als würde das nicht reichen, schwappte über Hikaru das aufdringliche Gerede der Nachbartische herein. Ein Pärchen verhandelte Urlaubspläne. Eine hinter ihr sitzende Frau, wegen der hellen Stimme leider deutlich verständlich, beschwerte sich über die zu kalt eingestellten Klimaanlagen bei Gucci und Chloé. Sie sei deswegen ständig verschnupft. Den Tisch rechts von Hikaru bevölkerten dreizehn- bis vielleicht fünfzehnjährige Jungs. Sie stritten sich darüber, wer Sex mit einer MILF gehabt hätte. Einer behauptete vehement, er ficke regelmäßig eine GILF. Doch die Granny nahmen ihm die anderen nicht ab und drängten auf einen Videobeweis. Hikaru sah sich im Kinofoyer um. Seit sie das letzte Mal hier gewesen war, hatte sich einiges verändert. Die Inneneinrichtung war bunter geworden und an jeder Wand hingen Bildschirme, auf denen Filmvorschauen und Werbespots liefen. Einfach unglaublich waren die mülleimergroßen Popcorn-Kübel. Diese mussten gewachsen oder die Kinder geschrumpft sein. Der Boden sah aus wie nach einem Hagelschauer. Ihn zu reinigen, war für die kopftuchtragende Putzfrau eine Sisyphus-Aufgabe. Die Ruhe und Freundlichkeit, mit der sie ihre Kehrmaschine durch die Menschenmenge steuerte, beeindruckte Hikaru. Lennard zerstörte den fragilen Entspannungsmoment, indem er ihr lachend ein YouTube-Video auf seinem Handy zeigte. Tarzan sei in der Stadt, sagte er. Zu sehen war ein aufgebrachter Junge mit Baseballmütze unter einem Baum. Hikaru kannte die Stelle im Park, die sich unweit des Teichs befand. In einer Hand hielt er einen Fichtenzapfen, mit der anderen deutete er nach oben. Irgendetwas habe ihm dieses Ding an den Kopf geworfen, sagte er. Er habe es nur kurz gesehen. Es sei riesengroß gewesen und geklettert sei es wie ein Affe. Lennard konnte sich vor Lachen nicht halten. Keine Sekunde zu früh meinte Loni, dass der Film anfange. Hikaru hätte ihm eine gescheuert.

Eine aufreizende Alien-Königin und ihr Volk hatten die Erde als Brutstätte ausgewählt. Was das gesunde und ungestörte Aufwachsen ihrer Nachkommenschaft störte, waren die Menschen. Ihre unersättliche Gier habe den Planeten an den ökologischen Kollaps herangeführt. Iron Man plagten lange heftige Zweifel. Erstens war die Königin tatsächlich ein Feger und zweitens hatte sie womöglich recht. Ohne die menschliche Spezies war die Welt besser dran. Ein kleines Mädchen, das unter Einsatz seines Lebens eine Spinne vor dem Zertreten rettete, überzeugte ihn dann aber doch vom Gegenteil. Weshalb ihm schweren Herzens nichts anders übrig blieb, als die Alien-Königin zu töten. Es lebe die Tragödie. Während der Abspann lief, überlegte Hikaru, was geschehen würde, wäre es im Kinosaal ähnlich dunkel wie im Erdkeller.

Lennard schlug ein Lokal in der Innenstadt vor. Hikaru winkte ab, sie wolle lieber nach Hause. Zu ihrem Ärger meinte Loni, dass das eine tolle Idee sei. Sie ignorierte ihre abwehrenden Blicke und pries den Rioja an, den sie heute zufällig gekauft habe.

Lennard fühlte sich vom ersten Moment an wie zu Hause, fläzte sich auf die Couch und legte die Beine über Kreuz auf den Wohnzimmertisch. Loni schien seine freche Art zu gefallen und sie setzte sich neben ihn. Keine halbe Stunde später lag sein Arm auf ihrer Schulter und ihre Hand auf seinem Knie. Hikaru und Björn hockten auf den Sesseln links und rechts der Couch. Trafen sich ihre Blicke, drehte Hikaru rasch den Kopf in Richtung Fenster. Einmal meinte Björn trocken, er stehe eigentlich auf Blond. Vermutlich sollte das seine Wortkargheit erklären. Hikaru nickte gleichgültig und trank ihr drittes Rotweinglas leer. Oder war es bereits das vierte? Hinter ihrer Stirn breitete sich allmählich ein flauschiges Gefühl aus. Irgendwann wurde der Abend sogar amüsant. Hikaru kicherte und lachte noch mehr, als Loni wissen wollte warum. Wie sie die Wörter im Mund kaute, dazu ihre grauweiße Haarmähne. Die Ähnlichkeit mit einer Schimmelstute war einfach zu komisch. Allein das Wort Stute reichte ihr für mehrere Lachsalven. Und was immer Ziegenbock Lennard neben ihr blökte, ging als Witz durch. Nur Björn blieb lange Zeit Björn. Ein paar Riojaflaschen später ließ sich seine Ähnlichkeit mit Jona aber nicht mehr leugnen. Er solle aufhören, sagte Hikaru ihm mehrmals auf den falschen, schönen Kopf zu und wandte sich schließlich an Loni. Sie möge Björn doch bitte sagen, dass er endlich damit aufhören solle, wie Jona auszusehen. Loni sei mit Lennard ins Schlafzimmer, sagte Björn. Seine Stimme klang eckig und irgendwie wurmig. Hikaru wurde schlecht. Das Wohnzimmer begann sich zu drehen. Das Nächste, das sie verschwommen wahrnahm, war ein Lampenschirm aus Milchglas. Seine ovale Form kam ihr vertraut vor. Ein ganz ähnlicher oder vielleicht sogar der gleiche hing in ihrem Zimmer. Unter ihr fühlte sich die Welt weich an. Hikaru dachte das Wort *Wolkenflausch* und lächelte. Wolkenflausch war ein schönes Wort. Dann klopfte jemand wiederholt mit etwas Hartem, einem Kochlöffel vielleicht, auf ihre Schädeldecke. Nach und nach erkannte sie, dass es sich umgekehrt verhielt. Sie stieß gegen das Kopfteil ihres Bettes. Hikaru blickte nach unten, sah Jonas blonde Haare und spürte ihn in sich. So lange hatte sie sich danach gesehnt. Hör nicht auf, sagte sie, nicht aufhören.

Loni und Hikaru saßen am Küchentisch und schwiegen sich lange an. Kochen war heute kein Thema. Zwischen den Lamellen der Jalousien leuchteten blaue Streifen, grelles Tageslicht sickerte in die Wohnung. Lennard sei ein Idiot, sagte Loni schließlich. Um zu zeigen, wie wenig sie diese Feststellung interessierte, drehte sich Hikaru zur Balkontür und kniff die Augen zusammen. Natürlich war er ein Idiot. Die Schuld an diesem schrecklichen Abend trug aber nicht er. Was immer passiert war, hätte nicht passieren dürfen. Fest stand, dass sie mit Björn geschlafen hatte. Das war ihr derb bewusst geworden, als er knapp vor seinem Höhepunkt den Kopf gehoben und gefragt hatte, ob er auf ihrem Bauch abspritzen solle. Der Griff zur Nachttischlampe war ein Reflex gewesen. Björn war auf den Boden gekracht und benommen liegen geblieben. Lennard hatte seinen blutenden Freund aus der Wohnung geschleppt. Dass sie eine Schlampe sei, hatte er geschrien, eine komplett verrückte Holzwilde. Im Grunde konnte sie froh sein, wenn Björn von einer Anzeige absah. Hikaru lag es auf den Lippen, dass sie ausziehen werde. Früher hatte sie mit Loni über alles sprechen können. Seit ihrer Rückkehr waren diese Unterhaltungen selten geworden. Nur das eine Mal auf dem Balkon, als von Finja die Rede gewesen war, war Lonis einfühlsame Seite zum Vorschein gekommen. Seither beschäftigte Hikaru ihr Vorschlag, sie solle Recherchen anstellen. Auf der Straße hupte ein Auto, kurz darauf brüllten zwei Stimmen aufeinander ein. Der Honig ist aus, sagte Loni, fuhr mit dem Zeigefinger in das Glas und leckte ihn ab.

Im einsetzenden Regen begannen Passanten zu laufen oder sich Taschen über die Köpfe zu halten, während die Schirmträger sich besserwisserisch gaben. Sie hielten sich für informiert, glaubten, das Wetter im Griff zu haben. Hikaru fühlte sich keiner Gruppe zugehörig. Sie mochte den Regen. Den Eingang zu Franks Bioladen überdachte eine blaue Markise. Links und rechts der Stufen befanden sich Tische mit Gemüse- und Obstkörben. Die Granatäpfel stachen grellrot hervor. Ihre an Blut erinnernde Farbe brachte Hikaru das Attentat in Erinnerung, über das sie gestern gelesen hatte. Irgendwo in Syrien war ein voll besetzter Schulbus durch eine Handgranate zerfetzt worden. Frank stand hinter der Theke und hob die Hand zum Gruß. Sie mochte seine Augenbrauen, die wie winzige Hecken aussahen. Für das Brot, das sie backen wollte, benötigte sie Hirsemehl. Dann entdeckte sie Lupinenmehl, das sie noch nie ausprobiert hatte, und entschied sich um. Es gab sogar Steaks aus Lupinen. Normalerweise kaufte sie keines dieser modischen Fertigprodukte, aber Loni liebte Steaks. Sie würde ihr sagen, dass es heute Abend welche gebe und ihr dann diese Dinger vorsetzen. Hatte sie nicht gesagt, der Honig sei aus? In Franks Laden gab es ein langes Regal mit Fruchtaufstrichen, Marmeladen und Erdnussbutter. Sicher hatte er auch Waldhonig. Dieser war dunkler als der normale Blütenhonig und wie Hikaru fand auch aromatischer. Als sie vor dem Regal stand, sprang ihr ein Glas unwillkürlich ins Auge. Nicht nur die japanischen Schriftzeichen waren ihr vertrau, auch die Form des Glases und das Etikett mit den abgerundeten Ecken. Es bestand kein Zweifel. Sie hatte das geschrieben: *Von Hand geschleudert.*

Hikaru fuhr herum und rief Jonas Namen. Antwort erhielt sie lediglich von Frank, der fragte, ob sie Hilfe benötige. Mit dem Honigglas in Händen eilte sie zur Theke und hielt es ihm vor die Nase. Frank wirkte verdutzt, betrachtete das Glas aber eingehend. Seltsam, sagte er, wirklich seltsam. Selbstverständlich kenne er jede Sorte und jeden Hersteller, alles Bio-Imker und geprüfte Lieferanten. Diesen Honig habe er noch nie gesehen. Hikarus Beschreibung eines jungen, blonden, kräftig gebauten Mannes quittiert er mit demselben Kopfschütteln. Er merke sich schon lange keine Gesichter mehr – nur die hübschen, fügte er zwinkernd an. Hikarus Frage, wie viel der Honig koste, beantwortete er lächelnd mit einem Achselzucken und packte ihr das Glas in eine Tüte.

Auf dem Nachhauseweg blickte sich Hikaru unentwegt nach allen Seiten um. Doch im allgemeinen Gewirr wäre es einem Lottogewinn gleichgekommen, Jona zu entdecken, selbst wenn er da war. Heute ein Popkonzert, morgen ein Attentat, übermorgen Schlussverkauf. Der tägliche Wahnsinn war wie ein fortwährender Wolkenbruch, der die Spuren verwischt.

An einer Fußgängerampel kam Hikaru neben einem kleinen Mädchen zu stehen. Dieses blickte sie lange an, als studierte es das Verhalten von Erwachsenen. Kurz bevor das rote dem grünen Männchen wich, wandte es sich seiner Mutter zu und fragte, warum die Frau summte.

Das unsichtbare Mädchen ist endlich zurück. Willkommen daheim, Hikaru. Zu unserem Ärger gibt es kein neues Bild von ihr. Sie zeigt sich lieber mit Worten. Das war vor ihrem Verschwinden nicht anders. Vierhundertdreiundfünfzigtausend und neunhunderteinundzwanzig ihrer Wörter gehören für immer uns. Leider nur langweiliges Blabla, das in Zeitschriften steht, die keiner liest. Und ihre E-Mails geben nichts her, das uns zum Lachen bringt oder aufgeilt. Uns zuliebe sollte sie im Netz ein wenig zappeln. Es muss ja kein Porno sein. Obwohl: Engelsgesicht und Hurenfotze sind eine delikate Kreuzung. Über so einen Fang freut sich jeder Angler. Zum Glück gibt es Fischlein wie ihre Freundin Loni. Loni twittert und postet, dass es eine Freude ist. Hier eine Party, dort ein sexy Selfie. Von ihr sollte sich unser Sorgenkind eine Scheibe abschneiden. Letzte Woche hat Hikaru ein Paket für ihre Freundin übernommen. Ihre Unterschrift auf dem Tablet sieht zittrig aus. Ist sie krank, hat sie Angst oder ihre Tage? Der Paketzusteller ist ein Alki. Hoffentlich war er der Grund für das undeutliche Gekritzel und wir sorgen uns umsonst. Aus dem bisschen Surfen, U-Bahn-Fahren und Einkaufen, das sie veranstaltet, lesen wir wenig heraus. So wird das nichts mit uns. Du bist ein langweiliges Fragezeichen, Hikaru. Geht das mit dir so weiter, gehst du im Stadtrauschen unter.

Den ganzen Tag über versuchte Hikaru, Siegfried zu erreichen. Am späteren Abend rief er endlich zurück. Leider hatte er keine Ahnung, wo Jona sich aufhielt. Letzte Woche war er beim Häuschen gewesen, hatte ihn dort aber nicht angetroffen. Dennoch gab sich Siegfried überzeugt, dass er mit dem Honig in Franks Bioladen nichts zu tun hatte, gleichwohl ihm keine plausible Erklärung einfiel. Vielleicht habe Frank den Honig ja doch von irgendjemandem gekauft und das nur vergessen. Zudem sei das Glas selbst ein Standardprodukt, wie es vielfach in Verwendung sei. Ein anderer Lieferant könnte ihr Etikett gesehen und kopiert haben. Auch wenn Hikaru das alles nicht recht überzeugte, tat es gut, seine besonnene Stimme zu hören. Nach dem Telefonat blickte sie unschlüssig um sich. Das Bücherregal, der Fernseher, das Fenster, die Jalousien, die Stehlampe, die Parkettfugen, das Bild an der Wand, die Wand selbst, die Heizkörperrippen, die Lichtschalter, die Tür, die Boxen von Lonis Musikanlage … Die Liste der Dinge mit exakten Linien und Kanten ließe sich endlos fortsetzen. In Jonas Häuschen hingegen würde man lange nach etwas Geradem oder nach perfekten geometrischen Formen suchen müssen. Dafür fanden sich genügend Dellen, Furchen, Löcher, verzogene Balken, geschmiedetes Eisen … Hikaru dachte an den verbogenen Löffel, den sie so gemocht hatte, und das Astloch im Esstisch, das wie ein Seepferdchen aussah. Jona würde es hier keinen Tag aushalten.

Hikaru lächelte dem Fahrstuhl entschuldigend zu und lief die drei Stockwerke hinunter. Als sie ins Freie trat, strich ihr ein warmer Lufthauch um die Wangen. Auf den Stufen hockte ein kleiner Junge. Mit seiner runden Brille und dem roten Haarschopf, der unter seiner Baseballkappe hervorlugte, sah er irgendwie witzig aus. Er musste in der Nähe wohnen, warum sonst sollte er hier sitzen. Neben ihm lag ein Häufchen Murmeln. Das verwunderte Hikaru gleichermaßen, wie es sie anrührte, dass es noch Kinder gab, die mit so etwas spielten. Der Zauber verflog, als der Junge sich eine Murmel griff und sie in Richtung der Fahrradständer warf. Das Ziel, das er anvisierte und leider auch traf, war ein Taube. Ihr linker Flügel stand seitlich weg, ein Knochensplitter ragte weißlich hervor. Hikaru überkam eine ungeheure Wut. Sie packte den Jungen am Oberarm und zerrte in hoch. Jetzt erst sah sie, wie klein und schmächtig er war. Um seine Nase herum versammelten sich zahllose Sommersprossen. Über sich selbst erschrocken, ließ Hikaru von ihm ab. Zum Glück blieb keiner der Passanten stehen. Sie wollte ihm sagen, dass es ihr leidtat, doch in seinen Augen war keinerlei Schrecken zu erkennen. Der Junge sah sie ähnlich neugierig an wie zuvor die Taube. Diese hüpfte aufgeregt unter dem Fahrradständer herum. Das einseitige Flügelschlagen schleuderte sie fortwährend zu Boden oder gegen die Eisenstäbe. Hikaru näherte sich ihr behutsam mit vorgestreckter Hand. Was ihre Großmutter tun würde, wusste sie nur allzu genau. Niemals würde sie den violett schimmernden Taubenhals vergessen. Zuvor hatte eine Katze dem armen Tier das halbe Gefieder ausgerupft. Vermutlich weil Hikarus Kinderaugen sie so erschrocken angesehen hatten, war ihrer Großmutter ein Spruch eingefallen, den sie seither mit sich trug, ohne ihn recht deuten zu können. Lieber drehe sie einer Taube den Hals um als einem Engel, hatte sie gesagt.

Das erschöpfte Tier ließ sich ohne Gegenwehr einfangen und hochheben. Aus der Nähe sah Hikaru, dass sich die Wunde bereits infiziert hatte. Was immer ihr passiert war, lag länger zurück. Vorsichtig schob sie die Hand unter den gebrochenen Flügel. Das Gurren klang kläglich. Zu Hikarus Verwunderung hatte sich der Junge nicht aus dem Staub gemacht. Er hockte wieder auf der Treppe, die Murmeln befanden sich unübersehbar in seinen Hosentaschen. Hikaru setzte sich zu ihm. Wenig später wusste sie, dass er Corvin hieß und fünf Stockwerke über ihr wohnte. Sichtlich stolz war er auf seinen Vater, der Apps entwickelte. Wegen eines neuen Jobs waren er und Corvin vor Kurzem in die Stadt gezogen. Auf die Frage, warum er die Taube mit den Murmeln beworfen hatte, zuckte er mit den kleinen Schultern. Eigentlich habe er die Murmeln in einen Auspuff stecken wollen. Corvin hob den Kopf, so weit es sein kurzer Hals zuließ. Vermutlich wollte er größer wirken. Hikaru fühlte sich an ihren Vater erinnert, der den Rücken bis knapp vor seinem Tod durchgestreckt hatte. Wie schwer ihm das gefallen war, war zuletzt immer sichtbarer geworden. Dennoch hatte er nicht nachgelassen und das würde auch sie nie tun.

Mit der Taube im Arm marschierte Hikaru quer durch die Innenstadt bis zur Brücke. Von armdicken Stahlseilen getragen spannte sich diese elegant über den Strom. Der Anblick war jedes Mal aufs Neue imposant, als stünde man vor einem Berg. Auf der anderen Seite befand sich das Bürogebäude, in dem Amerson sie erwartete. Geschützt von einer Glaskonstruktion, verliefen Flure und Gänge dieses Bauwerks außen herum. Hikaru sah den hin und her laufenden kleinen Männchen eine Weile zu, dachte an einen Ameisenbau und lächelte. Am späteren Nachmittag, wenn die Sonne tiefer stand, würde sich das vorbeiziehende Wasser in der transparenten Fassade spiegeln. Amerson saß im obersten der acht Stockwerke.

Wegen der unzähligen Vorhängeschlösser war vom Geländer kaum etwas zu sehen. In der Mitte der Brücke blieb Hikaru stehen. Ein Schild wies darauf hin, dass das Leben ein wertvolles Geschenk sei. Darunter stand die Servicenummer der Telefonseelsorge. Die gigantischen Kräne und Containerberge des weiter stromabwärts liegenden Hafens wirkten wie Spielzeug. Die Taube zwinkerte kaum noch. Ihr Körper fühlte sich weich wie ein Wollknäuel an. Gerne hätte Hikaru gewusst, ob sie sich mit Möwen unterhalten konnte. Im Spätherbst und Winter trieb es die schreienden Segelflieger scharenweise von der Küste ins Landesinnere. Stadtgeschichten gegen Meeresrauschen. Sie hätten sich viel zu erzählen. Er solle bitte weitergehen, sagte Hikaru zu einem Mann, der stehen geblieben war, um sie mit seinem Handy zu fotografieren. Nachdem er schimpfend abgezogen war, wartete sie, bis keine Kinder in der Nähe waren. In einem günstigen Moment hob sie den Arm, bugsierte das Köpfchen der Taube unter die Achselhöhle und drückte zu, so fest sie konnte.

Amersons Sekretärin nickte freundlich. Bedeutung hatte das keine. Hätte sie ihr eine Klage wegen Vertragsbruchs überreicht, hätte sie ebenso gelächelt. Der Herr Chefredakteur warte bereits, sagte sie. Amerson saß über ein Dokument gebeugt an seinem Schreibtisch. Hinter ihm zog der Strom gemächlich vorbei, eine weiße Jacht querte das riesige Fenster. Im Zimmer verteilt, türmten sich Aktenmappen. Sie war schon oft in diesem Büro gewesen und irgendwie gefiel ihr das gepflegte Chaos. Hier arbeiten wollte sie aber nicht. Ohne aufzublicken deutete er auf den Sessel ihm gegenüber. Je länger er in dem mehrseitigen Schriftstück las, desto unwirscher gerieten seine Gesten und Laute. Fingertrommeln auf der Tischplatte, mürrisches Gemurmel, Sesselquietschen, energisches Kopfschütteln. Hikaru fand, dass seine Haare grauer geworden waren, grauer, dünner und spärlicher. Das Muttermal auf der Schädeldecke sah sie zum ersten Mal. Jona hatte aus Kirschholz ein Schneidbrett gefertigt. Seine Form ähnelte dem Muttermal sehr. Diese elenden Lobbyisten, sagte Amerson und hob endlich den Kopf. Hikaru hielt es für eine gute Idee, ihm zuzustimmen, und nickte. Sie war ihm zu Dank verpflichtet. Länger als ein Jahr hatte sie sich nicht bei ihm gemeldet und dennoch einen Termin erhalten. In der rastlosen Medienbranche war das alles andere als selbstverständlich. Amerson ließ sich in seinen Ledersessel sinken, schob die Brille den Nasenrücken hinauf und lächelte merkwürdig. Sein Schweigen verunsicherte Hikaru. Zu Hause hatte sie gedacht, genau zu wissen, wie sie ihm den Bericht schmackhaft machen würde. Nun geriet sie ins Stocken und Amerson schien sich mehr für sie als für das Überleben in der Natur zu interessieren. Schließlich hielt sie ihm die wenigen fertigen Manuskriptseiten hin und bot an, ihm diese dazulassen. Amerson winkte ab. Dieses Thema habe Potenzial, sagte er und setzte übergangslos mit der Frage fort, ob sie das neue syrische Restaurant kenne. Sprachlos schüttelte Hikaru den Kopf. Zu seinem Bedauern müsse er dringend in ein Meeting, aber er höre sich ihre Geschichte gerne in Ruhe an. Sie solle doch bitte mit seiner Sekretärin einen Termin vereinbaren. Während er Hikaru selbstsicher grinsend den Weg zur Tür wies, fuhr ihm ein gelb-blaues Frachtschiff durch den Kopf.

Die Kellnerin servierte das bestellte Stück Topfentorte mit einem warmen Lächeln. Offensichtlich ging sie davon aus, dass Hikaru sich den imposanten Tortenkeil nicht grundlos ausgesucht hatte. Gerne hätte Hikaru ihr von Amerson erzählt und dass sie eher in den Hungerstreik treten würde, als mit ihm essen zu gehen. Vielleicht hätte das den Druck von ihrer Brust genommen. Doch selbst an eine kurze Unterhaltung war nicht zu denken. Das Café war randvoll, an der Theke warteten Leute auf frei werdende Tische. Loni würde sich am Abend die

Geschichte ohnehin anhören müssen. Auf der Topfentorte lag eine dicke Schicht Staubzucker. An einem anderen Tag hätte Hikaru diese mit der Gabel abgeschabt. Jetzt dachte sie an Schnee und spürte seinem Zergehen auf der Zunge nach.

Um sich abzulenken, nahm sie ihr Notizbuch zur Hand. Sie bedauerte, nicht öfter mit Jona über seine Mutter gesprochen zu haben. An ihr gab es kein Vorbeikommen. Sie war der Zugang zu seinen Gedanken. Doch wie gut hatte er sie gekannt? Für einen Augenblick vergaß Hikaru, dass sie allein am Tisch saß und schüttelte energisch den Kopf. Sie machte den gleichen Fehler wie Jona und das musste aufhören. Sie konnte sich nicht entsinnen, ihre eigene Mutter ein einziges Mal direkt beim Vornamen angesprochen zu haben. Er tat das immerzu, als wäre sie eine Bekannte oder Freundin gewesen. Vielleicht lag darin das Missverständnis oder besser Unverständnis zwischen den beiden.

Loni hatte recht. Sie musste der Sache selbst auf den Grund gehen. In ihren Notizen stand noch nicht viel mehr als die Liste der Namen, die sie bisher kannte. Yorick würde sie zuletzt befragen. Als Anwalt war er es bestimmt gewohnt, sich aus allem herauszureden. An ihn heranzukommen würde schwer werden. Je mehr sie vorab recherchierte, desto besser. Die größte Hoffnung setzte sie in Mailin. Einer Arbeitskollegin und Freundin erzählte man Dinge, die sonst keiner wusste. In ihrem Fall etwa wäre Loni eine ebenso gute Quelle, auch wenn sie maßlos übertreiben würde. Blieb sein Großvater Jacob. Zwischen ihm und Finja hatte Jona einen Streit beobachtet. Nicht nur deshalb eignete er sich bestens als erster Interviewpartner. Er kannte Jona als Einziger von klein auf. Etwa eine Stunde später hatte sie seine Adresse herausgefunden. Das WLAN im Café war nicht das Schnellste und Großvater Jacob schien keinen Wert darauf zu legen, gefunden zu werden. Er war Mitte siebzig, lebte in einer Stadt fünf Autostunden südlich und besaß lediglich einen Festnetzanschluss. Foto war im Internet keines zu finden. Der Kellnerin zuliebe hatte sie die Topfentorte aufgegessen. Sie würde ihr schwer im Magen liegen, das spürte sie. Inzwischen hatte sich das Café etwas geleert. Hikaru wunderte sich, dass ihr dieses angenehm legere Lokal nicht früher aufgefallen war. Hier konnte man sich wohlfühlen. Kein Tisch oder Sofa glich dem anderen, als hätten Gäste ihr eigenes Mobiliar mitgenommen. Hikaru saß in einem sandfarbenen Ohrensessel. Das runde Eisentischchen zierte ein Mosaik aus grünlichen und bläulichen Glassteinchen. Die orange Hängelampe darüber brachte die Oberfläche zum Funkeln. Schräg gegenüber stand eine gediegene Holzgarnitur. Eine Mutter versuchte, vier herumturnende Kinder im Zaum zu halten, während der Vater sich für sein Smartphone und für Hikaru interessierte. Als wäre sie seine Komplizin, warf er ihr permanent versteckte Blicke zu. Was erwartete er? Sollte sie heimlich unter den Familientisch kriechen, um ihm einen zu blasen? Männer wie ihn und Amerson gab es an jeder Ecke. Die Stadt ließ einen nie in Ruhe. Wegschauen, zurückweisen, Kopf schütteln, weitergehen, stehen bleiben, vorbeilassen, abwenden, erschrecken, wegschauen, zurückweisen, Kopf schütteln, weitergehen, stehen bleiben, vorbeilassen, abwenden, erschrecken … Die Stadt war eine ermüdend aufdringliche Endlosschleife.

Manchmal ist Glück so etwas wie Regen. Wenn Hikaru nicht an der Eingangstür stehen geblieben wäre, hätte ein junger Mann mit über den Kopf gezogener Jacke sie nicht angerempelt, und letztlich hätte sie das Schild übersehen: *Aushilfe gesucht.* Warum eigentlich nicht? Neben dem Publizistik-Studium hatte sie ebenfalls gekellnert. Der Job wäre eine Überbrückung, bis ihr Kopf frei genug war, um wieder ernsthaft mit dem Schreiben zu beginnen. Das Wort Überbrückung war ihr wegen Amerson in den Sinn gekommen. Es ärgerte sie noch immer, dass ihr keine passende Erwiderung eingefallen war. Vermutlich hatte ihm seine Sekretärin längst gesagt, dass sie wortlos aus dem Büro gestürmt war. Besser wäre es gewesen, umzudrehen und ihm ins Gesicht zu sagen, dass er ein aufgeblasener Idiot war.

Hikaru atmete flach und wartete, dass Jonas Großvater die Bierflasche absetzte. Der braune Saft tropfte ihm aus den Mundwinkeln. Sein stoppeliges Gesicht und die fettigen, zerzausten Haare passten zu den schmuddeligen Möbeln, der Kuckucksuhr und dem kitschigen Gemälde mit Berg und Almhütte. Grauweiße Gardinen ließen wenig Licht durch das einzige Fenster. Hikaru spürte von Anfang an, dass er mehr verheimlichte als erzählte. Jacob sah ihr selten in die Augen und zuweilen verlor sich sein Gerede in Murren und Murmeln. Nervte ihn eine Frage, spannte sich sein krummer Rücken wie der einer Katze vor einem Mäuseloch. Je länger das Gespräch dauerte, desto deutlicher sah Hikaru ihn und Finja auf der Dachterrasse. Jacob war über irgendetwas in Rage geraten und hatte seine eigene Tochter über das Geländer gestoßen. Und selbst wenn es anders gewesen war. Wo lag der Unterschied? Kinder sprangen selten in den Freitod. Das taten sie erst, wenn sie erwachsen waren.

Wie heißen Sie noch mal?

Hikaru.

Sie kommen mir gar nicht wie eine Japse vor. Ich habe Sie noch kein einziges Mal buckeln gesehen.

Können wir bitte wieder auf Ihre Tochter zurückkommen.

Was wollen Sie eigentlich? Lassen Sie sie endlich in Frieden ruhen und mich auch. Weiß der Teufel, was mich geritten hat, Sie hereinzulassen.

Ich mache das nicht, um Sie zu ärgern. Ich will Jona helfen, Ihrem Enkel. Sie sehen mich dann auch nie wieder, versprochen. Aber bitte erzählen Sie mir etwas über seine Mutter. Wie war sie? Wer war sie für Sie?

Schon wieder so eine dumme Frage. Na meine Tochter. Punkt.

Das meine ich nicht. Sie haben sie allein großgezogen. Wollen Sie mir davon erzählen? Jona hat mir ein Foto gezeigt, auf dem Sie und Finja in einer Wiese sitzen. Sie müssen irgendwo in den Bergen gewesen sein. Im Hintergrund sieht man ein Dorf mit einer kleinen Kirche. Wie alt war sie da? Zehn Jahre? Finja sitzt auf Ihrem Schoß und Sie streicheln ihr über den Kopf.

Ja, kann schon sein. Finja war ein anhängliches Kind, wollte immer gehätschelt oder getragen werden. An das Foto erinnere ich mich. War unser einziger richtiger Urlaub. Die ganzen Jahre. Mein Lohn hat ja hinten und vorne nicht gereicht. Kennen Sie das, nicht zu wissen, wie man über die Runden kommen soll? Sicher nicht. Woher auch? Erst studiert ihr und dann spielt ihr ein wenig mit dem Computerzeugs herum. Muss ja keiner mehr arbeiten heute.

Vielleicht haben Sie recht, aber die Zeit sucht sich niemand aus. Sie waren damals schon mit Finja allein, oder?

Das hat Ihnen Jona doch bereits gesagt.

Ja, aber er hat mir nicht viel darüber erzählt.

Da gibt es auch nicht viel zu erzählen. Eine Frau verlässt ihren Ehemann. Keine schöne Sache, aber das kommt vor.

Aber warum lässt eine Mutter ihr Kind zurück? Das würde ich gerne verstehen.

Mein Gott. Niemand versteht, warum die Dinge passieren, wie sie passieren. Meine Wahrheit ist, dass sie ein mieses Stück Dreck gewesen ist. Wollten Sie das hören? Finja war gerade mal drei Jahre alt. Verstehen Sie, drei Jahre. Und ihre Mutter lässt sich von einer schicken Uniform das Gehirn aus dem Kopf vögeln. Später habe ich herausgefunden, dass er als Steuermann auf einem Kreuzfahrtschiff arbeitete. Damit konnte ich natürlich nicht mithalten. Seine weiße Uniform hat gestrahlt, als würde er Waschmittel verkaufen. Das ist so kitschig, ich könnte heute noch lachen. Keine Ahnung, wie lange das bereits ging. In dem Café habe ich die beiden nur entdeckt, weil ich zum Zahnarzt wollte. Hab's nicht mehr ausgehalten, der Backenzahn stand komplett unter Eiter. Ist das nicht Wahnsinn? Da hast du höllische Schmerzen und dann auch noch das. Als ich sie gesehen habe, bin ich natürlich hin. Ich meine, da wird man sich doch noch aufregen dürfen, oder? Hat nicht lange gefackelt der Typ und mir kurzerhand eine aufs Maul gehaut. Wenn er mir wenigstens den Scheißzahn ausgeschlagen hätte.

Kurze Stille.

Zwei Tage später muss sie in der Wohnung gewesen sein, während ich in der Arbeit war. Vermutlich mit ihrem Steuermann. Hat ihre Sachen eingepackt und tschüss. Jahrelang habe ich gedacht, sie würde jeden Moment vor der Tür stehen und mich anflehen, dass sie zurückkommen darf. Kein Abschiedsbrief, keine Postkarte, nichts. Sie könnte tot sein oder auf einer Südseeinsel leben. Keine Ahnung. Aber eins sage ich Ihnen: Wüsste ich, wo sie ist, hätte ich sie zu Finjas Beerdigung eingeladen und ihr am Grab ins Gesicht gespuckt. Haben Sie jetzt verstanden?

Kurze Stille.

Wo wurde das Foto aufgenommen?

Wir waren damals in irgendeinem Kaff in den Alpen. Ich glaube, es hieß Merzens oder Lerzen. Ein Arbeitskollege hat mir das Zimmer auf dem Bauernhof vermittelt. Schön ist was anderes, aber billig war es. Finja hat so viel gelacht – so viel. Richtige Pausbacken hat sie bekommen. Und dreckig war sie. Jeden Tag von oben bis unten dreckig. Die Bäuerin ist kaum mit dem Waschen nachgekommen. Und ich dachte, Finja sei ein Stadtkind. Gut, ab und zu sind wir in den Park, aber das ist doch kein Vergleich. In den Bergen erschlägt dich die Natur, so gewaltig ist die. Eine Woche waren wir dort, immer draußen. Finja ist überall rauf, auf jeden Felsen. War ganz schön anstrengend, ihr hinterherzukommen.

Kurze Stille.

Und dieses Foto hat Jona wirklich aufgehoben? Ich kann mich gar nicht erinnern, wer es gemacht hat. Vermutlich der Sohn der Bäuerin, der Johann. Der ist ihr immer nach. Wäre Finja ein paar Jahre älter gewesen, hätte ich aufpassen müssen. Keine Ahnung, was die immer geredet haben. Waren Sie schon mal in den Alpen? Die kauen die Wörter wie ihre Kühe das Heu. Sonst ein lieber Junge. Am Tag der Abreise hätte ich ihm aber beinahe eine Ohrfeige verpasst.

Warum?

Hat sich doch glatt mit Finja im Stall versteckt. Vermutlich haben sie sich auch heimlich getroffen, hinter meinem Rücken. Ganz die Mutter, oder? Die Bäuerin hat sie dann zum Glück gefunden, sonst hätten wir den Zug versäumt. Rotz und Wasser hat Finja geheult und sich mit Händen und Füßen gewehrt. Am Bahnhof haben uns alle schief angesehen und gedacht, was stellt der Mann da mit der armen Kleinen an. Als wäre ich ein Verbrecher. Heute würde irgend so ein Gutmensch die Polizei rufen. Hätte ich Finja nicht hoch und heilig versprochen, dass wir bald wieder hinfahren, hätte sie sich gar nicht mehr beruhigt. So viel zur Dankbarkeit von Kindern. Ich hätte statt diesem Urlaub einen Staubsauger kaufen sollen, das wäre besser gewesen. Ist mir schon klar, was Sie jetzt denken: Finja hat sich einen anderen, einen besseren Vater verdient. Und Sie haben recht. Aber ich, habe ich so ein Flittchen verdient?

Kurze Stille.

Warum sprechen Sie nie ihren Namen aus? Melissa hat sie geheißen, oder?

Ja, gut, Melissa, aber dieser Name passt nicht zu ihr. Der ist viel zu schön. Dreckstück bleibt Dreckstück. Haben Sie nichts Besseres zu tun, als mich mit alten Geschichten zu ärgern? Ich bin müde. Fahren Sie zurück in Ihre schöne Stadt. Oder besser, fahren Sie in den Wald.

Kurze Stille.

Und Sie waren wirklich bei ihm? Hätte ich Jona gar nicht zugetraut. Finja war auch hübsch. Hübsch und zerbrechlich.

Auf der Geburtstagsfeier haben Sie sich lange mit ihr unterhalten. Hat sie etwas gesagt oder angedeutet? Wissen Sie, warum sie gesprungen ist?

Ich weiß nur, dass sie den Dickschädel ihrer Mutter geerbt hat. Keine Ahnung, wie oft sie mich angerufen hat, damit ich auf dieser verfluchten Feier aufkreuze. Was wir gesprochen haben? Ich habe ihr gesagt, dass ich besser nicht gekommen wäre und dass ich deshalb gehen werde. Das habe ich ihr gesagt. Jemand wie ich gehört da nicht hin. Meinen Sie, ich weiß das nicht? Waren Sie schon bei Yorick? Die Party war seine beschissene Idee. Wenn also jemand schuld ist, dann er. Finjas Geburtstag war ihm doch völlig egal. Hat nur einen Anlass gebraucht, um seine Schickimicki-Freunde einzuladen. Ich habe ihr gesagt, sie soll sich einen anderen suchen. So einen wie Joseph.

Wie alt war Jona, als sein Vater gestorben ist?

Weiß nicht genau. Jedenfalls ist er noch zur Schule gegangen und hat geheult, dass ich den Polizisten kaum verstanden habe. Ich habe es ja nicht glauben können. Herzversagen? Das war ein Kerl, das sag ich Ihnen. Groß wie ein Baum und zupacken konnte der. Finja war das genaue Gegenteil. Ist völlig zusammengebrochen. Die haben sie sofort in die Klapse und mit Medikamenten vollgepumpt. Und Jona haben sie dagelassen. Hat mich keiner gefragt. Melissa ist damals auch einfach abgehaut und ich konnte schauen, wie ich mit Finja zurechtkomme. Was habe ich denn schon gewusst? Wie man mit einem kleinen Mädchen umgeht sicher nicht. Wollen Sie immer noch die Wahrheit hören? Ich war erleichtert, so verdammt erleichtert, als Finja zum Studieren in die Stadt gezogen ist. Künstlerin … nichts als Flausen, aber sogar das war mir recht.

Kurze Pause.

Gut, ein gewisses Talent wird sie gehabt haben, sonst hätten sie die feinen Professoren an der Uni nicht genommen. Zum Glück ist ihr Joseph rechtzeitig über den Weg gelaufen.

Jona hat seinen Namen nie erwähnt.

Ist ja auch egal. Ich dachte, Sie wären wegen Finja da. Wo waren wir. Ach ja, bei der Kunst. Sie hätte nie davon leben können. Das habe ich ihr immer gesagt und so ist es auch gekommen. Gar nichts hat sie verdient mit ihren Bildchen. Wenn du so einen wie Yorick hast, brauchst du das auch nicht. Ich glaube, sie hat wieder angefangen mit dem …

Malen.

Ja, mit dem Malen, mit der Kunst, was weiß ich. Ich sollte mir irgendein Bild ansehen. Hat mich aber nicht interessiert.

Kurze Stille.

Finja war Melissa wie aus dem Gesicht geschnitten. Dieselben Augen, dieselbe Nase, sogar den Kopf hat sie wie Melissa gehalten. Ein Hals wie ein Schwan. Irgendwie habe ich immer gewusst, dass sie abhauen wird, sobald sich eine Chance bietet. Vermutlich war sie deshalb so versessen auf das Malen. Was sollte sie auch bei mir? Würden Sie in diesem Loch leben wollen? Dafür war Finja zu besonders. Solche Menschen gehören hier nicht her. Und diese ständige Fragerei. Ich war so müde. Als das mit den Frauensachen losging, habe ich ihr so ein Buch besorgt, in dem das ganze Zeugs erklärt wird. Ich hätte nicht gewusst, wie ich ihr das sonst beibringen soll. Sogar Binden habe ich ihr besorgt. Bin dafür extra in einen anderen Supermarkt gefahren als sonst. Den Blick der Kassiererin hätten sie sehen soll. Heute legen die Männer ohne mit der Wimper zu zucken Tofu, Tampons und Präservative auf das Förderband, als wäre es das Normalste auf der Welt. Damals hätte man auf so einen mit dem Finger gezeigt. Das alles musste ich ganz allein auf die Reihe kriegen.

Haben Sie keine Familie? Eine Schwester oder Tante, die Ihnen hätte helfen können?

Meine Familie geht Sie nichts an. Die einzige Frau, zu der ich Finja hätte schicken können, war meine Nachbarin. War das ein tratschsüchtiges, böses Weib! Wenn die im Hof den Teppichklopfer geschwungen hat, ist der Putz von der Häuserfassade gebröckelt. Hat mich immer angesehen, als wäre irgendetwas mit mir nicht in Ordnung. Oder schlimmer, als würde ich mich an meiner eigenen Tochter vergehen. Wenn Finja von der Schule kam, hat sie ihr manchmal aufgelauert, Süßigkeiten zugesteckt und sie ausgehorcht. Hat wohl gedacht, dass ich ihr an die Wäsche gehe. Dabei hätte sie selbst zu Lebzeiten besser auf ihren Mann aufpassen sollen. Sie soll eine erwachsene Tochter gehabt haben. Die hat sie aber kein einziges Mal besucht. Wird seinen Grund gehabt haben.

Kurze Stille.

Sind wir dann endlich fertig? Mein Mund ist schon ganz trocken. Wollen Sie auch ein Bier?

Ein Glas Wasser wäre schön.

Wasser ist Wasser. Was soll daran schön sein?

Kurze Stille.

Haben Sie Fotos von Finja? Jona hat eines im Wohnzimmer hängen, aber da ist sie noch sehr jung.

Was für ein Foto?

Kein besonderes. Sie steht vor einer weißen Wand und lächelt.

Blaue Bluse?

Ich glaube schon. Wie Sie gesagt haben, sie war sehr hübsch.

Kurze Stille.

Gehen Sie jetzt. Hören Sie?

Ich verstehe nicht. Habe ich etwas Falsches gesagt?

Warum hängt sie sich dieses verflucht Bild an die Wand? Damit sie niemals vergisst, was ich für einer bin?

Kurze Stille.

Liebst du mich eigentlich, Papa? Genau das waren ihre Worte auf der Geburtstagsfeier. Liebst du mich eigentlich? Fühlen Sie mal, wie glatt die Tischplatte ist. Das war ich. Ich habe mein Leben lang am Bau geschuftet. Die groben Ziegel, das Eisen, das schiefrige Holz, die Kälte … Meine Hände sind rau wie Schleifpapier. Natürlich habe ich Finja geliebt. So sehr geliebt, dass ich Angst hatte, sie mit diesen Händen anzufassen. Melissa wollte auch nie, dass ich sie streichle, und wenn, dann hat sie sich weggedreht und hinterrücks das Gesicht verzogen. Hat gedacht, ich merke das nicht. Glauben Sie es oder nicht, aber ich habe Melissa geliebt und auch Finja. Finja anders, weil sie an allem unschuldig ist. Ich war es, der ihrer Mutter nicht bieten konnte, was sie sich vom Leben gewünscht hat. Was also hätte ich ihr auf dieser Geburtstagsfeier antworten sollen? Liebste Finja, bitte vergiss die vierzig Jahre, in denen ich dir ein schlechter Vater war. Aber jetzt, da du mich so direkt vor all den erlauchten Gästen danach fragst: Ja, meine Tochter, ich liebe dich. Und dann hätten meine Pranken ihre Wangen wie eine kostbare Vase gehalten und sie hätte mit Tränen in den Augen gelächelt. Stellen Sie sich das so vor in Ihrer selbstgerechten Fantasie? Finja hätte mich besser vergessen. Sehen Sie mich an. Sollte sie wegen mir zum Gespött ihrer eigenen Geburtstagsfeier werden? Die haben mich doch angesehen, als hätte ich im Lift den falschen Knopf gedrückt. Allein Yoricks Anzug kostet mehr, als ich auf der Bank habe. So jemand hat immer genug Freunde und allesamt kriechen sie ihm in sein goldenes Arschloch. Ich hätte springen sollen. Aber nicht auf der Feier, den Gefallen tue ich denen nicht. Damals, gleich nachdem ich diese blaue Bluse zerrissen habe, hätte ich springen sollen. Finja war so ein Sonnenschein. Wie sie vor dem Spiegel gestanden ist und sich gedreht hat. Sie war ja kein Kind mehr. Die Bluse hatte sie oben aufgeknöpft, dass man ihren Busen sehen konnte. Für mich stand da nicht meine Tochter im Bad. Ich habe Melissa gesehen. Sogar die Haare hatte sie hochgesteckt wie sie. Das muss sie auf einem Foto gesehen haben, wie wäre sie sonst darauf gekommen. Ihr Hals, so zierlich, so dünn … Ich wollte doch nur, dass sie die Knöpfe zumacht, und habe zugepackt, ohne lange nachzudenken. Trotzdem wäre nichts passiert. Aber Finja hat sich weggedreht. Mit einem Ruck, dass ich meine plumpen Finger nicht rechtzeitig zurückziehen konnte. Jeden verfluchten Tag höre ich, wie dieser dünne Stoff zerreißt. Geben Sie mir ruhig die Schuld, aber ich habe das nicht gewollt. Finja war auf der Geburtstagsfeier mit Abstand die Schönste von allen. Das traue ich mich auch als Vater zu behaupten und das wollte ich ihr sagen, bevor ich gehe. Ich wollte es ihr wirklich sagen. Finja, du bist das Schönste, das ich in meinem Leben zustande gebracht habe.

Eine Großfamilie hatte sich auf dem weißen Tischtuch künstlerisch ausgetobt. Die Ketchupflecken stachen grell hervor, dazwischen verteilten sich dumpfe Rotweintöne und Saucenspritzer. Essensreste lagen verstreut auf dem Boden. Hikaru arbeitete gern im Café, in diesem Moment vielleicht ein bisschen weniger. Während sie den Tisch in Ordnung brachte, betrat ein Stammgast das Lokal. Heute war der alte Herr etwas später dran als gewöhnlich. Umso mehr freute sie sich, ihn zu sehen, und half ihm aus dem Mantel. Anschließend geleitete sie ihn an seinen Lieblingsplatz. Das Biedermeiertischchen hatte sie extra für ihn frei gehalten. Hikaru mochte seinen weißen Spitzbart und die dunkle Hornbrille.

Das Café gehörte Herrn Lorcan. Ein ruhiger, besonnener Mann Mitte fünfzig, Glatze, etwas dicklich. Die freundliche Kellnerin, die Hikaru die Topfentorte serviert hatte, hieß Elvina. Elvina verkörperte weniger die Bedienung als die Freundin, die liebe Tante, die herzensgute Nachbarin, die einen auf Kaffee und Kuchen einlud. Nur wenn der Andrang besonders groß war, hielt sie mitunter abrupt an, atmete leise seufzend aus und holte durch die Nase wieder Luft. Nach dem Mittagsgeschäft ging sie zur Toilette, sonst keine Pinkelpausen, keine Zigaretten. Hikaru hatte wiederholt versucht, sie in ein Gespräch zu verwickeln. Doch ein Thema zu finden, zu dem sie mehr zu sagen hatte, war nicht einfach. Elvina stimmte lieber zu, begnügte sich mit einem Scherz, gab gut gemeinte Ratschläge. Vieles klang wie ein Kalenderspruch. Hikaru war sich nicht sicher, was sie von ihr halten sollte. Entweder sie war einfach gestrickt und deshalb glücklich oder sie hatte den

Heiligen Gral der Zufriedenheit entdeckt, dessen man sich erst würdig zu erweisen hatte.

Hikaru streifte das weiße Tischtuch glatt, stellte die Blumenvase zurück in die Mitte und rückte die Stühle zurecht. Herr Lorcan kam vorbei und nickte anerkennend.

Hikaru nahm die Abkürzung durch das Bankenviertel. Straßen und Hinterhöfe waren hier so sauber, dass sie steril wirkten. Die Dichte an Anzugträgern war spürbar höher als anderswo. Doch Banker war nicht gleich Banker. Während die Bücker ihre Smartphones niemals aus den Augen ließen, um keine Börsenschwankung oder Memos zu verpassen, liefen die Checker aufrecht und scannten ihre Umgebung nach potenziellen Kunden, Opfern oder Feinden. In der Nähe des Steinbock-Monuments schien diese Einordnung mit einem Mal nicht mehr zu gelten. Die einen wie die anderen starrten auf das Gebäude der New-Earth-Bank. Anfangs dachte Hikaru, die stehen gebliebenen Menschen hätten einen zum Sprung bereiten Selbstmörder gesichtet. Dafür blickten die Gaffer aber weder erwartungsvoll noch hoch genug. Finger zeigten auf den von zwei mächtigen Säulen flankierten Eingang. Neben ihr tippte jemand auf einen Säureanschlag. Ein anderer pflichtete ihm bei, ein dritter vermutete eine Kunstaktion. So wie dieser Christo mit seinen Bettlaken. Eine dicke Frau piepste, dass ihr Smoothie dieselbe Farbe habe. Das Erste, das Hikaru in den Sinn kam, war Moos. Doch dieses wäre in aller Stille und Heimlichkeit herangewachsen. Was immer es war, es bedeckte weite Teile der Säule und tropfte grasgrün auf den Marmorboden. Zwei aus der Bank stürmende Securitys stellten sich aufgeregt fuchtelnd der Menge entgegen, wobei unklar war, ob sie das Gebäude vor den Zuschauern oder diese vor dem grünen Etwas schützen sollten. Die später eintreffende Polizei entfernte unsanft einen Schaulustigen, der auf das Steinbock-Monument geklettert war.

Loni kam früh nach Hause, quasselte sofort drauf los und erzählte von dem Vorfall. Hikarus Einwand, dass sie selbst dort gewesen sei, ignorierte oder überhörte sie. Ein Joghurt und eine Dusche später kehrte sie mit nachdenklicher Miene zurück und setzte sich zu ihrer Freundin auf die Couch. Wo warst du? Vorgestern hatte ihr Hikaru von dem Honigglas in Franks Laden erzählt. Auf seltsame Weise schwang diese Geschichte in ihren Blicken und Denkpausen mit. Hm, aha, soso. Hikaru glaubte zu fühlen, welcher Name ihr im Kopf herumging. Sie hätte ihn selbst gerne ausgesprochen, biss sich aber immer im letzten Moment auf die Zunge. Beim Jagen hatten Jona und sie oft stundenlang kein Wort gewechselt. Der Wald war hellhörig. Ein unbedachter Laut, der sich nicht in das Rauschen fügte, und alles flüchtete und duckte sich.

Hikaru schlenderte planlos die akkurat gestalteten Wege entlang. Viele der Büsche waren rund geschnitten. Auf Schildern standen lateinische Pflanzennamen und Wissenswertes über Herkunft und Wuchsverhalten. Im Vergleich zu Jonas Wald wirkte der Park aufgeräumt, um nicht zu sagen leer. Kein Dickicht, keine sumpfigen Mulden, keine endlosen Schattenwelten. Hikaru blickte nach oben. Ein gelber Papierdrachen hatte sich im Geäst einer Birke verheddert. Der Gedanke, Jona verberge sich hier irgendwo, war mehr als abwegig. Wo sollte er sich verstecken? Andererseits fühlte sich seine Präsenz hier irgendwie echter an. Zumindest erschien es ihr wahrscheinlicher, Jona inmitten dieser Grünanlage zu begegnen als im Getümmel der Stadt. Angespornt durch diese Vorstellung durchquerte sie den Stadtpark mehrmals, bevor sie sich wieder auf den Heimweg machte. Die Bewegung hatte ihr gutgetan. Loni würde sie von der erfolglosen Suchaktion dennoch nichts erzählen. Gestern hatte sie gemeint, dass die Sache kein gutes Ende nehmen werde, sie solle nach vorne blicken, das habe keine Zukunft. Welche Zukunft meinte Loni? Seit gut fünf Jahren arbeitete sie als Marketingassistentin bei Blowmind, einem Großimporteur für Designerschrott aus Fernost. Früher hatte sie von einem eigenen Start-up geträumt und von Selbstbestimmtheit. Zuletzt war es um diese Luftschlösser still geworden. Dafür wechselte sie zunehmend Männer und Styling. Seit letzter Woche färbte sie ihre Haare Henna-rot und trug kurze Lederröcke. Hatte sie das mit Zukunft gemeint? Eine Dauerkarte beim Friseur und Männer aus Bars abschleppen? Bevor Hikaru nach Hause ging, drückte sie eine regenfassdicke Pappel so fest sie konnte. Auch Jona war so einer, der jeder Umarmung standhielt.

Im Umgang mit Kunden wirkte Elvina souverän und wortgewandt. Vergleichsweise holprig kam hingegen ihre Frage daher, ob Hikaru nach der Arbeit etwas trinken gehen wolle. Mit Elvina in einem anderen Lokal zu sitzen fühlte sich merkwürdig an. Das Gebiss der jungen Kellnerin umschloss ein Monstergerät von Zahnspange. Sie war kaum zu verstehen. Anstelle von *ja* oder *sehr gerne* sagte sie *si* oder *si-si*. Das Wort Cola hätte sie niemals aussprechen können. Nach dem ersten Schluck rieb Elvina die Lippen aneinander, als hätte sie Lippenstift aufgetragen. Hikaru bemerkte ihre kritischen Blicke. Vor allem die schmutzigen Tischdecken zogen ihren Unmut auf sich. Die üblichen Gesprächsthemen erschöpften sich rasch. Herr Lorcan hatte irgendwann hinter vorgehaltener Hand einen behinderten Sohn und eine Scheidung erwähnt. Insgeheim nahm Hikaru an, sie wolle darüber reden. Hatte Elvina etwas auf dem Herzen gehabt, so hatte sie jedoch der Mut verlassen. Das einzig Witzige, wenn auch unbeabsichtigt, war ihre Beichte, dass sie keine Topfentorte mehr sehen könne. Nach vielleicht einer Stunde, in der Elvina ihre Cola kaum angerührt hatte, trank sie das Glas auf einen Sitz leer. Schon so spät, sagte sie und sah kopfschüttelnd auf ihre Armbanduhr. Hikaru spürte eine Hand auf ihrem rechten Oberarm und wich überrascht zurück. In Elvinas Blick lag Dankbarkeit. Wofür auch immer.

Corvin stieg Stufe für Stufe bedächtig herab und konzentrierte sich ganz auf sein Smartphone. Immer wenn sie sich trafen, begann er sofort ein Gespräch. Er konnte sehr neugierig sein. Neulich hatte er wissen wollen, mit wie vielen Männern sie geschlafen habe, und verkündete mit sieben Komma vier auch gleich den landesweiten Durchschnitt. Heute lag ihm zum Glück keine derart knifflige Frage auf der Zunge. Corvin setzte sich wortlos auf eine Stufe und richtete seine Smartphonekamera auf Hikarus abgetragene Sneakers. Von dort schwenkte er die Jeans hoch zu ihren Knien und weiter in Richtung Gürtelschnalle. Schneller als er hey sagen konnte, hatte Hikaru ihm das Smartphone aus der Hand genommen. Corvin verzog verwundert das Gesicht. Ein paar Stockwerke weiter oben schlug eine Tür zu. Jemand eilte das Treppenhaus herab. Der Mann, der wenig später vor ihr stand, konnte nur Corvins Vater sein. Die Sommersprossen ließen keine andere Schlussfolgerung zu. Die Situation schien ihm peinlich zu sein. Aus Sorge, Corvin handle sich Ärger ein, lächelte Hikaru beschwichtigend. Er sei Florin, sagte er. Seine Hand war weich und sein Griff unerwartet fest. Er wirkte jünger, als sie sich Corvins Vater vorgestellt hatte. Aus seinen Worten wurde klar, dass Corvin ihm geholfen hatte, eine App zu testen, an der er gerade arbeitete. Verkaufen wollte er diese an Tourismusinstitutionen. Sichtlich stolz erwähnte er, bereits mehrere Interessenten an der Angel zu haben. Im Grunde funktioniere seine App auf einer ähnlichen Basis wie Skype oder Facetime, sagte er. Nur dass sich mehrere Menschen bei einem Guide einloggen könnten, der sie live auf eine Besichtigungstour mitnehme. Niemand müsse sich dann länger mit vorgefertigten Hochglanzvideos abspeisen lassen. Warum auch immer fiel Hikaru Syrien ein. Florin schien zu überlegen, was er von diesem Schwenk halten sollte, dann hellte sich seine Miene auf. An Länder wie Syrien habe er noch gar nicht gedacht, sagte er. Sicher gebe es dort ebenfalls Smartphones. Auch die Medien blendeten Dinge aus, sagte Hikaru, oder stellten diese völlig anders dar. Florin nickte. Wer wisse schon, wie es tatsächlich in Syrien zugehe. Für Momente schwebte die Möglichkeit durchs Treppenhaus, dass Florins App mehr Wahrheit in die Welt bringen könnte. Ein viel zu großer Gedanke, der sich zwischen den Stockwerken aufblähte, bis er feststeckte. Corvin blickte fragend zu den verstummten Erwachsenen hoch. Hikaru zuckte zusammen, doch eigentlich war sie ihrem klingelnden Smartphone dankbar. Mit einem entschuldigenden Lächeln verabschiedete sie sich von den beiden und ging hinauf in ihre Wohnung.

Loni hatte Finjas Arbeitskollegin Mailin auf Facebook gefunden. Hikaru hatte ihr gestern eine Nachricht gesendet. Mit einem Rückruf hatte sie nicht gerechnet. Mailin gab sich gestresst, schlug aber ein baldiges Treffen vor. Nach dem Telefonat streckte Hikaru sich auf der Couch aus, als hätte sie sich beim Joggen verausgabt. Die Wohnung fühlte sich leer an, dafür ihr Kopf umso voller. Hikaru summte und hoffte auf leichtere Gedanken.

Eine Fontäne schraubte sich in die Sonne und zerbrach glitzernd in zahllose Wasserperlen. Flüchtige Wendeltreppen stürzten herab, flüssiger Staub wehte durch die Luft. Ein aus drei alten Damen bestehender Rollatortrupp stellte sich neben den Springbrunnen und fuhr sich lachend durchs graue Haar. Hikaru wünschte ihnen von der Parkbank aus einen schönen Tag und erhielt dafür reichlich wohlwollendes Nicken. Nachdem das gut gelaunte Trio seinen Parkspaziergang fortgesetzt hatte, kam kurz darauf eine der Pflegerinnen auf sie zu. Ihrem Gesicht, das Hikaru lange nicht erkennen konnte, eilten eine wallende Haarmähne und barocke Oberweite voraus. Jona hatte Finjas Arbeitskollegin nie beschrieben, dennoch passten Erwartung und Wirklichkeit nicht zusammen. Die vermeintliche Mailin schob einen kahlköpfigen Methusalem im Rollstuhl vor sich her. Als er in seinem Gefährt über die Holzbohlen einer kleinen Brücke ratterte, riss er die schmalen Lippen zu einem lang gezogenen Munch-O auf. Ob aus Angst oder vor Entzücken, war schwer zu entscheiden. In der Nähe des Springbrunnens warf er den Kopf nach links, nach rechts und schließlich nach oben. Der langen Unterhaltung mit Mailin steuerte er heiseres Stöhnen und Hustenanfälle bei. Manchmal hielt er sich die Ohren zu oder duckte sich ruckartig.

Twiet, twiet kreischen die Möwen. Hungrig kreisen sie über den Netzen und fordern ihren Anteil vom Fang. Auf fischige Fische, krakelige Kraken und röchelnde Rochen verzichten sie aber gerne. Dem Speiseplan tut Abwechslung not. Ein affiger Affe sei in der Stadt, ist überall zu lesen und zu hören. Das ist und werde die Wahrheit sein und nichts als die Wahrheit. Ein Mini-King-Kong. Aber fängt nicht jeder klein an? Ein Mensch kann es jedenfalls nicht sein, sonst hätte er ein Smartphone und würde sich uns zeigen. Wir wünschten, Hikaru nähme sich ein Beispiel an diesem Primaten. Um sich werfen schadet nie und bringt jede Menge Daumen hoch und Werbedollars. Wenn sie sich wenigstens eine Schüssel Spinat über den Kopf leeren und die Bescherung auf YouTube stellen würde. Dann wäre sie wieder eine von uns. Grün ist das neue Wunder: grüne Säulen, grüne Werbetafeln, grüne Katzen, grünes Geld … Wir alle haben ihn gesehen und uns halb tot gelacht, in der Fußgängerzone, den fetten Mann ohne Hemd und Hose, mit der Schüssel grünem Schleim über sich in den ausgestreckten Armen. Ach wie herrlich diese Dusche anzusehen war. Wir lieben Grün. Es grünt so grün, wenn in der Stadt die Geldautomaten blühen.

Hikaru?

Ja. Danke, dass ich kommen durfte.

Ich habe aber nicht viel Zeit. Eigentlich habe ich jetzt gar keine Pause. Die Stationsschwester wartet nur darauf, mir Ärger zu machen.

Ich kann gerne ein anderes Mal wiederkommen.

Nein, nein. Bringen wir es hinter uns. Ich mache das für Finja. Sie hat Jona wahnsinnig geliebt.

Geht es Ihrem Patienten gut?

Gustav? Ja, ja, dem geht es gut. Ich höre sein Husten gar nicht mehr.

Versteht er? Ich meine, ist es okay, wenn wir …

Man weiß nie so genau, was sie verstehen. Gustav lebt im Jahr neunzehnhundertirgendwas und sitzt die meiste Zeit im Schützengraben. Ignorieren Sie ihn einfach. Was wollen Sie denn eigentlich wissen? Wohnt Jona immer noch im Wald?

Ja. Das heißt, ich bin nicht ganz sicher.

Sind Sie und er? Ich meine …

Ich fürchte, mit Ja oder Nein kann ich das nicht beantworten.

Ist auch egal. Ich dachte nur, weil Finja … Na ja, eigentlich geht mich das alles gar nichts an.

Wie meinen Sie das?

Kurze Stille.

Sie stellen das aber nicht ins Internet, oder? Ihr Jungen würdet eure Seele online stellen, wenn das ginge. Da ist mir Gustav mit seinem Feldtelefon lieber. Haben Sie etwas dagegen, wenn ich mir eine anzünde?

Nein.

Gleich vorweg: Ich kann mir auch nicht erklären, warum Finja gesprungen ist. Ja, wir waren Freundinnen, beste Freundinnen. Sie machen sich keine Vorstellung, was wir alles gemeinsam erlebt und durchgemacht haben. Und die vielen Nachtdienste. Da kehrt sich irgendwann dein Inneres nach außen. Ich habe wirklich gedacht, ich kenne sie besser als mich selbst.

Und wie gut kennen Sie Jona?

Gesehen habe ich ihn ein paarmal. Hübscher Junge. Einmal habe ich Finja übers Wochenende besucht, aber da war er ständig irgendwo im Wald unterwegs. Ich war so schockiert, ich kann Ihnen das gar nicht beschreiben. Allein das Plumpsklo und dieser uralte Ofen. Wie Finja das geschafft hat. Unglaublich. Sie hat immer so gepflegt und elegant gewirkt.

Wissen Sie, warum sie mit Jona in das Waldhäuschen gezogen ist?

Hat Ihnen Jona das nicht erzählt?

Nur dass es Geldprobleme gab.

Geldprobleme ist leicht untertrieben. Finja war nach Josephs Tod komplett ruiniert. Sie hatte gedacht, er hätte vorgesorgt, aber im Grunde hat ihnen von dem Haus gerade mal der Schornstein gehört. Sie war so leichtgläubig, das war ihre größte Schwäche. Ohne ihren Vater wäre sie auf der Straße gelandet.

Hat er ihr Geld gegeben?

Warum verwundert sie das?

Ich war bei ihm. Das hätte ich nicht gedacht.

War aber so. Ich meine, vermögend ist er nicht gerade, aber er hat ihr, solange es ging, geholfen, das Haus zu halten. Von dem bisschen, das ihr nach dem Verkauf geblieben ist, hat sie dann diese baufällige Waldhütte gekauft.

Jacob hat etwas von einem Nervenzusammenbruch gesagt.

Das stimmt. Darüber hat sie mir aber kaum etwas erzählt. Wenn Sie mich fragen, ich glaube, sie hatte damals bereits einen Selbstmordversuch unternommen. Ist aber nur so ein Gefühl.

Kurze Stille.

Sie wäre längst früher in die Stadt zurückgegangen, wenn Jona mitgegangen wäre.

Hat sie das gesagt?

Ja, darüber haben wir uns oft unterhalten. Ich meine, es ist klar, dass sich ein Kind an die Mutter hängt, wenn der Vater stirbt. Und umgekehrt hat sicher auch Finja jemanden gebraucht, um das durchzustehen. Aber so ein gegenseitiges Abhängigkeitsverhältnis muss sich doch irgendwann wieder normalisieren. Was denken Sie, warum Finja es in diesem schlecht bezahlten Job so lange ausgehalten hat. Sie ist in der Stadt richtig aufgelebt und wollte immer zwei Dienste hintereinander schieben. Oben unterm Dach gibt es ein paar Mansardenzimmer für die Angestellten. Da hat sie dann geschlafen. Natürlich sind wir auch ausgegangen. Sie konnte witzig sein, wenn sie getrunken hatte. Richtiggehend leid hat sie mir getan, wenn sie dann wieder nach Hause musste.

Hat sie Yorick beim Fortgehen kennengelernt?

Ja. Sie hätte alle, oder sagen wir mal viele Männer haben können. Das muss ich neidlos zugeben. Sie hat Yorick lange zappeln lassen, aber wenn sich der etwas in den Kopf setzt, dann bekommt er das auch.

War Finja mit Yorick glücklich?

Meinen Sie diese Frage ernst?

Ja. Jona gegenüber hat sie zumindest so getan, als wäre sie es.

Mit Yorick glücklich, hat sie das echt gesagt? Ich hätte diesen Mistkerl längst abserviert. Gut, Geldsorgen hatte Finja keine mehr. Wenn man das mit Glück meint. Vor Yorick habe ich immer schon gewusst, welche Bluse oder Jeans sie am nächsten Tag tragen wird. Das hat sich mit Yorick gründlich geändert. Plötzlich hatte sie Schuhe, für die ich einen Fingernagel opfern würde. Yorick hat sie ständig gedrängt, dass sie den Job hier aufgeben soll. Hat sich wohl davor geekelt, wenn sie einem wie Gustav den Arsch wischt und am Abend geht er ihr an die Wäsche. Aber ich glaube, da ist zuletzt ohnehin nicht mehr viel gelaufen.

Kurze Stille.

Sie war ziemlich am Boden, weil Jona einfach nicht und nicht zu ihr ziehen wollte. Sie hat ihn schrecklich vermisst und immer Angst gehabt, dass ihm etwas zustößt. Gegen Mutterinstinkte ist eben schwer anzukommen. Nach ihrem Umzug in Yoricks Penthouse sind wir erst so richtig Freundinnen geworden. Yorick ist ein Workaholic der schlimmsten Sorte. Ich habe damals mit meinem Freund Schluss gemacht. Nun, sagen wir mal, es ging mir nicht besonders. Finja und ich sind ständig unterwegs gewesen. Ich kenne ja genug Bars und sie hat mich ins Kino, auf Vernissagen und zu Lesungen mitgeschleppt. Da laufen nette Typen rum. Wussten Sie, dass Finja auf französische Arthouse-Filme stand? Weinberge, Schimmelkäse, eine Frau, die ihren Weg geht und immer ein Happy End mit großer Romanze. In unserem Job tut so etwas manchmal ganz gut.

Kurze Stille.

Waren Sie schon bei Yorick? Sie sollten ihn besuchen. Finja hat zuletzt lange an einem Bild gearbeitet. Sie hätten ihre Fingernägel sehen sollen, wenn die nicht lackiert waren. Als würde sie in einem Bergwerk schuften. Diese Kraft in den Strichen, wie sie die Hochhäuser in das Papier gefurcht hat. Weiß nicht, wie ich das jetzt ausdrücken soll. Da spürt man den Stahl und Beton, aber auf eine ganz zerbrechliche Weise. Finja hatte von ihrer Dachterrasse aus einen ganz eigenen Blick auf die Stadt. Ihre Striche wirkten auf mich zornig, andererseits wurden die Häuser dadurch irgendwie organisch. Eben gar nicht wie Häuser, eher wie schroffe, kantige Lebewesen. Aber ich kenne mich mit Kunst nicht aus. Über die Couch würde ich mir dieses Bild niemals hängen. Zu viel Schwarz. Gehen Sie zu Yorick und schauen Sie es sich an. Mit ihren Aquarellen von früher hat das nichts mehr zu tun. Yorick hat ihr ein Atelier versprochen. Der hat es echt mit allen Tricks versucht, damit sie nicht aus seinem goldenen Käfig ausbricht. Die Idee war, dass sie auf der Terrasse so eine Art Wintergarten aus Glas bekommt. Natürlich hat Yorick einen Stararchitekten mit der Planung beauftragt.

Kurze Stille.

Zu Jona hat Finja gesagt, dass sie die Arbeit hier sehr gerne mache. Sie gebe ihr viel zurück. Menschlich.

Das sage ich auch öfter. Klingt schön und man muss nicht erklären, wie es wirklich zugeht. Versteht ohnehin keiner. Ich verstehe auch keinen Busfahrer oder Perlentaucher. Muss schön sein, so eine große Perle zu finden, aber jeden Tag hundertmal die Luft anhalten und dann das Salz, das dir irgendwann in alle Ritzen kriecht. Ich weiß nicht, dann lieber Modeschmuck. Schöne Momente sind auch nur Momente. Wenn einer von den Alten im Sterben liegt und dich als letzten Menschen anlächelt und deine Hand hält, dann hat man etwas richtig gemacht. Das ist für mich ein schöner Moment. Wenn einer beim Breifüttern auf störrisches Maultier macht, kann das aber schnell sehr unschön werden. Manchmal würde ich ihnen den Grießbrei am liebsten durch die Nasenlöcher reinschieben. Finja habe ich immer wegen ihrer Geduld bewundert. Sie hat sich regelrecht um die schwierigen Fälle gerissen. Uns anderen Schwestern war das natürlich recht, aber verstanden haben wir das nie. Einen Friedensnobelpreis wie die Mutter Teresa erhältst du hier nämlich nicht. Gustav zum Beispiel. Heute bekommt er gar nicht mehr mit, was um ihn herum los ist. In der Früh helfe ich ihm beim Rasieren, Zähneputzen, Anziehen und wecke ihn, wenn er auf dem Klo einschläft. Zweimal die Woche stelle ich ihn unter die Dusche und wenn er brav aufisst, schenke ich ihm ein Karamellbonbon. Sind ekelhaft süß, aber an diesen Dingern lutscht er mindestens zwei Stunden herum. Sieht witzig aus. Wie bei einem Kamel, wenn der Unterkiefer hin und her geht. Ansonsten braucht er nur seine Tabletten und ein wenig frische Luft. So einen Pflegefall wünscht man sich. Hat Jona nie von ihm erzählt?

Nein.

Finja hat sich damals um ihn gekümmert. Wir haben ja vom ersten Tag an gewusst, dass er uns Schwierigkeiten machen wird. Der war so ein ordinäres Arschloch. Hat uns behandelt, als wären wir sein Sexspielzeug. Tiefste Schublade. Drei Wochen hat es gedauert, bis Finja dahintergekommen ist, dass er seine Gichtanfälle nur vorspielt. Können Sie sich das vorstellen? Wie krank muss der im Hirn gewesen sein. Ich meine, wenn sich jemand wirklich nicht mehr selbst helfen kann, dafür sind wir ja da. Glauben Sie es oder nicht, aber ob ich einem die Nase putze oder ihm sein Ding unter der Dusche einseife, ist mir völlig egal. Das mache ich ohne nachzudenken. Ja, ja der liebe Gustav. Einmal hat er ihr sogar unter den Rock gegriffen. Ich wollte die Stationsschwester einschalten, aber Finja hat mich zurückgehalten. Aufsehen war ihr immer zuwider. Dann lieber klein beigeben. Als ich sie kennengelernt habe, so ruhig und zurückhaltend, hätte ich nie gedacht, dass wir einmal Freundinnen werden. Ich mag es lieber direkt und frech. Das erste Mal, dass wir uns außerhalb der Arbeit getroffen haben, war an einem extrem heißen Sommertag. Das weiß ich noch, die Hitzewelle wollte gar nicht mehr abreißen. Wir haben uns ständig von Eisbechern vorgeschwärmt, bis ich die Idee mit Leonardi hatte. Der macht das beste Eis der Stadt. Natürlich wollte Finja anfangs nicht, aber ich habe sie überredet. Ich werde nie vergessen, wie sie dagesessen ist, mir gegenüber, die Sonne im Gesicht, und gelächelt hat. Den Typen ist die Kinnlade reihenweise runtergeklappt. So habe ich sie in der Arbeit nie erlebt. Sie hat ihren Blick schweifen lassen und alles aufgesaugt. Vielleicht war sie da glücklich.

Jona hat erzählt, dass sie gerne auf der Veranda gesessen ist.

Das lässt sich doch nicht vergleichen. Was gibt es da schon zu sehen? Hasen und Hirsche?

Zum Beispiel. Hätten Sie ihr den Sprung zugetraut?

Diese Frage musste ja kommen. Nein, natürlich nicht, sonst hätte ich sie jeden Tag auf ein Eis eingeladen.

Geben Sie Jona die Schuld? Oder Yorick?

Schuld? Ich gebe gar niemandem die Schuld. Ich glaube, Gustav muss langsam zurück. Riecht, als bräuchte er eine frische Windel. Seine Haut ist sehr empfindlich und entzündet sich rasch. Auf das Eincremen verzichte ich gerne.

Bitte bleiben Sie noch einen Moment.

Tut mir ja leid, wenn Sie sich etwas anderes erwartet haben, aber mehr kann ich Ihnen auch nicht sagen. In einen Menschen kann man nun mal nicht hineinsehen, selbst in die beste Freundin nicht. Das zu lernen hat wehgetan. Es gibt nur die schönen gemeinsamen Momente, solange man sich an sie erinnert, und wenn sich die Demenz eine Seele holt, bleiben nicht einmal die.

Sie haben recht. Vermutlich war es naiv zu glauben, dass es Antworten gibt. Können wir bitte trotzdem noch kurz über die Geburtstagsparty sprechen? Sie sind doch in die Küche, als Jona und Finja einen Streit hatten.

Ja, aber unter einem richtigen Streit verstehe ich etwas anderes.

Finja wollte, dass Jona zu ihr in die Stadt zieht und studiert.

Genau. Dieses Thema hat sie ständig angesprochen. Ich habe ihr ja geraten, dass sie damit aufhören soll. Das konnte nichts bringen. Jona hat den gleichen Dickkopf wie sie.

Haben Sie auf der Party mit ihr darüber gesprochen?

Nein, ich habe gespürt, dass sie das nicht hören wollte. Und ich wollte ihr etwas anderes sagen, das ich wichtiger fand. Finja war knapp davor zu kündigen, und das wollte ich ihr ausreden. Aber sie hat ja nie wirklich auf mich gehört. Dann wäre es gar nicht so weit gekommen.

Wie meinen Sie das?

Ich muss jetzt wirklich. Sonst verliere ich meinen Job und das könnte ich mir gar nicht leisten.

Bitte! Warum wollte Finja kündigen?

Kurze Stille.

Ich habe gehofft, dass ich das nie jemandem erzählen muss. Die Polizei hat auch nicht danach gefragt.

Ich bin nicht die Polizei. Ich will nur Jona helfen, dass er mit seiner Mutter Frieden schließen kann. Finja hat ihm ja nicht einmal einen Abschiedsbrief dagelassen.

Das hat mich auch gewundert. Das passte nicht zu ihr.

Was war denn in der Küche wirklich los, nachdem Jona rausgerannt ist?

Was?

Was in der Küche war?

Kurze Stille.

Ich habe sie gefragt, ob sie wahnsinnig ist, weil sie Daniel eingeladen hat. Ist Jona der Einarmige nicht aufgefallen?

Irgendetwas von einem Patienten hat er erwähnt.

Das war er, Daniel. Wir haben vor drei Jahren eine neue Abteilung für Amputierten-Rehabilitation bekommen. Finja hat das total interessiert. Sie hat eine Ausbildung gemacht und sich dann in diese Abteilung versetzen lassen. Sie wollte das unbedingt. Und wir haben uns ja trotzdem noch gesehen und nach der Arbeit sowieso. Da hat sie diesen Daniel kennengelernt. Soweit ich weiß, hatte er einen Autounfall und war auch psychisch ziemlich lädiert. Finja hat sich richtig reingehängt, ihn aufgebaut und motiviert, wo es nur ging. Sogar in der Freizeit hat sie mit ihm geübt. Daniel, Daniel, Daniel. Sie hat über nichts anderes mehr gesprochen. Stellen Sie sich vor, er soll sogar ein oder zwei Semester Kunst studiert haben. Und ich dumme Kuh habe ihr den Rücken freigehalten, wenn sie ihn während der Nachtdienste heimlich besucht hat. Angeblich haben sie sich stundenlang über Bilder, Bücher und Filme unterhalten.

Langsam. Wollen Sie damit sagen, dass Finja mit diesem Daniel eine Beziehung hatte?

Ich will gar nichts sagen. Aber hätte die Heimleitung das mitbekommen, wäre sie rausgeflogen. Ich habe ja gedacht, das erledigt sich von selbst. Drei Wochen vor ihrem Geburtstag war seine Rehabilitation zu Ende. Dank Finja konnte er mit seiner Prothese ein Glas oder ein Buch halten und sogar ein wenig schreiben. Und was hat er gemacht? Er hat sein Bett geräumt, die Klinik verlassen und ist zurück zu seiner Frau. Ach ja, das Beste habe ich Ihnen noch gar nicht erzählt. Daniel war verheiratet. Sie haben sich wohl noch ein paarmal getroffen und telefoniert. Jedenfalls habe ich mich schon auf die Seelentrösterrolle eingestellt. Und dann lädt sie Daniel zu sich nach Hause ein. Der Super-GAU, oder? Yorick war ja ahnungslos. Wenn, dann wäre er es, der fremdginge, aber doch nicht die brave Finja. Auf der anderen Seite habe ich mich irgendwie für sie gefreut. Endlich hat sie sich mal was getraut. Wenn ich jemanden ein bisschen Liebe wünschte, dann ihr. Aber warum ausgerechnet mit einem Patienten und noch dazu einem, der verheiratet ist? Daniel war total am Boden, als er zu uns gekommen ist. Hat kaum gesprochen. Vielleicht hat sie ihm sogar das Leben gerettet oder zumindest eine Depression erspart. Ich verstehe ihn und er versteht mich, hat sie gesagt. Hätte ich ihr das wegnehmen und sie zurück in die Realität holen sollen? Mit ihm war sie glücklich. Da haben wir es wieder, dieses verfluchte Glück. Finja war so beseelt davon, jemandem helfen zu können. Ich weiß auch nicht. Ich muss jetzt wirklich zurück, sonst fange ich noch zu heulen an. Wie sieht's aus Gustav, Lust auf Grießbrei?

KAAASPAAAR. Der Schrei drang durch Hikaru und hinterließ das Gefühl eines Risses. Als hätte nur sie den herzzerreißenden Ruf vernommen, schob sich ein wuselndes Durcheinander aus Gesichtern, Armen und Beinen an ihr vorbei. KAAASPAAAR. Jetzt sah sie die Frau. Sie hielt die Hände vor das Gesicht und ihre Schultern zuckten, so heftig weinte sie. Hikaru eilte zu ihr, blieb aber auf halbem Weg stehen. Ein groß gewachsener Jugendlicher mit etlichen Tattoos und Piercings stand plötzlich neben ihr und legte seinen Arm um die Frau. Er flüsterte ihr etwas ins Ohr, sie lächelte, er reichte ihr ein Taschentuch, sie tätschelte seinen mit Totenköpfen verzierten Unterarm. Alles schien wieder gut zu sein, doch Hikaru spürte den Riss immer noch. Sie holte tief Luft und überließ sich dem Gedränge.

Hikaru fiel eine Serie kleiner Plakate auf, die mit Klebeband an Laternenmasten, Werbesäulen und Hauswänden befestigt waren. Unter dem Foto einer schwarzen Katze, eigentlich ein schwarzer Fleck mit roten Augen, konnte man sich eine Telefonnummer abreißen. Bislang hatte sie nie darüber nachgedacht, wie viele Suchende es in der Stadt gab. Jetzt gehörte sie zu diesem anonymen Kreis, ohne sich irgendwo eingeschrieben oder angemeldet zu haben. Von Jona hatte sie nicht einmal ein Foto. Gestern war ihr beim besten Willen nicht eingefallen, wie genau sein Kinngrübchen aussah. Reichte es bis zur Kinnmitte? Befand sich an seinem Ende eine kleine Vertiefung oder verebbte es sanft in Richtung Unterlippe? Hikaru erinnerte sich an einen nebeligen Morgen. Sie war vor Jona aufgewacht und hatte sein Gesicht lange betrachtet. Das Grübchen war ihr wie eine in einen Baum geschnitzte Kerbe vorgekommen.

Hikaru blieb vor dem funkelnden Schaufenster eines Juwelierladens stehen. Sie schloss die Augen und dachte an seine Hände. Auf dem linken Handrücken verlief eine Narbe von Daumenansatz bis unter den Ringfinger. Eine Eule hatte sich einen Fuchswelpen holen wollen und er war dazwischengegangen. Damals habe er den Wald noch nicht verstanden, hatte er gesagt. Heute lasse er den Dingen seinen Lauf. Erleichtert, dass sie Jonas Hände deutlich vor sich sah, öffnete Hikaru die Augen. Der Diamantring, auf den ihr Blick unwillkürlich fiel, kostete mehr, als sie in einem Jahr bei Herrn Lorcan verdiente.

Der Kapitalismus ist die neue Eiszeit; saubere Luft für klare Gedanken; unsere Erde ist keine Mülltonne; die grüne Revolution hat begonnen. Eine überschaubare Gruppe Demonstranten stand einem beeindruckenden Polizeiaufgebot gegenüber. Die Beamten waren dick in ihre Plastikrüstungen eingepackt und trugen Plexiglasschilder und Schlagstöcke. Um einer möglichen Eskalation aus dem Weg zu gehen, bog Hikaru in eine Seitengasse. Nach wenigen Schritten wurde es merklich dunkler. Wie weggezaubert waren stockwerkhohe Reklametafeln und Luxusboutiquen. Sie blickte nach oben. Der Himmel hatte sich zwischen den nahe zusammenstehenden Hochhäusern zu einer blauen Bordüre verengt. An vielen Stellen war Putz von der Fassade abgebröckelt. Die zahlreichen Graffiti erinnerten sie an den tätowierten Jungen. Ein Stück weiter vorne standen Männer mit Flaschen und qualmenden Zigaretten um eine Mülltonne. Hikaru drehte sich um. Die Demonstration war auf Höhe der Gasse angekommen. Gerade zerrten drei Polizisten einen jugendlichen Afrikaner weg, der sich mit Händen und Füßen zur Wehr setzte. Rufe und Schreie der lärmenden Demonstranten hallten in der Gasse wider. Über die Köpfe der Menge hinweg flogen grüne Wurfgeschosse. Trotz eines unguten Gefühls entschied sie sich für die Flucht nach vorne und ging absichtlich nahe an den Männern vorbei. Die Mülltonne war gefüllt mit grob gehacktem Eis, zwischen dem dunkelgrüne Flaschenhälse hervorschauten. Einer fragte provokant höflich, ob sie ein Bier wolle. Ihre ebenso freundliche Ablehnung nahm er murrend zur Kenntnis. Hikaru spürte im Rücken die ihr nachgaffenden Blicke und setzte bewusst kleine Schritte. Die Männer sollten nicht denken, dass sie Angst hatte.

Ungefähr in der Mitte der Seitengasse stand ein breites Eisentor offen, das in einen geräumigen Innenhof führte. Der Boden war mit glatten Pflastersteinen ausgelegt. Durch einen Weg getrennt verteilten sich wuchtige Keramiktöpfe mit Bäumchen und Sträuchern über den Hof. Auffallend schön war ein filigran gezackter Ahorn. Stamm und Äste wanden sich derart kunstvoll um die eigene Achse, dass Hikaru sich fragte, ob dem Baum davon schwindelig geworden war. Im Vorbeigehen streichelte sie sein rötlich oranges Blätterkleid. Hinter den Töpfen befand sich ein aus alten Holzfenstern, Balken und Ziegelsteinen zusammengezimmerter Schuppen oder Anbau. Eine dicke Staubschicht auf den Gläsern ließ das darin brennende Licht diffus gelblich erscheinen. *Floristik und Pflanzenheilkunde. Öffnungszeiten: Wann immer Sie Zeit haben.* Hikaru schmunzelte, als sie das Schild neben der Eingangstür las, und trat ein. Über ihr bimmelte ein Glöckchen. Im Inneren empfing sie ein üppiges Durcheinander. Große, kleine, wuchtige, filigrane, farbenfrohe oder einfach grüne Pflanzen standen auf dem Boden, in Regalen, auf Tischen, Ständern und baumelten von der Decke. Um weiter vorzudringen, musste Hikaru sich zwischen einem Gummibaum und einem Ficus Benjamin hindurchzwängen. Sie erkannte Hortensien, Magnolien, Akazien, entdeckte einen wunderschönen, hüfthohen Ginkgo neben einer japanischen Blütenkirsche. Es gab knorrige Olivenbäumchen, Gräser verschiedener Länge, Efeu und Blauregen hingen an den Wänden.

Hikaru kam nicht hinterher, alle Eindrücke zu verarbeiten. Berauscht von einer opulenten Duftvielfalt fühlte sie sich leicht benommen. Einem vertrauten Geruch folgend hielt sie sich links. In diesem dunkleren Bereich des Ladens waren die lichtscheuen Pflanzen untergebracht. Bunte Blüten gab es hier nicht, dafür bizarre Blätterformen und satte Grüntöne. Als über ihren Kopf hinweg ein kleiner Schatten huschte, duckte sich Hikaru erschrocken. In der hintersten Ecke des Raumes fand sie endlich, wonach ihre Nase gesucht hatte. Sie stand vor einem lang gezogenen Tisch, der völlig von Moos überwuchert war. Die gepolsterten Füße wirkten wie von einem stämmigen Tier, einem Hirsch vielleicht. Darunter und rundum breiteten sich Holzbottiche und Fässer mit fülligen Farnbüschen und unterschiedlichen Pilzen aus. Hikaru wandte sich in die Richtung um, in der sie die Tür vermutete. Durch das Dickicht hindurch war sie nicht zu sehen, es war nicht einzuschätzen, wie weit entfernt sie sich befand. Der Laden musste tief in das Gebäude hineinreichen. Aber wie war eine derart prachtvolle Vegetation in einem dunklen Hinterhof überhaupt möglich? Je länger Hikaru vor dem Tisch stand, desto stärker wurde der Wunsch, über das Moos zu streicheln. Dennoch zögerte sie, als beobachtete sie jemand. »Hallo! Entschuldigung!« Hikaru ärgerte sich, sie hätte sich längst bemerkbar machen sollen. Nach einer kurzen Pause versuchte sie es erneut: »Hallo! Ist hier jemand? Hallo!« Wann immer Sie Zeit haben, stand auf dem Schild. Hikaru glaubte, die Aussage dahinter nun zu verstehen. Sie hatte die Zeit mitzubringen. Der Ladenbesitzer würde auftauchen, wann immer es ihm beliebte. Sie überlegte, was sie tun sollte. Matumo hätte ihr geraten zu bleiben. Ihre Schwester hatte gewusst, wie neugierig sie war. Darum war sie auch bei Jona geblieben. Ihm hätte dieser Tisch bestimmt gefallen. Hikaru beugte sich über das Moos und sog die gehaltvoll erdige Luft ein. Dann streichelte sie über die weichen Kissen und schloss die Augen.

»Du bist ein Zwilling.«

Erschrocken riss Hikaru die Augen auf und rappelte sich auf. Vor ihr stand eine alte Frau mit zerzausten grauen Haaren. Sie trug eine beige Schürze und eine fliederfarbene Stola um die Schultern. Hikarus Entschuldigungen tat sie mit einem Lächeln und einer beschwichtigenden Handbewegung ab. Sie habe selbst schon oft mit dem Gedanken gespielt, sich auf den Tisch zu legen, sagte sie. Nur leider wolle ihr Rücken nicht mehr so wie sie. Dann fächerten sich Fältchen wie Pfauenräder um ihre Augen und sie lachte.

Silvi besaß den Laden nach eigenen Worten seit Ewigkeiten. Sie sei so etwas wie eine Amme, sagte sie. In ihrem Fall handle es sich aber nicht um Babys, sondern um Gewächse aller Art, die sie aufpäpple und dann an ihre Besitzer zurückgebe. Hikaru saß mit ihr inmitten von Callas, Rosen und Orchideen auf einer kleinen Holzterrasse. Silvi hatte einen herrlich erfrischenden Tee aufgesetzt. Die geblümten Tassen mit dem golden eingefassten Trinkrand wirkten wie aus einer längst vergangenen Zeit. Leider verriet sie Hikaru die Kräutermischung nicht und meinte augenzwinkernd, da sei so dies und das drinnen. Vor etwa einer Stunde hatte sie ihr geholfen, einen mit Pflanzen gefüllten Fahrstuhl auszuräumen und andere hineinzustellen. Wie Silvi das allein schaffte, war ihr ein Rätsel. Trotz des Rollbretts, das den Transport der Pflanzen erleichterte, war sie ins Schwitzen geraten. Diese Arbeit wäre etwas für Jona, dachte Hikaru und sah ihn vor sich, wie er mehrere Töpfe gleichzeitig durch den Laden schleppte. Nun holte Silvi den Fahrstuhl wieder herunter und es dauerte eine Weile, bis ein leises Surren sein Kommen ankündigte. Die in die Jahre gekommene Glasschiebetür öffnete sich automatisch und erinnerte an einen Kaufhauslift. Gut möglich, dass in dem leer stehenden Gebäudetrakt über Silvis Laden einmal ein Einkaufszentrum gewesen war. Ihre Frage, ob sie mit den Pflanzen mitfahren wolle, traf sie unerwartet. Wohin eigentlich? Und zu welchem Zweck? Hikaru hätte nicht sagen können, ob die Magnolie oder die Yuccapalme dieselben waren, die sie eine Stunde zuvor eingeladen hatte. An den kleinen Schneeballbusch konnte sie sich beim besten Willen nicht erinnern. Gab es Menschen, die sich so eine Pflanze in die Wohnung stellten? Auf Hikarus Gegenfrage, wohin der Aufzug fahre, zog Silvi die schmächtigen Schultern hoch, legte den Kopf grinsend zur Seite und schielte nach oben.

Sie hatte nicht mitgezählt, aber es waren vielleicht dreißig Etagen gewesen. Endlich oben angekommen, fand sie sich in einem hellen, mit großen Fenstern eingefassten Raum wieder, der kaum größer als der Fahrstuhl war. Der prachtvolle Ausblick über die Stadt machte den am Boden herrschenden Trubel vergessen. Hikaru zwängte sich vorsichtig aus der Kabine, achtete darauf, keine Stängel zu knicken oder Blüten abzureißen, und trat ins Freie. Das Gefühl war unglaublich. Ein Sausen im Kopf, ein Pochen in der Brust, ein wenig Wackelpudding in den Knien. Sie stand auf dem Dach eines Wolkenkratzers. Bis zur Kante waren es lediglich ein paar Schritte. Keine Absperrung, kein Geländer. Trotz strahlenden Sonnenscheins blies der Wind, als wäre ein Sturm im Gang. In den Bergen war sie den Kräften der Thermik des Öfteren ausgesetzt gewesen, aber diese Wucht überraschte sie. Mit einer Hand an der Wand, die andere wie eine Seiltänzerin seitlich weggestreckt, tastete sie sich ein Stück vor bis zu einer Leiter. Kurz zögerte sie und hielt sich mit beiden Händen an einer Sprosse fest. Sie spürte ein sanftes Drehen, als würde ihr Herz im Kreis pendeln. Matumo hatte einmal von Freiheit gesprochen und dass ein Berggipfel jede Strapaze und Gefahr lohne. Hikaru stieg die Sprossen hinauf. Dabei blickte sie durch ein Fenster schräg in die Fahrstuhlkabine. Es war den Pflanzen anzusehen, wie gut ihnen das Tageslicht tat. Anders als unten im Laden traten leuchtende Grüntöne hervor. Das Blechdach ließ sie an Jonas Ofen denken. An den kalten Wintermorgen hatte sich die Herdplatte immer noch ein wenig warm angefühlt, obwohl das Feuer längst erloschen gewesen war. Hikaru rutschte auf Knien vorwärts, blickte auf und lächelte. Das hüfthohe Podest, in dem sie Antrieb und Seilwinden des Fahrstuhls vermutete, wirkte wie eine Bühne, die extra für sie hingestellt worden war. Unberechenbar und heftig zerrten die Böen an ihr. Sie konnte kaum aufrecht stehen. Scheinbar lautlos ruhte die Stadt als bizarre Stalagmitenlandschaft unter ihr. Auf ihr Gleichgewicht bedacht, drehte sich Hikaru in winzigen Schritten um die eigene Achse. Im Osten reichte die Häuserkruste bis an den Horizont, im Süden und Westen verebbte sie unspektakulär in einer dunstgrauen Ebene. Anders der Norden. Sie betrachtete die schmale Bordüre aus silbern glänzenden Zacken und grünen Streifen. Sie hatte nicht gewusst, dass es möglich war, den Wald von der Stadt aus zu sehen. Vermutlich gab es wenige Tage, an denen die Luft dafür klar genug war. Hikaru rief Jonas Namen, so laut es ihre Stimmbänder hergaben. Erschrocken riss sie die Hände vor den Mund. In ihren Ohren dröhnten der Wind und das vom Adrenalin in Aufruhr versetzte Blut. Doch ihr Schrei war so winzig und unscheinbar gewesen, dass sie ihn selbst kaum gehört hatte. Hikarus Knie begannen zu zittern. Unter ihren Füßen bohrte sich ein riesenhafter Betonklotz in die Erde, über ihr schwebte endloses Blau. Und was war sie? Ein nicht hörbares Rufzeichen zwischen zwei Welten, die unterschiedlicher nicht hätten sein können und einander nie berührten.

Auf der Fahrt hinunter kamen ihr erneut die Worte in den Sinn, mit denen Silvi sie aufgeweckt hatte. Beim Teeplausch hatte Hikaru sie fragen wollen, wie sie dazu gekommen war, aber aus irgendeinem Grund gezögert. Silvi empfing sie mit einem breiten Lächeln. Sie hatte bereits neue Pflanzen herbeigeschafft, denen das Sonnenbad nun bevorstand. Eine Weile tat sie so, als hätte sie Hikarus Frage überhört, und fing unbeirrt an, die Fahrstuhlkabine auszuräumen. Mit einem Kaktus im Arm hielt sie später aber inne und wandte sich zu ihr um. Zwillinge würden sich ein Gesicht teilen, sagte sie ernst. Sie habe es gleich gesehen. »Was gesehen?«, drängte Hikaru. »Die verlorene Hälfte«, fuhr Silvi fort und blickte sie an, als wüsste sie von Matumos Schicksal.

Auf dem Nachhauseweg begegnete Hikaru drei grün gefleckten Polizisten. Der mittlere musterte sie, als ginge er Fahndungsfotos im Kopf durch. Vielleicht überlegte er, ob sie an der Demonstration teilgenommen hatte. Wie ein Beweisstück sondierte er den Elefantenfuß, den sie an den Bauch gedrückt vor sich her trug. Die niedlich klobige Palme war ein Geschenk von Silvi.

Herr Lorcan drückte Hikaru die alten Zeitungen und Magazine in die Hand. Sie sollte diese in den Altpapiercontainer im Hinterhof werfen. Den Kunden Lesestoff anzubieten, gehörte für ihn zu einem Café dazu. Die meisten Gäste betrachteten den Zeitungsständer im besten Falle als Retro-Dekoration. Auf der Titelseite der *CityWeek* stand die fettgrüne Überschrift *Stadtaffe endlich hinter Gittern.* Der schmächtige Mann auf dem Foto darunter hatte extrem behaarte Unterarme. Wahrscheinlich hatte die *CityWeek* mit Photoshop nachgeholfen. So viel vergebliche Arbeit, dachte Hikaru. Kaum erschienen, waren Zeitungen veraltet. Kurz nachdem sie den vermeintlichen Stadtaffen hinter Gitter gebracht hatten, waren weitere Anschläge passiert. Offenbar hatte es der Attentäter nun auf Geldautomaten und Werbetafeln abgesehen. Hikaru setzten diese Nachrichten gehörig zu. Immer deutlicher fühlte sich der Gedanke, er stecke hinter den Anschlägen, wie Gewissheit an. Dabei liefen in der Stadt doch genügend Verrückte herum, denen so etwas zuzutrauen war. Und Jona war nicht verrückt. Oder? Dafür stand sie kurz davor, den Verstand zu verlieren. Hier ein blonder Haarschopf, dort ein groß gewachsener Schatten in einem Hinterhof. Sie war einem Mann in kurzen Jeans nachgerannt, weil er Jona von hinten ähnlich sah. Die Angst, dass die Polizei ihn vor ihr finden könnte, war manchmal kaum auszuhalten. Jona würde wie Finja eher von einem Hochhaus springen, als sich einsperren zu lassen. Gestern hatte ihr Siegfried gemailt. Auch er wusste nichts Neues. Zum Häuschen werde er so schnell nicht mehr fahren. Er habe bei seinem letzten Besuch eine Dachsfamilie aus der Küche verjagt. Mutter Dachs habe ihn gebissen. Die Tollwutimpfung sei schmerzhaft gewesen. Fenster und Türen habe er so gut wie möglich verbarrikadiert.

Zwei Cappuccino, zwei Latte, eine Cola, drei Streuselkuchen, ein Eis, ein Mango-Lassi. Eine Gruppe Studenten hatte sich am Tisch neben der Theke niedergelassen und führte eine launige Debatte über die grüne Anschlagserie. Während Hikaru die Bestellung fertig machte und servierte, ließ es sich nicht vermeiden, dass sie einiges aufschnappte. Einer mit Brille und schwarzen Locken sprach von Terror und verwies auf die Kosten, die die Steuerzahler zu tragen hätten. Die Stupsnase ihm gegenüber warf ein, dass Graffiti-Künstler auch keine Terroristen seien. Ihr schlaksiger Sitznachbar warnte vor Trittbrettfahrern. Der an der Fensterseite sitzende Bartträger gab sich philosophisch. Die entscheidende Frage sei die Motivation hinter dem Handeln und die damit verknüpfte Botschaft. Schöne Botschaft, maulte der blasse Rothaarige neben ihm. Gestern sei er wegen dieses Spaßvogels zu spät zu einer Prüfung erschienen. Das habe sie auf Twitter gelesen, sagte die Baskenmütze. Sie finde die Idee, Ampeln mit Blumen zu schmücken, jedenfalls witzig.

Länger konnte Hikaru dem Gespräch nicht lauschen. Ein wichtigtuerischer Anzugträger auf Tisch neun winkte sie zu sich. Kurz darauf zwängte sich eine chinesische Touristengruppe in das Lokal. Herr Lorcan musste weg. Eine Kundin beschwerte sich lautstark über die lange Wartezeit. Ein Kind schmierte Pistazieneis an die Wand. Und immer wieder schnappte sie Gesprächsfetzen auf, in denen das Wort grün vorkam. So ging das den ganzen Nachmittag. Elvina schien der Stress nichts anhaben zu können. Kreuzten sich ihre Wege, bekam sie stets ein Lächeln von ihr. Zumindest heute empfand Hikaru ihre beständige Freundlichkeit aber eher als Last. Sie zu erwidern kostete Kraft. Auf Tisch dreizehn behauptete eine mit Goldschmuck behangene Dame, sie habe ausdrücklich einen warmen Apfelsaft verlangt. Hikaru konnte sich an diesen Wunsch nicht erinnern, nahm das Getränk aber mit einem Lächeln zurück. Zweifellos war diese Dame geübt darin, ihr Kundinnenrecht einzufordern. Auf dem Weg zur Theke kam ihr die lächelnde Elvina erneut entgegen und Hikaru konnte nicht anders, als den Blick zu senken. Die auf dem Boden liegende Handtasche hätte ihr also auffallen müssen. Vermutlich war sie über einer Stuhllehne gehangen und heruntergerutscht. Hikaru stolperte darüber und schlug der Länge nach hin. Instinkttief riss sie die Ellenbogen nach vor. Das Glas bleib heil, aber der Apfelsaft schwappte heraus und ihr direkt ins Gesicht und auf die Bluse. Elvina war gleich zur Stelle und half ihr auf die Beine. Ihre Fürsorge machte die Situation nur schlimmer. Mit einer schroffen Handbewegung schob Hikaru ihre Kollegin zur Seite und lief in den Waschraum. Der Apfelsaft klebte ihr auf der Haut. Hastig zog sie die Bluse über den Kopf und drehte den Wasserhahn auf. Hikaru schwankte zwischen Wut und Weinen. Vorwurfsvoll blickte sie in das Spiegelbild ihrer eigenen glasigen Augen. Silvi hatte ihrem Gesicht also angesehen, dass sie ein Zwilling war. Was genau hatte Silvi mit der verlorenen Hälfte gemeint? Welche Hälfte hatte Matumo gehört, welche war die ihre? Sie konnte beim besten Willen keine Unterschiede erkennen. Die Linke war heller, aber das lag am Fenster. Sie erinnerte sich an Momente, in denen sie geglaubt hatte, in Jona einen ähnlichen Vertrauten gefunden zu haben. Vielleicht hatte sie auch ihn längst verloren und wusste es nur nicht. Hikarus Fäuste spannten sich, bis die Fingerknöchel weißlich hervortraten. Ihr eigener Anblick, die Leere in ihrem Gesicht war unerträglich. Irgendetwas musste geschehen, und wenn sie den Spiegel zerschlug. In dieser Sekunde betrat Elvina den Waschraum und hielt eine Bluse in Händen. Sie legte höchsten Wert auf saubere Arbeitskleidung, weshalb stets eine Ersatzbluse in ihrem Spind hing. Ihr erschrockener Blick verriet, dass sie nicht verstand, was in ihrer Kollegin vorging, aber dass ein freundliches Lächeln hier nicht weiterhalf. Reglos ließ Hikaru die Umarmung geschehen. Sie hatte den Rücken weit durchgestreckt und behielt die Fäuste oben. Elvinas weicher Körper fühlte sich unwirklich an. Doch nicht unwirklicher als ihr eigener. Ihre Arbeitskollegin begann leise zu schluchzen, als trüge sie eine Schuld an dem, was vorgefallen war. Hikaru hätte gerne etwas gesagt, um ihr das auszureden. Doch bevor sie sich stark genug für Worte fühlte, begann Elvina heftiger zu weinen. Was immer die Gründe für die Tränen waren, sie gingen über das Geschehene hinaus.

Hikaru lag auf der Couch und streamte Norah Jones. Die Türklingel hörte sie nicht. Als Loni ins Wohnzimmer tänzelte und ihr die Kopfhörerstöpsel aus den Ohren zog, glaubte sie an einen Scherz. Sie habe Besuch, sagte sie und lächelte zweideutig. Hikaru dachte sofort an Jona, konnte sich dann aber nicht vorstellen, dass er einfach so auftauchte und anläutete. Elvina war die zweite Möglichkeit. Entweder die Umarmung war ihr im Nachhinein peinlich gewesen oder sie wollte diese wiederholen. Es waren aber Corvin und sein Vater, die artig nebeneinander standen, als hätte jemand zwei Figuren hingestellt. Beide legten die Hände an. Corvin sagte hi, Florin nickte. Hikaru musste schmunzeln, obwohl ihr nach dem heutigen Tag nicht danach war. Die beiden waren angetreten, weil sie Hikaru zum Essen einladen wollten. Warum auch immer schien Florin davon auszugehen, dass sie kein Fleisch aß, und hielt ein Referat über vegetarische Ernährung. Je länger er die Vorzüge von Kürbisgemüse anpries, desto deutlicher fühlte Hikaru, dass es um mehr als ein Nachbarschaftsessen ging. Er hatte Angst, sie könnte ihnen einen Korb geben. Florins Augen leuchteten hell und seine Sommersprossen versprühten gute Laune. Umworben zu werden tat Hikaru gut. So lange hatte sie sich um Jona bemüht und aus Gründen, die sich in ihrem Kopf wund gedreht hatten, war alles anders gekommen. Kommst du nun morgen, fragte Corvin sichtlich genervt vom Gerede seines Vaters. Morgen gehe es nicht, meldete sich Loni von hinten. Sie lehnte in der Wohnzimmertür und hatte die Unterhaltung aufmerksam mitverfolgt. Hikaru drehte sich zu ihr um und nickte. Morgen fand die Party bei Yorick statt. Corvin und Florin war die Erleichterung anzumerken, als Hikaru Samstag vorschlug. Sie würde gerne kommen und freue sich auf die Kürbislasagne.

Fünf Mails hatte Hikaru an Yorick geschrieben und anschließend versucht, ihn telefonisch zu erreichen. Seine idiotische Telefonansage kannte sie auswendig: *Ich bin gerade am Geldverdienen. Bitte hinterlassen Sie keine Nachricht, die mich davon abhält.* Dieser offene Zynismus kam womöglich bei seinen Klienten gut an. Yorick bekamen nur jene zu Gesicht, die sich eine Audienz bei ihm leisten konnten. Ohne Loni wäre sie niemals an ihn herangekommen. Angeblich bezahlte ihm Blowmind sechsstellige Beträge, damit er sie vor Patentklagen schützte. Um das in Erfahrung zu bringen, war sie nach eigenen Worten mit einer Schlaftablette aus der Controlling-Abteilung ausgegangen. Offenbar war Yorick bekannt für seine Partys. Um eine der begehrten Einladungen zu ergattern, hatte Loni an höchster Stelle einen Gefallen eingefordert. Worum es sich dabei handelte, wollte sie nicht sagen. Hikaru erinnerte sich an eine Riojanacht, in der sie ihr das Foto eines Mannes mit heruntergelassener Hose gezeigt hatte. Dieser Hintern, hatte sie gekichert und den Zeigefinger darauf gelegt, dieser Hintern gehöre einem Vorstandsmitglied. Sich auf diese Sache einzulassen, war fahrlässig. Hikaru wusste das. Wenn Finjas Sprung kein Selbstmord gewesen war und Yorick damit zu tun hatte, war es umso gefährlicher. Andererseits war er vielleicht der Einzige, der die Tatsachen kannte. Sie musste mit ihm reden und spürte stärker denn je, dass Jona keine Schuld an Finjas Tod trug. Die Wahrheit würde ihn zu ihr zurückbringen. Sie sehnte sich nach dem Häuschen, vermisste die elegante Haltung der Bäume und das wohltuende Gefühl, reine Luft ohne Feinstaubgemisch einzuatmen. Wenn die Sonne untergegangen war und die sichtbare Welt im Schein der Petroleumlampe schrumpfte, war sie näher bei sich gewesen als irgendwo sonst. Seit sie in die Stadt zurückgekehrt war, hatte sie keine Nacht gut geschlafen. Gesichter und Eindrücke fluteten ihren Kopf,

Fragen bohrten sich Gänge, Sirenen und Hupen wechselten einander ab. Es war nicht alles schlecht, aber alles war zu viel. Irgendwann würde sie keinen klaren Gedanken mehr fassen können.

Loni versprach sich viel von Yoricks Party. Sie hatte sich ein sündteures Kleid gekauft und von einem Investment gesprochen. Die Wirkung des bis zur Gesäßfalte spitz zulaufenden Rückenausschnitts gab ihr recht. Nach knapp einer Stunde wurde sie von drei Millionärssöhnchen umschwärmt. Der eigentliche Grund, warum sie sich auf die Gästeliste gemogelt hatten, schien ihr nicht mehr so wichtig zu sein. Hikaru hatte sich Pumps von ihr geliehen und trug ein sandfarbenes Cocktailkleid. Es war das einzige Kleidungsstück in ihrem Schrank, das sich für derartige Anlässe eignete. Sie hatte es vor Jahren in einem Secondhandladen gekauft, weil die Farbe in besonderer Weise mit ihrem Hautton harmonierte. Sie sehe hinreißend aus, sagte ein stadtbekannter Immobilien-Tycoon, der sich nicht abwimmeln ließ und sie an die Bar entführte. Da er sich am liebsten selbst reden hörte, reichte es, amüsiert zu lächeln und dann und wann zu nicken. Ihre wahre Aufmerksamkeit gehörte dem Hausherrn. Yorick saß an einem Tisch mit einem blonden Model und zwei Chinesen, die pausenlos auf Yorick einredeten. Dann neigt er den Kopf, hob die rechte Hand und erklärte ihnen, wie er die Sache sah. Das Model schielte indes ständig zu dem mit Paranüssen gefüllten Schälchen, das mittig auf dem Tisch stand. Statt sich eine Nuss zu nehmen, kratzte sie sich permanent den rechten Oberarm. Später rauchte Yorick vor dem Kamin mit einem Offizier in weißer Uniform Zigarren. Dann unterhielt er eine größere Gruppe mit Gerichtsanekdoten. Der Andrang um seine Person war enorm. Trotz der wenigen Meter zwischen ihnen schien er für sie unerreichbar. Hikaru beschlich das ungute Gefühl, dass es eine lange und anstrengende Nacht werden könnte. Das Angebot des Immobilien-Tycoons, ihr den Whirlpool seines Penthouses zu zeigen, schlug sie dennoch aus. Keine fünf Minuten später flirtete er mit einer Schwarzhaarigen in einem hautengen Lederkostüm. Hikaru machte sich auf die Suche nach Loni und fand sie im Waschraum. Sie zog ihren Lidstrich nach und lächelte. Es laufe super, sagte sie. Den Millionärssöhnchen sei der Altersdurchschnitt zu hoch. Zwei Blocks weiter gebe es eine andere Party. Sie könne mitkommen, wenn sie wolle. Doch Hikaru wollte nicht. Solange die Möglichkeit bestand, auf Yorick zu treffen, würde sie ausharren. Loni nickte verständnisvoll. Ihre Freundin zurückzulassen kostete sie wenig Überwindung.

Bis weit nach Mitternacht trieb Hikaru auf einer seichten Small-Talk-Welle durch die Wohnung und fühlte sich vom flauen Gerede bald seekrank. Dafür verstand sie immer besser, warum Jona es hier niemals ausgehalten hätte. Schon die Vorstellung war grotesk. Hikaru warf einen Blick in die Küche, in der er Finja das letzte Mal gesehen hatte. Eine Angestellte des Catering-Services, die Sushi auf einem Silbertablett platzierte, blickte lächelnd hoch. Gut gemeint streckte sie ihr ein Röllchen entgegen. Kopfschüttelnd wehrte Hikaru ab und lief weiter. Sie brauchte dringend frische Luft. Die Dachterrasse hatte sie bislang gemieden. Es hatte zu nieseln begonnen, von Norden blies ein frischer Wind. Den verbliebenen Gästen war es im Freien zu kalt geworden. Die Aussicht auf Abertausende erleuchtete Fenster gehörte nur ihr allein. Die Armee der Schlaflosen wachte über die Stadt. Das leise Tröpfeln drang beruhigend in Hikarus Gedanken. Irgendwo da draußen war Jona.

Sie holen sich noch den Tod.

Kurze Stille.

Hallo!

Ja.

Was machen Sie hier draußen? Ist Ihnen nicht kalt?

Nein, mir geht es gut, danke.

Gefällt Ihnen die Party nicht?

Die Party ist toll. Sie haben einen schönen Ausblick über die Stadt.

Ja. Schön und teuer. Wir kennen uns noch nicht, oder?

Nein, leider, es hat sich noch keine Gelegenheit ergeben. Hikaru.

Freut mich. Wollen Sie einen Drink? Gin Tonic, Scotch, Bourbon? Oder lieber einen Espresso? Ich habe den Kaffee aus einem Laden in der Innenstadt. Die fliegen die Bohnen direkt aus Kolumbien ein. Kolumbien oder Peru. Ich weiß nicht mehr.

Haben Sie auch Wasser?

Wasser?

Ja. Haben Sie einen eigenen Brunnen?

Sie haben Humor. Das gefällt mir. Also Wasser. Mit oder ohne Eis?

Ganz normales Wasser.

Dachte ich mir.

Yorick holt ein Glas Leitungswasser.

Hier bitte: Wasser ohne alles.

Danke, perfekt!

Und, warum haben Sie sich bei mir eingeschlichen?

Eingeschlichen?

War nur ein Scherz. Sind Sie allein hier?

Blowmind. Meine Freundin arbeitet bei Blowmind. Ich durfte sie begleiten.

Blowmind. Ah ja. Sind Sie auch in der Design-Branche?

Nein, derzeit arbeite ich in der Gastronomie.

Aha. Und in welcher genau? Fast Food, Convenience, Catering …

Ich kellnere.

Haha … Sie trinken also gern Wasser und kellnern. Dann weiß ich ja schon zwei interessante Dinge über Sie.

Ich bin eine Freundin von Jona.

Wie bitte?

Jona.

Ich habe Sie schon verstanden. Alles klar. Hat er Sie geschickt? Sollen Sie mir etwas ausrichten?

Mich hat niemand geschickt.

Und was wollen Sie dann?

Gerade genieße ich die Aussicht.

Hören Sie. Ich habe keine Lust auf Spielchen. Ich habe Jona auf Finjas Beerdigung gesagt, dass ich für ihre Sachen einen kleinen Lagerraum gemietet habe. Ist eigentlich ein pfiffiges Geschäftsmodell. Das war ursprünglich ein uraltes Wohnhaus mit vielen kleinen Zimmern. Total verschachtelt, aber gute Bausubstanz, von unten bis oben trocken. Das hätte man nur abreißen oder billigst vermieten können. Unterm Strich riskant. Eine Hungerleider-Immobilie versichert dir keiner und dann fackelt jemand die Bude ab. Die haben alles von Finja abgeholt und mir den Schlüssel dagelassen. Wenn Sie wollen, gebe ich Ihnen die Adresse und den Schlüssel. Jona kann alles haben, ich brauche von dem Zeug nichts mehr.

Ich werde es ihm sagen, wenn ich ihn sehe. Es kann sein, dass er in der Stadt ist.

Was heißt, es kann sein? Ich dachte, Sie sind seine Freundin.

Kurze Stille.

Braucht er Geld? Wenn er ein Darlehen will, muss er schon selbst zu mir kommen. Was macht er eigentlich? Studiert er endlich etwas Vernünftiges? Ich habe gute Kontakte zur Wirtschaftsuni. Wenn ich ihm ein paar Türen öffnen soll, kein Problem.

Ich will Jona helfen, die Sache mit seiner Mutter besser zu verstehen. Ihr Tod macht ihm schwer zu schaffen.

Meinen Sie, das geht nur ihm so? Was wollen Sie eigentlich von mir? Ich glaube, es ist besser, wenn Sie jetzt gehen.

Kann ich mir noch das Bild ansehen, das Finja zuletzt gemalt hat?

Hören Sie mir überhaupt zu? Ich habe Ihnen doch gerade erzählt, dass alles von ihr in diesem Lager ist.

Also auch das Bild?

Ja verdammt. Sehen Sie sich um. Sehen Sie hier irgendwelchen Kitsch? Ich habe mal so kleine Brunelli-Figuren gesammelt, weil es geheißen hat, dass die enorm steigen würden. Der Brunelli war ja schon an die neunzig. Dann hat er sich wegen einer uralten Sache als Kinderschänder herausgestellt und jetzt will keiner mehr seine Dinger kaufen. So läuft das. Na ja, wer weiß, vielleicht verjährt das ja irgendwann. Sie jetzt auf den Markt zu werfen, wäre jedenfalls ein Fehler. Finjas Bild würde auch gar nicht in meine Wohnung passen. Wenn schon Kunst, dann nicht so düstere.

Wo hier auf der Dachterrasse hätte ihr Atelier hinkommen sollen?

Wer hat Ihnen das geflüstert?

Ist das wichtig?

Lassen Sie das mal meine Sorge sein. Es war diese Mailin, oder?

Kurze Stille.

Gut, dann ist unser Gespräch hiermit beendet. Zeit, nach Hause zu gehen.

Mailin hat mir nur erzählt, dass Finja wieder zu malen begonnen hat und dass Sie ihr ein Atelier bauen wollten.

Atelier ist gut. Alle vier Wände aus Glas, Hightech-Jalousien und Klimaanlage. Picasso hätte bei so einem Teil feuchte

Augen bekommen. Die Pläne waren fertig gezeichnet. Plötzlich wollte sie das Atelier nicht mehr. Sie! Ich hätte ihr auch einen Webstuhl aus Persien kommen lassen, wenn sie lieber Teppiche geknüpft hätte. Ich hätte alles für sie getan, wenn sie dadurch ihre Depressionen in den Griff bekommen hätte. Aber lassen wir das. An Ihrer Stelle würde ich jetzt auf den Punkt kommen, bevor ich die Lust an unserer Unterhaltung endgültig verliere.

Depressionen?

Hat Ihnen das die liebe Mailin nicht erzählt? Wenn Sie mir nicht glauben, fragen Sie den Gutachter, dem ich ihr Bild gezeigt habe. Der hat sofort erkannt, dass mit Finja etwas nicht stimmt.

War das vor oder nach ihrem Tod?

Natürlich bevor ich den Glaspalast errichten wollte. Ich meine, man wird doch wissen dürfen, in was man investiert. Egal. Ihm war das Bild auch zu düster. Ich glaube, er hat von therapeutischem Malen gesprochen. Finja musste das ja gleich wieder persönlich nehmen. Ich hätte ihr das Atelier trotzdem gebaut. War mir doch egal, ob therapeutisches oder normales Malen. Ich wollte einfach nur wissen, ob ihr Bild etwas taugt. Hätte ja auch richtig gut sein können.

Schon klar. Haben Sie auch einen Gutachter zurate gezogen, bevor Finja bei Ihnen einziehen durfte?

Schön langsam verstehe ich, was Jona an Ihnen findet. Sie sind auch so eine Weltverbesserin. Und was Mailin betrifft: Dieses Biest hat sie ständig gegen mich aufgewiegelt. Finja hat sie doch nur als Alibi für ihre Kneipentouren gebraucht.

Kurze Stille.

Was wollen Sie eigentlich? Finja ist tot und das muss auch Jona irgendwann kapieren. Wo war er denn, als er hätte da sein müssen? Was denken Sie, wer sich um das Begräbnis und alles gekümmert hat? Hätte er seine Mutter wenigstens ab und zu besucht, würde sie vielleicht heute noch leben. Hat er darüber schon mal nachgedacht? Sie haben ja keine Ahnung, was Finja seinetwegen durchgemacht hat. Hat Jona Ihnen gesagt, dass ich eine Wohnung für ihn gemietet hatte? Ganz in der Nähe. Er hätte Finja jeden Tag sehen können. Das war damals ihre Bedingung, damit sie zu mir in die Stadt zieht. Sie wollte unbedingt, dass er nachkommt. Ein halbes Jahr ist sie leer gestanden, dann habe ich den Vertrag gekündigt. Völlig sinnlose Aktion. Ich habe ihr das ja immer gesagt. Mir macht Jona nichts vor. Er zieht sein Ding durch, ohne Rücksicht auf Verluste. Ist mir ja irgendwie sympathisch, aber er weiß einfach nicht, worauf es wirklich ankommt. Finja war einfach zu naiv. Sie wollte nicht glauben, dass ihm Fuchs und Hase wichtiger sind als die eigene Mutter. Wenn Sie also mir eine Schuld anhängen wollen, sollten Sie sich einen verdammt guten Anwalt leisten können.

Jona denkt, dass Finja noch leben würde, wenn sie bei ihm im Wald geblieben wäre.

Na klar, im Wald gibt es ja auch keine Hochhäuser, von denen man springen kann. Glauben Sie es oder nicht, aber ich habe sie geliebt und hätte alles für sie getan. Und dann tut sie so etwas. Sie war eine so schöne Frau. Was für eine Verschwendung.

Dann waren Sie und Finja also glücklich und sie ist auf der Dachterrasse nur unglücklich ausgerutscht?

Jetzt schalten Sie mal einen Gang zurück. Sie machen sich ja keine Vorstellung, wie viel ich darüber nachgedacht habe. Ich hatte neun Sitzungen bei einer Psychotherapeutin. So leicht möchte ich mir mein Geld auch verdienen. Finja ist tot und aus. Ich weiß, wann ich loslassen muss.

Ich wollte Sie nicht angreifen.

Keine Sorge, das haben schon andere versucht. Sie hätten

Finja auf den Bahamas erleben sollen. So etwas hatte sie ja überhaupt nicht gekannt. Sonne, Strand, Meer, Palmen und jede Menge Drinks mit kleinen Schirmchen. Irgendwann sind wir abends auf der Veranda unseres Bungalows gesessen und sie hat mich gefragt, wie spät es ist. Sonst war ihr die Uhrzeit völlig egal. Es war sieben, glaube ich, und Finja hat wörtlich erwidert, dass auf unserer Veranda die Sonne schon vor zwei Stunden untergegangen sei. Auf unserer! So viel zu ihrer Depression und Jona. Unglaublich, oder? Sitzt auf den Bahamas und steckt mit ihrem Kopf in diesem beschissenen Wald fest.

Hat sie Tabletten genommen?

Fragen Sie doch Mailin. Wer weiß, was die sich während der Nachtdienste alles eingeworfen haben.

Hat sie Ihnen von ihrer Arbeit erzählt?

Was heißt erzählt. Natürlich habe ich das eine oder andere aufgeschnappt. Sie war oft ziemlich müde, aber ich denke, sie war gerne in der Klinik.

Hat sie auch manchmal über ihre Patienten gesprochen?

Sie sollten sich überlegen, Anwältin zu werden. Wird das jetzt ein Kreuzverhör?

Ich habe mich nur gefragt, ob es Ihnen etwas ausgemacht hat, dass sie einen ihrer Patienten zu ihrer Geburtstagsparty eingeladen hat.

Den Einarmigen? Ach darauf wollen Sie hinaus. Klar war ich nicht begeistert. Ich habe die Party doch nur arrangiert, damit sie mal auf andere Gedanken kommt. Finja hat sich in ihren Beruf eben ziemlich hineingesteigert. Sie ist richtig aufgeblüht, wenn sie anderen helfen konnte. Ich habe ihr immer gesagt, dass sie Grenzen ziehen muss.

Kurze Stille.

So wie dieses Geländer. Das ist auch eine Grenze. Wo genau ist Finja gesprungen?

Netter Versuch. Sie wissen, dass niemand gesehen hat, wie sie gesprungen ist.

Ach ja, stimmt. Und Abschiedsbrief gibt es auch keinen.

Hätte ich einen schreiben sollen, damit Jona etwas zu lesen hat? Was kann ich dafür, wenn sie ihm keine Nachricht hinterlässt. Vielleicht war es ja doch ein Unfall.

Also keine Depression? Sie war nur etwas übermütig und leichtsinnig?

Gehen Sie vom Geländer weg.

Ich will nur ihre Unfalltheorie testen.

Hören Sie mit der Scheiße auf und klettern Sie sofort wieder zurück. Keine Ahnung, warum Sie diese Show abziehen, aber ich habe keine Lust, der Polizei erklären zu müssen, warum schon wieder jemand von meinem Dach gesprungen ist.

Wie viele Stockwerke sind es bis unten?

Hören sie, es reicht. Ich habe Dutzende Zeugen, die bestätigen können, dass ich unten bei der Party war. Und ich nehme auch keine Schuld auf mich. Sie hat von Anfang an gewusst, auf wen sie sich einlässt. Gehen Sie zu dem Lager und schauen Sie sich ihre Kleidersammlung an. Ihr hat der Luxus gefallen und dann war ich plötzlich oberflächlich und engstirnig. Wissen Sie, was sie als Pflegerin verdient hat? Das zahle ich meiner Putzfrau. Wenn Sie wirklich Detektiv spielen wollen, fragen sie diesen Krüppel. Ich habe doch gesehen, wie er Finja hinterher ist.

Was heißt hinterher?

Sie hat sich auf ihrer eigenen Party kaum blicken lassen. Meine Freunde waren ihr offenbar nicht gut genug. Sie hat ihm ihr Bild gezeigt. Ich habe sie gesucht, weil sie die Torte anschneiden sollte. Dann habe ich gesehen, wie sie verheult aus ihrem Zimmer gerannt ist. Das ist das Einzige, das ich mir vorwerfe, dass ich ihr nicht hinterher bin. Stattdessen habe ich den Gästen irgendwelchen Schwachsinn erzählt, um sie zu vertrösten. Ich dachte, sie zieht im Bad ihren verwischten Lidstrich nach und macht sich frisch. Genau so habe ich das auch der Polizei erzählt. Die haben den Krüppel durch die Mangel gedreht, aber rausgekommen ist gar nichts. Unten beim Eingang, die Videokamera, die hat ihn sogar gefilmt, wie er weggerannt ist. Nur blöd, dass keiner genau weiß, wann Finja gesprungen ist. Sie ist stumm wie ein Stein gefallen. Stellen Sie sich das vor. Fünfzehn Stockwerke und kein Mucks. Wäre es nicht so traurig, würde ich sagen, das war typisch. Ihre elegante Zurückhaltung kotzt mich an. Ich würde schreien, schreien, dass es die ganze Stadt hört.

Wo ist unser Held? Wir halten für ihn die Netze schon viel zu lange auf. Warum springt er nicht hinein und lässt sich fangen? Ein Nackter im Springbrunnen, ein blonder Gorilla im Park, ein sprechender Blätterhaufen, Schatten hier, fliegende Tannenzapfen dort. Viele glauben, unserem Stadt-Yeti begegnet zu sein und doch vermissen wir ein scharfes Foto oder Video. Wir wollen ein Gesicht, das wir bewundern, verspotten und bespucken können. Die grün besudelten Geldautomaten und Werbetafeln werden langsam langweilig. Großes muss geschehen und noch Größeres folgen. Was bleibt uns da anderes zu tun, als das, was immer geht. Knackärsche in Rapper-Videos begaffen, lachen über Katzen, die ihre Köpfe in Blumenvasen stecken oder uns einen auf YouPorn rubbeln.

Eine, die mit einem Mal gar nicht genug bekommt von grünen Tweets, Posts und Likes, ist unser Sorgenkind Hikaru. Wie ein Baby an der Mutterbrust hängt sie saugend am grünen Neuigkeiten-Tropf. Was uns freut, weil sie jetzt wieder zu uns gehört. Andererseits ist ihr unerwartetes Interesse an diesem Stadtaffen Sand in unserem Algorithmus-Getriebe. Damit haben wir nicht gerechnet und das mögen wir nicht. Wir werden das Netz um sie enger ziehen. Was immer zwischen ihr und ihm vor sich geht, wir werden es herausfinden.

Der Pförtner blickte Hikaru an wie ein Zöllner, der Schmuggelware witterte. Wegen seines südländischen Akzents war er kaum zu verstehen. Ein wenig lag das auch an dem schwarzen Lockenbart, der sein Gesicht bis knapp unter die Augen überwucherte. Sie zeigte ihm den Schlüssel, den Yorick ihr gegeben hatte. Dann musste sie sich mit Namen und Adresse in eine Liste eintragen. Später las sie auf dem Schlüsselanhänger: 4B. Das Haus wirkte alt und ausgemergelt. Um Löcher, Schmierereien und Risse zu kaschieren, war es schlampig ausgemalt worden. Die meisten Glühbirnen waren ausgebrannt. Zum Glück fiel reichlich Tageslicht durch die hohen Fenster. Als sie vor 4B stand, war der Schlüssel in ihrer Hand warm geworden. Doch wie es aussah, hätte sie ihn gar nicht gebraucht. Vom dunkelbraun lackierten Türrahmen standen helle Holzsplitter weg. Das Schloss war aufgebrochen worden. Hikaru überlegte, den Pförtner zu informieren, entschied sich aber, damit zu warten. Sie drückte die Tür vorsichtig auf und horchte in die Wohnung. Mit Ausnahme des Fahrstuhls war nichts zu hören. Im Flur stapelten sich links entlang der Wand kleine Kartons. Rechts klafften zwei leere Türstöcke. Hikaru rief ein halblautes Hallo in die Wohnung. Wie erwartet blieben die Räumlichkeiten stumm. Im ersten Zimmer befanden sich Dusche und Toilette. In der Duschtasse stand eine Staffelei, darunter lagen aufgehäuft verschiedene Malutensilien. Der entfernte Spiegel hatte an der Wand eine helle Fläche zurückgelassen. Waschbecken und Kloschüssel waren in desolatem Zustand. Der zweite, größere Raum musste den früheren Bewohnern als Küche, Schlaf- und Wohnzimmer gedient haben. Die Wasseranschlüsse der Spüle ragten aus der Mauer, ansonsten erinnerte nichts daran, dass hier Menschen gehaust hatten. Finjas Sachen befanden sich in stabilen Kartons mit seitlichen Trageöffnungen. Viele waren es nicht, vielleicht zehn oder zwölf. Neben dem Fenster stand ein eleganter, weich gepolsterter Ohrensessel. Hikaru setzte sich hinein, blickte in einen grauen Hinterhof und verspürte mit einem Mal keine Dringlichkeit mehr, sich durch die Sachen zu wühlen. Ein Einbrecher, der auf Wertgegenstände aus gewesen wäre, hätte ein Chaos hinterlassen. Hikaru fühlte sich müde. Sie war das ständige Hoffen leid, Jona im Gewirr der Stadt zu entdecken. Finja hatte er nie verziehen, dass sie ihn zurückgelassen hatte, und was machte er? Er musste doch am besten wissen, wie verlassen sie sich ohne ihn fühlte. Im Vergleich zu dem, was sie gerade empfand, erschien ihr die Vorstellung erträglicher, alleine im Wald zu sein. Jonas Sturheit war rücksichtslos und kindisch. Sie hätten über die Sache mit dem Baum lachen können. Dann würden sie jetzt auf der Veranda frühstücken, Holz sammeln und endlich den Badetrog bauen, von dem sie immer nur gesprochen hatten. Weiter führten sie ihre Überlegungen nicht. Sie stand auf und ging zurück ins Badezimmer. Der beißende Modergeruch war ihr vorhin nicht aufgefallen, doch ihre Erinnerung hatte sie nicht getäuscht. Etwas großes Flaches lehnte in den Duschvorhang gewickelt an der weiß gefliesten Wand. Hikaru wickelte es aus und trat ein paar Schritte zurück. Die Bildperspektive katapultierte sie geradewegs auf das Dach von Silvis Wolkenkratzer. Aber mit dieser Stadt, auf die Finja beim Malen herabgeblickt hatte, stimmte etwas nicht. Die mit schroffen Strichen hochgezogenen Kolosse aus Stahl und Beton wirkten wütend. Sie bebten von innen heraus und drohten zu zerbersten. Hikaru blieb lange stehen und rang um klare Gedanken. Was zeigte das Bild eigentlich? Zeigte es die Stadt oder erkannte man darin die Malerin, deren Leben jeden Moment in sich zusammenstürzte?

Silvi drückte ihr eine Aloe-Vera-Pflanze in die Hand. Das kleine Ding kränkle ein wenig, sagte sie. Sie solle sie bitte streicheln und ihr gut zureden. Hikaru gab sich alle Mühe, zärtlich und unterhaltsam zu sein. Leicht machte ihr das die Aloe vera nicht. Ihre sägeblattähnlichen, spitz zulaufenden Blätter waren eher dazu angetan, jemanden auf Abstand zu halten. Zweimal fragte sie Silvi, wie lange sie das tun solle. Eine Weile noch, meinte diese grinsend, eine kurze Weile noch. Bei ihr war man nie ganz sicher, ob sie sich nicht einen Spaß erlaubte. Und wenn, dachte Hikaru. In Silvis Laden fühlte sie sich allemal wohler als in ihrer Wohnung. Sie könnte hier bleiben und ihr helfen. Im Moment erschien ihr das sinnvoller, als frustrierten Frauen Topfentorte zu servieren oder gar für Amerson irgendwelche Artikel zu schreiben. Eines seiner Lieblingswörter war Zielgruppe. Allein die Vorstellung, auf eine Gruppe zu zielen, fand sie schrecklich.

Die Eingangsglocke bimmelte. Eine junge Frau betrat den Laden und winkte Silvi lächelnd zu. Sie holte das Bananenbäumchen ab. Als sie es vor Wochen gebracht hatte, waren viele seiner wuchtigen Blätter welk geworden und abgefallen, jetzt kamen saftgrüne nach. Einige hatten sich bereits entrollt.

Später half Hikaru, den Pflanzentrunk zuzubereiten. Silvi hätte auch Dünger sagen können, aber sie kokettierte gerne mit der Kräuterhexe. Der Arbeitsraum befand sich im hinteren Bereich. Hier lagerten Töpfe, Stäbe, Rankgitter, Werkzeuge, Erde, Sand, Blumenzwiebeln, Samenkörner und vieles andere. In einem Regal standen Dutzende urnengroße Apothekergläser mit getrockneten Kräutern, Wurzeln und diversen Substanzen. Hikaru sah sich jedes einzelne an, schnupperte und probierte das eine oder andere. Für den Pflanzentrunk stellte Silvi einen großen Emailtopf auf den Tisch, füllte ihn mit Wasser und gab die Zutaten der Reihe nach hinein: zerstoßene Eierschalen, Schwarztee, getrocknete Brennnesseln und Bananenschalen, Eichenrinde, Holzasche, Kaffeesatz und Steinmehl. Zuletzt griff sie in einen Kartoffelsack und holte ein Büschel grauer Haare hervor. Unwillkürlich verzog Hikaru das Gesicht. Alles bio, lachte Silvi und fügte an, dass man von diesem wunderbaren Stickstofflieferanten nie genug haben könne. Bevor der Dünger zu verwenden war, musste er mehrere Wochen durchziehen. Das erklärte die anderen in der Kräuterküche herumstehenden Töpfe und den gewöhnungsbedürftigen Geruch.

Das zweite Rezept, das Hikaru an diesem Tag erlernte, enthielt gerade mal drei Komponenten: Rum, Honig und etwas, mit dem sie sich heute angefreundet hatte. Aloe vera. Silvi schnitt ein paar Blätter ab und stellte sie mit der Spitze nach oben in ein Glas. Etwas bräunlicher Saft lief heraus. Dann trennte sie die dornigen Blattränder und die harte Außenschale ab. Zum Vorschein kam eine gelartige Masse, die Hikaru an ein Fischfilet erinnerte. Aloe vera, Honig und Rum kamen in den Mixer. Fertig.

Als die Dunkelheit hereinbrach und Silvi sich mühte, eine Kerze anzuzünden, waren beide Frauen betrunken. Ihr Kichern war bis in den Innenhof zu hören. Hikaru sagte in Zusammenhang mit einem japanischen Salatrezept Gurke und das reichte, um Silvi Tränen in die Augen zu treiben. Auf die Frage, worüber sie sich denn so amüsiere, wiederholte Silvi das Wort Gurke und nun brach das Lachen auch aus Hikaru hervor. So ging das hin und her, bis die Idee geboren war, auf das Dach zu fahren. Weil sie sich mehr oder weniger freiwillig geopfert habe, so Silvi, dürfe die Aloe vera mit. Über der Stadt hing eine schmale Mondsichel, die unter einer gelblich schimmernden

Lichtglocke blass wirkte. Hikaru machte ein paar Sterne aus. Flugzeuge kreuzten blinkend den Himmel. Irgendwo hallten Schüsse oder ein Feuerwerk. Wie selbstverständlich verebbte allmählich der launige Wortwechsel. Irgendwann fiel ein Satz wie eine Sternschnuppe aus dem Firmament und Hikaru einfach so zu: *Der Tag ist eine Lüge.* Irritiert blickte sie über die Großstadtlichter hinweg nach Norden. Die Nacht hatte den Horizont geschwärzt. Wenn die Berge und Wälder, die sie bei Tag gesehen hatte, eine Lüge waren, was war dann diese alles verschlingende Dunkelheit? Wann oder wo zeigte sich die Wahrheit? Gab es diese Momente überhaupt oder war sie zu scheu, um sich zu zeigen? Hikaru stellte sich auf wackelige Beine und wankte in Richtung Norden. Nach ein paar Schritten drehte sie sich um, weil sie das Gefühl hatte, jemand folge ihr. Silvi saß an die Glaswand angelehnt auf dem Boden und war eingeschlafen. Sie wirkte zufrieden. Der Mond tauchte ihr Gesicht in warmes Licht. Hikaru stand an der Dachkante und senkte das Kinn. Irgendwo da unten, zwischen Lichtern und Schatten, Wahrheit und Lüge, versteckte sich Jona. Ihn nicht in die Arme nehmen zu können, trieb ihr Tränen in die Augen. Gleichzeitig erschrak sie. Sie hatte zu viel getrunken, was das Schwanken erklärte, nicht aber das Gefühl, es wolle sie etwas über den Rand nach unten ziehen. Oder war es sie selbst, die das wollte? Hikaru begann zu summen. Das Summen half ihr beim Nachdenken. Sie dachte an ihre Großmutter, ihre Eltern, Matumo, dachte an Finja, die diesem Gefühl nachgegeben hatte.

Am nächsten Morgen machte sich Hikaru verkatert auf den Heimweg. Silvi lieh ihr eine Sonnenbrille. Auf halber Strecke traf sie auf einen kleinen Putztrupp. Sie kniff die Augen zusammen, weil sie die Farbe ihrer orangefarbenen Overalls schmerzte. Dennoch blieb sie stehen und schob die Sonnenbrille hoch. Die beiden Männer reinigten einen Geldautomaten, der aussah, als hätte ihn jemand mit Spinat übergossen. Durch die grün-breiige Masse hindurch leuchtete der quadratische Bildschirm. Hikaru trat näher und beugte sich vor. Die Reinigungskräfte blickten sie verwundert an, unterbrachen ihre Arbeit aber nicht. Mit Wischtüchern rückten sie dem Grün zu Leibe. Sie kamen zügig voran. In ihrem Kübel schwappte ein Algenteppich, ein wenig roch es nach Tümpel und Seifenblasen. »Gut für Haut«, sagte der Kleinere der beiden und lächelte. Hikaru nickte, setzte sich die Brille wieder auf und ging weiter. Ihr Brummschädel taugte leidlich zum Nachdenken und doch wälzten sich in ihm große Sorgen. Jonas Anschläge trafen einen empfindlichen Nerv. Mit Geld spielte man nicht. Im Wald hätte er die Polizei ewig an der Nase herumgeführt. Den unzähligen Kameraaugen der Stadt entging auf Dauer aber niemand.

Entschuldigung.

Ja?

Hätten Sie kurz Zeit?

Wofür? Wenn es um so eine Umfrage geht, dann …

Nein, nein, keine Umfrage. Tut mir leid, wenn ich Sie überfalle. Ich bin eine Freundin von Jona.

Jona?

Finjas Sohn.

Kurze Stille.

Ich verstehe nicht. Haben Sie mir aufgelauert?

Ich habe auf Sie gewartet. Ich dachte, das wäre besser als anzurufen. Ich will Sie auch nicht lange aufhalten.

Hören Sie, ich muss zu einem Termin. Ich habe wirklich keine Zeit und wüsste auch nicht, wie ich Ihnen weiterhelfen könnte. Ist ja jetzt schon fast zwei Jahre her, dass ich die Klinik verlassen habe.

Und Finja.

Was und Finja?

Sie haben auch Finja verlassen.

Kurze Stille.

Woher wissen Sie das? Wird das eine Erpressung? Die Mühe können Sie sich sparen. Meine Frau weiß von der Sache.

So habe ich das nicht gemeint. Ich will Ihnen keinen Ärger machen. Darum habe ich auch nicht angerufen. Es geht mir nur um Jona. Ich will ihm helfen. Und wenn Sie keine Zeit haben, können wir uns gerne ein anderes Mal treffen.

Ich kenne Jona ja nicht einmal. Also nicht wirklich. Soweit ich weiß, hatte Finja eine Arbeitskollegin, mit der sie sich hervorragend verstanden hat. Mit der sollten Sie sprechen. Die kann Ihnen sicher mehr sagen.

Bei ihr war ich bereits.

Ah, jetzt verstehe ich. Sie hat Ihnen von mir erzählt.

Kurze Stille.

Ist ziemlich laut hier. Gleich da vorne ist ein Café. Wenn Sie vielleicht doch ein wenig Zeit hätten.

Kurze Stille.

Sind Sie immer so hartnäckig?

Ja.

Aber wir sehen uns dann nie wieder. Versprochen? Ich möchte diese Sache endlich hinter mir lassen.

Versprochen.

Kurze Stille.

Geht es Ihnen gut? Sie sehen etwas blass aus, wenn ich das sagen darf.

Danke, alles gut. Ist gerade viel los.

Was arbeiten Sie?

Ich arbeite in einer kleinen Steuerkanzlei. Hört sich langweilig an, oder?

Ich weiß nicht. Ich war noch nie in so einer Kanzlei.

Sie haben nichts verpasst. Ich habe die Umschulung nach meinem Unfall gemacht. Vorher war ich Lehrer. Geografie und Kunst. Aber das ging nicht mehr.

Warum?

Von der Direktion und den Kollegen hätte ich die volle Unterstützung gehabt. Die können mit so etwas umgehen. Für die Kids wäre ich immer der Krüppel gewesen. Das ist nicht zu verhindern, das ist einfach so.

Stille.

Wie wäre es mit dem Tisch da hinten?

Ganz egal. Wie gesagt: Ich habe wenig Zeit.

Guten Tag. Was darf ich Ihnen bringen?

Für mich einen Kräutertee, bitte.

Und ich nehme einen Espresso.

Etwas Süßes vielleicht? Wir haben frische Brownies.

Danke.

Nein danke.

Kurze Stille.

Sie sagten, Sie seien Jonas Freundin. Lebt er nicht mehr im Wald?

Doch. Das heißt, ich habe ihn schon eine Weile nicht gesehen. Vorher habe ich eine Zeit lang bei ihm gewohnt.

Im Wald?

Ja.

Respekt. Soweit ich von Finja weiß, war das kein Zuckerschlecken.

Ich habe es geliebt.

Kurze Stille.

Ich will verstehen, was auf dieser Geburtstagsfeier geschehen ist.

Da fragen Sie den Falschen. Das habe ich damals auch der Polizei gesagt. Sicher hundertmal. Das mache ich nicht noch einmal durch. Dabei hatten wir ja gar nichts miteinander. Jedenfalls nicht so, wie Sie sich das vielleicht vorstellen.

Ich stelle mir gar nichts vor.

Das kann sich auch niemand vorstellen. Von heute auf morgen war alles anders. Ich habe diese Mitleidstour so gehasst. Plötzlich fühlte sich jeder zum Psychotherapeuten berufen und wollte mir von seiner positiven Einstellung etwas abgeben.

Und dann haben Sie Finja kennengelernt.

Ja, sie war da ganz anders. Über Privates haben wir zunächst kaum gesprochen. Sie hat sich komplett auf ihre Arbeit konzentriert und mich keine Sekunde lang geschont. Ich musste jede Übung exakt ausführen. Da war sie pingelig. Aber ich mochte diesen technischen Zugang. Damit konnte ich etwas anfangen. In ihrer Gegenwart musste ich mich auch nicht verstellen und gute Laune vortäuschen. Ins Gespräch sind wir durch einen Zufall gekommen. Ich bin vor dem Bild gestanden, das im Gang neben der Turnhalle hing. Der Künstler hat sich an einem abstrakten Frauenporträt versucht. Ist ihm aus meiner Sicht gänzlich misslungen, aber das Gesicht hat mich irgendwie an meine Frau erinnert. Finja hat mich gesehen und ist hergekommen. Das war das erste Mal, dass wir länger über etwas anderes als meine Übungen gesprochen haben.

Hat sie Ihnen auch ihre eigenen Bilder gezeigt?

Ja, irgendwann später. Auf ihrem Handy hatte sie nur ein Foto.

Hat es Ihnen gefallen?

Doch, doch, ja. Das Foto war nicht besonders gut. Etwas unscharf. Aber es hatte etwas. Eine sehr kraftvolle Arbeit. Hätte ich so nicht erwartet.

Bitteschön. Kräutertee und einmal Espresso. Wir hätten auch noch fettreduzierte Topfentorte im Angebot. Das habe ich vorhin vergessen.

Nein, danke.

Kurze Stille.

Finja und ich hatten viel gemeinsam. Bücher, Kunst, alte Filme. Wir konnten uns stundenlang unterhalten. Verstehen Sie? Für alle anderen war ich der Einarmige, auf den man Rücksicht nehmen und dessen Launen man ertragen muss. Irgendwann wollten wir gemeinsam nach Paris und uns den Louvre ansehen.

Ja?

Träume helfen, wenn man sonst keine Gründe findet, um morgens aus dem Bett zu steigen.

War der Louvre für Finja auch ein Traum?

Was soll diese Frage? Kann sein. Ich weiß nicht. Ich habe

mich damals ja nicht einmal selbst richtig gespürt. Und dass ich meine Familie nie verlassen würde, habe ich Finja gesagt.

Wann? Auf der Geburtstagsfeier?

Kurze Stille.

Hören Sie, dafür habe ich keine Zeit. Ich muss mich nicht vor Ihnen rechtfertigen. Egal was ich sage, Sie werden unsere Beziehung nicht verstehen. Es geht mir auch nicht gut, wissen Sie …

Tut mir leid. Bitte bleiben Sie. Können wir noch kurz über Jona reden.

Jona. Sie hat ständig von ihm gesprochen. Für mich war er … Wie soll ich das sagen? Jona war wie eine Märchengestalt. Der Junge aus dem Wald. Ich habe nicht gewusst, was ich damit anfangen soll.

Was hat sie Ihnen erzählt?

Die ganze Geschichte eben. Wie sehr er seinen Vater vermisst hat, von den Problemen in der Schule und dass er nach und nach niemanden mehr an sich herangelassen hat. Nur Finja, die wollte er für sich allein. Als würde er sich einen Singvogel halten.

Hat Finja dieses Wort benutzt, Singvogel?

Nein. Nein, im Gegenteil. Sie hat immer gesagt, sie könne nicht singen. Vielleicht ist mir deshalb dieser Vergleich eingefallen. Sie wollte unbedingt, dass er glücklich ist. Aber das war nicht zu schaffen. Niemand kann eine unglückliche Kindheit wiedergutmachen.

Meinen Sie den Herztod seines Vaters?

Herztod? Ja, so kann man das auch nennen. Er hat getrunken. Sie waren Hals über Kopf verschuldet. Das Haus hätten sie so oder so verloren. Sein Tod hat das nur beschleunigt.

Das kann nicht sein. Finjas Vater hat mir das genaue Gegenteil erzählt.

Das glaube ich schon. Es stimmt aber trotzdem. Wie hieß er noch, ihr Mann?

Joseph.

Genau. Joseph. Stockbesoffen war er mit dem Auto unterwegs und ist ungebremst gegen einen Baum gedonnert. War sofort tot. Und Finjas Vater war keinen Deut besser. Der war doch auch Alkoholiker. Darum hat er sich mit Joseph so gut verstanden. Und er gab Finja grundsätzlich die Schuld an allem. Angeblich soll auch seine Frau ihretwegen abgehaut sein. So ein Schwachsinn. Finja konnte sich an ihre Mutter ja kaum erinnern. Wer tut so etwas seinem eigenen Kind an?

Stille.

Jona hat mir ein Fotoalbum gezeigt. Seine Mutter war eine sehr schöne und elegante Frau. Schwer vorzustellen, dass sie mit Jona so lange im Wald gelebt hat.

Das müssten Sie besser beurteilen können. Haben Sie nicht gesagt, Sie waren bei ihm?

Ja, aber ich weiß nicht, ob sich das vergleichen lässt. Was hat Ihnen Finja über diese Zeit erzählt?

Mehr, als mir lieb war. Ich kann mir das einfach nicht vorstellen. Stimmt es, dass es in diesem Waldhäuschen keinen Strom gibt? Das ist ja tiefste Steinzeit.

Das stimmt. Ja. Es ist ein völlig anderes Leben. Trotzdem hatte ich nicht das Gefühl, auf etwas verzichten zu müssen. Um ehrlich zu sein, wäre ich gerne wieder dort.

Was hält Sie davon ab?

Kurze Stille.

Finja hätte es nicht mehr lange ausgehalten. Für sie waren die Bäume wie Gitterstäbe. Das hat sie wörtlich einmal so gesagt. Vielleicht nicht zu Anfang, aber irgendwann hat sie sich wie in einem Gefängnis gefühlt. Was ich nicht verstehe, ist der

Fluss. Können Sie mir erklären, was so toll daran sein soll, in einem eiskalten Fluss zu baden?

Nein. Ich fürchte, diese Art von Kälte lässt sich nicht erklären.

Versuchen Sie es.

Kurze Stille.

Das Wasser kommt direkt aus den Bergen. Diese Kälte geht mitten durch einen hindurch, als wäre man gar nicht da. Dagegen ist man wehrlos. Doch das Leben will, dass du atmest, kämpfst, deine erstarrten Glieder bewegst.

Diesen Kampf zu gewinnen ist also das Schöne daran. Wollen Sie das damit sagen?

Ja. Das und sich danach zum Trocknen auf eine sonnenwarme Kiesbank zu legen.

Kurze Stille.

Trauen Sie ihr den Sprung zu?

Ich weiß nicht.

Alles in Ordnung? Darf ich Ihnen noch etwas bringen? Einen Cappuccino vielleicht?

Nein, danke.

Für mich auch nichts. Danke.

Kurze Stille.

Warum sind Sie eigentlich auf Finjas Geburtstagsparty gegangen? Yorick ist niemand, mit dem man sich anlegen sollte.

Das ist es ja. Ich habe von dieser Feier gar nichts gewusst. Ich dachte, sie sei allein. Yorick war ja ständig auf Geschäftsreisen. Dann steige ich aus dem Lift und die Wohnung ist voller Champagner trinkender Leute. Finja wollte mir unbedingt das Bild im Original zeigen. Darum war ich dort. Ich war auch nur kurz auf der Party. Fragen Sie Yorick. Ich hätte ihn beinahe umgerannt, als ich wieder zum Lift wollte.

Und? Haben Sie das Bild gesehen?

Das kann man so sagen. Auf dem Handy hat es völlig anders gewirkt. Finja muss es später komplett überarbeitet haben. Ich weiß nicht genau, es war eine Mischung aus Kohle und satten Erdtönen. Braun, viel Grün, Ocker, ein wenig Rot. Sie hat die Striche so stark und kompromisslos gesetzt, dass ich mir schlichtweg nicht vorstellen konnte, dass sie dieses Bild gemalt hat. Was sage ich, sie hat die Stadt wie einen Wurzelstock herausgerissen. Sie war eine Künstlerin. In diesem Moment habe ich es begriffen.

Ich glaube, auf diese Bestätigung hat sie sehr lange gewartet.

Mag sein. Aber ich war völlig durcheinander. Ich hätte ihre Hände abwehren sollen. Sie hat mich umarmt und geküsst. Durch die Tür habe ich das Lachen der Partygäste gehört. Es war Irrsinn. Und dann kam mir dieser Gedanke. Es würde mir wie den Wolkenkratzern auf ihrem Bild ergehen. Finja würde mich aus meinem Leben reißen. Hätte ich das meiner Familie nach dem Unfall auch noch antun sollen? Finjas mächtige Striche haben den Augenblick gebannt, in dem sich die Stadt erhoben und aufgebäumt hat, aber sie würde einstürzen. Alles wäre in sich zusammengebrochen.

Und dann sind Sie raus und hätten Yorick beinahe umgerannt.

Ich hätte mich nie auf diese Sache einlassen dürfen.

Hat er irgendetwas zu Ihnen gesagt?

Nein. Er hat mich nur angesehen und gelächelt, als hätte er vor Gericht einen Fall gewonnen.

Hikaru verspürte weder Hunger noch Lust auf Konversation. Lieber hätte sie sich auf der Couch ausgestreckt. Dennoch brachte sie es nicht über das Herz, die Einladung platzen zu lassen. Das hatten sich die beiden nicht verdient. Corvin öffnete grinsend die Tür. Ohne Mütze hatte Hikaru ihn noch nie gesehen. Es war schwer vorstellbar, dass er die Haare immer derart ordentlich kämmte. Den Geräuschen nach ging es in der Küche hektisch zur Sache. Sie ließ sich von Corvin ins Wohnzimmer führen, obwohl sie ihm den Weg genauso gut hätte zeigen können. Die Grundrisse der zweiunddreißig Stockwerke glichen einander auf den Zentimeter. Dennoch stellte sich kein wirkliches Gefühl von Vertrautheit ein. Es war erstaunlich, wie unterschiedlich man ein und denselben Wohnungsschnitt gestalten konnte. Die helle Einrichtung, das meiste Selbstbaumöbel in Fichte und Kiefer, vermittelte einen etwas fantasielosen, aber durchaus warmen Eindruck. An der Wand gegenüber der Balkontür breitete sich großflächig eine mit grünem Kunstleder bezogene Couchecke aus. Wie man darauf sitzen sollte, ohne nach hinten zu kippen, war Hikaru ein Rätsel. Darüber hing das Bild einer Buddhastatue mit Tempel im Hintergrund, See im Vordergrund und ringsum rahmten Pflanzen und Blüten die spirituelle Idylle ein. Die Farben harmonierten nicht mit der Couch, aber vielleicht war das auch besser so. Der schlicht eingedeckte Esstisch gefiel Hikaru ausnehmend gut. Würde man die dicken Vorhänge zur Seite schieben und das Balkonfenster öffnen, wäre es beinahe so, als säße man draußen. Florin trat ins Wohnzimmer, um sie zu begrüßen. Seine geröteten Wangen ließen die Hitze in der

Küche erahnen. Auf seiner braunen Kochschürze stand quer über die Brust Chefkoch. Er sei gleich fertig, sagte er und war auch schon wieder weg. Hikaru fragte Corvin, ob sein Vater oft koche, und bekam als Antwort eine App namens *MAMPF* gezeigt. Drei Klicks und das Futter komme ins Haus. Als er das sagte, fuhr er sich mit den Fingern durchs Haar und wirbelte seine akkurate Frisur durcheinander. Endlich sah er weniger streng aus. Es fehlte nur die Kappe. Die Kürbislasagne bestand zum überwiegenden Teil aus Nudelblättern, Béchamel und einer dicken Käsekruste. Die dezenten Kürbisschichten waren zu Brei zerkocht. Dennoch entschied sich Hikaru für die Freundlichkeit, es schmecke vorzüglich. Es war offensichtlich, wie viel Florin daran lag, dass alles perfekt war. Das Tischgespräch hielt aber vor allem Corvin am Laufen, der eine Steilvorlage nach der anderen lieferte. Sein Vater liebäugelte mit der Anschaffung eines SUVs und zählte sämtliche Vor- und Nachteile der jeweiligen Modelle auf. Hikarus Frage, ob so ein Wagen für die Stadt geeignet sei, hielt er für einen Scherz. Zu den grünen Anschlägen meinte Florin, dass sie diesen Stadtaffen mittels Satellitenüberwachung längst gefasst hätten. Das sei technisch überhaupt kein Problem. Glücklicherweise fragte er Hikaru nicht nach ihrer Meinung. Mit glänzenden Augen sprach er später von einem Deal, einer wirklich großen Sache. Es ging um die App, die er ihr im Treppenhaus gezeigt hatte. Aus einem technischen Grund, den Hikaru nicht verstand, hatte ihm das Militär ein verlockendes Angebot gemacht. Derzeit arbeite er an einer grafischen Adaption für Videobrillen, sagte er. Die Soldaten sollten den Finger stets am Abzug belassen. Davon könne ihr Leben abhängen. Hikaru wusste nicht, was sie erwidern sollte, und bat ihn, das Balkonfenster zu öffnen. Die frische Luft tat gut, doch ihr angeschwollener Kehlkopf ließ sie kaum schlucken. Hatte Florin nicht von

Tourismusinstitutionen gesprochen? Hatte er nicht gesagt, wer wisse schon, wie es in Syrien tatsächlich zugehe? Offenbar lag dieser Gedanke hinter und die Aussicht auf Geld vor ihm. Aus Angst, etwas Falsches zu sagen, lächelte sie Corvin zu. Er wirkte unsagbar stolz auf seinen Vater, der sich bald einen SUV würde leisten können. Wer war sie, dass sie das infrage stellte? Florin und schon gar nicht Corvin traf irgendeine Schuld. Es lag an ihr. Sie passte nicht hierher.

Loni musste die Tür gehört haben. Sie rief nach Hikaru. Unwillig trottete die ins Wohnzimmer. Was sie sah, ließ sie an ihrem Sehvermögen zweifeln. Ihre Freundin saß mit Amerson auf der Couch und schenkte ihm kichernd Rioja ein. Amerson deutete auf den Stuhl neben sich. Danke, sagte Hikaru, aber sie sei hier zu Hause. Loni fasste das als Scherz auf und lachte. Sie wisse jetzt so einiges über das Verlagsgeschäft, sagte sie. Dann sei ja alles bestens, konterte Hikaru kopfschüttelnd, wandte sich ab und wollte in ihr Zimmer gehen. In diesem Moment erhob sich Amerson und Loni verlor kurz das Gleichgewicht. Ob ihre Waldgeschichten fertig seien, fragte er. Überrascht blieb Hikaru stehen. Der spontanen Freude über sein Interesse folgte sogleich das bedrohliche Gefühl, er habe ihr einen Köder hingeworfen. Geschichten seien eine Angelegenheit für Romanautoren, sagte sie. Sie schreibe Reportagen. Schade, erwiderte Amerson. Die Vorfreude auf das, was er gleich sagen würde, war ihm anzumerken. Loni trank ihr Riojaglas leer und rückte ein paar Zentimeter von ihm ab.

Ihre beste Freundin hatte nicht widerstehen können, ihn mit etwas zu beeindrucken, das jeder in der Stadt wissen wollte. Sie hatte ihm erzählt, dass Hikaru bei jemandem im Wald gelebt habe und dass möglicherweise dieser jemand hinter den Anschlägen stecke. Ihre dramatisierte Darstellung einer tragischen Romanze hätte es gar nicht gebraucht, damit er Blut leckte. Mit so einer Geschichte lasse sich Auflage machen, sagte Amerson und grinste nun frei heraus. Loni wich Hikarus erschrockenem Blick aus. Sie schien zu begreifen, was ihr loses Mundwerk angerichtet hatte. Amerson würde der Sache nachgehen, Recherchen anstellen und jeden unter Druck setzen oder umgarnen, der etwas wissen konnte. Hikaru stellte sich vor, wie er im Café aufkreuzte und Herrn Lorcan und Elvina über sie ausfragte. Und brächte er die Story nicht selbst ins Rollen, würde er der Polizei einen Tipp geben. Einer wie er verbiss sich in einen guten Stoff und würde erst davon ablassen, wenn er Jona vollends zur Strecke gebracht hatte. Sein Aufwachsen im Wald, Finjas Selbstmord, die Sache mit Armin und Sven, die grünen Anschläge.

Hikaru bat Loni, ihr ein Weinglas aus der Küche zu holen, und setzte sich zu Amerson auf die Couch. Sie lachte, als er von den dummen Gesichtern seiner Konkurrenten sprach und schlug die Beine übereinander. Eine Exklusivstory sei aber nicht billig, sagte sie. Amüsiert verzog er den Mund und nickte. Verhandeln schien für ihn ähnlich reizvoll zu sein wie ein Vorspiel. Während die Unterhaltung mit jedem Schluck Rotwein lockerer wurde, ruhte seine Hand immer öfter und länger auf Hikarus Knie. Loni lungerte indes gelangweilt auf ihrem Polstersessel und kam kaum noch zu Wort. Die skeptische Art, wie sie ihre Freundin aus den Augenwinkeln beobachtete, ließ darauf schließen, dass sie Hikaru nicht wiedererkannte. Für gewöhnlich nahm sie die Rolle der Verführerin ein und vermutlich hatte sie bereits geplant, selbst mit ihm zu schlafen, um ihr loses Plappermaul ungeschehen zu machen. Andererseits hatte sie ihr mehrfach geraten, Jona hinter sich zu lassen, und dachte vielleicht, ihre Überredungskunst sei endlich erfolgreich gewesen. Zudem war Amerson ein einflussreicher Mann, mit dem man sich besser gut stellte. Die SMS eines Freundes lieferte ihr schließlich den willkommenen Anlass, sich aus dem Staub zu machen. Gut möglich, dass sie mit dem Gefühl ging, ihrer Freundin einen Gefallen getan zu haben.

Kurz nach drei Uhr torkelte Loni zurück in die Wohnung. Heute nicht, flüsterte sie jemandem zu, der mürrisch brummend im Treppenhaus stand. In der Wohnung war es still wie in einem Schuhkarton. Loni streifte die High Heels ab und tastete sich durch den dunklen Flur. Vor Hikarus Zimmer blieb sie kurz stehen, horchte und schlich weiter. Im Wohnzimmer knipste sie das Licht an und stolperte um ein Haar über die eigenen Füße. Hikaru kniete vor der Couch und hielt das große Tranchiermesser in Händen. Vor ihr lag Amerson. Seine Anzughose und sein weißes Hemd hingen über der Sessellehne. In der knappen Unterwäsche wirkte sein stark behaarter Körper unförmig und wenig respekteinflößend. Auf dem Tisch standen beziehungsweise lagen fünf leere Weinflaschen. Den tellergroßen rötlichen Fleck auf Amersons T-Shirt entdeckte Loni, nachdem sie um die Couch herumgewankt war. Um einen möglichen Schrei zu unterdrücken, riss sie die Hände vor den Mund. Derart schnell war sie vermutlich noch nie nüchtern geworden. Dementgegen war ihre Freundin wie weggetreten. Loni zog ihr vorsichtig das Messer aus der Hand. Hikarus Augen stierten auf Amersons feistes Gesicht. In seinem Schlaf gestört, gab dieser ein dumpfes Brummeln von sich, etwas Speichel lief ihm über das Kinn.

Das Schöne am Meer ist, dass es nie voll und nie leer ist. Neues und Altbewährtes fischen wir heraus, was wir nicht mögen, brauchen oder wollen, werfen wir zurück. Was landete da zuletzt nicht alles in unseren Netzen. Hier nur das Beste: Wunderpille heilt Ratte mit Prostatakrebs, Aids und Demenz; die neue Transen-Barbie ist künstlich intelligent; Europa hat jetzt eine Präsidentin mit Seitenscheitel und Bartflaum unter der Nase.

Dagegen stinkt unser Nestbeschmutzer zum Langweiler ab. Follower und Trittbrettfahrer werden müde. An einen Affen glaubt niemand mehr, aber Stadtaffe ist ein geiles Wort, das sein Ableben hinauszögert. Die grüne Revolte scheint abgeblasen. Hie und dort taucht eine Geschichte wie ein Walfischbuckel auf, um kurz darauf wieder im Nirgendwo zu verschwinden. Keine Story, die den verbotenen Fang lohnt, hält sich lange genug über Wasser. Einmal soll er ein Umweltaktivist oder ein zotteliger Einsiedler sein, dann ein Möchtegern-Superheld, verschmähter Botaniker, fanatischer Veganer, Gottes grüne Heimsuchung. Sogar Hikaru ist Teil dieser virtuellen Sagenwelt und mit ihr war wirklich nicht zu rechnen. Irgendetwas soll zwischen ihr und dem Stadtaffen vorgefallen sein. Hoch im Norden, in den Wäldern, soll er leben. Von Liebe wird gemunkelt. Das würde erklären, warum sie ihm so leidenschaftlich hinterhersurft: Nachrichten, Blogs, Tweets, Google-Orakel, das volle Programm. Fährten findet Hikaru genug, ebenso Irrlichter und Nebelschwaden. Wie erfrischend naiv sie doch ist. Glaubt, ihr Netz so engmaschig knüpfen zu können, dass es die flüchtige Wahrheit hält. Aber so ist die Liebe, sie beansprucht den Sinn und fördert den Unsinn. Sie lässt die Menschen träumen und schenkt ihnen ein böses Er-

wachen. Joergterrier21 postet: Eva sucht Adam: Das war's mit dem Paradies.

In der Nacht hatte es stark abgekühlt. Hikaru saß teetrinkend auf dem Balkon. Das erste Mal seit letztem Winter trug sie den hellblauen Pullover. Auf Hose und Socken hatte sie verzichtet. Eine Entscheidung, die sie nicht bereute, obwohl ihr die Gänsehaut bereits die Unterschenkel hoch in den Schoß kroch. Gestern war sie trotz Sonnenschein den ganzen Tag im Bett gelegen. Das unwirtliche Wetter entsprach eher ihrer Stimmung. Nieselregen fiel in zarten Schraffuren aus einer grauen Wolkendecke. Vor dem Hintergrund dunkler Häuserfassaden, Autos und Mäntel wurden feine Striche sichtbar. In der Ferne verwoben sie sich zu einem Schleier, hinter dem sich die Konturen der Stadt verloren. Kräutertee schlürfend beugte sich Hikaru vor. Mit Schirmchen und Hüten wirkten die Menschen von oben noch mehr wie Insekten. Mesut wischte die Stehtische vor seiner Dönerbude trocken. Ein gut gemeinter, aber sinnloser Versuch, den vorbeieilenden Passanten ein schöneres Wetter vorzugaukeln. Just in dem Moment, als Hikaru überlegte, Mesut einen Salat abzukaufen, blieb ein roter Schirm stehen. Nach einem kurzen Gespräch, das er händefuchtelnd führte, verschwand Mesut in seiner Dönerbude. Wenig später gesellten sich ein gelb getupfter und ein grüner Schirm hinzu. Leonardi hatte diesen Sommer genug Umsatz gemacht, um einen Tag wie diesen zu verschmerzen. Die Schiebefenster der Eisausgabe waren geschlossen, seit Minuten war niemand in das Lokal hineingegangen oder herausgekommen. Hikaru hob den Blick. Das Gebäude bohrte sich tief in das Grau. Die oberen Stockwerke waren nicht zu sehen. Eine Weile überlegte sie, wie der Junge in dem Märchen mit der Zauberbohne geheißen hatte. In Jonas Garten schlängelten sich die Bohnen nicht in den Himmel, dafür wuchsen sie prächtig an meterhohen Holzstangen empor. Es tat weh, ihn nicht fragen zu können, ob er das Märchen kannte.

Hikaru öffnete die linke Faust und betrachtete das darin liegende bauchige Bruchstück. Es hatte zu Amersons Weinglas gehört. Loni wusste nicht, dass sie sich eine der Scherben aus dem Mülleimer gefischt hatte. Seine widerlichen Finger auf ihrer Haut würde sie nie vergessen. Immer wieder hatte sie ihm nachgeschenkt und sich heimlich das Messer unter dem Couchtisch zurechtgelegt. Dann war er irgendwann vor Müdigkeit umgekippt. Wie lange sie vor ihm gekniet war, wusste Hikaru nicht. Nur dass sie an Jona gedacht hatte. Besser man steckte sie ins Gefängnis als ihn. Für ihn wäre es ein Todesurteil gewesen. Nein, schlimmer. Zu Hikarus Glück hatte Amerson unruhig geschlafen. Er hatte sich herumgewälzt, sich selbst den Rioja auf den Bauch geschüttet und das Glas wohl irgendwann fallen gelassen. Von Hikarus Absichten hatte er nichts mitbekommen. Am nächsten Morgen war er verkatert abgezogen.

Hikaru kniff das linke Auge zu, hielt die bauchige Scherbe vor das rechte und lächelte. Das Hochhaus vor ihr sah aus, als wäre es durch einen Bienenstich angeschwollen. Ihr fiel auf, dass das Bruchstück die ungefähre Form eines Buchenblatts hatte. Auf der einen Seite war es eher rundlich und lief auf der anderen spitz zu. Spitz wie eine Feder, dachte sie. Und wie um zu beweisen, dass man damit schreiben konnte, ritzte sie sich eine fingerlange Kerbe in den Unterarm. Ein irgendwie schöner Schmerz.

Loni schimpfte im Hereingehen in ihr Smartphone. »Wissen Sie was, Herr Smilan«, sagte sie, »verpissen Sie sich.« Herr Smilan war einer von Amersons Redakteuren und hatte sie mehrfach angerufen. Dass sie die Waldstory frei erfunden habe, kaufte er ihr nicht ab. Zum Glück ließ das Interesse der Öffentlichkeit an dem Grün-Aktivisten bereits nach. Zu verdanken war das dem reichsten Mann der Welt, der angeblich an Demenz litt. Die Vorstellung, er könne sich bald nicht mehr an seine Milliarden erinnern, löste weltweit Emotionen aus, die von geheuchelter Anteilnahme bis Häme und Genugtuung reichten. Hikaru nickte Loni zu und verschwand wortlos in ihrem Zimmer. Loni hatte versprochen, die Sache in Ordnung zu bringen, und unternahm permanent Versuche, sie aufzuheitern. Beides misslang ihr. Eine Weile lag Hikaru auf dem Bett und tupfte behutsam über die eben eingeritzte Kontur. Die gerötete Furche spannte und brannte ein wenig. Ihr Blick schweifte durch das Zimmer und blieb am Elefantenfuß hängen. Es schien ihm gut zu gehen. Seine buschige, haarähnliche Blätterfrisur wirkte frech und aufgeweckt. »Na, mein Kleiner«, sagte sie, stand auf und hob ihn samt Topf hoch. Ihn zu halten fühlte sich gut an, und noch mehr, sich mit ihm zu drehen. Nicht so wild, lachte Hikaru, sie habe lange nicht getanzt. Leider währte das Tänzchen nur kurz. Loni, die zwar geklopft, aber auf keine Antwort gewartet hatte, stand kopfschüttelnd in der Tür. So gehe das nicht weiter, sagte sie viel zu ernst für ihr sorgloses Gemüt und nahm Wörter wie loslassen, verrückt und blödes Grünzeug in den Mund. Hikaru war das egal. Sie seien doch ein schönes Paar, sagte sie und lachte frei heraus, weil seine Blätter tatsächlich wie ein zerzauster Wuschelkopf aussahen.

Eine SMS riss Hikaru aus den Gedanken. Herr Lorcan wollte wissen, ob sie einspringen könne. Elvina sei krank geworden, stehe mit Fieber im Lokal und weigere sich, nach Hause zu gehen. Arme Elvina. Hikaru konnte sich gut vorstellen, wie sich ihre Arbeitskollegin durch das Café schleppte und alle paar Schritte eine Verschnaufpause einlegte. Ohne lange nachzudenken, schrieb sie Herrn Lorcan zurück, dass er mit ihr rechnen könne.

Die weißen Schürzchen gehörten zu Herrn Lorcans Retro-Konzept. Hikaru fand sie in etwa so kleidsam wie einen Lendenschurz mit Lochspitzen. Sie umzubinden war für Elvina wie einen Schalter umzulegen. Hikaru hatte das oftmals beobachtet. Ohne wirkte sie matt und grau. Mit Schürze rannte sie gut gelaunt durchs Lokal, als verliehe ihr der Baumwollstoff besondere Kräfte. Wäre sie nicht gewesen, hätte Hikaru sich ihrer Arbeitskleidung geschämt.

Herr Lorcan hatte nicht übertrieben. Dass Elvina krank war, war auf den ersten Blick zu erkennen. Ihrem Lächeln fehlte Substanz, ihren Augen die Leuchtpunkte und ihrem Gang die Sicherheit, mit der sie für gewöhnlich die vollgestellten Tabletts durch das Café balancierte. Nachdem Hikaru sich ihre Schürze umgebunden und den Dienst angetreten hatte, winkte sie Herr Lorcan zu sich. Er mache sich Sorgen, sagte er. Elvina wolle einfach nicht nach Hause gehen. Dreimal habe er es schon versucht, nun solle sie mit ihr reden. Hikaru nickte verständnisvoll, wusste aber nicht, wie sie das anstellen sollte. Elvina war wie eine Schauspielerin, die es vorzog, auf der Bühne ihr Leben auszuhauchen. Ein drastischer Vergleich, aber in all den Jahren im Café hatte sie keinen Tag gefehlt. Gerade begrüßte ihre kranke Kollegin an Tisch fünf zwei neue Gäste. Dieser Fensterplatz war begehrt, weil man den gegenüberliegenden Sexshop im Blickfeld hatte. Normalerweise nickte Elvina jede Bestellung wohlwollend ab. Heute blieben ihr Kopf geneigt und die Kinnlade zwischen den Sätzen unten. Hikaru räumte Geschirr aus dem Spüler, während Elvina zur Theke kam, um die bestellten Getränke zuzubereiten. Sie zog eine Serviette aus ihrer Schürzentasche und wischte sich den

Schweiß von der Stirn. Ihr Brustkorb pumpte Luft, als wäre sie joggen gewesen. Hikaru überlegte, wie sie beginnen sollte. Beiläufig oder direkt heraus. Die ersten Male waren ihre Finger vor den heißen Gläsern und Tassen zurückgeschreckt. Heute griff sie nach ihnen, ohne zu zögern. Durch den Dampf, der ihr aus dem Spüler entgegenschlug, machte sich die Einritzung am Unterarm durch leichtes Ziehen bemerkbar. Der Dampf sei gut für die Haut, hatte Elvina einmal im Spaß gesagt. Ihre Arbeitskollegin stützte sich mit dem Ellenbogen auf die Theke. Ihr Blick wirkte trüb und abwesend, ihre Stimme lakonisch dünn. Du siehst krank aus, sagte sie. Hikaru blickte fassungslos auf. Wie konnte Elvina die Wahrheit so selbstverständlich ins Gegenteil verkehren?

Dass es ihr gut gehe, wollte sie erwidern und die Wirklichkeit zurechtrücken. Doch ihr Mund blieb wortlos offenstehen. Sie hatte recht, es ging ihr alles andere als gut. Du hast doch heute gar keinen Dienst, sagte Elvina, mühte sich ein Lächeln ab, riet ihr, wieder nach Hause zu gehen, stellte die Getränke auf ein Tablett und machte sich auf den Weg.

An den Fenstertischen kam Hektik auf. Ein Gast nach dem anderen drehte sich in Richtung Straße oder deutete nach oben. Das Geräusch eines tief fliegenden Hubschraubers wurde so laut, dass Hikaru sein dumpfes Rotieren in der Magengrube spürte. Elvina, die im hinteren Bereich die leeren Teller einsammelte, hielt die Hand vor den Mund. Grelles Licht drang durch die Fenster, Menschen liefen vorbei, Autos hupten. So rasch er aufgekommen war, so schnell zog der Spuk weiter. Instinktiv dachte Hikaru an den Park. Ebenso gut hätte der Hubschrauber auf die Brücke zuhalten können. Um die Gäste zu beruhigen, drehte Herr Lorcan die Hintergrundmusik etwas lauter. Dean Martin sang *Everybody Loves Somebody,* aber das schien niemanden zu interessieren. An jedem Tisch wurden die Smartphones gezückt und die Köpfe geneigt. Was immer die Stadt in Aufruhr versetzt hatte, war vermutlich längst online. Auf Hikaru wirkte das allgegenwärtige Tippen und Wischen wie ein Wettlauf mit der Zeit. Wer hatte die flinksten Finger, das schnellste Internet, die beste Suchstrategie? Das Kirschholztischchen machte eindeutig das Rennen. Sie hatte den beiden Studentinnen kurz zuvor zwei Kurkuma Latte gebracht. Dennoch ging sie erneut zu ihnen und fragte, ob alles in Ordnung sei. Die Blonde nickte, die Brünette mit den großen Ohrringen ließ sich erst gar nicht ablenken. Ihre schwarz lackierten Fingernägel zoomten ein Videofenster näher heran. Hikaru konnte wenig erkennen. Das wacklige Bild kam von einem Hubschrauber oder einer Drohne. Bis auf einen Lichtkreis, in dem Straßen, Autos und Häuserfassaden auftauchten, war das Handydisplay schwarz. Die Sprecherin sagte etwas von einer Verfolgungsjagd und dass es zu zahlreichen Staus komme, weil die Polizei Straßensperren errichte. Leider war das alles, was Hikaru in der kurzen Zeit verstand. Der weißbärtige Inder deutete ihr zum dritten Mal, dass er zahlen wolle. Er saß mit seiner Familie an Tisch acht. Seine Tochter zupfte gelangweilt an ihren Haarzöpfen. Seine Frau hatte zwar ihr Smartphone in der Hand, erweckte jedoch eher den Eindruck, als shoppe sie gerade. Hikaru tat, als übersähe sie sein Handzeichen, und eilte zum runden Partytisch. Die lauten Wortmeldungen und das hektische Durcheinander ließen vermuten, dass man hier nahe am Geschehen dran war. Die Gruppe bestand aus zwei Pärchen und einem, dessen Lachen sich wie ein Quaken anhörte. Er besaß eines dieser großen Smartphones, die man gerade noch mit einer Hand halten konnte. Eben hatte er es in die Runde gezeigt und lachend gemeint, dass der Verrückte wie dieser Schauspieler aussehe, der den Thor spiele. Hikaru glaubte, sich an ein Plakat zu erinnern, das sie im Kino gesehen hatte. Thor hatte eine Art Rüstung getragen und einen roten Umhang. Was sie zusammenschrecken ließ, war die Erinnerung an sein wallend blondes Haar. Um länger auf das Display blicken zu können, fragte Hikaru, ob sie noch einen Kaffee bringen dürfe, und rückte die leere Tasse umständlich auf ihrem Tablett zurecht. Leider war nicht zu erkennen, wo die Verfolgungsjagd stattfand. Die schmalen Häuser mit den langen Eingangstreppen deuteten auf das Künstlerviertel hin. Die Kreuzung befand sich ein paar Blocks von ihrer Wohnung entfernt. Im blinkenden Blaulicht der Streifenwagen wirkten Straßen und Häuser aber wieder fremd. Während Hikaru um den Tisch schleichend die leeren Gläser und Tassen abräumte, tastete sie sich von einem Smartphone zum nächsten. Die Jagd lief auf allen möglichen Streamingdiensten und Nachrichtenchannels. Bald war klar, dass sie den grünen Attentäter auf frischer Tat ertappt hatten und hinter ihm her waren. Bei dem zweiten Pärchen angekommen erhaschte Hikaru endlich einen kurzen Blick auf den Gejagten. Polizisten warfen Lichtkegel auf einen Wohnblock. Die Bildqualität war miserabel und die Kameraführung hektisch. Der dunkel gekleidete Mann war schwer auszumachen. Er kletterte die Fassade in einem unglaublichen Tempo empor. Kaum hatten ihn die Scheinwerfer eingefangen, hantelte er sich an Mauerfurchen, Regenrinnen und Fensterbrettern weiter hoch. Irgendwo zwischen fünfter und siebter Etage erreichte er einen Balkon, hielt mit einem Mal inne und beugte sich über das Geländer. Nur kurz, für einen Moment. Auf dem kleinen Display war sein Kopf ein Gewühl aus wenigen hellen Pixel. Dennoch wäre Hikaru beinahe das volle Tablett aus der Hand gerutscht. Es war Jona. ES WAR JONA. Die Art, wie er sich bewegte, die breiten Schultern, der leicht zur Seite geneigte Kopf. Jona war verängstigt, wütend über seine Verfolger, verwünschte die Stadt, würde eher springen, als sich einfangen zu lassen. Das alles glaubte sie, in dem zu einem winzigen Punkt verdichteten Gesicht zu erkennen. Was völlig unmöglich war. Dennoch fühlte es sich für Hikaru an, als blickte ihr Jona direkt in die Augen. Der Reihe nach verstummten die Tischgespräche. Der launigen Gruppe war die kreidebleich dastehende Bedienung aufgefallen. Die Pärchen schauten einander betroffen an, der Lachfrosch suchte vergeblich Blickkontakt. Entschuldigung, sagte Hikaru und wankte zurück in den vorderen Bereich des Cafés. Der hinter der Theke stehende Herr Lorcan fragte leicht verstimmt, wo sie so lange geblieben sei. Dann bemerkte auch er ihr blasses Gesicht und nahm ihr das Tablett ab. Er bestand darauf, dass sie sich hinsetzte, was Hikaru aber verweigerte. Wie könnte sie sich ausruhen, während draußen die halbe Stadt hinter Jona her war. Herr Lorcan, den die Situation überforderte, holte Elvina zu Hilfe. Die blickte ihn vorwurfsvoll an und meinte, sie habe ihm doch gesagt, dass Hikaru krank sei. Was Elvina zu ihr sagte, drang kaum zu ihr durch. Sie spürte ihre Hand auf dem Rücken. Wie sollte sie ihr und Herrn Lorcan verständlich machen, dass es gar nicht um sie ging. Sie musste Jona helfen, sie musste hier raus, ihn suchen. Womöglich hatten sie ihn längst gefasst. Inzwischen hatte Herr Lorcan Hikarus Jacke aus der Garderobe geholt, die ihr Elvina nun anzog, als wäre sie ein Kind. Sie solle sich keine Sorgen machen und könne beruhigt nach Hause gehen, flüsterte sie ihr ins Ohr. Sie schaffe das schon.

Die frische Abendluft half Hikaru, etwas Klarheit in ihre Gedanken zu bringen. Nach wenigen Schritten begann sie zu laufen. Nach Hause, wie es ihr Elvina geraten hatte, aber nicht, um sich ins Bett zu legen.

Als sie mit Jona auf Wildschweinjagd gewesen war, hatten sie ein gutes Versteck zum Schlafen gefunden. Hochwasser hatte die mächtigen Wurzeln einer Eiche unterspült und Gänge und Höhlen dazwischen hinterlassen. Dort wäre Jona jetzt sicher. Für Hikaru bestand kein Zweifel, dass er wusste, wo sie wohnte. Das Honigglas in Franks Bioladen hatte letztlich nur bestätigt, dass sie sich seine Gegenwart nicht eingebildet hatte. Er war in die von ihm so verabscheute Stadt gekommen, um in ihrer Nähe zu sein. Im Laufen sah sie sich nach allen Seiten um. Silhouette, Augen, Haarschopf, ja sein Schatten würde genügen, um Jona augenblicklich zwischen all den Menschen herauszufiltern. Corvin blickte ihr verdutzt hinterher, als sie an ihm vorbei die Treppen hinaufstürmte. Erst gestern hatte er bei ihr geläutet und sich erkundigt, ob sie krank sei. Und nun sprang sie mehrere Stufen gleichzeitig nehmend das Stiegenhaus hoch. Ein wenig hatte sie gehofft, Jona stehe vor ihrer Tür. Doch sie glaubte ohnehin, sein Versteck zu erahnen. Hikaru rannte durch den Flur in Richtung Wohnzimmer. Loni stand in der Küche vor dem offenen Kühlschrank. Ihr aktueller Look war ganz auf Weiß ausgerichtet. Weiße Klamotten, weiße Haare, helles Make-up, Perlenkette. Für gewöhnlich achtete Hikaru darauf, den Hebel der Balkontür langsam zu betätigen, denn ab und zu stellten sich die Bolzen quer. Dafür fehlte heute die Zeit. Umso wuchtiger schlug ihr die Enttäuschung entgegen. So überschaubar klein und traurig hatten die paar Freiluftquadratmeter noch nie gewirkt. Völlig außer Atem sank sie auf den Boden und lehnte sich mit dem Rücken an die Hausmauer. Sie war sich so sicher gewesen, dass Jona in höchster Not zu ihr kommen würde. Pläne, ihn im Kofferraum ihres Toyotas aus der Stadt zu schmuggeln, waren ihr bereits durch den Kopf gegangen. Die Wälder im Norden waren weitläufig und unwegsam. Sie hätten bestimmt ein anderes Häuschen oder einen Unterschlupf gefunden.

Loni kam heraus, setzte sich neben sie auf den gefliesten Balkonboden und löffelte ein Joghurt. Hikaru musste ihr nichts erklären, sie hatte die Verfolgungsjagd auf ihrem Smartphone mitverfolgt. Deshalb wusste sie auch, dass längst ein anderes Thema die Top-Nachrichten dominierte. Auf dem roten Teppich eines Filmfestivals war einer bekannten Schauspielerin das trägerlose Kleid einen Zentimeter zu weit nach unten gerutscht. Sie erwischen ihn schon nicht, sagte Loni. Hikaru rappelte sich hoch und nickte, weil sie sich so sehr wünschte, dass ihre Freundin recht behielt. Trotz der vielen Lampen und Scheinwerfer, mit denen sich die Stadt gegen die Finsternis stemmte, fanden sich in dunklen Gassen und Hinterhöfen genügend Verstecke. Für den unwahrscheinlichen Fall, dass Jona auftauchte, versprach Loni, sich sofort zu melden. Sie sah müde aus, hatte getrunken und stank irgendwie süßlich. Dennoch blieb Hikaru nichts anders übrig, als ihr zu vertrauen. Auf ihrem Zwerchfell lag ein handtellergroßer Stein.

Hikaru suchte zunächst die nähere Umgebung ab und lief anschließend kreuz und quer durch die Stadt. Seit sie das Honigglas entdeckt hatte, war kein Tag vergangen, an dem sie nicht nach Jona Ausschau gehalten hätte. Im Sonnenlicht sah man die Dinge aber nicht zwingend klarer. Anders als der Wald kam die Stadt zwar nie zur Ruhe, doch auch hier schärfte die Nacht die Sinne. Hikaru ließ nichts unversucht. Sie wagte sich in Hinterhöfe und durchsuchte Müllcontainer. Im Park fragte sie kiffende Jugendliche, ob sie jemanden wie Thor gesehen hätten. Ein Türsteher erzählte ihr die traurige Kurzfassung seiner Lebensgeschichte. Drei Typen boten sich an, es ihr so richtig zu besorgen. Und schließlich befreite sie eine schwarze Katze aus einem Briefkasten. Mit Loni hatte sie zuletzt gegen zwei Uhr morgens telefoniert. Die einzige gute Nachricht war, dass die Polizei ebenfalls im Dunklen zu tappen schien. Es gab keinerlei Meldung über eine Festnahme oder Schießerei, die mit dem Grün-Attentäter zu tun hatte. Hikarus Hoffnung, ihre Odyssee würde sie Jona näher bringen, schlich sich mit der Nacht davon. Die Zahl der Autos und Lieferwagen nahm zu. Die Straßenkehrer nahmen ihre Arbeit auf. Aus U-Bahn-Schächten drangen Pfeif- und Windgeräusche. Hikaru fühlte sich leer und müde, ihre Füße schmerzten. Nach Hause wollte sie dennoch nicht. Die Decke würde ihr dort auf den Kopf fallen. Silvis Blumenladen befand sich ein paar Blocks entfernt. Nur ein wenig rasten, dachte sie und machte sich auf den Weg.

Hikaru kam an der Jesuitenkirche vorbei. An ihrer linken Seite gab es eine überdachte Einbuchtung, die von Obdachlosen gerne als Schlafplatz genutzt wurde. Viele der gestrandeten Gestalten, die hier für die Nacht Quartier bezogen, waren ihr bekannt. Man begegnete ihnen überall in der Stadt. Die alte Frau mit den fingerlosen Strickhandschuhen schob ihren übervollen Einkaufswagen gerne durch den Park vor dem Gerichtsgebäude. Der beinlose Obdachlose bettelte vor einer Einkaufspassage. Der weißbärtige Greis und sein Pudel waren mal hier und mal dort anzutreffen, wenn sie Passanten vor dem Müllmonster warnten. Heute war das Plätzchen an der Jesuitenkirche gut besucht. Die Nächte wurden langsam kälter und Körperwärme kostete nichts. Immer wieder hatte sich Hikaru gefragt, was in einem Leben passieren musste, damit man auf der Straße landete. Jetzt glaubte sie zu erahnen, wie wenig dazu nötig war. Müdigkeit und Frust der nächtlichen Suche wogen schwer genug, dass sie sich am liebsten zu den Gestalten gelegt hätte. Zwei Kreuzungen weiter hielt Hikaru vor dem Juweliergeschäft an, vor dem sie schon einmal stehen geblieben war. Der Diamantring war immer noch so unverschämt teuer, doch dieser arrogante Klunker beschäftigte sie kein bisschen. Ihre Gedanken waren zur Jesuitenkirche zurückgeeilt. Sie hatte etwas gesehen, aber nicht darauf reagiert. Vielleicht weil es so klein und unscheinbar war. Hikaru rannte zurück und ignorierte eine rote Ampel. Ein Autofahrer hupte und rief ihr »blöde Schlampe« nach. Egal. Der Obdachlose, den sie wahrgenommen, aber nicht weiter beachtet hatte, war hinter der Frau mit den Strickhandschuhen gelegen. Unter seinem schwarzen Hut hatte lediglich sein Kinn hervorgelugt. Ein Kinn mit einem Grübchen, das es nur einmal gab. Noch im Laufen ärgerte sich Hikaru, dass sie um nichts besser war als alle anderen, die bei Obdachlosen lieber nicht genau hinsahen. Als sie bei der Jesuitenkirche eintraf, leckte der Pudel seinem weißbärtigen Herrchen das Gesicht. Er wollte, dass er aufstand und mit ihm um die Häuser zog. Der Platz, an dem sie Jona zu sehen geglaubt hatte, war leer. Sie rüttelte die Frau mit den fingerlosen Handschuhen wach. Außer Kopfschütteln und Schulterzucken war von ihr nichts zu bekommen. Ähnlich erging es ihr mit den anderen. Niemand wollte etwas gesehen haben, einige schnarchten unverdrossen weiter. Nur der Weißbärtige, den sein Pudel endlich wachgeküsst hatte, gab sich wissend. Das Müllmonster habe ihn verschluckt, sagte er. Das Müllmonster werde irgendwann die ganze Welt verschlucken.

Silvi schlief in einem der oberen Stockwerke. Wo genau, wusste Hikaru nicht. Ihre Ladentür hielt sie nie verschlossen. Ihr Grünzeug wecke kein kriminelles Interesse, hatte sie einmal gesagt. Auf einen Schlüssel verzichtete sie aus einem anderen Grund. Silvi war überzeugt, dass Pflanzen sich wohler fühlten, wenn man sie nicht einsperrte. Über die Frage, ob ein Topf Gefängnis oder Wohnung sei, konnte man mit ihr herrlich philosophieren. Hikaru bewegte sich vorsichtig durch Silvis Urwald. Ein heruntergefallener Topf hätte sie womöglich aufgeweckt. Der mit Moos bewachsene Tisch strahlte eine Ruhe aus, die sich von menschlichen Sorgen unberührt zeigte. Seine einzige Aufgabe schien das Warten zu sein, das ihn durch und durch erfüllte. Seine Geduld war bewundernswert, doch darüber wollte Hikaru später nachdenken. Im Moment wollte sie nur eines. Sie zog ihre durchgelatschten Sneakers aus und ließ sich schwerfällig auf die weichen Moospolster nieder. Die Nacht hatte ein Ende.

Brennnessel oder Hagebutten?

Könnte ich einen Kaffee haben?

Natürlich. Und du hast wirklich auf dem Moostisch geschlafen? Du hättest mich aufwecken können. Ich habe eine Couch.

Ich habe lange nicht so gut geschlafen. Ein wenig kurz vielleicht. Kann ich dir helfen?

Bleib ruhig sitzen. Ich brauche morgens immer ein wenig Bewegung. Aber stimmt. Ein junger Rücken hält so einiges aus. Ich erinnere mich an eine Nacht auf einem Garagendach. Die würde ich auch nicht missen wollen.

Warst du allein?

Haha ... Da ist jemand so früh schon ziemlich neugierig. So ein Garagendach ist groß. Ja, ich glaube, da war noch jemand.

Kurze Stille.

Sie haben Jona gejagt.

Gejagt? Wer?

Die Polizei. Sie haben ihn gestellt, als er eine Werbetafel grün einfärben wollte.

Sie haben ihn aber nicht erwischt.

Woher weißt du das?

Steht in deinem Gesicht.

Kurze Stille.

Kluges Kerlchen dein Jona. Bist du dir sicher, dass die Polizei hinter ihm her war? Vielleicht war es ja ein anderer.

Es war Jona. Ich habe ihn erkannt. Nicht gut, aber sie hatten jede Menge Kameras und einen Hubschrauber. Hast du den nicht gehört? Im Café haben die Fensterscheiben vibriert, weil er so tief geflogen ist.

Nein. Ich höre auf keine Sirenen oder Schüsse mehr. Sollen die da draußen machen, was sie wollen.

Ich war mir so sicher, dass Jona zu mir kommt.

Ist er aber nicht.

Nein. Ist er nicht. Ich bin die ganze Nacht durch die Stadt gelaufen. Heute Morgen habe ich ihn sogar gesehen. Er war keine zwei Meter von mir entfernt.

Wirklich?

Ja, er muss es gewesen sein. Er hat da so ein Grübchen. Hier am Kinn.

Kurze Stille.

Ich weiß einfach nicht mehr, was ich denken soll. Warum macht Jona das? Warum ist er so verdammt stur? Er kann mit mir doch über alles reden. Ich habe ihn so … ich … ich wäre bei ihm geblieben.

Stille.

Hier. Ist so gut wie frisch.

Danke.

Wurde auch Zeit.

Was?

Dass du ein paar Tränchen zerdrückst. Wenn die nicht rausdürfen, versickern sie in der Herzgrube, und welche Schäden Feuchtigkeit anrichtet, kannst du dir in meinem Laden ja ansehen.

Kurze Stille.

Nicht lächeln. Du sollst weinen.

Kurze Stille.

Ich glaube, Jonas Leben ist ziemlich kompliziert. Wie hieß der mit dem Honig noch mal?

Siegfried.

Waren sie gute Freunde?

Denke schon.

Ich meine, haben sie sich oft gesehen?

Ich weiß nicht. Vielleicht einmal die Woche, aber dann auch wieder wochenlang gar nicht. Worauf willst du hinaus?

Ich versuche mir vorzustellen, ob er die Jahre, in denen er allein im Wald gelebt hat, jemanden hatte, der ihm das Gefühl gegeben hat, ein liebenswerter Mensch zu sein. Die Einsamkeit verändert einen. Man wird vorsichtig. Also ich hätte nach so einer langen Zeit eine Riesenangst, mich wieder auf jemanden einzulassen.

Und dann bin ich gekommen.

Kannst du mir bitte die Marmelade geben.

Kurze Stille.

Danke. Das Gefühl, dich verloren zu haben, einen geliebten Menschen verloren oder verletzt zu haben, muss ihn ungemein beschäftigen.

Wäre mir das klarer gewesen, wäre ich kein zweites Mal in die Berge gegangen.

Mach nicht denselben Fehler. Niemand trägt hier Schuld. Vermutlich hatte er einfach Angst, etwas Falsches zu tun oder zu sagen. Mit anderen Menschen umzugehen hat er offensichtlich nie richtig gelernt. Wir tun seltsame Dinge, wenn wir uns allein glauben. Das ist aber nicht schlimm. Ein wenig verrückt sein ist manchmal heilsam. Wie war das mit der Spechthöhle noch mal?

Du bist unmöglich Silvi. Ich hätte dir diese Geschichte nie erzählen dürfen.

Du musst ja selbst lächeln. Das ist doch alles kein Drama.

Jona sieht das anders.

Leider, leider. Es ist halt nur so, dass wir gar nicht anders können, als uns ständig zu fragen, was in anderen Köpfen vor sich geht.

Vielleicht lebt er deshalb im Wald. Bäume sind die unkompliziertesten Freunde, die es gibt.

Oder Freundinnen.

Nun hör aber auf.

Ich würde ohne meine Pflanzen auch nicht leben wollen.

Jona hat einmal gemeint, dass es für ihn in der Stadt keine wirkliche Natur gibt. Alles nur Ziergrün. Ich wäre echt neugierig, was er zu deinem Laden sagt.

Vielleicht kommt er ja mal vorbei. Aber er hat schon recht. Mit der freien Natur ist das nicht zu vergleichen.

Gibt es das überhaupt, richtig frei sein? Ich meine, wie ist das bei uns Menschen? Hast du dich irgendwann richtig frei gefühlt?

Du hast ja heute schwierige Fragen auf Lager.

Kurze Stille

Ich weiß gar nicht, ob ich da eine Antwort für dich habe. In meiner frühen Jugend vielleicht. Aber nie für eine lange Zeit. Ich glaube, unser Kopf macht uns da immer wieder einen Strich durch die Rechnung. Vielleicht könnten wir frei sein. Aber dann kommt das Grübeln und irgendwie sperren wir uns dadurch selbst ein.

Kurze Stille

Sind wir selbst ein Gefängnis?

Ach, ich weiß auch nicht, Hikaru. Vielleicht ist die Freiheit auch nur so etwas wie ein scheues Tier.

Kurze Stille

In Jona haust ein Wolf.

Das Leben mit einem Wolf kann gefährlich sein.

Gibt es nicht diese Geschichten von Kindern, die bei Wölfen aufgewachsen sind?

Kurze Stille.

Willst du eine Scheibe Brot? Im Kühlschrank ist noch Butter.

Danke, Silvi. Ich habe keinen Hunger. Und außerdem ist der Kühlschrank auch ein Käfig. Noch dazu ein ziemlich kalter.

Du machst dich lustig über mich. Du solltest lieber etwas essen.

Silvi bitte. Wohin gehst du? Ich möchte wirklich nichts.

Ich hole dir etwas anderes.

Silvi geht in die Küche und kommt mit einem Gläschen zurück.

Was ist das?

Schraub es auf.

Riecht gut.

Das ist Ringelblumensalbe. Selbst gemacht. Für deinen Arm. Dann heilt die Wunde besser.

Woher weißt du, dass ich …

Du meinst, weil du ein langärmeliges Shirt anhast? Man muss nicht alles sehen, um zu fühlen, dass es da ist. Du musst auf dich aufpassen, Hikaru. Vielleicht will Jona nicht gerettet werden.

Was will er sonst?

Ich wünschte, ich könnte dir darauf eine Antwort geben. Was immer ihn antreibt, er muss es wohl zu Ende bringen. Aber ganz sicher will er nicht, dass du dich verletzt.

Anfangs habe ich gedacht, er ist in der Stadt, um in meiner Nähe zu sein. Jetzt denke ich manchmal, er ist nur gekommen, weil er sich an ihr rächen will.

Ich glaube, das lässt sich schwer trennen.

Kurze Stille.

Habe ich dir eigentlich schon erzählt, weshalb ich hier bin?

Du hast mal erwähnt, dass du aus einer anderen Stadt kommst.

Ja, wirklich, habe ich das so gesagt? Wenn ich zurückdenke, kommt es mir vor, als käme ich aus einer anderen Welt oder Zeit. Ich war jung. Keine zwanzig. Ich habe diese Geschichte noch nie jemandem erzählt.

Du musst mir das nicht erzählen.

Doch, doch.

Kurze Stille.

Wie die meisten guten Geschichten beginnt auch meine mit einer Übertreibung. Ich komme aus keiner Stadt, ich komme aus einem Dorf. Jeder kannte jeden, jeder passte auf jeden auf, jeder schnüffelte jedem hinterher. So habe ich das damals aber nicht empfunden. Das ist mir erst später klar geworden. Ich war glücklich in diesem Dorf. Ich bin sogar jeden Sonntag zur heiligen Messe gegangen. Meine Eltern waren eifrige Mitglieder der Kirchengemeinschaft. Besonders mein Vater. Es gab und gibt keinen ehrlicheren und frommeren Menschen. Ein Mann wie ein Fels. Die Gärtnerei war für ihn mehr als nur die Arbeit, mit der er unsere Familie ernährt hat. Gottes Geschöpfe. So hat er die Pflanzen genannt.

Deine Eltern hatten eine Gärtnerei?

Ja, eine wunderschöne Gärtnerei mit drei Glashäusern, Feldern, einem Teich und einer großen Scheune. Meine Eltern haben wirklich jedes erdenkliche Opfer gebracht, um sich das aufzubauen. Bereits als Kind war für mich immer klar, dass ich nie weggehen, sondern den Betrieb weiterführen würde. Darum habe ich auch kein Studium begonnen, obwohl ich eigentlich ganz gut in der Schule war. Philosophie hätte mich interessiert. Dagegen hätte mein Vater aber sicher etwas einzuwenden gehabt. Ein großer Wunsch war es aber ohnehin nie. Ich war gerne zu Hause und habe mitgeholfen, wo es ging.

Hast du dein Pflanzenwissen also von ihm?

Zum Teil. Das ist so, wie wenn man sagt, ich habe das Kochen von meiner Mutter gelernt. Aber das Grundverständnis für Pflanzen habe ich sicher von ihm.

Kurze Stille.

Und warum bist du dann doch weg?

Das wollte ich dir gerade erzählen.

Entschuldige.

Ich hatte eine schwere Sommergrippe und Theodor Rosano war unser Hausarzt. Zwei Wochen lang ist er an mein Bett gekommen, um mich abzuhorchen. Er hatte eine wunderbare Stimme. Was die Jungs von mir wollten, wusste ich da bereits. Aber das war damit nicht vergleichbar. Seine Blicke gaben mir das Gefühl, eine Frau zu sein und nicht die kleine Silvi, die mit ihren Eltern in die Kirche ging und für jeden Spaß zu haben war. Mein Fehler war, dass ich es nicht habe gut sein lassen, nachdem der Husten abgeklungen war. Ich wollte mehr von diesen Blicken und seiner Stimme.

Kurze Stille.

Du kannst dir ja denken, was passiert ist. Die Regel blieb aus. Zwangsläufig wurde mir dann die ganze Tragweite bewusst. Theodors Ehe würde in die Brüche gehen und mein Vater hätte die schiefen Blicke nicht ertragen.

Er war verheiratet?

Herr und Frau Rosano waren mit Abstand das schönste Ehepaar im Dorf. So ein Dorf kann grausam sein, das sage ich dir. Gut möglich, dass meine Eltern die Gärtnerei deswegen aufgegeben hätten und weggezogen wären. Nach einer Woche war ich völlig verzweifelt. Ich konnte ja schlecht Theodor bitten, sein eigenes Kind abzutreiben. Also habe ich es selbst versucht. Mit Rizinusöl und Petersilienwurzeln. Das war so ein abstruses Halbwissen, das ich irgendwo aufgeschnappt hatte. Um sicherzugehen, habe ich eine halbe Flasche von dieser Mixtur getrunken und bin dann auf den Heuboden unserer Scheune geklettert. Mir wird heute noch übel, wenn ich daran denke.

Was wolltest du auf dem Heuboden?

Als Kind bin ich von dort oben oft hinuntergesprungen. Ist nie etwas passiert. In meiner Verzweiflung habe ich wohl gehofft, dass die Blutung einsetzt, wenn ich nur hart genug lande. Stattdessen habe ich mir den Fuß gebrochen. Offener Wadenbruch, und so unglücklich, dass sie mich hierher ins Krankenhaus gebracht haben.

Warum grinst du?

Weil es so absurd traurig ist, dass man nur weinen oder lachen kann. Die Ärzte haben mich von oben bis unten durchgecheckt, haben aber nichts gefunden.

Du hast doch gesagt, es war ein offener Bruch.

Das meine ich nicht. Ich war gar nicht schwanger. Sie haben mir gesagt, die Regel sei wegen einer Hormonschwankung ausgeblieben.

Kurze Stille.

Eigentlich ist das die ganze Geschichte. Ich bin in der Stadt geblieben und habe mir einen Job in einem Blumengroßhandel gesucht. Nur Schnittblumen. Es war schrecklich.

So einfach war das?

Nein, einfach war daran gar nichts. Mein Vater hat mir das nie verziehen. Wie sollte er auch verstehen, warum in Gottes Namen seine Tochter in der Stadt leben wollte. Und ich konnte ihm die Wahrheit nicht sagen. Die Wahrheit hätte ihm das Herz gebrochen.

Und Theodor.

Ich habe nie wieder etwas von ihm gehört. Wenn er keine hundert geworden ist, muss er längst gestorben sein.

Stille.

In der Scheune hätte alles passieren können. Hätte ich mir das Genick gebrochen, hätten sie ewig gerätselt, was wirklich vorgefallen ist. Am ehesten hätten sie an einen Unfall geglaubt. Schwanger war ich ja nicht. Verstehst du, worauf ich hinauswill? Es gibt diese Momente, in denen die einsamsten Entscheidungen getroffen werden, die man sich vorstellen kann. Auch Jonas Mutter hat so eine Entscheidung getroffen und vielleicht gibt es einen guten Grund, dass sie keinen Abschiedsbrief hinterlassen hat. Glaube mir, ich habe viele Briefe geschrieben und wieder zerrissen und der Moment, es meinen Eltern zu sagen, hat sich nie ergeben. Erst wollte ich in der Stadt etwas zustande bringen, auf das mein Vater stolz gewesen wäre. Dann wurde seine Prostata groß wie ein Hühnerei, aber er hat bis zuletzt eine Operation verweigert. Sonst war da nur noch meine Mutter, die mit ihren Depressionen genug zu kämpfen hatte. Natürlich ist mein Sprung mit dem von Jonas Mutter nicht zu vergleichen, aber ich glaube, ich kann mir vorstellen, was in Jona vergeht. Ich habe Theodor wie verrückt geliebt, doch damals im Krankenhaus hätte ich ihn nie und nimmer sehen wollen.

Willst du mir damit sagen, dass ich Jona vergessen soll?

Nein, nein. Ich denke nur, dass ihn die Wahrheit vielleicht weder heilen noch zu dir zurückbringen kann. Hätte Theodor mich damals gefragt, was in mir vorgeht, hätte ich sicher etwas gesagt, das ich danach bereut hätte. Ich habe jahrelang gehofft, dass wir uns zufällig in der Stadt begegnen. Bitte erspare dir das.

Mach dir keine Sorgen, Silvi, das habe ich nicht vor.

Hast du einen Plan?

So etwas Ähnliches.

Lange Stille.

Wir könnten die Schätze der Menschheit bewahren. Stattdessen landen in unseren Datenmeeren unfassbar widerliche Dinge, die für immer darin herumplanschen. Besonders mit Kindern, Tieren und Frauen lässt sich so einiges anstellen. Manchmal wünschten wir, wir würden uns einen Virus einfangen, der Löcher in unsere Netze frisst. Wir vergessen nie, das darf man nie vergessen.

Weil wir gerade so nett über das Vergessen plaudern: Es heißt, das reichste Gehirn der Welt ist ein löchriges Stück Käse. Käse stinkt. Geld stinkt nicht. Wer soll sich da noch auskennen? Wenigstens kann er sich die Demenz leisten. Entfällt ihm, wo er seinen Ferrari geparkt hat, schenkt er sich morgen einen Bentley oder Porsche. Wagen wie diese sollte es auf Rezept geben. Das würde die Suche erheblich erleichtern, wenn ein Käsekopf ausbüxt und nicht mehr heimfindet.

Einer, der immer noch umherirrt, ist unser Stadtäffchen. Endlich haben wir so etwas wie ein Foto von ihm. Doch wir wollen nicht angeben. Eigentlich sind es nur ein paar Pixel, die wie ein Gesicht aussehen. Dass sich die Polizeicomputer nach ihm wundgesucht haben, wundert uns nicht. Wenn wir uns nicht an ihn erinnern, dann niemand. Und genau das ist er wohl auch. Einer, den niemand kennt und den niemand gesehen hat, ist ein Niemand. Vermutlich hat Hikaru die Suche deshalb aufgegeben. Sie war in Niemand verliebt. Das konnte nicht gut gehen. Es ist still geworden um sie. Sie nimmt ihr Smartphone kaum noch zur Hand, um durch die Nachrichtenkanäle zu scrollen. Hikaru war schon einmal vom Erdboden verschwunden. Unsere Algorithmen setzten dreiundsiebzig Prozent darauf, dass sie wieder fortgeht. Aber vielleicht ist sie auch nur krank oder schwanger oder einfach nur unendlich langweilig. Ihre Kreditkarte, Lonis Mitteilungsbedürfnis oder irgendein Arztcomputer werden es uns wissen lassen. Wir haben Ausdauer. Wir werden warten. Für immer.

Frank ging kopfschüttelnd ins Lager, um das Vollkornmehl zu holen. Zwanzig Kilo Roggen und fünfzehn Weizen. Die Leute würden wieder mehr Brot backen, sagte er, dennoch verkaufe er solche Mengen selten. Dem Gestöhne nach war er darüber nicht unglücklich. Viermal trottete er nach hinten, bis die Päckchen auf der Verkaufstheke und Mehlstaub auf seinen Haaren und seinem Hemd lagen. Währenddessen trug Hikaru die restlichen Sachen im Laden zusammen. Nudeln, Linsen, Salz, Olivenöl, Zahnpasta, fünf Tafeln dunkle Schokolade, einige Dosen Frühstücksfleisch, eine Salami-Stange und noch so einiges andere. Corvin, der sich angetragen hatte, Hikaru zu helfen, betrat den Laden. Ihm war die Warterei draußen langweilig geworden. Als er die Lebensmittel erblickte, kratzte er sich am Kinn und lüftete kurz die Kappe. Ihm schien klar zu werden, worauf er sich da eingelassen hatte. Sie verstauten die Sachen in vier alten Obstkisten. Mit Corvins Skateboard bildeten sie das perfekte Gespann. Die wacklige Fuhre nach Hause zu manövrieren war nicht einfach, ersparte ihnen aber eine Menge Schweiß. Das letzte Stück vom Aufzug in die Wohnung hätte Hikaru die Kisten allein getragen. Corvin zuliebe, der ihr unbedingt helfen wollte, packten sie zu zweit an. Keuchend erzählte er von seinem Vater. Dieser habe den Auftrag vom Militär nun doch nicht erhalten. Irgendein Idiot mit einer ähnlichen Idee sei schneller gewesen. Er sei aber bereits an einer neuen App dran. Leider dürfe er nichts verraten. Das habe er versprochen. Seit dem Abendessen war Hikaru ein paarmal im Treppenhaus auf Florin getroffen. Sie tat sich schwer mit der richtigen Balance zwischen Freundlichkeit und

Zurückweisung. Eigentlich hätte er längst kapieren müssen, dass sie seinen Annäherungsversuchen mit lächelnd vorgetragenen Ausreden aus dem Weg ging. Keine App der Welt würde ihr ein weiteres Abendessen schmackhaft machen. Unwillig, als sagte er ein auswendig gelerntes Gedicht auf, richtete ihr Corvin auch heute die Grüße seines Vaters aus. Hikaru tat es leid, dass der ihn als Boten missbrauchte. Er war ein wirklich lieber Junge mit vielen klugen Fragen an das Leben.

Corvin war noch nie in Hikarus Zimmer gewesen. Er blickte sich neugierig um und grinste, als er einen über der Sessellehne hängenden BH entdeckte. Doch Hikaru hatte ein anderes Geschenk für ihn. Sie war heilfroh, dass ihm das Glückstalerbäumchen gefiel. Silvi hatte es sich nur unwillig bezahlen lassen. Corvin mochte den Namen und ebenso das Wippen der kleinen kreisrunden Blätter, wenn er sie mit dem Zeigefinger antippte. Den Elefantenfuß sollte Loni bekommen. Zwischen den beiden hatte sich eine Art Beziehung entwickelt, die Hikaru ihrer Freundin nie zugetraut hätte. Sie nannte ihn liebevoll *mein kleiner Dicker:* »Na, mein kleiner Dicker, wie geht's? Hey Dicker, was hast du heute so getrieben?«

Am späteren Nachmittag flanierte Hikaru Richtung Stadtzentrum. Eine Weile ging sie hinter einem älteren kleinwüchsigen Ehepaar her. Er war eindeutig der Schaulustigere. Auslagen, Autos und Passanten inspizierend verdrehte er den Kopf nach allen Seiten. Seine Frau marschierte energisch voran. Beide waren stämmig gebaut und hielten einander an den Händen. Gemeinsam pflügten sie regelrecht durch die Stadt, wodurch sich knapp hinter ihnen, im Gewirr von Füßen, Einkaufstaschen, Hunden und Kinderwagen, eine Lücke auftat. An einer Kreuzung bogen sie rechts ab. Weil sie so klein waren, verschwanden sie bald in der Menge. Man sah nur das Kopfschütteln der Leute und wie diese unwillig zur Seite traten.

Es war der letzte Abend. Hikaru hatte Loni versprochen, mit ihr essen zu gehen. Das neue, erste und einzige nordkoreanische Restaurant in der Stadt war seit Wochen kulinarischer Gesprächsstoff Nummer eins. Um kurz nach fünf rief Loni an, dass sie Überstunden schieben müsse und etwas später direkt von der Arbeit hinkommen werde. Spätestens um acht sei sie da. Hikaru nahm die Planänderung dankend an. Der Tag hatte es in sich gehabt. Sie hatte ihr Zimmer spiegelblank geputzt, ihre Sachen in Schachteln gepackt und im Kellerraum verstaut, warme Wintersachen gekauft und ein Bankschließfach gemietet, um ihre wenigen Wertsachen aufzubewahren. Ein Abschiedsbesuch im Café war sich einfach nicht mehr ausgegangen. Für die überraschende Gelegenheit, diesen nachzuholen, war sie dankbar.

Herr Lorcan, der wie meist hinter der Theke stand, winkte Hikaru zu sich. Durch das Lokal zu gehen fühlte sich merkwürdig an. Ein wenig als schwankte der Boden. Am liebsten hätte sie sich eine Schürze umgebunden, um das Gleichgewicht wiederzuerlangen. Zum Glück zeigte sich Herr Lorcan wegen ihrer Kündigung kein bisschen nachtragend. Von Elvina abgesehen war er das Kommen und Gehen gewöhnt. Die neue Kellnerin nahm gerade an Tisch neun die Bestellungen entgegen. Hikaru schätzte sie in etwa so alt wie Elvina ein. Das war gut, dachte sie. Womöglich hatte sie Kinder. Kinder boten Gesprächsstoff ohne Ende. Herr Lorcan wusste nicht recht, was er sagen sollte, aber das war nicht so wichtig. Sie wusste, dass er sie mochte, und das reichte ihr. Seinem Zeigefinger folgend ging sie nach hinten. Elvina zerteilte gerade eine Topfentorte. Verwundert, als erwachte sie aus einem Traum, blickte sie Hikaru an. Elvina hatte den Abschied von ihrer jungen Kollegin weggesteckt, wie sie alles irgendwohin steckte, wo nur sie es sehen konnte. Nun stand diese unvermutet vor ihr und es war offensichtlich, dass sie um Fassung rang. Elvina kullerten Tränen über die Wange und Hikaru konnte nicht anders, als sie in die Arme zu schließen. Vielleicht wegen des langen Tortenmessers, das sie noch immer in der Hand hielt, verharrte Elvina eine Weile reglos. Schließlich legte sie es neben der Topfentorte ab und umarmte ihre junge Kollegin ebenfalls. Anfangs vorsichtig, als wäre sie aus teurem Porzellan. Dann drückte sie fester, drückte ihre Wange an Hikarus Wange, küsste sie sanft auf die Stirn und zweites Mal einen Fingerbreit neben den Mund.

Vor dem nordkoreanischen Restaurant waren zwei Türsteher mit Maschinenpistolen postiert. Sie blickten grimmig drein und musterte Hikaru von oben bis unten. Ihre Waffen sahen echt aus, aber natürlich waren es nur Attrappen. Gleich nach der Eingangstür forderte eine Empfangsdame sie höflich auf, einen Ausweis vorzuzeigen. Ihr Alter war schwer einzuschätzen. Sie hatte das Gesicht einer Vierzehnjährigen. Die blaue Uniform ließ sie älter wirken. Loni hatte sie darauf vorbereitet, wer in das Restaurant hineinwollte, musste mitspielen. Sie glich den Pass lange mit den Daten einer Liste ab. Schließlich schien sie zufrieden und bat Hikaru, ihr nicht von der Seite zu weichen. Der Speisesaal besaß den Charme einer großen Garage. Vier graue Wände, eine Schwingtür in die Küche, an der Decke die nordkoreanische Flagge, in Reihen angeordnete Holztische und Bänke, keine Pflanzen. Die wenigen ovalen Leuchten vermochten den düsteren Raum nicht zu erhellen. Dafür war es ungewöhnlich laut. Loni hatte nicht übertrieben. Das Restaurant war restlos ausgebucht. Die Speisen, die in Blechschüsseln, Töpfen und Pfannen von uniformierten Kellnerinnen zackig durch das Lokal getragen wurden, rochen angenehm würzig. Ihr Duft war inmitten der bedrückenden

Kulisse das einzig Versöhnliche. Die Empfangsdame wies ihr einen Platz im hinteren Bereich zu. Am Nebentisch saß ein Araber mit drei Nikab-Trägerinnen. Zwei der Augenpaare waren geschminkt, das dritte überdachten buschige Brauen. Der Gruß aus der Küche bestand aus Reiswein und einem Schälchen mit eingelegtem Gemüse. Siegfried setzte Sauerkraut in einem Holzbottich an. Der Geschmack war ähnlich, nur bei Weitem nicht so scharf. Es war längst nach acht. Hikaru versuchte mehrmals, Loni anzurufen, doch der Empfang war miserabel. Offenbar entsprachen Störsender dem nordkoreanischen Flair. Zum Missfallen seiner drei Frauen, die tuschelnd die Köpfe zusammensteckten, wandte sich der Araber Hikaru zu. Seinen Kinnbart zwirbelnd erzählte er, dass der Besitzer ein Freund von ihm sei. Deshalb wisse er aus bester Quelle, dass es sich um den original Speisesaal eines nordkoreanischen Gefangenenlagers handle. Vollständig abgebaut, außer Landes geschmuggelt und hier wieder zusammengesetzt. Ein Wahnsinn. Allein die Schmiergelder. Hikaru spürte, wie sicher er sich war, mit dieser Insiderinformation Eindruck zu schinden. Ihr gelangweiltes Nicken verärgerte ihn so sehr, dass er sich beleidigt wegdrehte und seine kichernden Frauen anschnauzte. Als Loni knapp eine Stunde später auftauchte, lag Hikaru zu Hause auf der Couch.

Am nächsten Morgen erinnerte sie sich dunkel an Lonis Auftritt. Sie war wütend ins Wohnzimmer gerauscht und hatte allen Frust rausgelassen. Hikaru hätte länger auf sie warten müssen.

Hikaru fühlte sich schrecklich. Ihr Nacken schmerzte, wenn sie den Kopf zum Fenster drehte, der linke Arm fühlte sich taub an, im Hals spürte sie ein Kratzen, unter der Schädeldecke ein Klopfen. Der Rioja und die Nacht auf der Couch forderten ihren Tribut. Ein Preis, den sie gerne auf sich nahm, wenn sie den Blick senkte. Die schlafende Loni wirkte zufrieden und irgendwie verjüngt. Ein Mädchengesicht. Die weißen Haare und das weiße Shirt verliehen ihr etwas Engelhaftes. Ihre weiße Hose lag zusammen mit drei leeren Riojaflaschen auf dem Couchtisch. Engel trugen keine Beinkleider. Lonis Liegeposition war komplex und nicht leicht zu entwirren. Irgendwie lag sie zwischen Hikarus Beinen eingeklemmt und halb auf ihrer Brust.

Hikaru bereitete Loni ein Frühstück, wie sie es gerne hatte. Mit einem weichen Ei, Orangensaft, aufgebackenen Semmeln und einem Dreifach-Espresso im Longdrinkglas. Sie redeten über praktische Dinge wie das Vermieten von Hikarus Zimmer an Touristen oder die beste Route Richtung Norden. Loni war zu Recht sauer auf sie gewesen. Sie hatte sich nur um ihre eigenen Probleme gekümmert und ging jetzt fort. Wieder einmal. Doch es war für Hikaru ohne Alternative. Keinen Tag länger wollte sie darauf warten, dass die Polizei Jona doch noch festnahm. Sie war es leid, aus Angst um ihn keinen klaren Gedanken mehr fassen zu können. Sie war müde. Und wenn er wegen ihr in die Stadt gekommen war, würde er ihr dann nicht auch zurück in den Wald folgen? Lonis Vorschlag, sie könne heute blaumachen, war gut gemeint, doch Hikaru schüttelte den Kopf. Sie müsse bald los, sagte sie. Gemeinsam gingen sie ein letztes Mal auf den Balkon. Der Himmel war dunkelgrau verhangen, die Luft kühl. Eigentlich hätte es regnen müssen. Auf der Straße unter ihnen staute es sich wie jeden Morgen, wenn die Pendler in die Stadt drängten. Hupend und stockend schob sich die Blechmure vorwärts. Vollidioten, sagte Loni. Hikaru gab ihr die Holzkugel in die Hand, in der sie Matumos Asche aufbewahrt hatte. Nickend nahm sie diese an sich und betrachtete die prächtigen Kerbschnitzereien von allen Seiten. Währenddessen knüpfte Hikaru eine Schnur an den Deckenhaken. Der Wind schaukelte sie behutsam hin und her. Zufrieden trat Hikaru einen Schritt zurück und atmete durch. Trotz der Abgase lag ein wenig Freiheit in der Luft. Jetzt durfte sie gehen. Jona wusste, wie viel ihr die Holzkugel bedeutete. Sie ließ ihn nicht allein, sie wartete darauf, dass er sie ihr brachte.

Der Tramperrucksack fuhr angeschnallt auf dem Beifahrersitz mit. Rückbank und Kofferraum waren bis obenhin vollgeräumt. Hikaru hatte das Radio an. Sting sang, er sei ein Alien, als ihr auf der Brücke mehrere Einsatzfahrzeuge der Polizei entgegenkamen. Der Konvoi raste mit Blaulicht und Sirenengetöse stadteinwärts. Natürlich waren die Gedanken sofort bei Jona und dass sie hinter ihm herjagten. Genauso gut gab es vom Banküberfall bis zum Bombenanschlag aber zig andere Erklärungen, und genau deshalb musste sie raus aus der Stadt. Die Entscheidung, sich nicht helfen zu lassen, hatte Jona alleine getroffen. Nun musste sie selbst sehen, wo sie blieb. Wenig später ertönte die Signation, mit der der Sender wichtige Durchsagen ankündigte. Nicht jetzt, nicht mehr, dachte Hikaru und schaltete das Radio ab. Der Verkehr floss um die Mittagszeit etwas ruhiger. Sie kam gut voran. Die Wolkenkratzerdichte nahm ab, die Häuser schienen zu schrumpfen. Eine letzte Tankstelle, ein Laufhaus, ein Baumarkt, dann lagen die Stadt hinter und gute hundert Kilometer Fahrt vor ihr. Für Hikaru war es kaum vorstellbar, dass Finja diese Strecke mehrmals die Woche auf sich genommen hatte. Auf den langen Autofahrten musste sie viel Zeit zum Nachdenken gehabt haben. Vielleicht zu viel. Ihr das nachzufühlen, fiel nicht schwer. Nicht nur in Hikarus kleinem Toyota ratterten und drehten sich Rädchen, Zahnriemen und Wellen. Doch mit jedem gefahrenen Kilometer, auf dem sie über alles Geschehene nachdachte, wurden die Erinnerungen in ihrem Kopf ein wenig leichter. Hikarus Fuß drückte unwillkürlich fester aufs Gaspedal. Die Richtung stimmte.

Eine rot lackierte Schranke versperrte den Forstweg. Siegfried hatte diesen stets mit seinem Traktor benutzt. Von einer Sperre hatte er nie etwas erzählt. Leider war an dem Balken seitlich kein Vorbeikommen und eine Eisenkette verhinderte ein Hochklappen. Sie hätte Siegfried um Hilfe bitte können, doch das wollte sie nicht. Nicht schon am ersten Tag. Sie würde es allein schaffen, auch wenn der andere Weg zu Jonas Häuschen ungleich beschwerlicher war.

Über den Parkplatz verstreut lagen Blätter und kleinere Äste. Dem Anschein nach war seit Längerem niemand hier gewesen. Die Schlaglöcher kamen Hikaru tiefer vor. Es musste in letzter Zeit oft und stark geregnet haben. Sie parkte auf ihrem angestammten Platz unter der Ulme. Ein anderer wäre ihr falsch erschienen. All ihre Sachen auf einmal zu tragen war unmöglich. Sie würde wiederkommen müssen. Loni hatte ihr einen rosa Trolley überlassen. Ein absurd hässliches Ding mit einem Katzenkopf aus Glitzersteinchen. Sie hob ihn aus dem Kofferraum und im selben Moment flog eine Vogelschar aufgeschreckt davon. Beladen wie ein Packesel machte Hikaru sich auf den Weg. Der vertraute Pfad führte steil auf eine Anhöhe. Die Belohnung war ein imposanter Blick auf die Berge. Nur zum Schein schüchtern oder frierend steckten sie ihre schneebedeckten Gipfel in eine graue Wolkendecke. Sie verspürte große Lust, dem Hügelkamm nach Osten zu folgen, um Kowi einen Besuch abzustatten. Sicher hielt er die Steinkugel wie eh und je fest in seiner Hand. Doch ihr voll beladener Rücken riet ihr davon ab. Zudem kündigte sich die Dämmerung an. Sie musste weiter. Bis zum Fluss ging es leicht bergab. Seinem Lauf folgend gelangte sie in das Waldstück mit den alten Buchen und den hüfthohen Farnen. Immer wieder legte sie kurze Pausen ein und verlagerte das Gewicht, wenn sie die Trageriemen zu sehr einschnürten. Ein Gutes hatte die Schinderei. Hikarus

Lungenflügel pumpten den Stadtqualm aus ihr heraus und sogen die Waldluft ein. Ein guter Tausch. Sie inhalierte das Harzige der Bäume, die gehaltvolle Kühle der schwarzen Erde, die das Dumpfe überlagernde Frische. Selbst das gemächliche Vergehen der Zeit glaubte sie einzuatmen. Doch je näher sie ihrem Ziel kam, desto trügerischer empfand sie die vertraute Waldidylle. Sie hatte oft von dem Häuschen geträumt, es sich immer wieder vorgestellt, sich nach seiner Gemütlichkeit gesehnt. Doch was waren diese Bilder ohne Jona wert? Die Angst, die Realität würde dem Vergleich mit den Erinnerungen nicht standhalten, machte sich pochend in Hikarus Brust bemerkbar.

Endlich auf der Lichtung angekommen, blieb sie stehen. Eine letzte Verschnaufpause. Shirt und Jacke klebten ihr schweißnass am Rücken, die rechte Ferse brannte, die Schultern schmerzten. Ein Gedanke, den sie während der Autofahrt mehrmals beiseitegeschoben hatte, kam ihr erneut und so plötzlich in den Sinn, dass sie ihn nicht abwehren konnte. Woher sollte sie wissen, dass er ihr nicht zuvorgekommen war? Hikaru wollte Jonas Namen rufen, doch heraus kam nur ein Husten. Aus der Distanz wirkte das Häuschen wie immer, als müsste Jona gleich aus der Tür treten und ihr zuwinken. Doch der verlassene Eindruck trat mit jedem Meter, den sie weiterging, stärker zutage. Die Regentonne war umgekippt. Um die Veranda herum wucherte hohes Gras. Neben dem Schlehenstrauch lag eine zerbrochene Dachschindel. Das Wohnzimmerfenster war mit Brettern vernagelt. Unkraut überwucherte die Gemüsebeete.

Das vor dem Schuppen liegende Brennholz war der einzige Lichtblick. Siegfried wusste von ihrer Rückkehr. In seiner Antwort-Mail hatte er versprochen, ihr Holz zu bringen. Die kalten Nächte würden langsam zunehmen. Dass er sein

Versprechen so prompt eingelöst hatte, gab Hikaru Mut. Sie war nicht ganz allein. Das Aufschlichten der Scheite war eine Arbeit, auf die sie sich freute. An der Nordseite des Häuschens bot der Dachvorsprung genügend Schutz, um das Holz trocken zu lagern.

Jona hatte den Haustürschlüssel irgendwann verloren und beschlossen, das Geld für einen neuen zu sparen. Der Holzkeil unter dem Türblatt verhinderte, dass ein Sturm sie aufschlug. Hikaru mühte sich lange vergeblich, ihn herauszuziehen. Sie riss sich einen Fingernagel ein und zog sich am Türstock eine Schramme an der Wange zu. Entkräftet und wütend kauerte sie sich vor die Tür und leckte ihren blutigen Finger. Der pelzige Geschmack auf ihrer Zunge war scheußlich, aber auch süßlich. Immer hatte sie gedacht, es gehe ihr darum, Jona zu beschützen. In seinem Häuschen, zu dem ihr dieser elende Keil den Zutritt verwehrte, hatte sie Sven und Armin schlimm zugerichtet. Und hätte ihr Loni nicht das Messer aus der Hand genommen, hätte sie Amerson womöglich getötet. Niemals hätte sie es zugelassen, dass sie ihr den einzigen Menschen wegnahmen, von dem sie sich wirklich verstanden fühlte. Um Jona nicht zu verlieren, hätte sie alles getan. Diese Erkenntnis fuhr Hikaru direkt in die Magengrube. Es verhielt sich genau umgekehrt. Indem sie Jona half, wollte sie sich selbst retten. Auf dem Boden liegend, die Knie angezogen, starrte sie den Holzkeil an. Sein Widerstand war absurd und starrköpfig. Jona war nicht da. Er verwehrte ihr den Eintritt in ein leeres Häuschen. Hikaru überlegte, ob auch Jona vor ihrer verschlossenen Tür gestanden war. Womöglich war er ihr oft näher gewesen, als sie das geahnt hatte. Sie schlug mit der Faust auf das Türblatt ein. Das Häuschen schluckte den Schall wie ein Schluck Wasser. Kein Laut kam zurück. Wacklig rappelte sie sich auf, drückte ihr Ohr an das verwitterte Holz und horchte auf das leise Knarren und Knacksen. Ich bin da, flüsterte sie. Dann ging Hikaru zum Schuppen und kehrte mit einem Hammer wieder. Nach drei Schlägen gab der Holzkeil auf und schlitterte wie ein Eishockeypuck über die Veranda.

Das spärlich durch die Tür fallende Tageslicht ließ im Inneren nur Umrisse erkennen. Hikaru kramte die Taschenlampe aus dem Rucksack und trat vorsichtig ein. Für den Fall, dass sich Marder, Vögel oder dergleichen eingenistet hatten, achtete sie auf Geräusche wie Fiepen, Scharren, Brummen, Flügelschlagen oder aufblitzende Augenpaare. Es roch derb nach Rauch und ranzigem Fett. Ein wenig wie in Mesuts Dönerbude. Es war kaum vorstellbar, dass es hier immer so gemieft hatte. Das wäre ihr zuwider gewesen, daran hätte sie sich erinnert. So oder so würde sie morgen alle Fenster und Türen öffnen und das Häuschen von oben bis unten durchschrubben. Im Lichtkegel tauchten nach und nach die zu Freunden gewordenen Gegenstände und Möbel auf. Die heimelige Ledercouch, Finjas elegante Kommode, der knorrige Tisch, Jonas Baby- und Kinderfotos an der Wand über der Kommode und natürlich der Herd. Allein an ihn zu denken hatte sie von innen heraus gewärmt. Jetzt zog Hikaru ihre Hand erschrocken von der Kochplatte zurück. Sie war eiskalt. Im Moment fühlte sie sich zu müde, doch gleich morgen Früh wollte sie Feuer machen und eine große Kanne Tee aufstellen.

Sie überlegte, nach oben zu gehen und sich in Jonas Bett zu legen, entschied sich jedoch für Couch und Schlafsack. Geräusche, die Hikaru kannte, an die sie sich aber erst wieder würde gewöhnen müssen, hielten sie die halbe Nacht wach. Der Wind pfiff seine Melodien durch Ritzen und Spalten. Im Wald rief eine Eule zur Jagd, ein Rudel Rehe wagte sich nahe an das Häuschen heran und stob von irgendetwas aufgeschreckt davon. Später trippelte ein Igel über die Veranda. Nach Armins und Svens Überfall hatte Jona viele schlechte Nächte durchzustehen gehabt. Einzig ihr Summen hatte ihn dazu gebracht, sich doch dem Schlaf zu ergeben. Diese Gabe hatte Hikaru von ihrer Großmutter. Sie hatte sie das Summen gelehrt, ohne sie jemals darin unterrichtet zu haben. An ihre Brust gelehnt einzuschlafen war die vielleicht kostbarste Erinnerung, die sie besaß. Das war wie mit ihr zu tanzen. Deshalb war sie auch nur scheinbar still auf ihrem Schoß gesessen. Unter der reglosen Oberfläche hatte sie sich mit ihr zum sanften Wiegen der Summtöne gedreht und ihr zugelacht. Und manchmal waren ihrer Großmutter die Augen zuerst zugefallen.

Aus den Füchslein sind gute Jäger geworden. Sie haben am Leben Blut geleckt und an Fleisch zugelegt. Bald sind sie ihrer Mutter ebenbürtig und bekommen ihr erstes Winterfell. Zwei Kinder sind der Füchsin geblieben. Gemeinsam treiben sie den Bau weiter ins Erdreich. Vor dem Frost soll die Arbeit getan sein. Im Gewirr der Gänge und Höhlen duftet es bereits nach Zuhause.

Jonas Bürde ist es, Mensch zu sein, obwohl er besser einer von uns wäre. Er hätte nicht gehen sollen. Wo immer er ist, können wir ihn nicht beschützen und als Familie zu ihm stehen. Seine Geschichte ist eingewoben in unser Wurzelgeflecht. Wir fühlen, dass er uns braucht. Und wir haben wohl bemerkt, dass er nicht der Einzige ist. Wir haben ein Summen vernommen, in dem die Schwere seines Namens mitschwingt. Wann immer Jona zurückkehrt, werden wir ihm ein rauschendes Fest ausrichten. Auf ihn zu warten, fällt uns leicht. Die Zeit, die sich um unsere Stämme ringt, bedeutet keine Last. Das überlassen wir den Menschen. Menschen legen das Gestern auf die eine, das Morgen auf die andere Waagschale und suchen ihr Glück auf einer Wippe, die nie ins Gleichgewicht kommt. Ruhelos huschen sie von dort nach da, rennen hinterher, wechseln die Seiten. Eine sinnlose Hetzjagd, denn ihre Vorstellung vom Glück ist zum Kippen verdammt. Unser Glück ist das Licht. Ihre größte Furcht ist die Nacht. Um diese zu besiegen, haben sie einen schmutzigen Abglanz vom Licht in die Welt gesetzt, der die Dunkelheit vergiftet. Dieser Krieg wird wie alle Kriege enden. Noch ahnen sie nicht, dass Grablichter ihre Städte erleuchten.

Hikaru rieb sich die Augen. Der Morgen lächelte hellblau, das Vogelgezwitscher klang munter. Im Tageslicht wirkte das Häuschen noch kleiner, als sie es gestern bei ihrer Ankunft empfunden hatte. Um nicht erneut in trübe Gedanken abzudriften, tat sie, was sie sich vor dem Einschlafen vorgenommen hatte. Ihre Hände waren etwas klamm, aber das legte sich rasch. Sie rappelte sich auf, heizte den Herd und stellte den großen Emailtopf auf. Mit dem heißen Wasser brühte sie Tee und wusch sich später mit einem Waschlappen. Langsam, aber doch ergriff sie das Gefühl, anzukommen. Gegen die drückende Stille half der Ärger. Jona hatte einen unglaublichen Saustall hinterlassen. Überall fanden sich schimmlige Essensreste. In der Abwasch türmte sich das dreckige Geschirr. Der Boden sah aus, als wäre eine Schlammlawine durch das Häuschen gerollt. Offensichtlich hatte er einen Sessel zertrümmert und Finjas mit Gräsern bedruckte Tischdecke lag zerrissen unter der Sitzbank. Bevor Hikaru mit dem Aufräumen loslegte, entfernte sie die Holzlatten, mit denen Siegfried einige der Fenster vernagelt hatte. Endlich konnte das Häuschen wieder atmen. Im einfallenden Tageslicht sah man den Staub und Dreck aber erst recht. Am späteren Nachmittag ließ sich Hikaru erschöpft auf die Couch sinken. Sie lächelte. Allmählich kehrte die Gemütlichkeit zurück, an die sie sich in der Stadt so oft erinnert hatte. Natürlich lag endlos viel Plagerei vor ihr. Gestern hatte sie vor der verkeilten Tür liegend gedacht, am Ende einer langen Reise angekommen zu sein, und nun nahm etwas Gutes seinen Anfang. Bevor die Dämmerung hereinbrach, gab es nur eines, das sie unbedingt noch erledigen wollte. Sie schaltete ihr Smartphone aus, steckte es in die leere Plastikverpackung der Dinkelnudeln, die sie sich zu Mittag gekocht hatte, und schnürte mit Spagat ein Päckchen. Der Abdruck, den die Steinkugel neben dem Schlehenstrauch hinterlassen hatte, war immer noch sichtbar. Sie musste die Mulde nur ein wenig vertiefen. Kniend schaufelte Hikaru mit den Händen die sandige Erde zur Seite und bettete ihr Smartphone hinein. Sie hätte es in eine Schublade legen, die SIM-Karte herausnehmen oder einfach abschalten können. Das wäre ihrem Vorhaben aber nicht gerecht geworden. Es ging um mehr, als nicht erreichbar zu sein. Sie wollte nicht länger wissen, was in der Stadt passierte, oder Spielball irgendwelcher Ereignisse sein, die sie ohnehin nicht beeinflussen konnte. Was sie sich stattdessen wünschte, hätte Hikaru nicht sagen können. Vielleicht gar nichts. Sie hob eine Handvoll Erde hoch und roch daran. Was immer auf sie wartete, würde wachsen, und darum verbuddelte sie ihr Smartphone wie eine Kartoffel. Für Notfälle hatte sie Loni Siegfrieds Telefonnummer gegeben und umgekehrt. Niemand musste sich sorgen, alles war gut. Während Hikaru die Erde wieder zusammenschob und festklopfte, fielen ihr reichlich Arbeiten ein, die sie morgen anpacken wollte.

Am nächsten Tag kehrte Pietro zurück. Er kam über die Lichtung geflattert und landete auf dem Schornstein, als wäre er nur kurz weg gewesen. Seine vornehme Art, die gestreiften Flügel anzulegen und sein Gefieder stolz in den Wind zu stellen, war die alte geblieben. Zur Begrüßung warf ihm Hikaru getrocknete Beeren aufs Dach. *Schäär, schäär*, rief er herunter und verdrehte neugierig den Hals. Sie hätte ihn gerne nach Jona gefragt und ob er von Zeit zu Zeit nachgesehen und auf das Häuschen aufgepasst hatte. Pietros Gesellschaft war eine willkommene Abwechslung. Immer wieder unterbrach Hikaru ihre Arbeit, stemmte die Hände in die Hüften, blickte zu ihm hoch und fragte ihn um seine Meinung. *Schäär, schäär, schäär, schäär.* Vor seinem Aufbruch musste Jona einiges Gemüse angebaut haben. Sie deutete das als gutes Zeichen. Leider war nur wenig davon zu retten. Die Beete befanden sich in einem schlimmen Zustand. Wo man hinsah, wucherte Unkraut. Der Salat war zu spitzen Türmen hochgeschossen. Faktisch alle Rüben, Kohlrabi, Zwiebel und Auberginen waren wurmig, angefressen oder faulig. Manches Gemüse erinnerte wegen der ausgetriebenen Blütenpracht an exotische Gewächse. Essbar waren einzig Grünkohl, Sellerie und vielleicht die Hälfte der Kartoffeln. Leider sah die Lage im Erdkeller nicht viel besser aus. Im Regal standen wenige Gläser eingelegtes Gemüse, Chutneys und ein paar Flaschen Apfelsaft. Mit den Vorräten aus Franks Laden würde Hikaru eine Weile über die Runden kommen. Für den Winter reichte es aber bei Weitem nicht.

Die Nacht hatte dem Wald ihren feuchtkalten Atem eingehaucht. Im erstarkenden Sonnenlicht schwebte nun vielerorts Dunst knapp über dem Boden. Die Baumkronen erfüllte Zwitschern und Tirilieren. Die aus zahllosen Kehlchen dringende Freude über den mit Würmern und Käfern gedeckten Frühstückstisch begleitete Hikaru entlang des ganzen Weges. Sie musste ihre Schritte sorgsam setzen. Wie leicht konnte man auf den vielen nassen Steinen und Wurzeln ausrutschen. Den Gedanken an ein gebrochenes Bein schob sie so weit wie möglich von sich weg. Jona und sie waren diesen Pfad zigmal gegangen. Obwohl er den Wald wie kein anderer kannte, hätte er über Hikarus Begegnung mit einem Fuchs nicht schlecht gestaunt. Der Fuchs musste durch irgendetwas irritiert oder abgelenkt gewesen sein, sonst hätte er einen weiten Bogen um sie gemacht. Ein totes Hasenjunges im Maul tragend kreuzte er Hikarus Weg. Beide erschraken und blickten einander prüfend an. Einen Augenblick später war das scheue Tier auch schon wieder im Dickicht verschwunden. Vor dem letzten Anstieg zog Hikaru ihre Jacke aus. Früh aufzubrechen war eine gute Entscheidung gewesen. Die Luft hatte sich bereits mit Wärme vollgesogen und es war noch lange nicht Mittag. Das tropische Regenwaldgefühl wich einem erfrischenden Wind, als sie die Anhöhe erreichte und die Baumreihen hinter sich ließ. Hikaru nahm den Rucksack vom Rücken und stellte ihn auf den Boden. Der Ausblick auf die in milchige Schleier gehüllte Landschaft weitete ihre Brust. Kowi ragte in vertrauter Ruhe und Gelassenheit über den Abgrund hinaus. Das Gefühl, er habe ihren Besuch erwartet, war absurd aber schön. In diesen Gedanken hinein drängte sich eine andere Wahrnehmung schroff in den Vordergrund. Die Vertiefung, die Jona in den Fels geschlagen hatte, war leer. Hikaru stieg in Kowis steinerne Hand, schob sich auf dem Bauch liegend zu seinen Fingerspitzen vor und blickte bang nach unten. Sie hatte ihm nie gesagt, dass sie nicht um die Steinkugel geweint hatte, als er sie zertrümmert hatte. Vielmehr war damals Matumos Tod in ihr mit einer Wucht hochgekommen, die sie an ihrem Grab stehend nicht hatte zulassen können. Woher hätte er wissen sollen, dass ihr Verlust sie gebeutelt und gerüttelt hatte?

Hikarus Augen suchten fieberhaft das Gelände am Fuß des Abgrunds ab. Zum Glück waren am Fuß des Abgrunds nur Geröll und ein paar kleinere Sträucher auszumachen. Erleichtert rutschte Hikaru zurück und lehnte sich gegen Kowis Handballen. Genau hier, an dieser Stelle waren Jona und sie einmal gesessen, hatten gemeinsam den Sonnenuntergang verfolgt und die Nacht verbracht. Es gab keine Zeit und keinen zweiten Ort, an dem sie sich zugleich geborgener und freier gefühlt hatte. Mit Loni auf dem Balkon zu hocken war damit nicht vergleichbar. Sie hielt es keine zehn Sekunden aus ohne zu reden und wollte immer wissen, woran sie gerade dachte. Jonas schweigsame Momente gehörten zu ihm wie seine blonden Haare oder das Kinngrübchen. Jona musste sich nicht erklären oder rechtfertigen. Hatte er bereits bemerkt, dass sie aus der Stadt verschwunden war? Wäre er jetzt neben ihr gesessen, hätte sie ihm ihr Herz ausgeschüttet. Hikaru holte ihr Notizbuch aus dem Rucksack und machte es sich auf Kowi bequem. Gleich der erste Satz klang banal und es wurde nicht besser. Nach dreieinhalb Zeilen war Schluss. Sauer auf sich selbst strich Hikaru den kurzen Text mehrmals durch. Damit nicht genug durchkreuzte sie die Linien, bis die Worte unter einem Linienknäuel nicht mehr zu entziffern waren. An einer besonders traktierten Stelle riss das Papier ein. Sie ließ den Bleistift fallen. Er kam schräg der Länge nach auf dem Notizbuch zu liegen. Immer noch verärgert blieb ihr Blick auf ihm haften. Irgendetwas an ihm stimmte nicht. Unbewusst richtete sie ihn senkrecht aus und schob ihn etwas nach oben. Seine Spitze reichte nun ein Stück in das Gekritzel hinein. Die minimale Veränderung machte aus ihm einen Stamm und aus dem Strichewirrwarr eine hässliche Baumkrone.

Gegen Mittag kündete ein stampfendes Motorengeräusch Siegfrieds Kommen an. Hikaru freute sich über seinen Besuch. Als sein roter Traktor auf der anderen Seite der Lichtung auftauchte, stellte sie sich auf die Zehenspitzen und winkte ihm zu. Noch bevor er zur Begrüßung seinen Hut zog, blickte er sich um und nickte anerkennend. Er besaß einen Blick für harte Arbeit und diese hatte das verwahrloste Häuschen notwendig gehabt. Hikaru platzte fast vor Stolz. Für das Holz, das er ihr gebracht hatte, wollte er partout kein Geld annehmen. Das sei ein Willkommensgeschenk unter Nachbarn, sagte er. Er mache sich große Sorgen um Jona. Über die grünen Anschläge verlor er kein Wort. Hikaru überlegte, ihn darauf anzusprechen, sie ließ die kurzen Sprechpausen aber ungenutzt verstreichen.

Jona hatte Siegfried viel zu verdanken. Er hatte ihn in jungen Jahren kennengelernt. Vermutlich war er für ihn damals so etwas wie ein Vaterersatz gewesen. Ihr vertrautes Miteinander hatte Hikaru oft beobachtet. In seinen dunklen Augen lag etwas Verlässliches, in seinem Gang eine Bestimmtheit, die nicht auf Umwege aus war. Siegfried stellte sich vor das Beet und legte die Stirn in Falten. Wenn einer Ahnung von Gemüse hatte, dann er. Seiner Einschätzung nach gehörte der gesamte Garten neu angelegt. Eine Heidenarbeit sei das. Ausgraben, umgraben, Wurzeln entfernen, Mist, Sand und Maulwurfserde untermischen. Maulwurfserde sei das Beste. Siegfried kraulte nachdenklich sein Kinn. Für dieses Jahr sei die große Ernte ja bereits eingefahren. Hikaru könne ein wenig Salat, Karotten, rote Rüben und Kohl anbauen. Oder, sagte er, blickte auf und sah sie an, als wäre ihm etwas Großartiges eingefallen. Nach Finjas Tod hatte er Jona immer wieder eine Arbeit auf seinem Hof angeboten. Nur ab und zu aushelfen. Geld habe er ihm nicht geben können, dafür Gemüse und andere Lebensmittel, die er für die Bauernmärkte produzierte. Jona war nie darauf eingegangen. Es allein zu schaffen war ihm das Allerwichtigste. Die alten Bienenstöcke und die Schleuder hatte Siegfried ihm gegeben, damit er wenigstens eine kleine Einnahmequelle hatte. Und natürlich war auch ihm geholfen, weil seine Kunden Waldhonig liebten. Dieses Angebot gelte auch für sie, erklärte er. Hikaru bedankte sich lächelnd und sagte, dass sie es sich überlegen werde. Die Imkerei wolle sie in jedem Fall erlernen. Mit der Schleuder wusste sie umzugehen. Alles andere und vor allem, die süßen Waben aus den umschwirrten Stöcken herauszuziehen, hatte sie Jona überlassen. Wie er wollte sie es allein schaffen – oder mit ihm, wenn er endlich zurückkäme.

Andererseits könnte sie viel von Siegfried lernen und ihr Konto war die letzten Monate bedenklich geschrumpft. Es beschäftigte sie die Idee, an das Häuschen eine Art Stall anzubauen. Siegfried lachte, als Hikaru wissen wollte, was ein Schaf koste. Er könne ihr auch Hühner besorgen, sagte er, die seien deutlich günstiger und ein paar Eier zum Ausbrüten bekomme sie von ihm umsonst.

Hikaru begutachtete Siegfrieds Geschenk von allen Seiten. Es sah nicht wirklich schön aus. Doch das würde sie ändern. Gestern hatte er ihr seinen Vierkanthof gezeigt. Seither schwirrten ihr die eindrücklichen Gerüche im Kopf herum. Im umgebauten Kuhstall wusch und sortierte er das Gemüse. Auf dem Heuboden trocknete er Wiesenkräuter und verpackte diese in kleine Säckchen. Im Keller lagerte er Apfelmost und die mit Knoblauch, Chili und Rosmarin angesetzten Öle. Diese presste er selbst, Leinsamen und Sojabohnen besorgte er sich bei befreundeten Bauern. Schafe hielt er nicht, dafür ein Dutzend Ziegen. Jeden Morgen und Abend molk er mit der Hand. Die Milch verarbeitete Siegfried zu Frischkäse und Joghurt. Hinzu kam die Feldarbeit und alles, was sonst noch anfiel. Die weißen Hofmauern hatte er im Frühjahr frisch gekalkt. Als Nächstes würde er das teils eingesunkene Kopfsteinpflaster erneuern. In einer überdachten Ecke im Innenhof bewahrte er Dinge aus vergangen Zeiten auf: Wagenräder, Schubkarren, Dreschflegel, Fässer, Heurechen … Im Winter restaurierte er die eine oder andere Gerätschaft und verkaufte sie in der Stadt als Gartendeko. Das war ein guter Nebenverdienst. Der Anblick des alten Futtertrogs hatte in Hikaru das Gefühl ausgelöst, etwas gefunden zu haben, nachdem sie unbewusst schon lang gesucht hatte. Sie ging ein weiteres Mal um ihn herum. Ein wenig größer wäre besser, dachte sie. Sitzend würde es aber gehen, wenn Jona und sie die Füße übereinanderlegten. Sein Holz war an vielen Stellen dunkel, zuweilen schwarz, Splitter standen weg, furchige Längsschlitze durchzogen seine Oberfläche. Die abgewetzten Ränder und Bissspuren ließen den Futterneid erahnen, dem er ausgesetzt gewesen war. Hikaru hockte sich neben ihn und strich mit der Hand vorsichtig über das Holz. Der Trog hatte schwere Zeiten durchgestanden, nun lag eine prächtige Zukunft als Badewanne vor ihm.

Siegfried hatte Schleifpapier besorgt und zwei handliche Holzklötze hergerichtet, die sich seinen Rundungen anpassten. Einen für innen, einen für außen. Eine halb volle Dose Hartwachsöl hatte er ihr ebenfalls gegeben. Dieses sollte Hikaru nach dem Schleifen mit einem Tuch gut in das Holz einreiben. Anfangs bereitete ihr die Schinderei großen Spaß. Die folgende Nacht schlief sie durch. Tags darauf wurde das ewige Vor und Zurück rasch anstrengend. Das rechte Handgelenk begann zu schmerzen, der Rücken wurde vom ständigen Vornüberbeugen steif, ein Splitter schob sich unter einen Fingernagel. Mit so viel Widerstand hatte Hikaru nicht gerechnet. Der Fortschritt wollte hart errungen werden, doch er wurde spürbarer. Das Holz hellte sich auf und fühlte sich merklich samtiger an. Als sie das fertige Werk betrachtete, konnte sie kaum glauben, was sie zustande gebracht hatte. Um ein Haar wäre sie der Versuchung erlegen, ihr Smartphone auszubuddeln, um Loni ein Foto zu senden. Edel, stolz und gut sichtbar thronte die Badewanne auf der Veranda. Jona würde sie von Weitem sehen, wenn er auf das Häuschen zuschritt. Was hoffentlich bald der Fall sein würde, weil sie mit der Einweihungsfeier auf ihn warten wollte. Hätte er damals das Regenfass nicht in einen Badezuber verwandelt, wäre sie nie auf die Idee gekommen. Hikaru wusste nicht wohin mit ihrer Freude. Sie zog Schuhe und Shirt aus, legte sich in den einstigen Futtertrog und spielte die Badende. Ihr Wasser war das Sonnenlicht und der Windhauch, der über die Lichtung strich. Mit einer imaginären Seife wusch sie sich von oben bis unten, streckte das Bein hoch, pustete Schaum von der Handfläche und bewarf Jona mit einem Waschlappen.

Hikaru ging mit einer Tasse Kamillentee vor das Haus. Ein forscher Wind wehte ihr um Nase und Fußknöchel. Sie ärgerte sich, nicht an eine Decke gedacht zu haben, und drehte wieder um. Langsam wurde es Zeit, den Sommer loszulassen. Im Hineingehen erinnerte sie sich, vor Tagen eine weinrote Strickweste gesehen zu haben. Sie hatte den Flurboden gewischt und durch die offen stehende Tür in Finjas Atelier geblickt. Aus irgendeinem Grund hatte sie den Wintergarten bislang gemieden. Der Staub lag hier besonders dick auf Bildern, Rahmen und Malutensilien. Die Sonne stand günstig, um den Tanz der Partikel ins Rampenlicht zu rücken. Hikaru hielt sich die Hand vor den Mund, ließ sie aber wieder sinken. Es erschien ihr albern, sich vor den allgegenwärtigen Staubkörnchen zu fürchten, nur weil sie gerade sichtbar waren. Sie hatte sich nicht getäuscht. Die Strickweste hing ausgebreitet über einem rahmenlosen Bild, als hätte sie jemand zum Trocknen aufgehängt. Hikaru schüttelte den gröbsten Staub ab. Sie fühlte sich weich und flauschig an. Sie passte wie angegossen und reichte ihr bis zu den Knien. Eigentlich war es ein Strickmantel. Umso besser, dachte sie und sah sich mit ihr in kalten Winternächten auf der Couch sitzen. Im Herd würde ein Feuer brennen und sie würde gemütlich Tee trinken. Mangels eines Spiegels, in dem sie sich hätte betrachten können, drehte sie sich im Kreis und blickte an sich hinunter. Dabei stieß sie gegen ein Gemälde, das sie gerade noch an der Oberkante zu fassen bekam, bevor es umgefallen wäre. Es gehörte zu jenen, die Jona schwarz übermalt hatte. Ausgespart hatte er lediglich einen gelbrunden Fleck, vermutlich die Sonne. Hikaru durchstöberte das Atelier und erschrak. Jona war fleißig, aber unbarmherzig gewesen. Er hatte Finjas Lebenswerk fast zur Gänze und unwiderruflich mit seelenloser Düsternis überpinselt. Dass er bei jeder seiner Bildschändungen eine Stelle unberührt gelassen hatte, zeugte von einer vorsätzlichen Wut. Im puren Affekt hätte er die Sonne mit wilden Strichen umrundet und sie nicht derart sorgsam freigestellt. Gleiches galt für einen Teich, einen Apfelbaum, einen Fuß, ein Augenpaar … Was er getan hatte, war grausam und es musste ihm um mehr als die bloße Vernichtung gegangen sein. Jona hätte die Bilder auch verbrennen oder einfach wegsperren können. Dann erinnerte sie sich daran, wie ihr Jona vor seinem Gewaltausbruch im Erdkeller erzählt hatte, dass er sich in der Dunkelheit seinem verstorbenen Vater nahe fühle. Sollte ihm die schwarze Farbe seine Mutter zurückbringen? Hatte er die Bilder deshalb übermalt und nur so etwas wie Schlüssellöcher freigelassen?

Hikaru betrachtete eines der wenigen Gemälde, die Jona verschont hatte. Die liebliche, menschenleere Landschaft hatte mit der entwurzelten Stadt, die Yorick in den Lagerraum gesperrt hatte, rein gar nichts gemein. Als wären die Wolkenkratzer von einer anderen Künstlerin gemalt worden. Gab es zwei Finjas? Hikaru schüttelte den Kopf. Sie spürte, dass im Widerspruch dieser Bilder eine Wahrheit verborgen lag, nach der sie suchte oder gesucht hatte. Sie hätte aber nicht gewusst, was sie in ihr Notizbuch hätte schreiben oder Jona hätte sagen sollen. Vielleicht bestand darin die eigentliche Tragik, dachte sie. Auch Finja hatte für ihre Ängste und Gedanken keine Worte gefunden. In der Hoffnung, sichtbar zu werden, hatte sie ihr Innerstes auf eine Leinwand gebannt und war damit gescheitert. Yorick hatte sich für den Marktwert des Bildes interessiert, Daniel war davor zurückgeschreckt, Mailin war es zu düster gewesen, Jacob hatte sich selbst bemitleidet und Jona hatte sich ihr Bild erst gar nicht angesehen.

Hikaru ließ die Ateliertür offen stehen. Bewusst oder unbeabsichtigt hatte sie das Bild mit der Sonnenscheibe so an ein Tischbein gelehnt, dass sie im Vorbeigehen einen Blick darauf werfen konnte. Manchmal blieb sie gedankenverloren im Flur stehen, manchmal zog sie die Tür zu, um sie kurz darauf wieder zu öffnen. So ging das den ganzen Tag. Die Sonne wirkte wie ein riesiger Punkt, der von dem Satz, zu dem er eigentlich gehörte, alleingelassen worden war. Der Gedanke, es könnte sich um eine Botschaft handeln, war nicht minder absurd als diese allein anhand des Punktes entschlüsseln zu wollen. Dennoch kamen Hikaru unsinnige Phrasen und Wortspielereien in den Sinn, die nichts und niemandem und schon gar nicht dem untertassengroßen Satzzeichen gerecht wurden. Von »Ich liebe dich« bis »Es ist, wie es ist« war alles dabei. Irgendwann wollte sie aufhören, darüber nachzudenken, aber das gelang ihr nicht. Vom vielen Grübeln breitete sich in ihrem Kopf ein dumpfes Gefühl aus, das sie in der Nacht immer wieder aus dem Schlaf riss. Am nächsten Morgen, noch vor Sonnenaufgang, unternahm Hikaru einen langen Spaziergang. Die frischkalte Luft tat ihr gut. Den Wald durchdrang um diese Zeit eine beruhigende Schwere. Genau dieser Geruch hatte sie in Silvis Laden zu dem Moostisch geführt. Heute hatte sie kein Ziel, außer dem, sich zu bewegen und die dumpfen Gedanken loszuwerden. Die Idee, Silvi einzuladen, lockerte die Enge um ihre Brust ein wenig. Warum nicht, dachte Hikaru. Sie musste kein strenges Eremitenleben führen. Sie würden auf der Veranda Tee trinken. Oder besser, sie würde Silvi bitten, etwas von dem Aloe-Vera-Rum mitzunehmen. Zurück in die Stadt, und sei es nur für ein paar Stunden, wollten sie aber auf keinen Fall. Hier und jetzt mitten im Wald zu sein, allein, fühlte sich richtiger an als alles andere. Hikaru blieb stehen und strich mit der flachen Hand über einen Buschen hüfthoher Farne. Herabfallende Tautropfen platschten auf ihre Füße. Sie sah nach oben, blickte sich um, horchte. Der Himmel hatte sich bläulich aufgehellt, ein dichter Klangteppich aus Zwitschern, Rascheln und Rauschen hüllte sie ein. Das raue Schattenspiel der Baumrinden erinnerte sie an die Schraffuren in Finjas letztem Bild. Sie glaubte zu ahnen, wie viel Mut dieser entschlossene Malstil von ihr gefordert hatte. Wie gern hätte sie Finja gesagt, dass sie aus ihren Schraffuren mehr als aus den eigenen Notizbüchern herausgelesen hatte. Sie hatte im Gewirr der schroffen Linien und Flächen ein Gefühl erkannt, das auch das ihre war. Nur hatte sie es sich nie eingestanden oder mit Worten zu Papier gebracht. Stattdessen hatte sie immer nur so getan, als hätte sie Halt. Darin war sie gut, so gut, dass sie selbst geglaubt hatte, über Matumos Verlust hinweggekommen zu sein. Früher hätte sie Angst gehabt, mit diesem Gefühl alleine zu sein. Jetzt stand Hikaru im Wald, dachte an ein Gemälde, atmete harzig kühle Luft ein, verscheuchte wach gewordene Stechmücken und freute sich, den Specht entdeckt zu haben, dessen Klopfen weitum zu hören war.

Zurück im Häuschen galt der erste Gedanke dem Essen. Sie war ohne Frühstück aufgebrochen und hatte schrecklichen Hunger. Danach wollte sie sich noch einmal hinlegen und etwas Schlaf nachholen. Sie kam aber nicht bis zur Treppe und blieb erneut vor der Ateliertür stehen. Dieses Mal kam es ihr vor, als wäre es nicht sie, die sich einen Satz ausdachte. »Ich will kein Punkt mehr sein«, sagte der Punkt. Hikaru nickte. Endlich hatte sie die Botschaft verstanden. »Und ich kann kein Schwarz mehr sehen«, sagte sie zu dem Punkt oder zu sich selbst, das machte keinen Unterschied.

Die meisten Farben in den Tuben und Töpfen waren eingetrocknet oder die Schraubverschlüsse und Deckel ließen sich nicht öffnen. Dennoch fand Hikaru eine Handvoll brauchbarer Tuben. Von einigen Farbtönen hatte sie noch nie gehört, aber ihre Namen klangen vielversprechend: Titanweiß, Kadmiumgelb, Karmin, Goldocker und Kobaltblau. Hikaru band sich die Haare zu einem Pferdeschwanz, als ginge sie klettern oder laufen. Sie nahm sich vor, ohne langes Überlegen loszulegen, wie es ihr in den Sinn käme. Hauptsache, Jonas Dunkelheit verschwand unter einer Farbschicht. Trotzdem ließ der erste Pinselstrich auf sich warten. Vor der Staffelei zu stehen barg eine Spannung, die sie nicht erwartet hatte. Ihre Pose mit dem Pinsel in der einen und der Palette in der anderen Hand war anmaßend. Sie war keine Künstlerin. So gesehen war Jonas Übermalung wenigstens ehrlich. Er hatte auf die Leinwand gebracht, was er gefühlt hatte. Auch wenn da nur Finsternis war. Gut möglich, dass er verärgert reagieren würde. Er hatte die Bilder geerbt und konnte damit tun und lassen, was er wollte. Sie hingegen besaß keinerlei Recht, sich an den Bildern zu vergehen. Hikaru hätte ihm nicht erklären können, warum sie diese Dringlichkeit spürte. Zwar konnte sie Finjas Werke nicht zurückholen, doch das Schwarz durfte nicht gewinnen. Sie würde einfach die Schultern hochziehen und auf das von ihr übermalte Bild zeigen. War es nicht das, was ein Kunstwerk ausmachte, dass es für sich selbst stand? Je länger sich Hikaru Argumente zurechtlegte und sich Jonas überraschtes Gesicht vorstellte, desto bestärkter fühlte sie sich in ihrem Vorhaben. Im gleichen Maß kam es ihr unredlicher vor, planlos drauflos zu pinseln. Sie musste sich Gedanken machen und etwas zum Ausdruck bringen. Hikaru studierte das schwarze Bild mit Sonne eingehend und lange. Daran zu deuten gab es wenig. Letztlich fiel ihr nichts Originelles ein, was sie dem gelben

Kreis hinzufügen könnte. Blieb das Naheliegende. Sie wich ein paar Schritte zurück und kraulte sich nachdenklich das Kinn. Ihre mit Kadmiumgelb gezogenen Strahlen hoben sich gut vom schwarzen Untergrund ab. Das war auch das Einzige. Die von Nacht umgebene Sonne wirkte fehl am Platz, als hätte sie mit dem Mond die Rollen getauscht. In akribischer Kleinarbeit verhalf ihr Hikaru zu einem blauen Hintergrund, was gar nicht einfach war, weil sie die Fläche zwischen den Sonnenstrahlen auszufüllen hatte. Das Ergebnis war ernüchternd und plump. Sie hatte einen leuchtend schönen Sommertag vor sich gesehen und starrte nun auf etwas, das jegliche Luftigkeit oder Erhabenheit vermissen ließ. Die Sonne wirkte wie flachgewalzt. Hikaru ließ den Pinsel sinken und verspürte Lust, nachzusehen, ob von der schwarzen Farbe, die Jona verwendet hatte, noch etwas da war. Besser sie machte alles ungeschehen.

Die folgende Nacht verbrachte Hikaru in der Holzbadewanne. Sie wollte nicht unter einem Dach mit ihrem misslungenen Kunstwerk schlafen. Das Bild vor die Tür zu stellen wäre albern gewesen. Abstand und frische Luft taten gut. Gegen die Kälte halfen Finjas Strickweste und zwei warme Decken. Unter dem Sternenhimmel liegend, dachte sie darüber nach, warum sie diese Finsternis ganz und gar nicht bedrückend empfand. Weit kam sie mit ihren Überlegungen nicht. Sie war müde, schloss die Augen und als sie diese wieder öffnete, begrüßte sie der auf dem Verandageländer sitzende Pietro mit schrillem *Schäär, schäär.* Wer wusste, wie lange er Hikaru bereits beim Schlafen zugesehen hatte. Als kleines Dankeschön für sein Wachehalten und dass er sie nicht aufgeweckt hatte, brachte sie ihm eine Handvoll Sonnenblumenkerne. Über der Lichtung lag das Morgenlicht wie ein gelblich schimmernder Schleier. Der gestrige Tag schien lange her. Hikaru beschloss, ihrem hässlichen Sonnenbild vorerst aus dem Weg zu gehen. Mit an die Schläfen gepresster Hand huschte sie an der Wintergartentür vorbei ins Bad und machte sich dann im Garten an die Arbeit. Siegfried hatte ihr den Tipp gegeben, die Gurken- und Kürbissamen einzusammeln und zu trocknen. Später kam er vorbei und nahm sie zu Jonas Bienenstöcken mit. Eine Abwechslung, die sie gerne annahm. Sie wollte ja alles über das Imkern lernen, um irgendwann ihren eigenen Honig zu produzieren. Siegfried hatte ein paar Eimerchen mit eingekochtem Zuckersirup mitgenommen, dem er ein wenig Honig zugefügt hatte. Bevor die kalte Jahreszeit kam, war es wichtig, die Winterbienen mit dieser nahrhaften Süßspeise anzufüttern. Er half ihr, die Schutzkleidung überzustreifen, erklärte den Unterschied zwischen Brut- und Futterwaben und zeigte, wie man Völker vereinigte, damit sie es gemeinsam über den Winter schafften.

Am späteren Nachmittag zog eine Regenfront von Norden über die Baumwipfel. Anfangs tröpfelte es gemächlich vor sich hin und Hikaru grub weiter das Gemüsebeet um. Siegfried hatte ihr etwas Schafmist dagelassen, den sie in die Erde einarbeiten musste. Dann begann es so stark zu schütten, dass die Dachrinnen überliefen und sie nicht anders konnte, als ins Haus zu flüchten. Sie zog die völlig durchnässten Sachen aus, trocknete sich ab und schlüpfte in die Strickweste. Die Wolle direkt auf der Haut zu spüren kitzelte ein wenig, doch daran gewöhnte sie sich rasch. Sie stellte Pfefferminztee auf, dämpfte Reis, aß dazu gekochte Karotten und Zuckerschoten. Gerade mal ein paar Seiten blätterte sie sich durch ein Kochbuch, das Finja gehört haben musste, bevor sie es wieder weglegte. Hikaru räumte die Küche auf, kontrollierte, wie viel Petroleum noch im Kanister war, sortierte im Erdkeller das schlechte Gemüse aus. Irgendwann stand sie wieder vor der Staffelei, weil sie es müde war, ihr auszuweichen. Sie strich langsam über die Bildoberfläche und glaubte, eine Gemeinsamkeit zwischen ihren Handlinien und den eingetrockneten Pinselstrichen zu fühlen. Ein kleiner Trost. An der Tatsache, dass das Bild misslungen war, änderte das gar nichts. Neu war die Eingebung, die Sonnenstrahlen würden wie die Längsfäden eines Spinnennetzes aussehen. Man müsste sie nur bis an den Bildrand verlängern, und natürlich waren diese nicht gelb. Zum Glück besaß das Titanweiß eine hervorragende Deckkraft. Die Sonne in ein Spinnennetz zu verwandeln war nicht allzu schwer, die bauchigen Verbindungsfäden zu malen war ein wenig wie schreiben. Im Wald hatte sie die herrlichsten Netzkunstwerke entdeckt und bewundert. Daran dachte sie, und wie sehr Loni sich vor Spinnen fürchtete. Die meiste Zeit aber war Hikaru ganz in das Malen vertieft und setzte jeden Pinselstrich mit Bedacht. Sie hastete vor und zurück und prüfte aus allen Perspektiven, ob ihr ein Pinselstrich gelungen war. War sie unzufrieden, wischte sie die frische Farbe mit einem Lappen weg und versuchte es erneut. Bald wurde ihr so warm, dass sie die Strickweste auszog. Das vermeintlich Schwierigste hob sie sich bis zuletzt auf. Es sollte wirken, als hockte eine echte Spinne auf dem Bild. Mit schwarzer Farbe wäre das vermutlich einfacher gewesen, doch das wollte Hikaru nicht. Es musste ohne gehen. Sie kramte sich lange durch alle möglichen Kistchen und Schubladen, fand aber keine dunkelbraune oder dunkelrote Farbe, die zu gebrauchen war. Stattdessen entdeckte sie einen kleinen Malspatel, der sie auf eine waghalsige Idee brachte. Die glänzende Metallklinge wirkte unbenutzt. Hikaru schabte sich vorsichtig durch ihre Farbschichten, bis sie auf Jonas Schwarz traf. Den ovalen Körper mit dem eckigen Spatel herauszukratzen war schwierig. Dafür ließen sich mit der Spitze feine Härchen ritzen. Zu guter Letzt hauchten sie dem Spinnentier mit einem karminroten Kreuz und ein paar Tupfern gefährliches Leben ein. Skeptisch legte sie das Malwerkzeug weg und trat einen Schritt zurück. Dann noch einen und schließlich rückte sie die Staffelei so zurecht, dass sie vom Flur aus einen direkten Blick darauf werfen konnte. Hikaru lächelte und legte Ring- und Zeigefinger über den Mund, als bestünde die Gefahr, er könnte vor Freude platzen. Vielleicht war es kein Meisterwerk, aber es besaß eine Kraft, die sie deutlich spürte. Zufrieden, aber erschöpft ging sie in die Küche und wusch in der Spüle die Pinsel aus. Nicht nur die hatten eine Reinigung nötig. Über ihren Körper verteilt fanden sich alle Farben wieder und waren nur schwer abzubekommen. Sie musste lachen, weil ihr nicht bewusst gewesen war, wie oft sie sich an den Bauch fasste. In der Küche war es merklich dunkler als zuvor im Wintergarten. Sie hatte die Zeit aus den Augen verloren. Der Regen hatte aufgehört, draußen dämmerte es, durch Fugen und Ritzen hauchte und zischte der Wind. Ihr war kalt geworden. Sie schlüpfte wieder in die Strickjacke, schmierte sich ein Honigbrot und wärmte den Pfefferminztee auf. Dann hielt es sie nicht länger in der Küche. Einem unbestimmten Gefühl folgend, beinahe so, als vermisste sie jemanden, zog es Hikaru zurück ins Atelier. Etwas in ihr verlangte nach einer Bestätigung, dass sie sich nicht geirrt hatte. Da bist du ja, sagte sie und hätte die Spinne am liebsten auf ihre Hand krabbeln lassen. So lebendig sah sie aus.

Später saß sie im Schein der Petroleumlampe auf der Couch, winkelte die Füße an und massierte sich die Zehen. Das Bild hatte sie an Finjas Kommode gelehnt und überlegte, was Jona dazu sagen würde. Während des Malens hatte sie nie an ihn gedacht. Für ihn besaß nur die Natur das Vorrecht auf künstlerische Entfaltung. Deshalb hatte er mit Finjas Werken auch nichts anzufangen gewusst. Niemals würde sie zulassen, dass ihrem Bild das gleiche Schicksal widerfuhr. Und sie würde weitermachen, sich ein anderes schwarzes Bild vornehmen. Vielleicht das mit dem Teich. Daraus könnte sie ein Meer mit bunten Fischen entstehen lassen. Hikaru fühlte sich wie ein Kind, dem zum ersten Mal ein besonderes Bild gelungen war und das unbedingt ein weiteres malen wollte und noch eins und gar nicht mehr aufhören und sofort, weil an Schlaf ohnehin nicht zu denken war. Ihr Vater hätte dann irgendwann das Licht bemerkt und wäre ins Zimmer gekommen. Dass die Spinne müde sei, hätte er gesagt und das Licht abgedreht. Sicher wäre Matumo zu ihr unter die Decke und sie hätten die Köpfe zusammengesteckt. Sie war eine gute Zeichnerin gewesen und hätte ihre Freude verstanden. Hikaru stellte sich vor, wie sie am Dachboden eine gemeinsame Ausstellung veranstaltet hätten, als wäre es eine wahre Erinnerung.